Kerstin Ehmer • Die schwarze Fee

Kerstin Ehmer

Die schwarze Fee

PENDRAGON

Für Stefan

*In Erinnerung an meine Großeltern
Erna und Wilhelm Lentner*

»Wir kennen unsere Mienen; doch unsre Herzen,
Da kennt er meins nicht mehr als ich das Eure,
Noch ich seins mehr, Mylord, als Ihr das meine.«

William Shakespeare, Richard III.

Sie zielt. Mit zusammengekniffenen Augen fixiert sie den mageren hellgrauen Rücken des Mannes, der drei Reihen vor ihr regungslos wie ein Ölgötze gegen den Fahnenmast lehnt. Der hat jetzt genug geschlafen, beschließt sie. Ein kurzer Blick auf den Großvater, der mit geschlossenen Augen Sonne und Fahrtwind genießt. Das ist gut. Mit leisem Zischen katapultiert die Zwille ihre hart gekaute Papierkugel direkt ins Ziel. Aber nichts passiert. Der Mann zuckt nicht mal.

Dann kommt schon wieder ein Anleger und mit ihm das übliche Gewühl. Passagiere schieben sich in ihre Schusslinie, müssen runter vom Dampfer oder rauf und auf Deck erst mal ihre Plätze finden. Endlich sind alle da, wo sie hinwollen, und sie schickt ein zweites Geschoss in den teilnahmslosen Rücken. Diesmal fester. Wieder keine Reaktion. Enttäuschend. Sie kaut an einer neuen Kugel.

»Dafür hab ich dir die Zwille nicht gemacht.« Der Großvater nimmt sie aus ihren widerstrebenden Händen und legt sie auf die Sitzbank.

Sie beißt sich auf die Unterlippe und linst hoch in sein ärgerliches Gesicht.

»Und jetzt gehste und entschuldigst dich.«

Seine Stimme duldet keinen Widerspruch. Beschämt trabt sie los und sieht den Mann jetzt zum ersten Mal von vorn. Die Luft bleibt ihr weg. Das kann doch nicht sein. Es waren doch bloß Papierkugeln, und Blut ist auch keins da. Aber tot ist er trotzdem. Augen aufgerissen und ganz starr, so guckt kein Lebendiger.

Ihre Knie werden weich, sie japst nach Luft. Sie sieht, wie der Großvater kommt, wie sich die Köpfe drehen, hört, wie es zuerst ganz still wird an Deck und sich gleich darauf große Aufregung erhebt. Eine Dame quiekt wie ein Ferkel.

1
Samstag

Anton

Sanftes, gleichgültiges Licht, das die engen Straßen des Weddings mit einer gnädigen Unschärfe überzieht, die buckelige Länge ihrer kopfsteingepflasterten Muskelstränge, von denen am Morgen noch immer die gesammelte Hitze der letzten Tage abstrahlt. Auch den stinkenden Dunst über der Panke lässt es leuchten wie einen von Zauberhand nachlässig gestreiften Nebel. Die Panke, eine der Schlagadern des Weddings, Transportband für seine Laugen und Säuren, für Kloake und Müll.

An ihrem Ufer entlang schlendert Anton, einen Korb über dem Arm, und pfeift. Auf der Straße dreht sich ein Seil. Kinder springen unter krähenden Gesängen hinein in den schweren, rotierenden Strick. Am Seilende erkennt er Fred aus dem vierten Stock, einen spargelig aufgeschossenen 13-Jährigen, der angestrengt versucht, die eckigen Bewegungen seiner langen Arme in einen schwingenden Kreis zu verwandeln. »Verliebt, verlobt, verheiratet, Kind gekriegt, geschieden. Wie viel Kinder wirst du kriegen? Eins, zwei, drei, vier ...« Weiter kommen sie nicht, denn Anton tippt grüßend zwei Finger an die Mütze, und Fred vergisst das Seil, das prompt den Springern auf die Köpfe fällt. Sofort erhebt sich Protest: »Ej, du Pfeife, mach hinne.«

Anton lacht und geht weiter. Auf der Schulzendorfer Brücke wartet ein dünner Mann auf ihn, dreht aber ab, bevor er ihn erreicht, und fordert ihn mit einem Kopfnicken auf, ihm zu folgen. Anton kraust die Stirn. Aber der Tag ist jung, der Morgen noch nicht heiß, also folgt er ihm bereitwillig die Sellerstraße entlang bis zum Becken des Nordhafens. Er geht ein paar Schritte hinter ihm, als hätten zwei Fremde zufällig denselben Weg, aber er wundert sich über das grußlose Schweigen und die Strecke. Man wird sehen, denkt er, und sonst denkt er sich nichts, denn er weiß, dass das Deutsch des Dünnen schlecht ist, und irgendwer wird ihm schon erklären, was das soll.

In Höhe der Kieler Brücke schlüpfen sie nacheinander durch ein Loch im Zaun auf das Gelände der städtischen Gasanstalt. Anton sieht sich um. Über das Pflaster hetzt eine Kolonne aus Pferdewagen, Motordroschken und Fahrrädern, schieben Händler ihre Karren mit Äpfeln, Kartoffeln, Wirsingköpfen und Zwiebeln, scheppert ein Kesselflicker sein Wägelchen an ihm vorbei. Selbst früh am Morgen ist die Eile groß. Niemand beachtet Anton. Er eilt dem Dünnen nach, der zwischen den rußschwarzen Bauten der Gasanstalt verschwindet.

In drei Schichten wird hier rund um die Uhr Steinkohle in den großen Eisenbehältern zu Gas und Koks verarbeitet. Unablässig werden die Retorten von Heizern befeuert, unablässig stoßen die Öfen Qualm und Ruß über die eng gebauten Arbeiterquartiere des Weddings. Aber die Stadt wird elektrifiziert, der Verbrauch sinkt, und auf dem Gelände der Gasanstalt gibt es jetzt zunehmend Ecken, in die niemand mehr schaut, Ecken, die vergessen werden, in denen ausrangierte Maschinen rosten und sich Staub auf Kisten, Latten und Bohlen legt. In einer dieser Ecken steht ein windschiefer Schuppen, Lager für alles, was die Gasanstalt nicht mehr braucht, gleich neben dem Wehr, über das sich rauschend ein Arm der Panke ins Becken des Nordhafens ergießt.

Dahin, in diesen Schuppen, bringt ihn der Dünne. Anton gleitet durch den Türspalt und steht im Dunkeln. Er braucht etwas, bis sich seine Augen an den Dämmer gewöhnen. Er sieht die Umrisse rostiger Kessel bucklig in der Dämmerung kauern, Drahtrollen in mäandernder Auflösung, schwarze Quader, Kisten. Auf einem auseinandergerissenen Holzstapel kann er ein schmuddeliges Lager aus Säcken und Fetzen erkennen, aber es ist leer.

»Wo sind die anderen?«, fragt er, aber der Dünne bleibt stumm. Anton zieht eine Kiste in den hellen Lichtstrahl, der zwischen zwei Holzlatten ins Innere des Schuppens dringt. An seinen Handflächen klebt schwarzer Schmier. »Igitt.« Er wischt sie umständlich, aber erfolglos an seinem Taschentuch ab, zuckt schließlich resigniert die Schultern und packt aus: ein Brot, Käse, eine Speckseite und zuletzt vier Flaschen Bier. Erwartungsvoll grinsend sieht er seinen Begleiter an: »Na, was sagst du? Fast wie bei Rotkäppchen. Schön habt ihrs hier.« Er mustert spöttisch die Holz- und Alteisensammlung, die sie umgibt. »Warum seid ihr nicht mehr auf dem Dachboden?«

Der Dünne starrt ihn beinahe wütend an und knurrt: »Was ist Rotkäppchen?« Seine Märchen werden beherrscht von der Baba Jaga, einer Hexe, die in einem Holzhaus auf zwei Hühnerbeinen wohnt. Kleine Mädchen, die Wölfe überlisten, sind ihm unbekannt. Aber bevor sie sich über den unterschiedlichen Märchenschatz ihrer Länder austauschen können, hört Anton hinter sich ein Geräusch. Noch bevor er sich umdrehen kann, saust etwas auf seinen Hinterkopf. Ein schwarzer Vorhang senkt sich vor seinen Augen, und Anton kippt nach vorn wie eine frisch gefällte Tanne.

Fred

Fred, der Spargel, hat das Springseil fahren lassen und streunt mit seiner Clique durch die Straßen des Weddings. Ihre Väter arbeiten, ihre Mütter auch. Sind sie zu Hause, scheuern sie Wäsche auf dem Waschbrett, schieben Stopfpilze in fadenscheinige Socken, schälen Berge von Kartoffeln, zu ihren Füßen die Jüngsten in Körben und neben ihnen das Schnarchen der Schlafburschen. Sie befreien die Scheiben vom Ruß, der sich wie ein fettiges Tuch über den Wedding legt, und feuern selbst ihre Herde, damit einmal am Tag was Warmes auf dem Tisch steht. In den engen Wohnungen ist kein Platz für die stetig wachsende Masse der Kinder. Nach der Schule brodelt ihre wilde, aufgedrehte Flut durch die buckligen Straßen und das Gewirr der Hinterhöfe. Manche von ihnen arbeiten bereits, sind Laufburschen oder Zeitungsjungen. Manche müssen das nicht und sind frei.

Der harte Kern seiner Clique besteht aus Max, dessen Augen in unterschiedliche Richtungen blicken, was selbst Fred manchmal irritiert, aus August mit der rachitischen Hühnerbrust, der nicht so schnell ist wie der Rest, aus Erna mit den dicken Zöpfen, die nicht kratzt und beißt wie andere Mädchen, sondern rempelt und zuhaut wie ein Junge. Automatisch mit dabei ist deshalb auch ihr kleiner Bruder Kalle, liebevoll Keule genannt, der schon fünf ist, aber immer noch nicht spricht. »Er kann's«, sagt Erna »er will bloß nich.« Wenn sie das sagt, schaut Kalle unbeteiligt aus der Wäsche, als könnte er zudem auch nicht hören, und Fred runzelt die Stirn.

Jetzt laufen sie nach Hause, ungewöhnlich um diese Zeit, aber aus ihrem Hof dringt die Musik eines Leierkastens und zieht sie an wie Zuckerwasser die Wespen. »Der sagenhafte Gallioni« ist da. So nennt sich ein alter Artist mit schlohweißem Haar, der Holzreifen um seine mageren Arme und ein ausgestrecktes Bein rotieren lässt. Die Fenster zum Hof stehen offen, um ihn hat sich ein Kreis aus Schaulustigen gebildet. Die Clique drängelt sich nach vorn, aber sie sind spät. Die Vorstellung ist bereits auf ihrem Höhepunkt angelangt. »… wir wollen unsern alten Kaiser Wilhelm wieder ham, aber den mit dem Bart, mit dem langen Bart …«, pfeift es aus der Drehorgel. Alle kennen das Lied, manche singen mit.

Der Alte läuft zu Höchstform auf. Immer mehr Reifen fliegen, zusätzlich schwankt jetzt eine Keule auf seiner Stirn. Das Publikum ist begeistert, erste Hände applaudieren, da ergießt sich aus dem dritten Stock ein Schwall

Waschwasser auf die Darbietung. Der Alte zuckt zusammen, die Keule fällt, und Reifen klappern auf den rissigen Boden des Hinterhofs. Oben reckt sich der Kopf einer Frau aus dem Fenster: »Spiel was andres. Wir ham jetzt Republik«, zetert sie. Gelächter und Applaus, der beiden gilt. »Das darfste in Helene ihrem Hof nicht spielen. Da versteht se keenen Spaß«, raunt Fred dem Alten zu. Der trocknet sich leise fluchend das nasse Gesicht, klaubt seine Utensilien auf und sammelt Pfennige und Sechser von den Umstehenden in seine umgedrehte Mütze. Kleine Münzen fliegen auch aus den Fenstern. Flink wie Silberfische zischen die Cliquenmitglieder über den Hof, klauben sie auf und machen, dass sie wegkommen. »Drecksgören«, schimpft ihnen der Alte hinterher. Auf der Straße schaut Fred sich um. Sie sind vollzählig.

Gleich um die Ecke, in der Markthalle Schönwalder Straße, gibt es einen Stand mit Naschwerk. Bonbons locken in hohen Schraubgläsern, Himbeeren, Zitronen, Stachelbeeren, Lutscher, Bruchschokolade, Karamell, dahin zieht es die Clique. Misstrauisch von einem Schutzpolizisten beäugt, zeigt ihm Fred die ergatterten Pfennige in der dreckigen Hand, und sie dürfen hinein. Nach komplizierten Verhandlungen untereinander und mit der Verkäuferin folgen sie Fred, der ihnen die dreieckige Papiertüte wie eine Standarte voranträgt. Sie laufen zum Nordhafen. Wo die Gasanstalt aufhört und das Wehr rauscht, lassen sie sich mit ihrer Beute auf der Uferböschung von der Sonne bescheinen und sehen zu, wie die Kräne am gegenüberliegenden Ufer die Ladung der flachen Frachtschiffe löschen.

Eine Sirene verkündet das Ende der Frühschicht in der Gasanstalt. Fred dreht sich um, einen Himbeerkracher im Mund. Sein Blick streift einen dünnen Mann, der hinter dem Zaun der Gasanstalt, gegen einen Schuppen gelehnt, eine Zigarette raucht. Fred wendet sich wieder dem Hafenbecken zu. Der Blick ist hier weit, und die Luft riecht nach Rauch und Abenteuer.

Schon ist die Clique wieder unterwegs. Lange hält es sie nirgends. Am Weddingplatz bestaunen sie einen fahrender Schuster, der durchgelaufene Schuhe im Handumdrehen mit neuen Sohlen beklebt. »Endlich rasche Hilfe in Sohlennot« und »Unlöslicher Klebstoff«, liest Fred stockend auf dem Reklameplakat. Schnelligkeit ist das wichtigste Verkaufsargument, denn kaum jemand hier besitzt ein zweites Paar Schuhe zum Wechseln. In einem Glaskasten röstet ein Händler Maiskörner. Sie platzen zu immer neuen weißschaumigen Gebilden auf und werden als Schneeflocken mit Himbeersirup verkauft. »Kiieken kostet extra«, scheucht sie der Händler weiter. Sie lassen die schmierigen Abdrücke ihrer Nasen an der Scheibe des Kastens zurück.

Vor Hertie in der Müllerstraße bleiben sie wie angenagelt stehen und reißen die Augen auf. Ein Bettler sitzt neben seinem umgedrehten Hut auf dem Gehsteig. Vorbeieilende Frauen wenden sich schaudernd ab, Männer grinsen sich zu. »So kann's kommen, wennste nich oofpasst.« Auf Gesicht und Händen des Mannes blühen kreisrunde, dunkelrote Ekzeme aller Größen, als hätte ihn ein vorbeirollender Wagen mit der schmutzigen Brühe aus einer Pfütze

bespritzt. Zwei Frauen tuscheln. »Syphilis«, schnappt Fred auf, und das ist ihr Stichwort. Sie brüllen los:
»Hätter, hätter, hätter nicht,
geküsst die alte Dirne,
wärer, wärer, wärer nicht
weich in seiner Birne.«
Der Bettler hört sie singen und lacht das freundliche Lachen des Idioten. Ein brauner Zahn bewohnt als letzter die dunkle Höhle seines Mundes. Fred schaudert, und die Clique nimmt die Beine in die Hand.

Morgenthal

Die Stimme des greisen Mediziners ist brüchig. Seine Hand mit dem Objektträger zittert. Er stützt sie auf den Schreibtisch, um ihn sicher unter das Objektiv des Mikroskops zu bringen. Sie ist zum Fenster gegangen. Sonne verfängt im leichten Nessel ihres Kleids. Er tattert ein fahriges Zeichen, und sie zieht die Vorhänge zu.

Er schaut zuerst ins Mikroskop. Er ist es, der das Präparat platziert und die Vergrößerung wählt. Sie muss sich gedulden. Er ist streng. Er hat sie erwählt. Durch sie will er vernichtet werden, aber dafür muss sie lernen.

Er ist in Pension, schon lang. Seine Frau vor Jahren gestorben. Ihr Körper hat völlig anders reagiert als sein eigener. Das hat ihn überrascht. Es ging dann sehr schnell. Die Söhne sind schon vorher nach Paris gegangen, Forscher wie er. Jetzt streift er übers knarzende Parkett der weitläufigen Wohnung wie ein alter Wolf und streitet mit der Zugehfrau. Die Besuche der Institutskollegen werden seltener. Für Freunde hat er keine Zeit erübrigen können in seinem wissenschaftsgeweihten Leben. An guten Tagen schafft er es in den Tiergarten und füttert an der Luiseninsel die Schwäne. Unter ihren immer strengen, wütenden Blicken fühlt er sich am rechten Platz.

Professor Schade hat ihm Nike vorgestellt auf einer Habilitationsfeier, zu der man ihn pflichtschuldig eingeladen hatte. »Eine meiner Studentinnen möchte Sie kennenlernen. Es gibt ja mittlerweile etliche Damen, die bei uns studieren. Es sind ein paar schlaue Köpfe dabei. Prozentual gesehen sogar mehr als bei den Herren. Fräulein Fromm bringt gute Voraussetzungen mit: Intelligenz, Interesse, Leidenschaft. Dem entgegen steht ihr Dickkopf, und fleißiger sein könnte sie auch. Ihr Vater wurde im Frühjahr ermordet aufgefunden. Erinnern Sie sich, der Bankier im Hinterhof in Kreuzberg? Der Pfahl mit dem Kopf der Frau auf dem Dach? Außerordentlich bizarr, eine schlimme Geschichte. Nike Fromm, die Tochter des Toten, jedenfalls interessiert sich sehr für Ihr Fachgebiet. Da drüben ist sie ja. Ich werde sie holen.«

Er hatte mit einer dünnen Brillenschlange gerechnet. Auf ihn zu kam federnd eine leicht gebräunte Schönheit mit herzförmigem Gesicht, das unter einer tief hinuntergezogenen Cloche zu verschwinden drohte. Sie trug einen weiten, aber kurzen Rock, darüber im selben Unschuldsweiß einen voluminösen Pullover, der wahrscheinlich ihrem großen Bruder gehörte. Ihre Hand war schmal, der

Druck überraschend kräftig.«Professor Morgenthal, der strahlende Meister des Dunkelfelds, wie schön, Sie kennenzulernen.« Hellgrünes Blinzeln, lächelndes Lippengekräusel.

In ihm formierte sich quietschend und knarzend eine eingerostete genetische Replik: Balz, der Tanz ums Weibchen, senil torkelnde Pirouette um die allerletzte Möglichkeit, das eigene Erbgut in die Zukunft zu retten. Armer alter Narr, dachte er und sagte: »Ich hoffe inständig, dass Sie mich nicht mit dem werten Kollegen, dem Zoologen Günther Enderlein, verwechseln und ich die Komplimente ganz allein für mich behalten darf.«

»Dürfen Sie, wertester Professor. Obwohl ich noch nicht durch bin mit Enderleins *Bakterien-Cyclogenie*. Die ist ja gerade erst herausgekommen.«

»Und ich habe sie noch gar nicht in den Händen gehabt. Aber sie wird mir nicht davonlaufen. Ich bin alt. Wissen Sie, da kann man den Dingen ihre Zeit und ihren Lauf lassen.«

In ihren Augen grüner Schalk und Unglaube: »Können Sie das wirklich? Können Sie das Nagen der Endlichkeit am trockenen Brot des Alters ignorieren? Ist es in Wahrheit nicht so, dass Ihnen die Bakterien, dieses alberne Gewürm, und ihre Freunde, die verfluchten Viren, langsam den Buckel runterrutschen können, und das, obwohl Sie so viele Tage und Nächte Ihres Lebens mit ihnen verbracht haben? Ist ihr Zauber, ihr Rufen nicht mehr stark genug? Was tun Sie stattdessen? Füttern Sie schon die Enten im Park?«

In diesem Moment hat er gewusst, dass sie seine Nemesis sein würde. Nemesis, Tochter der Nacht und des Herrschers über die Finsternis, Göttin der ausgleichenden Gerechtigkeit. Das war keine Studentin der Medizin, nein, sie war eine Fechterin in weißem Ornat. Nach zweiminütiger Bekanntschaft blutete er bereits, einen Augenblick später stürzte er sich in ihren Degen. Er winkte sie nah zu sich heran. »Schwäne, ich füttere ausschließlich die Schwäne. Ich mag ihre Strenge. Enten interessieren mich nicht.«

So hat es angefangen. Mit rumpelndem Herzen ließ er einen Tag später das schöne Fräulein Fromm in seine Wohnung, deren hohe Fenster in die Baumwipfel des Tiergartens sehen. Er folgte ihr in die Dämmerung des Flures, folgte ihr mit hinkenden Schritten über das ächzende Parkett. So konnte er sie betrachten, während sie ihm, gewagte Hypothesen hervorsprudelnd, vorauseilte. Längst lebt er für diese Stunden, an denen sie sein Arbeitszimmer mit einem Schwall an Fragen stürmt und die gläsernen Objektträger mit den bakteriellen Spuren aller erdenklichen Krankheiten auf seinen Schreibtisch klirren lässt. Er rasiert sich gründlich und wählt seine Garderobe mit Bedacht. Er wienert die Linsen seiner Mikroskope und wischt den Arbeitstisch. Dann sitzt er mit hohem Blutdruck, den hat er gemessen, in der Bibliothek bei der Tür und wartet. In seinem Studierzimmer legt er ihr die Geheimnisse des Dunkelfelds zu Füßen. Sein Fachgebiet, ihr Steckenpferd.

Nike

Für Nike ist jeder Blick ins Dunkelfeld wie ein Ausflug ins Weltall. Stunden kann sie über den wandernden, zuckenden Lebendblutpräparaten verbringen, um ihnen ihre Geheimnisse zu entreißen. Nichts steht im Voraus fest, sie kann auf alles stoßen. Das Dunkelfeld ist ihr eine Wundertüte, aus der sie triumphierend Auffälligkeiten, Anomalien und Erreger hervorzieht.

Im Hellfeld, in der Lichtmikroskopie, müssen viele Erreger durch Kontrastmittel erst sichtbar gemacht werden. So präpariert und fixiert, liegen sie als klare Beweise auf einem Hintergrund aus weißem Licht. Der Mikroskopierende muss allerdings schon vorher wissen, wie seine Diagnose lauten könnte und sein Präparat entsprechend vorbereiten. Im Gegensatz dazu begibt er sich im Dunkelfeld auf eine Jagd mit offenem Ausgang. Nur Lichtreste streifen hier das Präparat. Vor fast schwarzem Hintergrund zeichnen sich die Blutbestandteile als weißzarte, geisterhaft durchscheinende Körper ab. Aus ihrem Aussehen, ihrer Konstitution, ihrem Vorhandensein oder Fehlen kann ein erfahrener Mikroskopierer akute und zukünftige Krankheiten lesen. Noch mehrere Stunden nach dem Aderlass ist Blut lebendig. Das Dunkelfeld zeigt den Geistertanz seiner Bestandteile.

Vieles kann hier Aufschluss über den Patienten geben: Gleichen die roten Blutkörperchen, die Erythrozyten, nicht perfekt gerundeten Seifenblasen, sondern ähneln stattdessen Tiertatzen oder Tropfen, kann das auf eine Leberschwäche hinweisen; fädeln sie sich zu geldrollenartigen Ketten, gerinnt das Blut und der Sauerstoff wird knapp. Die Leukozyten, die weißen Blutkörper, sollten sich schimmernd und pulsierend an ihnen entlangsaugen und sie putzen. Liegen sie aber unbeweglich und starr, schlafen die Soldaten, und eine Infektion hat gute Chancen, den Organismus zu entern. Krankheiten legen große schwarze Brocken ins Plasma, auf denen bunte Geschwüre wachsen. Gelb für Leber, Grün für die Nieren, Blau für die Schilddrüse und Braun für Galle. Und überhaupt, das Plasma, die Flüssigkeit, in der alles schwimmt. Ist es von Nebelbänken durchzogen oder von einem Sturm wimmelnder Einzeller durchsetzt? Viren und Bakterien, gute und böse, sowie Erreger aller Arten bevölkern Plasma und Blutbestandteile.

Nike lernt sie zu erkennen und zu werten, lernt aus dem Blut auf den Zustand eines Organismus zu schließen. Niemand kennt sich in diesen dunklen Weiten so gut aus wie Morgenthal. Niemand versteht ihre Begeisterung, ihr Jagdfieber so wie er. Morgenthal ist ihr Komplize, ihr Mentor und Lehrer. Sie ignoriert alles, was darüber hinausgehen könnte. Soll er doch seufzen und schmachten. Immerhin rasiert er sich jetzt anständig und brennt die Haare in Nase und Ohren aus.

An diesem lichtdurchfluteten Samstagnachmittag rennt sie seinen knarzend protestierenden Flur entlang und reicht ihm frohlockend einen gläsernen Objektträger mit einem hellrot zerlaufenen Blutstropfen: »Hier habe ich eine frische Zirrhose für uns, was ganz Feines. Keine Stunde alt.

Der Patient hat sich bereit erklärt, der nachwachsenden Wissenschaft«, sie deutet einen Knicks an und lächelt in die Runde, »mit einem Tropfen Lebenssaft auf die Sprünge zu helfen.« Sie hat die Vorhänge geschlossen, ihre Wangen glühen im Jagdfieber.

Morgenthals Stimme ist rau: »Das sollte noch hervorragend zu sehen sein. Selbst bei diesen Temperaturen.«

Er rückt zur Seite, sie lugt durchs Objektiv, schiebt, schraubt, dann blickt sie enttäuscht auf: »Ich kann nichts Besonderes sehen.«

»Suchen Sie weiter, lassen Sie sich nicht so schnell entmutigen.«

Den Kopf schon wieder über dem Mikroskop, murmelt sie vor sich hin: »Die Erythrozyten sind rund, das Plasma halbwegs klar. Aber wo sind die Leukozyten? Wo sind die Soldaten, wo ist die Polizei?« Plötzlich fährt sie zusammen. »Große Güte. Jetzt hab ich's. So was habe ich noch nie gesehen. Das ist wirklich unheimlich.« Im ansonsten unauffälligen Blut sind die wenigen verbliebenen weißen Blutkörper von einer großen, exakt geometrischen weißen Struktur umgeben, einem Oktaeder. Sie haben aufgehört zu schimmern und pulsieren nicht mehr. Wie in einem Eiskristall eingefroren, sind sie leblos, erstarrt. Eine Gänsehaut stellt den blonden Flaum auf ihren Armen auf. Ihre Kehle wird eng, sie schluckt: »Er wird sterben, nicht wahr?«

»Ja«, antwortet Professor Morgenthal, »und es wird wehtun.«

Helene

Es ist zu still in den zwei Zimmern im Hof der Kunkelstraße. Helene liegt wach, starrt ins Dunkel und hört ihrem Herzklopfen hinterher. Viel zu still. Neben ihr die schlafwarmen Körper der Kleinen, Samtgeräusche ihrer Atemzüge, schwer und weich und selbstvergessen schmiegen sie sich in die Wärme ihres Körpers wie kleine Tiere. Sie muss eingeschlafen sein. Aus der Küche sollten Antons Schlafgeräusche dringen, leises Schmatzen, das Knistern des Lakens, das hohle Klopfen, mit dem er gegen die Bank stößt, wenn er sich umdreht. Ausnahmsweise hält die Stadt den Atem an, oder es ist nur der Wind, der den Lärm zur falschen Seite hin wegträgt, aber es ist still, und diese Stille klingelt in ihren Ohren wie eine Schulglocke.

Vorsichtig windet sie sich zwischen ihren Jüngsten heraus, schließt leise die Tür hinter sich und entzündet in der Küche eine Kerze. Sie braucht sie nicht. Sie weiß, dass er nicht da ist, die Bank neben dem Ofen leer, dabei hat er Frühschicht und ist deshalb auch nicht in die Versammlung. Oder doch? Oder ein Mädchen? Sein Schweiß riecht in letzter Zeit anders, wenn er sich an der Schüssel wäscht. Etwas Scharfes ist darin, ein Geruch, wie er in heißen Sommern über den Eingängen von Fuchsbauen steht. Sie hat ihn bemerkt, aber nicht weiter darüber nachgedacht. Erst jetzt, wo ihr Ältester nicht daliegt, wo er liegen sollte, fragt sie sich, ob diese Veränderung vielleicht etwas bedeutet.

Ihre Gedanken wandern zurück zu dem Moment als Antons Vater unter dem hellen Bimmeln des Glöckchens über der Tür in ihr Leben trat. Er kam in die Fleischerei, in der sie gearbeitet und gewohnt hat, seit sie mit dreizehn von zu Hause weg ist. Damals hat sie noch gesungen, damals war sie noch blond, mit klaren Augen, hell wie ein Dunsthimmel im Sommer. Sie blieb nicht sitzen beim Tanzen. Es gab mehr als einen, dem sie gefiel, aber der Hartnäckigste war der Verladearbeiter Kurt Grabowski. Einen Sack Kohlen trug er wie einen Einkaufsbeutel hoch in den vierten Stock und war nicht außer Atem. Er tanzte schlecht und lachte selten, aber er hatte eine eigene Wohnung, unglaublich, eine Wohnung mit zwei Zimmern ganz für sich allein. Sie wollte weg vom gellenden Quieken der Schweine, die sehr wohl ahnten, dass der Blutgeruch im gekachelten Schlachtraum nichts Gutes verhieß. Sie heirateten schnell. Bald lachte auch sie nicht mehr oft und suchte sich Arbeit. Kurt ging ihr nach, machte Szenen bei den Frauen, für die sie putzte und nähte, witterte Liebhaber, witterte Verrat. Sie brauchte dann nicht mehr wiederzukommen. Geld war knapp und wurde knapper, als er anfing zu trinken und im Suff zuschlug und dann weinte und am nächsten Morgen aufstand, als wäre nichts gewesen. Sie wurde trotzdem schwanger. Anton kam. Aber Kurt hörte nicht auf, nicht mit dem Trinken und nicht mit dem Schlagen. Da dachte die blonde Helene, dass es so nicht weitergehen konnte. Sie strich das Fleisch vom Speiseplan und hörte auf, das Haushaltsgeld zu verstecken. Eine Flasche Schnaps konnte er täglich trinken, sie ließ ihn und ging wieder putzen. Als er schon morgens zitterte und abends mit Leuten sprach, die gar nicht da waren, ließ sie nachts die Tür zum dunklen

Treppenhaus offen, in das er endlich armrudernd hinabstürzte und sich den Hals brach.

Ein halbes Jahr später heiratete sie den Bahnarbeiter Kraftschick. Er hatte etwas gelernt, und er war Sozialist. Wenn er abends mit schmerzenden Muskeln nach Hause kam, hatte er etwas geschafft, worauf er stolz war. Kraftschick arbeitete gern. Er hatte auch nach der Schicht immer etwas in der Hand. Er zimmerte ihr Borde für die Küche, drechselte eine Garderobe, richtete der Grüttner aus dem Ersten das Türschloss und den Wondrascheks im Vorderhaus die Wasserleitung. Hatten seine Hände nichts zu tun, hingen sie wie Fremdkörper an seinen Armen. Aber das kam selten vor.

Anton liebte er gleich wie seinen Eigenen. Er hat ihn adoptiert. Nichts an dem Jungen erinnerte an seinen leiblichen Vater. Ein hübsches Kind, aufgeweckt, freundlich. Auf der Straße beugten sich Wildfremde lächelnd zu ihm hinunter und kniffen ihm zärtlich in die runden Backen, fuhren mit rissigen Händen durch die feine Seide seines Haars. Später wurde er Anführer der Clique aus der Kunkelstraße, seine Lehrerin wollte ihn aufs Gymnasium schicken. Sie redeten lange darüber. Dann beschloss Helene, dass er sich dort, zwischen den Söhnen von Ärzten, Apothekern und Anwälten, nicht wohlfühlen würde. Nach der neunten Klasse ging er ab von der Schule und in die Lehre. Werkzeugmacher bei Richard Kotsch, Maschinen- und Apparatebau.

Als Anton zehn wurde, brachte ihn Kraftschick zu den Ringern im Arbeitersport. An Wettkampftagen sah sie ihren Mann sonntagmorgens um sechs in der Küche hantieren.

Er briet Spiegeleier für Anton und brachte ihn noch vor acht in eine muffige Turnhalle in Reinickendorf, Neukölln oder Kreuzberg. Sie wusste von Anton, dass Kraftschick ihn umarmte, kurz und kräftig, bevor er auf die Matte ging, ihm ins Ohr flüsterte: »Den schaffste. Det weeß ick.« Oft behielt er recht. Zwei Kinder gebar sie Kraftschick, die an dessen Zuneigung zu ihrem Ältesten nichts verändert haben.

Anton ist ein Glücksfall, und jetzt ist er weg. Die Angst hat sie an der Kehle. Schlafen kann sie nicht mehr. Auf Zehenspitzen tappt sie zurück ins Schlafzimmer, lauscht auf die regelmäßigen Atemzüge der beiden Kleinen. Tief und fest, sagt sie sich, tief und fest. Die schlafen durch. Da macht es nichts, wenn ich weggehe, ganz kurz.

Sie nimmt ihr Schultertuch und steigt die dunkle Stiege hinunter auf den Hof. Das Tor ist verschlossen. Sie fummelt einen Schlüssel aus ihrer Rocktasche. An beiden Enden hat er einen Bart. Sie steckt ihn ins Schloss, sperrt auf, dann schiebt sie ihn durch auf die Straßenseite. Sie geht durch die Tür, sperrt von außen mit dem zweiten Bart ab. Erst jetzt kann sie den Schlüssel wieder abziehen.

Sie hat es nicht weit. Gleich an der Ecke Schönwalder Straße ist die Kneipe, in der sich die Genossen treffen. Im dunstigen Hinterzimmer sitzen sie an langen Tischen. Kraftschick vor Kopf. Sie haben sich heiß geredet. Die große Revolution in Russland. Sollen sie die Bolschewiki unterstützen, die die Revolution schneller an sich gerissen haben, als mancher »Demokratie« sagen konnte, und ihr grausam straffe Zügel anlegten? Oder sind sie aufseiten der

Flüchtlinge, die sie mit immer neuen Berichten über Verfolgung und Verhaftungen verstören? Aber sie sind durch für heute und singen. *»Brüder, in eins nun die Hände. Brüder, das Sterben verlacht. Ewig, der Sklav'rei ein Ende, heilig die letzte Schlacht.«*

Helene mustert die krummen Rücken, die breitgearbeiteten Hände mit ihren dunklen Nagelbetten, die müden Gesichter und hofft, dass es noch eine Weile hin ist, bis zur letzten Schlacht. Anton ist nicht dabei. Kraftschick lächelt ihr zu. Die Genossen grüßen. Sie kennen Helene. Sie wissen, dass sie mit der Sammelbüchse für die Arbeiterwohlfahrt die Aufgänge hoch- und runterklettert, ihre Kleinen im Schlepp oder auf dem Arm, dass sie vor Weihnachten Tüten packt mit Äpfeln, Nüssen und Schokolade für die Allerärmsten, die sonst gar nichts hätten zum Fest. Und sie wissen auch, dass Helene denkt, dass man weniger reden und mehr tun sollte.

Kraftschick hat gesehen, dass etwas nicht stimmt. Er geht mit ihr vor die Tür, und am Ufer der Stinkepanke hakt sie sich bei ihm ein und erzählt, dass Anton nicht da ist. Kraftschick lacht. »Der Junge wird groß. Er wird ein Mädchen haben. Dem geht's gut.« Er will noch ein Bier trinken mit den Genossen.

Helene läuft zurück, entlang der Mauern, die die gespeicherte Hitze des Tages abstrahlen wie Heizplatten. Kein Wind, und die warme Nacht liegt schwül im stillen Hof. Im Dunkel des Treppenaufgangs fliegen ihr ihre Jüngsten winselnd in leuchtend weißen Nachthemden wie kleine Geister entgegen.

2
Sonntag

Spiro

Das Mädchen und sein Großvater stehen neben dem Toten und halten sich an den Händen. Von der Holzbank blättert weißer Lack. Der Tote sitzt noch immer aufrecht, nicht kerzengerade, sondern zurückgesackt, aber sein Kopf wird zwischen Kurbel und Fahnenmast gehalten. Die übrigen Passagiere sind mit ihren Picknickkörben, Federballschlägern und Decken von Bord gegangen und campieren nun inmitten ihrer zunehmend in Unordnung geratenden Habseligkeiten wie Treibgut auf dem Anleger. Sie dürfen nicht weg, nicht raus an den Strand des Müggelsees, nicht hoch zum Turm, nicht in die Pfifferlinge. Es ist Sonntag. Schnellstmöglich will man sich erholen, und die Zeit läuft.

Auf der anderen Seite die dunkle, von Ruder- und Faltbooten durchkreuzte Fläche des Sees. Hinterm Anleger das Friedrichshagener Wilhelmsbad, Badeanstalt für Damen und Herren, heute so hervorragend besucht, dass Kriminalkommissar Ariel Spiro kaum das Grün des Rasens unter all den hell gekleideten Badegästen ausmachen kann. Es gibt ein Restaurant, eine Rundbogenhalle, Umkleiden und eine Kapelle, die noch mit Mühe pietätvoll schweigt. Ein Kontrabass lehnt gegen den Pfeiler des Musikpavillons. Untätige Stöcke auf dem Trommelfell, ein goldglänzendes Saxofon, gebettet in grünen Samt. Ein Akkordeon schnauft tonlos. Unstete Musikerfinger zucken bereits über Saiten, Tasten und Knöpfe. Die bleiben nicht mehr lange still. Das ahnt Spiro und seufzt. Was für eine Kulisse für einen Mord. Seltsam irreal erscheint ihm alles, wäre da nicht der Tote auf der Bank.

Ein vielleicht sechsjähriger Junge im Matrosenanzug hat die Speckbeine in den Sand und dralle Arme in die Seiten gestemmt. Dreist mustert er die sehnige Gestalt des jungen Kommissars aus neugierigen Schweinsäuglein. Spiro erwidert seinen Blick amüsiert. Mit der Hand schlägt der Junge nach einer Wespe, die benommen wegtaumelt. Dann kehrt sie zurück, lässt sich in einem unvorsichtigen Moment unter der feuchten Achsel des Dicken einklemmen und sticht in einem letzten heroischen Akt der Verteidigung zu. In einem langen Atemzug saugt der Kleine Luft für einen markerschütternden Schrei in seine Lunge.

Spiro runzelt die Stirn und wendet sich ab. Sein Blick wandert von der Gruppe der Ausflügler zurück zum sacht schwankenden Gruppenbild aus Mädchen, Mann und Leiche auf dem Oberdeck des Dampfers. Hier oben klingt die Aufregung unten auf dem Steg wie das Summen eines Bienenvolkes. Nur der Schrei des dicken Jungen ragt aus dem Brummen empor wie das Lied einer übergewichtigen Lerche. Hier oben spiegelt sich der freundliche Himmel in den offenen Augen des Toten, und der Großvater hustet einen Schleimbatzen über Bord. »Heizer, der Staub«, murmelt er entschuldigend. Das Mädchen fixiert weiter Spiro, als wäre er verantwortlich dafür, dass bei bestem Sonntagsausflugswetter der Tod mit seinem Schweigen um die Ecke kommt und alle Pläne über den Haufen wirft. Eine kleine, feuchte Hand um eine Zwille aus frisch geschältem Holz.

»Zeig mal, wo du ihn erwischt hast.«

Sie tritt nah an den Sitzenden heran und tippt sanft gegen seinen Rücken. »Da. Mit Karacho, aber er hat nich mal gezuckt. Dann sollt ick mir entschuldigen und bin hin und habs gesehn.«

Spiro nickt. »Wo ist er denn an Bord gekommen?«

Der Großvater räuspert sich. »Hab ich nicht drauf geachtet. Als wir zugestiegen sind, sind wir gleich auf unsere Plätze. Ich glaube, da war er schon da. Aber drauf schwören würd ich nicht. Dürfen wir jetzt gehen?«

Spiro überlegt und nickt wieder. »Wir brauchen noch Ihren Namen und die Adresse.«

Er weist auf seinen Kollegen Ewald Bohlke, der sich einen provisorischen Schreibtisch eingerichtet hat und in eine Kladde kritzelt. Kein schöner Anblick. Das Gesicht des altgedienten Kollegen ist seit einer nicht besonders akkurat ausgeführten Operation in einem Feldlazarett unter Beschuss selbst zum Schlachtfeld geworden. Schief ist ihm ein ewiges Grinsen festgenäht. Das Mädchen weicht einen halben Schritt zurück. »Komms ruhig ran, junges Frollein. Ick beiße nicht. Jetzt mal bitte Namen, Alter und woste wohnst.«

Spiro ist guter Hoffnung. Ein voller Dampfer, an die 70 Zeugen. Der Mörder ist sicher längst von Bord gegangen, aber irgendjemand wird ihn gesehen haben. Drei Stunden später ist sein Optimismus verflogen. »Ick habe geträumt.« »Wir haben uns die ganze Zeit geküsst, vom

Zoo bis Stralau.«»Wir ham schon mal gegessen.«»Hier, die *Vossische*, von vorn bis hinten.« Man streckt ihm eine zerfledderte Zeitung entgegen. »Ick hab die Augen zugemacht. Die Sonne war so schön.«

»Er war schon da«, sagt ein kleiner Junge mit kurz geschorenem Haar, sein Kopf rund wie ein Ball. Spiro muss sich zu ihm hinabbeugen. »Ick hab seine Augen gesehn. Wie schwarze Löcher. Puterrot war er im Gesicht.«

Tatsächlich sind die Pupillen des Toten weit geöffnet, das helle Blau der Iris an den Rand gerutscht. Aber die Haut ist jetzt blass wie Lauge. »Wo bist du denn eingestiegen?«

»Köpenick.«

Das ist gerade mal zwei Haltestellen entfernt, der Dampfer davor schon fast drei Stunden unterwegs. »War er ganz allein?«, will Spiro wissen.

»Glaub schon.«

Spiro seufzt.

Über 70 Leute, zwischen denen einer stirbt. Der Tote ist weder alt noch jung, vielleicht 30 Jahre. In dem Alter neigt man nicht zum Herzinfarkt. Aber trotzdem wirkt er auf Spiro erschöpft. Ein kleines Gesicht, in dem sich deutlich die Wangenknochen abzeichnen. Spitz stechen Knie gegen die abgewetzte Sommerhose, magere Arme in einem kurzärmligen hellgrauen Hemd, weiße Haut mit blondem Flaum. Keine Krawatte, aber ein welkes Blümchen im Knopfloch. Eine graue Mütze mit kurzem Schirm über einem herausgewachsenen Haarschnitt, der sich zu aschblonden Strähnen ringelt.

Spiro kann seine Neugier nicht bezwingen. Vorsichtig nimmt er eine Hand des Toten in die eigenen Hände und öffnet sie. Eine Hand, so warm wie der Sommertag. Er hat in der Sonne gesessen. Da werden auch Tote nicht kalt. Spiro findet Schwielen und in den Rissen der Schwielen schwarzen, klebrigen Dreck. Schwarz auch die Halbmonde unter den Nägeln. Scheinbar ohne äußere Verletzungen ist er auf seinem Platz zusammengesackt und war weg. Sie haben hinter ihm ihre Brote aus dem Pergament gepackt, gesungen, geschwiegen und Zeitung gelesen, haben sich blenden lassen von den Lichtreflexen auf dem Wasser, sich einschläfern lassen von dem Motorengeräusch und dem Schäumen der Gischt. Keiner hat ihn kommen, keiner hat ihn sterben sehen.

»Da ham wa aber richtichjehend Glück heute.« Bohlke schlägt die Kladde zu.

»Mazel-tov«, sagt Spiro und grinst.

Bohlke fährt auf. »Versuchense bloß nich, mich zu vereimern. Ick weiß, dass Sie kein Jude sind. Auch wenn kein normaler Mensch sonst Ariel heißt. Egal, Sie sind keiner. Ick habe es begriffen.« Er klopft sich an den Kopf. »Ist hier drin. Von mir aus. Jeder nach seiner Fassong. Aber fangense nicht immer wieder davon an.«

Spiro lacht. »War nicht böse gemeint. Frieden?«

»Frieden. Fahrn wa heeme?«

Spiro resümiert: »Der Tote geht in die Hannoversche Straße zur Gerichtsmedizin. Hoffentlich finden die was, was uns hilft. Bis jetzt sind wir nicht wirklich weit. Keine Papiere, keine Todesursache, Tatort irgendwo zwischen hier und Spandau, und alles vor 70 Zeugen, die nichts gesehen haben.«

Bohlke gibt den Schupos ein Zeichen, dass sie die Passagiere ziehen lassen können, und sieht Spiro auffordernd an. Aber der reagiert nicht. Er guckt aufs Wasser.

»Heiß heute.«

»Ist mir auch schon aufgefallen.«

Schweigen breitet sich aus.

»Also, ich kann jetzt noch nicht zurück.«

»Aha«, sagt Bohlke, »und wer macht die Schreibarbeit?«

»Eine Molle? Morgen Mittag?«

Bohlke wiegt missmutig den dicken Kopf.

»Zwei?«

Bohlke beißt nicht an.

»Letztes Angebot: drei.«

»Ich denke drüber nach.« Der alte Kommissar dreht sich um und läuft mit leichtem Hinken Richtung S-Bahn. Sein Souvenir aus dem Weltkrieg, ein wandernder Schrapnellsplitter, piesackt seine Hüfte.

»Danke«, ruft ihm Spiro nach. Er läuft den Damm entlang, bis der Ort, das Bad, bis Musik und Stimmen hinter ihm zurückbleiben und nur noch Wind in den sommertrockenen Blättern der Eichen raschelt. Dann schlägt er sich über knackende Zweige nach rechts durch den Wald bis zum Seeufer. Seinen Anzug und das schweißnasse Hemd legt er auf den Sand und ist mit wenigen großen Schritten im dunkelgrünen Wasser, das in Ufernähe nach Wald und Moder riecht. Er schwimmt weit hinaus, wo es klarer und kühler wird. Er kommt aus Wittenberge, Stadt an der

Elbe, deren Bewohner gar nicht oder sehr gut schwimmen können, denn die Strömung ist stark. Stehendes Wasser ist ihm fremd. Bis jetzt ist er entweder gegen die Strömung geschwommen oder mit ihr. Der See hat keine. Er dreht sich auf den Rücken. Über ihm schliert ein dunstiger Sommerhimmel. Er denkt an den Toten, der ungefähr so alt sein muss wie er selbst, an die seltsame Erschöpfung, die er zu spüren glaubte, aber an nichts festmachen kann. Er geht die Passagiere noch einmal durch. Keiner erscheint ihm auffällig. Er hat den Dampfer durchsucht und außer Bonbonpapieren und Apfelgriebschen nichts gefunden, was ihn weitergebracht hätte. Es fällt ihm nichts ein, was er jetzt noch tun kann. Er muss warten, und darin ist er schlecht.

Aus der schrägen Sonne nähert sich der plumpe Umriss eines Ruderboots. Einer fährt sein Mädchen spazieren, und das versetzt ihm einen feinen Stich. Er krault weiter hinaus, bis er merkt, dass seine Muskeln müde werden. Dann schwimmt er langsam zurück ans Ufer.

Anton

Im Schuppen bei der Gasanstalt kommt Anton mit dröhnendem Schädel wieder zu sich. Seit gestern verhören sie ihn. Etwas ist mit seinem Kopf. Er sieht alles doppelt, vier Peiniger statt zwei, die ihn doppelhändig ohrfeigen und achtbeinig, aber unentschlossen treten. Schläge – Fragen. Tritte – Fragen. »Wo ist Sergej?« » Was hast du gemacht?« »An wen hast du uns verraten?« Iwan auf dem Lager aus

Säcken, Iwan im Fieber, hin und wieder rappelt er sich auf und versetzt ihm einen kraftlosen Tritt, dann schläft er wieder, und der Dünne macht weiter. Ihre Gesichter verschwimmen vor seinen Augen, und er übergibt sich. »Wo ist Sergej? Was hast du gemacht?« Sie geben keine Ruhe.

Anton stöhnt. Schmerz flutet in Wellen seinen Schädel. »Wasser. Ich brauche Wasser.«

»Du sagst uns, wo Sergej ist, dann kriegst du Wasser.«

Anton versucht den Kopf zu schütteln. Spitz fährt es ihm wie eine glühende Eisenstange in die Schläfen. Dann wird er ohnmächtig.

Wieder holen sie ihn zurück. »Wo ist Sergej? Er wollte zu dir, er wollte Medizin für Iwan.«

Langsam beginnt sein Hirn wieder zu arbeiten. »Er war bei mir, gestern. Ich habe ihm Tabletten gegeben. Dann ist er weg. Er soll nicht zu mir kommen. Das ist zu gefährlich. Er hatte sich frisch gemacht, sauber, bis auf die Hände. Er hatte eine Blume am Hemd. Er hatte was vor. Aber er hat mir nicht gesagt, wo er hinwollte.«

»Du lügst. Sergej hat keine Freundin. Keiner hat eine Freundin.«

Doch, ich, denkt Anton, aber er sagt es nicht laut. Und was für eine Freundin ich habe.

Sie binden ihn mit groben Stricken an einen der Balken, die das Dach des Schuppens stützen. Seine Schultern werden zurückgerissen, die Fesseln schneiden in seine Handgelenke. Er schreit: »Was seid ihr für Anarchisten? Die Freiheit seines Nächsten achten ist die Pflicht, sagt Bakunin. Was ist mit meiner Freiheit, ihr Arschkrampen?«

»Wer hat dich beauftragt? Wohin habt ihr Sergej verschleppt?«

Sonne brennt aus ihrem Zenit auf den Schuppen herab. Zwischen den Balken bricht Licht in Streifen durch das Dunkel, die sich zu einem verschwimmenden Raster duplizieren. Wieder muss er sich übergeben.

Langsam wischt der Dünne das Erbrochene auf. Dann essen sie sein Brot und trinken sein Bier. An den Rändern seines Schlafs hört er die beiden mit gedämpften Stimmen streiten. Als er aufwacht, ist er mit Iwan allein.

Was Anton weiß, hat er ihnen gesagt. Aber es war nicht, was sie hören wollten. Er weiß nicht, wo Sergej abgeblieben ist. Er ist verschwunden. Offenkundig hat die Medizin, die er ihm gegeben hat, Iwan nicht erreicht.

Der sieht ihn kauend und schwankend aus fiebrig glänzenden Augen an und sagt verächtlich: »Du willst über Bakunin sprechen? Du willst Anarchist sein? Du bist ein verdammter Sozialdemokrat, ein Speichellecker der Reformisten.«

»So einfach ist das nicht.« Anton sucht nach Worten, doch es fällt ihm schwer. Satzfetzen, einzelne Begriffe tauchen in seinem Bewusstsein auf und gehen wieder unter, bevor er sie aussprechen kann. Das alles ist so verkehrt, dass er es fast nicht glauben kann. Er hilft ihnen doch. Dafür sollten sie dankbar sein. Stattdessen schlagen sie ihn nieder und halten ihn gefangen. Er kann es nicht fassen, dass sie ihn für einen Verräter oder Schlimmeres halten. Er muss sich erklären.

»Meine Eltern sind Sozialisten. Ich war mit zehn schon

im Arbeitersportverein. In ihren Zeltlagern habe ich mein erstes Mädchen geküsst. Jeden 1. Mai haben wir zuerst die roten Fahnen durch den Wedding getragen, dann gab es Reden und Turnen und Ringen im Stadion und zum Schluss die Internationale. Damals waren wir noch USPD. Mein Ziehvater hat mich mit zu Rosa Luxemburg genommen. Alles war in Aufruhr. Wir glaubten, dass die Revolution vor der Tür steht. Das Paradies zum Greifen nah. Es war wie ein Rausch, und dann war es vorbei.«

Er kann nicht mehr. Vor seinen Augen Geflimmer, in seinen Eingeweiden Würgen. Iwan sieht ihn nicht an. Aber er muss ihm zuhören. Also spricht Anton weiter: »Die Arbeiterbewegung zerfiel in Sozialdemokraten und KPD. Meine Eltern wurden SPD und hoffen jetzt mit jeder Wahl auf die Einführung des Sozialismus in kleinen Schritten. Aber sie kommt nicht. Die SPD macht gemeinsame Sache mit den alten preußischen Militärs, denen sie schon 1914 die Kriegskredite bewilligt hat. Da fing es an. Ohne die Kredite hätte es den Krieg nicht gegeben und ohne den Krieg keine Reparationszahlungen, für die wir jetzt geradestehen müssen.«

Iwan hat sich wieder auf das Lager fallen lassen. Anton muss ihn überzeugen, muss ihm klarmachen, dass er einer von ihnen ist, dass sie auf derselben Seite stehen. Er fährt fort: »Sie haben Liebknecht und Luxemburg und Leo Jogiches ermordet. Eigentlich kann ich nicht mehr Sozialdemokrat sein. Aber da, wo ich bin, im Ortsverein, in der Gewerkschaft, in der Arbeiterwohlfahrt, geht es gar nicht um große Politik, da geht es um einen Meister, der

seine Lehrlinge bescheißt, es geht um Familien mit zwölf Kindern, die nicht satt werden. Es geht um Kranke, denen sonst keiner hilft. Soll ich die alle zurücklassen und sagen, ich bin jetzt nur noch Anarchist? Kropotkin sagt, Anarchismus sind Abmachungen von Mann zu Mann. Das gefällt mir. Und dass es um weniger Staat geht statt um mehr. In der Sowjetunion haben sie die Bosse nur durch die Partei ersetzt, und was die Partei will, ist Gesetz. Wer anderer Meinung ist, na, das wisst ihr selbst am besten.«
Er hat mit geschlossenen Augen gesprochen. Er hat sämtliche Kraft in diesen Monolog gelegt. Alles, was er hatte, in eine Waagschale. Mehr kann er ihnen nicht sagen. Iwan ist eingeschlafen. Leises Schnarchen mischt sich unter das Rauschen des Wehrs.

Bludau

Hartmuth Bludau, Kommissar der Sittenpolizei, hat frei. Er hat bis nachmittags geschlafen, denn seine Arbeitszeit liegt in der Nacht. Er lebt in einer kleinen Wohnung im Hinterhaus eines hochherrschaftlichen Gebäudes am Kurfürstendamm. Von vorn ziehen sich lediglich zwei Wohnungen pro Stockwerk mit acht und mehr Zimmern bis weit in die Seitenflügel hinein nach hinten und umrahmen einen Hof, in dem sich eine junge Kastanie zum Licht streckt. Man erreicht Hartmuth Bludaus Wohnung über den Dienstbotenaufgang. Treppauf, treppab werden über die enge Stiege Weine, Milchflaschen und Lebensmittel, werden Mangelwäsche, Kleider, Kohlen, Holzscheite, neu besohlte Schuhe und frisch gedruckte Zeitungen getragen. Das Vorderhaus legt sein marmorgetäfeltes Foyer den wenigen Bewohnern und ihren vereinzelten Besuchern zu Füßen wie eine stille weiße Wüste. Als er einzog, ist er probehalber hineingegangen, hat dem Hall seiner Absätze auf den Marmorfliesen gelauscht und gedacht: Aha, so ist das also hier. Und dann ist er wieder hinausgegangen, hat das schwere Tor zum Hof aufgezogen und ist den Dienstbotenwendel in den vierten Stock hinaufgeklettert, in seine Wohnung.

Hartmuth Bludau hat einen Stuhl vor dem *Café Schiller* ergattert und tankt das lachsrosa Spätnachmittagslicht wie eine satte Schlange. Die halbe Stadt ist auf den Beinen, schick gemacht, in Schale. Am Nebentisch bestellen zwei junge Frauen beim konsternierten Ober eine Tasse Kaffee. »Auf der Terrasse nur Kännchen, meine Damen, eins pro Nase.« Betretenes Schweigen. Dann stehen sie auf und trollen sich mit hochroten Gesichtern. Bludau grinst.

Keine Minute später wirft sich eine Dame nebst Begleiter auf die weiß lackierten Eisenstühle. Sie streckt die Beine weit von sich und fächert sich mit der Speisekarte Luft zu. »Pause, mein Lieber, ich muss verschnaufen. Die Suppe rinnt mir bei dieser Hitze in Strömen den Leib runter. Aber wir gehen wieder zurück, das hast du versprochen.«

»Ich kann den Tanztee schließlich nicht seiner Königin berauben, so gern ich es auch würde.« Er fährt ihr mit zwei Fingern über den feuchten Hals hinab ins Dekolleté.

Sie fängt sie ein und haucht einen Kuss auf seine Fingerspitzen. »Untersteh dich.«

»Falsch. Die Frage ist, wie ich den nächsten Charleston-Marathon *über*stehe.« Er tupft sich die Stirn mit einem karierten Taschentuch.

»An meiner Seite, Liebster, an meiner Seite.«

Der Ober schwänzelt herbei. Sie bestellen Eiswasser und Sekt und eine Ananas, die von den vorbeischlendernden Passanten neugierig betrachtet wird.

Der Kurfürstendamm ist das Aushängeschild des neuen Westens. Breite Bürgersteige säumen ihn auf beiden Seiten, zwei Fahrdämme, dazwischen eine Promenade mit Reitweg, Preußens Champs-Élysées. Zunächst als vornehme Wohnstraße geplant, sind die ursprünglichen Vorgärten schnell Café- und Restaurantterrassen gewichen. Die Komödie hat eröffnet, Hotels, Weinstuben, Lichtspielhäuser, Tanzlokale und Kabaretts. Vor den Schaufenstern der Modesalons, Pelzhäuser und Juweliere entzünden sich Sehnsüchte zu Feuersbrünsten.

Kommissar Bludau liebt den Ku'damm. Stundenlang kann er die Passanten betrachten, die Parade der Kleinen, der Großen und der Gernegroßen, der Betuchten und Schnorrer, der Profis und Amateure, die gut hundert Meter weiter im *Romanischen Café* am Auguste-Viktoria-Platz in Schwimmer und Nichtschwimmer geschieden werden. Bludau zählt sich zu den Profis. Seinen ersten Kaffee bestellt er stets bei Alfons, dem Ober des *Café Möhring*, den zweiten und Eier im Glas dann bei Lotte, Serviererin des *Café Schiller*, denn bei ihr muss er nicht zahlen, drückt er doch im Dienst großzügig beide Augen zu, wenn sie am Ende ihrer Schicht den ein oder anderen einsamen Gast gegen ein geringes Entgelt durch den Rest der Nacht begleitet. Hat er mal abends frei, geht er ins Nichtschwimmer-Bassin des *Romanischen* und erkauft sich mit ein paar Runden die Gunst der notorisch abgebrannten Literaten, die sich dort versammeln. Aus seiner Zeit vor dem Polizeidienst hat er sich die Liebe zu Poesie und Literatur bewahrt. Insgeheim schwärmt er für die Lasker-Schüler, die stundenlange, leidenschaftliche Debatten vor einer längst geleerten Tasse Kaffee austrägt. Sie übersieht ihn seit Jahren, und er hat Angst vor ihr.

Aber jetzt sitzt er noch am Ku'damm und lässt sich die Sonne aufs kleine Bäuchlein scheinen. Das Hemd frisch und blütenweiß, der Anzug nicht billig. Ein paar mehr Haare hätte er gebrauchen können, doch die haben früh begonnen, sich von ihm zu verabschieden. Deshalb hat er sich für den Sommer einen leichten, eleganten Strohhut gegönnt. Omnibusse schieben sich zwischen Automobilen und Pferdekutschen hindurch Richtung Halensee und Villenkolonie Grunewald. Direkt vor ihm, an der Haltestelle Joachimsthaler Straße, quillt eine neue Ladung Flaneure aufs Trottoir.

Eine Frau erregt seine Aufmerksamkeit. Ihr Kleid ist hoffnungslos aus der Mode, aber es steht ihr gut. Unter der üppigen Büste betont es fischgratverstärkt ihre Taille, um sich darunter zu einem bodenlangen Rock aufzubauschen. Aus dem weiten Dekolleté erwächst ein langer, eleganter Hals, darauf ein kleiner Kopf mit ovalem Gesicht. Eine Flut dunklen Haars ist lose aufgesteckt. Sie wendet sich halb zurück und winkt mit weiß behandschuhter Hand einen Abschiedsgruß zu den spiegelnden Scheiben des Doppeldeckers hinauf. Und noch bevor sie den Kopf wieder nach vorn drehen kann, ist sie schon schwungvoll in den schönen Erich hineingelaufen. Sie strauchelt über sein Bein, und er strauchelt gleich mit, fast wär man gestürzt, und beim Hochkommen will es der Zufall, dass ihre Kette mit dem blitzenden Anhänger sich löst und in Erichs Tasche gleitet. Er entschuldigt sich wortreich, sie hebt abwehrend die Hände und will weiter. Erich auch. Er zieht zum Abschied noch den Hut. Fast hätte man sich getrennt, da baut sich Bludau vor den beiden auf, und Erich verzieht das Gesicht wie in plötzlichem Zahnschmerz.

»Machen wir es kurz, Erich. Ich hab frei heute. Es ist sicher nur deiner Zerstreutheit geschuldet, dass sich die Kette der Dame jetzt immer noch in deiner Hosentasche befindet, wo du sie doch eigentlich sofort zurückgeben wolltest, nicht wahr?«

Erich fingert und fördert zutage. Er reicht sie der Verdutzten. »Hab sie blitzen sehn und sofort in Sicherheit gebracht. Habe die Ehre.« Wieder lüpft er den Hut und ist diesmal wirklich verschwunden.

Bludau und die Besitzerin der Kette stehen voreinander und sehen sich an. Sie ringt um Fassung. »Das ist das Kettchen meiner Großmutter. Ich wäre nicht zu trösten. Fast ein Unglück.«

Sie rollt das r und kämpft mit dem ch. Eine Russin, denkt Bludau. »Sie sprechen ein ganz hervorragendes Deutsch.«

»Das sollte ich auch. Es ist mein Beruf. Ich bin Lehrerin am russischen Gymnasium.«

»Ich wusste gar nicht, dass es ein russisches Gymnasium in Berlin gibt.«

»Es gibt sogar zwei. Die Kinder müssen lernen. Sie müssen Deutsch lernen und Russisch auch. Vor allem Russisch. Und unsere Geschichte. Wenn wir zurückgekehrt sind, müssen sie wiederaufbauen, was die Bolschewiki zerstört haben.«

Bludau nickt vorsichtig. Mindestens 350 000 russische Flüchtlinge hat die Oktoberrevolution nach Berlin gespült. Geschätzte 150 000 sind immer noch da. Hier, in größter Nähe zur ehemaligen Heimat, warten weißrussische Militärs, Adelige und Großgrundbesitzer darauf, dass sich die Zeiten ändern und der Bolschewismus zusammenbricht. Auch gemäßigte Sozialisten und Demokraten, die in Lenins Sowjetunion ebenfalls um Freiheit oder Leben fürchten müssen, verschlägt es entweder nach Berlin oder ins liberalere Paris, den intellektuellen Mittelpunkt Europas. Und die zahlreichen Anarchisten, ehemalige Waffenbrüder der Roten Armee und mittlerweile von ihr gejagt, sind auch auf der Flucht und überall. Doch die Sowjetunion ist stabiler denn je, und nichts deutet auf den Zusammenbruch der ersten sozialistischen Republik hin, vor der die restlichen Mächte Europas zittern. Bludau wundert sich, dass die Emigranten offenbar noch immer ihre Rückkehr in ein imaginäres Russisches Reich vorbereiten. Interessant. Er lässt sich seinen Unglauben allerdings nicht anmerken. Es ist ihm letztendlich auch egal. Er ist kein politischer Mensch.

»Aber das ist kein schönes Gespräch so über Politik.« Sie

scheint seinen Unwillen bei diesem Thema zu teilen. »Ich muss mich bedanken, sehr bedanken.«

»Machen Sie mir die Freude und trinken Sie mit mir einen Sekt.« Ihre Miene gefriert und er beeilt sich hinzuzufügen: »Oder einen Tee.« Sie sieht ihn noch immer an, als hätte er ihr ein unsittliches Angebot gemacht. So viel altmodischen Anstand ist er nicht gewöhnt. »Sie brauchen keine Angst zu haben: Mein Name ist Hartmuth Bludau, ich bin Preußischer Polizist, Kriminalkommissar bei der Sittenpolizei.«

Es scheint sie zu freuen, und das wiederum passiert Bludau nicht oft. Meist changiert die Reaktion auf dieses Bekenntnis irgendwo zwischen mitleidigem Lächeln und dem sofortigen Abbruch der Konversation.

»Apollinaria Zwetkowa.« Sie reicht ihm mit der Majestät einer Großfürstin die Hand, und Bludau beeilt sich, dem Luftraum über ihrem Handrücken einen Kuss aufzuhauchen. »Aber es muss sein ein schneller Tee, denn ich muss nach Hause zurück, dringend. Es wartet jemand. Und ich muss etwas für den Unterricht vorbereiten.«

»Aber es sind doch Ferien.«

»Wir bieten auch in den Ferien Unterricht an. Viele Kinder leben in Lagern oder auf sehr engem Raum. Es gibt zu Hause keinen Platz für sie, es gibt auch keine Ernte einzubringen, bei der man sie gebrauchen könnte. Wir beschäftigen sie, damit sie keine Dummheiten machen.«

Eine halbe Tasse lang hockt sie auf der Stuhlkante. Gerade lang genug, um in Bludaus vertrockneter Seele gänzlich verloren geglaubte Regungen zu entfachen. Wo andere in einem Gespräch aufrichtig staunen, sich interessiert fesseln lassen oder mitfühlend Tränen vergießen, steht ihm nur noch ein zynisches Grinsen zur Verfügung. Keine menschliche Regung ist ihm fremd, mag sie auch noch so bizarr ausfallen, aber die Anteilnahme ist dabei auf der Strecke geblieben. Doch diese junge, irgendwie aus der Zeit gefallene Frau lässt seinen in vielen langen Dienstnächten gewachsenen Panzer schmelzen wie einen Klacks Butter in der Pfanne. Er lächelt über allerliebst verquere Redewendungen in direkter Übersetzung. Sie sagt: »Das Leben zu meistern ist nicht wie Gehen über ein Feld.« Und: »Der Teufel ist nicht so furchterregend, wie man ihn malt.« Bludau stimmt ihr eifrig zu: »So isses. Ganz genau«, und hofft, dass sie dabei nicht über ihn selbst gesprochen hat. Unter seinem flehenden Blick hat sie für morgen einem gemeinsamen Essen zugestimmt. Er sieht ihr nach, als sie mit wogendem Rock in die Joachimsthaler Straße einbiegt.

Polina

Sie springt auf die Plattform eines Busses, fährt bis in die Kaiserallee und biegt in die Nachodstraße ein. Hier ist ihre Schule, und gleich daneben wohnt sie. Die Stufen im Seitenflügel sind steil wie eine Leiter. Langsam steigt sie mit hämmerndem Herzen hinauf. Schon im ersten Stock meint sie den Geruch zu erkennen und erschrickt. Das ist unmöglich. Das darf nicht sein. Im dritten Stock klopft sie ein Zeichen und dreht den Schlüssel im Schloss.

Die Vorhänge sind wie immer zugezogen. Ewiggrüne Dämmerung verwischt die Konturen, seine und ihre. Auf dem Bett liegt sein angegriffener Körper wie ein Stück Treibgut. Er röchelt. Jeder Atemzug treibt glucksend Luft durch schlammiges Gewebe. Der Geruch nach Fäulnis schnürt ihr die Kehle zu. Speichel sammelt sich in ihrem Mund, eine Schockreaktion ihres Körpers, die sie wieder und wieder befällt. Aber es vergeht. Nach wenigen Minuten wird sie sich daran gewöhnt haben. So ist es immer. Das weiß sie. Sie öffnet ein Fenster und ringt sich ein Lächeln ab.

»Du bist spät, Polinka. Ist etwas passiert?« Seine Stimme rasselt.

Sie streicht über seine versehrte Hand. »Nein, alles ist gut. Aber ein Mann hat versucht, mich zu bestehlen. Ein anderer hat das verhindert. Ein Polizist. Er hat mich zum Essen eingeladen. Morgen.«

Jetzt lächelt er auch. »Ein Polizist. Das ist gut, meine Taube, das ist sehr gut.«

Morgenthal

Heute ist sie schon wieder bei ihm. Ein guter Tag. Gleich nach ihrem Praktikum ist sie zu ihm zurückgekehrt. Sie hebt den verstrubbelten Kopf vom Mikroskop, und er muss aufpassen, dass er sein Entzücken über ihre geröteten Wangen und das Leuchten in ihren Augen im Zaum hält.

Sie hat etwas mitgebracht. »Es ist ein Abstrich. Der Patient hat Ausfluss am Morgen und Schmerzen beim Wasserlassen. Sonst ist er gesund.«

Morgenthal lächelt: »Gesundheit. Mit dieser Diagnose sollten Sie vorsichtig sein, Fräulein Fromm. Das ist ein relativer Begriff. Selbst wenn der Patient noch keine Beschwerden hat, kann die Krankheit längst in seinem Körper lauern. Schauen Sie mal hier.« Er verschiebt den Träger. »Sehen Sie diese rundlichen, hellen Knöpfchen? Da haben wir den Grund für den morgendlichen Ausfluss, unter uns Fachleuten etwas salopp *Bonjour-Tropfen* genannt. Nach der Syphilis die zweite Geißel der Liebenden. Neisseria gonorrhoeae, Tripper, die ›Geschwulst an heimlichen Orten‹, verursacht durch ›unreinen Beischlaf und die schändliche Hurenliebe‹. So haben es schon die Brüder Grimm beschrieben. *Protargol* ist hier die Therapie, eine Silberverbindung. Und Silber hat interessanterweise bereits Paracelsus bei Problemen mit den Genitalien empfohlen. Dem Element Silber hat er den Mond zugeordnet, von ihm noch als Planet bezeichnet, und folgerichtig eine Behandlung am Abend empfohlen. Das scheint sich in Zeiten des künstlichen Lichts erübrigt zu haben.«

Nike lächelt: »Professorchen, ich wünschte, ich könnte die Haut- und Geschlechtskrankheiten bei Ihnen absolvieren. Das ist schon mal grundsätzlich ein bitteres Fach, das einem den Spaß am Leben gehörig verderben kann. Aber wenn einem der Oberarzt selbst ständig mit Flackerblick hinterherstarrt, während er die eitrigen Gemächte seiner Patienten in der Hand wiegt, dann wird es sogar mir zu viel. Eigentlich dachte ich, dass mir bei Hirschfeld im In-

stitut für Sexualwissenschaft eine Hornhaut gewachsen ist, wo der gewöhnliche Mensch noch genant ist. Aber ich habe mich geirrt. Ich habe mich jedenfalls in die Geburtshilfe versetzen lassen. Von seinem ewigen Grinsen ist mir schlecht geworden. Er hat einen schwarzen Strich über den Zähnen, als hätte er sie Monate nicht geputzt. Ekelhaft.«
Morgenthal sieht sie einen Moment lang schweigend an. Dann sagt er ernst: »Der Mann hat was hinter sich. Es spricht für seinen Optimismus, wenn er ihnen so freundlich zulächelt. Was da seine Zähne ziert, ist ein sogenannter Wismutsaum. Schiefergrau bis schwarz entlang des gesamten Zahnfleisches?«
Nike nickt und schüttelt sich.
Leise fährt er fort: »Der Gutste hatte mal Syphilis, Lues venerea, und wurde mit Wismut behandelt. Kommt vor, wenn einer *Salvarsan* nicht verträgt. Das kann klappen, aber der Saum bleibt zurück. Die Lues ist heimtückisch und sieht bei jedem anders aus. Manche starten mit Spätfolgen, andere bilden nach Jahren Anfangssymptome aus. Sie hat tausend Gesichter und zehntausend Verkleidungen. Obacht also, vielleicht ist er nicht ganz kuriert.« Nike verzieht angewidert das Gesicht. Er zuckt die Achseln. »Das Gute ist immer nur die eine Seite der Medaille.«

Bohlke

Die Burg ist gespenstisch leer. Einzig das Fräulein Gehrke, die bebrillte Sekretärin des Oberkommissars Heinrich

Schwenkow, hält mit ihm über einer Erdbeertorte die Stellung. Stück um Stück verschwindet zwischen ihren raspelnden Mausezähnen, während ihre grauen Augen nervös zwischen Telefon und Schreibmaschine hin und her zittern. Wie kann eine so dürre Person nur so viel essen, wundert sich Bohlke. Bei ihm selbst bleibt jeder Krümel hängen. Aber er sagt nichts.

Die diensthabenden Kommissare sind ausgeflogen. In der Müllerstraße im Wedding keilen sich Nazis mit Kommunisten, die Auftaktveranstaltung der frisch angesiedelten NSDAP auf dem Boden der Reichshauptstadt. Die Massenschlägerei bindet die Kräfte der kasernierten Schutzpolizei, aber auch die Kriminalen sind zugegen.

»Solln se sich nur die Köppe einhaun. Meinen Segen ham se. Von mir aus bräuchte gar keiner von uns hingehn, und das Problem regelt sich von janz aleene. Aber mich fragt ja keener.« Bohlke hat beschlossen, seine Gewichtsprobleme heute mal außer Acht zu lassen und schaufelt sich ein drittes Stück auf den Teller.

Das Fräulein Gehrke ist nicht einverstanden: »Ne, ne, da ham wa Sodom und Gomorrha, wenn se da nich einschreiten.«

Das Telefon klingelt. »Sekretariat Oberkommissar Schwenkow, Gehrke am Apparat«, rattert sie. Dann lauscht sie still, stenografiert, schließlich legt sie den Bleistift aus der Hand und legt auf. »Noch 'ne reisende Leiche. Diesmal im Bus. Bohlke, jetzt müssense ran. Haltestelle Bahnhof Halensee, beim Luna-Park. Aber fürs Karussell wern se keine Zeit haben.«

»Was ham se gesagt, Sodom und Gomorrha? Ham wa doch längst da.« Bohlke ist schon aufgestanden.

Spiro

In den Trümmern der Gaststätte *Zum Magendoktor* tobt eine Schlacht. Etwa 30 Kommunisten verteidigen erbittert ihr Stammlokal gegen die Horde der Angreifer. Der frisch gegründete Ortsverein Wedding der Nationalsozialistischen Partei gibt seinen Einstand. Scheiben bersten und regnen in Splittern auf die angestaubten Sukkulenten auf den Fensterbänken. Ein Stoßtrupp drängt durch die Tür zum Sparschrank an der Rückwand des Tresens. In seinen nummerierten Fächern verwahrt der Sparverein die kargen Guthaben seiner Mitglieder. Wütendes Geheul erhebt sich. Stühle krachen, ihre Beine werden als Waffen gebraucht. Ein paar Zimmerleute haben vorrausschauend ihr Werkzeug mitgebracht. Hämmer, Äxte und sogar Hobel werden auf Schultern und Schädel gewemst. Aber die meisten kämpfen mit den Fäusten, Mann gegen Mann. Es wird gebrüllt, vor Wut oder Schmerz, das ist nicht immer auszumachen. Eine Bank wird aus ihrer Verankerung gerissen und segelt durchs sowieso entglaste Fenster auf die Straße. Die Trillerpfeifen der Schupos gellen. Ausnahmsweise wird die sonntäglich ausgedünnte Schutzpolizei durch die Kriminalen verstärkt.

Spiro steht in der zweiten Schlachtreihe der nur langsam vorrückenden Polizei, und ihm ist gar nicht wohl. Ich hätte einfach am See bleiben sollen, denkt er, aber er hat

Bereitschaft und ist nach seinem Schwimmausflug brav zurückgefahren ins aufgeheizte Zentrum der Stadt. Seit zwei Wochen kein Schleier, kein Wölkchen am Himmel, aus dem eine gnadenlose Sonne auf die Stadt herunterbrennt. Auch nachts bleibt die Hitze und bringt die Menschen um den Schlaf. Bei etlichen liegen die Nerven blank. Auch das Denken scheint in vielen Köpfen temperaturbedingt gedrosselt zu sein.

Rechts und links von ihm lassen die Kollegen erwartungsvoll die Stöcke wippen. Einzug der Gladiatoren, denkt er und fühlt sich falsch. Ironische Blicke treffen ihn. Sie haben ihn von Anfang an nicht gemocht. Ein Kommissar-Anwärter aus ihren Reihen hätte den Posten erhalten sollen, aber dann kam er, Spiro, frisch aus der Provinz und gleich erfolgreich. Großes Foto in der Zeitung. Seitdem wird er geschnitten. Weisungen erreichen ihn nicht, falsche Auskünfte auf seine Fragen, so geschickt getarnt, dass er sich noch nicht einmal anschließend beschweren kann. Er fühlt sich beobachtet und geschnitten zur selben Zeit.

Massenkeilereien geht er normalerweise aus dem Weg, aber er weiß auch, dass das jetzt nicht der Moment ist, um zu kneifen. Vor ihnen wogt eine Menge an Leibern, es wird geboxt, es wird getreten. Man fällt um, rollt verklammert mit dem Kombattanten übers Trottoir und holt dabei andere von den Füßen. Manche arbeiten mit verbissener Ernsthaftigkeit an der Erledigung des Gegners, andere wirken selig, wie befreit, in einem Rausch aus gesammelter Wut, die hier ihr Ventil findet.

Ein sehniger Mann im Braunhemd und hohen schwarzen Stiefeln aber agiert kühl und auffällig professionell. Er manövriert geschmeidig durch die Kämpfenden, sondiert und lässt hin und wieder einen langen Schlagstock mit Effet auf die Köpfe der Kommunisten hinabbrettern. Zuletzt hat er einen Maurer erwischt, der jetzt ohne einen Mucks in sich zusammensackt. Kein gutes Zeichen. Der Sehnige weicht zwischen die Kämpfenden zurück. Zu spät hat er die Polizisten bemerkt.

Spiro vergewissert sich mit einem kurzen Blick nach links und rechts, dass die Kollegen von Wackenitz und Wollzow den Kerl auch gesehen haben. Sie nicken, er läuft los und springt ins Getümmel. Ein Fußtritt schleudert ihn aus der Bahn, aber er sieht noch, wie das Braunhemd im *Magendoktor* verschwindet. Spiro hetzt ihm nach. Drinnen braucht er einen Moment, um das Inferno zu sondieren. Der Boden ist nass und mit Glassplittern übersät, auf den wenigen Tischen, die noch stehen, blutiges Geschmier. Vor ihm baut sich einer schwankend auf und wedelt bedrohlich mit einer abgeschlagenen Flasche. Er weicht aus und schafft es an die Hintertür, durch die das Braunhemd verschwunden ist. Sie führt in einen ummauerten Hof. Das Tor scheint abgeschlossen. Davor hat sich der Sehnige aufgebaut und sieht ihm ruhig entgegen.

Sie sind allein. Von der Straße und von drinnen gellt das Inferno, aber im Hof selbst, in dem sich die Hitze wie in einem Ofen staut, ist es unheilkündend still.

Ruhig sagt Spiro: »Stehen bleiben. Polizei. Ich verhafte Sie wegen mehrfacher Körperverletzung.«

Der Sehnige mustert ihn unbeeindruckt, wie er da nicht

ganz routiniert nach dem Handfessler tastet. Auffallend eng stehen seine tief liegenden Augen, seine dunklen Haare sind militärisch kurz geschoren. Militär oder Knast, denkt Spiro.

Der Mann kommt zwei Schritte auf ihn zu, lässt den Schlagstock fallen und ballt locker die Fäuste. »Komm se nur ran, Herr Polizist. Ick warte.« Seine Stimme ist leise.

Spiro sieht sich um. Wollzow und von Wackenitz sind ihm nicht gefolgt. Ob aus Zufall oder mit Absicht, ist jetzt auch egal. Allein, ohne Waffe steht er vor dem Schläger. Instinktiv hebt er die Fäuste zur Deckung und hofft noch immer, dass seine Kollegen zu ihm aufschließen.

Das wartet der Sehnige nicht ab. Er wittert, dass der Faustkampf Mann gegen Mann nicht Spiros Königsdisziplin ist. Mit ein paar federnden Schritten schnellt er vor, täuscht mit rechts an und prüft mit der Linken die Deckung seines Gegners. Dann wiederholt er die Kombination in doppeltem Tempo und landet einen präzisen Leberhaken. Das malträtierte Organ zieht sich zusammen, ein glühender Schmerz, und Spiros Blutdruck fällt ins Bodenlose. Ihm wird schwarz vor Augen, er strauchelt. Im Fallen erwischt ihn noch ein rechter Schwinger, bevor er sich aufs Pflaster legt. Sekunden haben für ein klares K. o. gereicht.

Bohlke

Die Sonne sinkt, aber es wird nicht kühler. Die ganze Stadt ist auf den Beinen und schiebt Kind und Kegel durch die glühenden Straßen. Bohlke lässt sich auf dem offenen Oberdeck vom Einser-Bus durch die Stadt kutschieren, über das Gewühl des Potsdamer Platzes zum Wittenbergplatz und die ganze Pracht und Herrlichkeit des neuen Westens, den Kurfürstendamm, entlang, bis sich am Henriettenplatz, letzte Station vor der Endhalte, alles staut und der Busfahrer seine schwitzenden, mosernden Passagiere auf freier Strecke entlässt.

Bohlke nimmt den Kronprinzendamm und gelangt, umschwirrt von den gellenden Schreien der Passagiere in den Fahrgeschäften des Luna-Parks, zur abgesperrten Haltestelle. Er schüttelt den Kopf. Zum Schutz der erbosten Anwohner verbieten drinnen Schilder das Gekreische auf Karussells und Bahnen. Aber wo der Mensch gerüttelt und geschwenkt, geschüttelt und gekreiselt wird, wo sich ungeahnte Fliehkräfte entfalten und ihn umhertrudeln lassen wie eine Kugel im Roulette, da nützt auch das drohendste Schild nichts. Da wird aus vollen Lungen geschrien, dass es weit über den See und die umliegende Gegend schallt, auf dass die Menschheit teilhabe am eigenen wohlig süßen Schrecken.

Zwei Schupos in Blau haben die Passagiere des Busses vor dem Bahnhof antreten lassen. Bohlke salutiert aus alter Gewohnheit und weist sich aus. Der Fahrer hockt auf den Stufen, seine Mütze in der Hand, und streicht sich den Schweiß von der Glatze. Was ihm oben fehlt, macht er durch einen gewaltigen Schnurrbart wett, dessen Enden vor der Hitze kapituliert haben und nun melancholisch abwärts weisen. Aus leicht vortretenden, wässrig blauen

Augen sieht er Bohlke entgegen, der sich deutlich an einen Seelöwen erinnert fühlt.

»Bohlke, Kriminalpolizei. Wo isser denn, der Unglücksrabe?«

»Oben, hinten durch, letzte Bank. Muss ick mit?«

Bohlke schüttelt den Kopf. Das Oberdeck dieses Busses ist geschlossen und einem Backofen nicht unähnlich. Im Oberdeck staut sich die Hitze. In der letzten Bank liegt ein hagerer Mann, in ordentlichem 90-Grad-Winkel auf die Seite gekippt. Augen offen, die Pupillen geweitet, zwei schwarze Löcher in einem Gesicht aus Wachs. »Nanu. Wenn wir das nicht schon mal hatten heute früh, fress ick 'nen Besen. Mist, verdammter.«

Eine Fliege kriecht über das regungslose Gesicht des Toten und guckt nach, ob es für sie schon was zu holen gibt. Bohlke hat bereits die Hand oben, um sie zu verscheuchen, dann lässt er es sein und zuckt die Achseln. »Merkt eh nichts mehr.«

Auf der Treppe kämpft sich der Polizeifotograf rumpelnd mit Koffer und Stativ nach oben. »Angenehm habt ihr's hier. Könnte nich schöner sein. Genau meine Temperatur.«

»Afrika is nix dagegen. Ick bin dann wieder unten. Befragung.« Bohlke grinst und trollt sich, während der Fotograf fluchend seine Utensilien auspackt.

Alles wie am Morgen. Keiner erinnert sich an gar nichts. Ein alter Mann in fadenscheinigem Anzug hat neben ihm gesessen, da hat er sich noch geregt und war rot im Gesicht und unruhig und hat auch was gesagt, aber das hat der Alte nicht verstanden. Er hört auch jetzt schlecht, und

Bohlke muss seine Fragen brüllen, was von den Umstehenden mit Gelächter quittiert wird. Zugestiegen ist er am Olivaer Platz. Entgegengekommen sind ihm viele. Wer achtet schon darauf, und richtig sehen kann er sowieso schon lang nicht mehr. »Nach ein, zwei Metern is Schluss und nur noch Nebel.«
Bohlke seufzt. »Als Zeuge isser geradezu die Idealbesetzung. Manchmal meint es das Schicksal einfach zu gut mit einem«, brummt er.
Aber jetzt hat der Alte sich warm geredet. »... und vorher, als er noch lebendig gewesen war, hat er mich am Arm gepackt und mich angeguckt, als wollte er reinkriechen in meine Augen, wie ein Entsprungener. Durcheinander, würd ick sagen, komplett durcheinander. Aber darüber regt sich heutzutage keiner mehr auf, die halbe Welt is ja meschugge. Mir war aber trotzdem mulmig. Als Nächstes hat er sich richtiggehend angelehnt an mich. Ick kannte den doch gar nich. Wenn's 'ne Dame jewesen wäre, meinetwejen. Aber ein Kerl? Ne danke. Ick stehe also auf, und er kippt um wien nasser Sack. Den Rest sehnse ja selber.«
Von der Wasserrutschbahn des Luna-Parks weht vielstimmiges Gekreisch herüber. Nach einer dürftigen Notiz klappt Bohlke seinen Block zu. »Nu steh ick da, ick armer Tor! Und bin so klug, als wie zuvor.«
»Wat is?«, will der Alte wissen und reckt den faltigen Schildkrötenhals.
»Nix is. Das is Goethe, der hat sich auch nicht ausgekannt.«

3
Montag

Fred

Gleißendes Licht schreddert den Wedding zu einem Mosaik aus Schwarz und Weiß. Häuserschatten teilen mit schwarzen Schrägen gegenüberliegende Fassaden, blendend weiße Straßen stürzen auf freier Strecke über Schattenkanten ins Nichts, von den Dachrinnen hängen schwere Balken aus Dunkelheit. Fred und die Clique lagern auf einem Streifen wilder Wiese im Schatten und glotzen. Am glühenden Bahndamm schlägt Kraftschick den Takt. Von allen vier Seiten rammen sie eine eiserne Bodenhülse in die gebackene Erde. Während Kraftschicks Hammer heruntersaust, steigt der seines Nebenmannes auf, steht der gegenüber oben, fährt der seines anderen Nachbarn bereits herab. Vier Männer in weitem Ausholen, vier Hämmer an langen Stielen kreisend, vier dröhnende Schläge in einem Rhythmus. Funken stieben, Schweiß rinnt in glänzenden Bächen, ihre Rücken sind nass. Der Takt der Schläge, ein Sog, der sie weiterzwingt.

Kraftschick arbeitet wie eine Maschine. Die Hülse schwingt schon nicht mehr, ist eingepfercht in ihrem Bett aus Schotter und Erde, und der einzige Weg, den ihr der Ansturm der Hämmer lässt, führt hinunter. Zentimeter für Zentimeter, langsam, kaum merklich, sinkt sie ein.

Fred kann sich nicht losreißen von diesem Schauspiel. Sie

sehen die Funken, den knallblauen Himmel, den Schornstein, die Hallen und lauschen der Hammermusik. Dann tritt Kraftschick zurück, und die Schläge verscheppern. Er wischt sich den Schweiß aus den Augen, sieht Fred und zwinkert ihm zu. Die Hülse ist drinnen. Es ist vorbei.

Kalle, die Keule

Die Clique springt wie auf ein Zeichen hin auf. Unterwegs zum Nordhafen überholen sie einen Scherenschleifer. Um seine Schultern ein Riemen, die Deichsel seines Karrens in der Hand, ist er sein eigenes Zugpferd. Vor der Kunkelstraße 7 wird er erwartet. Die schlanke, helle Gestalt von Helene Kraftschick, neben ihr Freds stämmige Mutter, beide halten einen Strauß Messer in kräftigen Händen, wie Blumen aus Stahl. Bei ihrem Anblick machen sie auf dem Absatz kehrt, biegen ab in die Schulzendorfer, dann weiter nach Süden, zum Kanal.

Durchs braune Wasser pflügen tief liegende Lastkähne. Kalle, die Keule, mustert das Wasser mit gerunzelter Stirn. Er riecht was, und das riecht nicht gut. Fred, August und Max schälen sich aus den kurzen Hosen. Im schlotternden Unterzeug hechten sie von den Bohlen ins Wasser. Fred zuerst. Ernas Hand ist feucht. Sie greift ihn fester. »Nimm die Keule und komm rein.« Fred winkt. Die drei schwimmen zurück zum Ufer, ihnen entgegen. War ja klar. Das wollen sie also von ihm. Erna lässt seine Hand fahren und streift das Kleid über den Kopf. Wie ein geölter Blitz rennt er los, aber nach drei Schritten hat sie ihn am Schlafittchen. Heute ist es also so weit. Er hat es kommen sehen.

Sie geht mit ihm vor bis zur orangerostigen Bohlenwand, unter ihnen die Untiefen des Kanals. Er blickt zu ihr auf, sie zwinkert ihm zu, dann packt sie ihn und wirft ihn hinunter ins Wasser. Er sinkt wie ein Stein. Das Wasser ist kühl und die Tiefe knistert in seinen Ohren. Als er den Kopf in den Nacken legt und die Augen öffnet, sieht er oben den Himmel durch die braune Brühe leuchten. Jetzt begreift er, dass da keine Luft ist, die er atmen kann, und Angst durchwölkt seinen kleinen Körper. Er beginnt zu strampeln. Eine imaginäre Leiter stoßen ihn seine Beine hinauf, die Arme schaufeln. Er atmet Wasser, die Lunge brennt, sein Schrecken groß wie die Türme der Gasanstalt.

Da umfasst ein Arm seinen Brustkorb und hebt ihn über die Wasseroberfläche. Das Gejohle der Clique, Luft und die tanzenden weißen Reflexe der Sonne auf den Wellen. Er ist im Wasser, und er ist oben. Als er fertig ist mit Husten, legt ihn Fred auf den Rücken, Toter Mann, und er lernt, dass ihn das Wasser trägt, wenn er nur ruhig bleibt, dass man sich ausruhen kann darauf. Sie zeigen ihm die Froschbewegungen der Beine, halten seinen Kopf über Wasser, während er übt. Er lernt die große Teilungsbewegung der Arme. Dann lassen sie ihn los. Nach zwei Zügen geht er spuckend unter, kommt paddelnd wie ein Hund wieder hoch, und genauso schafft er es zurück zur Leiter. Er hat genug. Versinkend applaudieren sie ihm, nur die Hände sind über der Oberfläche zu sehen. »Keule, jetzt kannste schwimmen.« Erna ist stolz und schiebt ihn die eisernen Sprossen hoch, die sich schmerzhaft in seine Fußsohlen drücken.

Ein tiefer Sirenenton lässt die drei Jungen im Wasser herumfahren. Ganz nah schon ist der Lastkahn, der kaum über die Oberfläche hinausragt, in die Tiefe gedrückt von Bergen gelben Sands. August und Max kraulen an die Spundwand, zur Leiter. Von Fred keine Spur. Jetzt ist der Frachter auf ihrer Höhe, die Sandberge zum Greifen nah. Immer neue türmen sich auf und ziehen vorbei, endlos lang ist der Kahn, trotz seiner Ladung schnell und doppelt so breit wie die schmalen Apfelkähne, die neben ihm tuckern.

»Das schafft er nicht. Da kann er nicht drunter wegtauchen«, murmelt August. Sie hören den Klang der Schraube, die das Wasser zu Gischt strudelt. »Fred«, brüllen sie. »Fred.« Keine Antwort, nur das Mahlen der Schraube. Sie wagen nicht, sich anzusehen, urplötzlich ist ihnen kalt und sie zittern. Vier Augenpaare suchen in den Wellen. Der Frachter ist jetzt vorbei und im aufgeregten Wasser kein Fred.

»Da isser. Er ist drauf«, krächzt plötzlich Kalle, die Keule, und lauscht irritiert dem hinterher, was da gerade seinen Mund verlassen hat.

Erna boxt ihm zufrieden in den Arm. Und tatsächlich, Fred hat sich auf die Ladefläche hochgezogen. Er liegt lässig auf einen Arm gestützt auf dem Sand und winkt ihnen zu. Unter ihm quirlt die Schiffschraube.

»Arschkrampe«, schreit Erna. »Vollidiot«, brüllt Max. August hustet. Kalle, die Keule, grinst.

Spiro

Für Spiro ist es ein Morgen der Schmerzen, aber auch der Wut. Gestern im Wedding hat er ordentlich eingesteckt. Die Kommissare Wollzow und von Wackenitz haben ostentativ weggesehen, als ihn andere neben dem stinkenden Abort im Hof des *Magendoktors* schließlich wieder auf die wackeligen Beine stellten. Die Ärsche haben mich ins offene Messer laufen lassen, denkt er. Abrechnung mit dem Neuzugang. Der Nazi hätte mich auch totschlagen können, und sie wären trotzdem nicht gekommen. Wie soll das weitergehen? Ermitteln zusammen mit denen? Er kann es sich nicht vorstellen. Wenn er mit irgendetwas gar nicht umgehen kann, dann sind das Heimtücke und Hinterlist. Bei Ganoven muss er damit rechnen, aber bei den eigenen Leuten?

Ein großes Hämatom prangt unterhalb seines rechten Rippenbogens. Links spannt pflaumenblau die Haut über der geschwollenen Wange. Er ist noch immer Kriminalkommissar zur Probe, und eine Krankschreibung für ein paar blaue Flecke erscheint ihm nicht angebracht. So leicht gibt er nicht auf. Auch wenn es ihm die Hauptstadt nicht leicht macht. Also hat er sich am Morgen unter Schwenkows beifälligem Nicken zu diesem Einsatz in der Oranienburger Straße gemeldet.

Das Portal der Nummer 47 ist beeindruckend. Auf dem Boden Mäander in farbigem Stein, unter der Decke vergoldeter Stuck, Wände in marmorner Pracht, aus Kostengründen allerdings nur aufgemalt. Er liest den Etagenplan in kunstvoll geschmiedetem Rahmen: Zilversmit und Liebermann, Blumenfeld und Blauzwirn, Rosenberg und Zucker. Das Gros der Bewohner dieses ehrwürdigen Hauses ist offensichtlich jüdischer Abstammung und hat es aus der Enge und dem Dreck des Scheunenviertels hierher in den bauchigen Schatten der Neuen Synagoge geschafft. Aber auch Lemkes, Brauns und Lehmanns mischen sich darunter. Juden und Christen leben unter demselben Dach. Mit dabei ist auch Zinaida Jurewskaja. Er hat gefunden, was er gesucht hat und flucht, denn er muss in den vierten Stock.

Ein roter Sisalteppich dämpft seine hinkenden Schritte. Oben angekommen, wartet er, bis sich sein Atem beruhigt hat. Die Tür ist angelehnt, dahinter ein dunkler Flur. »Ist da wer?«, ruft er halblaut. »Hier«, kommt es knapp zurück. Wo, muss er sich denken. Die Auswahl ist nicht groß. Eine Tür rechts, zwei links. Die linken gehen hinaus auf die Straße. Jenseits der rechten ist auf Hüfthöhe eine Holzstange angebracht. Er fährt mit der Hand darüber und wundert sich. Keine Garderobe, kein Tischchen, kein Läufer. Nur diese Stange. Der Flur ist bis auf ein paar im Luftzug trudelnde Wollmäuse nackt.

Er nimmt die erste Tür zur Linken, weil das »Hier« aus der Nähe kam. Ein großer, fast quadratischer Raum in schmerzhafter Helligkeit. Am kahlen Fenster einsam ein zierlicher Tisch ohne Stuhl. Der liegt, statt am Tisch zu stehen, umgestürzt in der Mitte des Raumes. Vom Lüster, auf dessen blinden Kristallen eine Staubschicht wie grauer Neuschnee liegt, hängt ein Schal und an dem Schal der kleine, ausgemergelte Körper einer Frau in schwarzem

Trikot und hellem, gespreiztem Tutu, an den Füßen geschnürte Ballettschuhe.

Spiro umrundet mit vorsichtigen Schritten die Tote. Ihr Gesicht ist geschwollen, die Lippen blau. Sie scheint in der Mitte des Raumes zu schweben, festgesetzt in der leeren Luft zwischen hohem Stuck und Parkett, reglos und endgültig, wie eine Fotografie. Er bleibt stehen. Unten auf der Oranienburger sind Gedröhn und Geklapper, Stimmen und Hupen zu hören. Irgendwo im Haus ein Klavier. Aber alle Geräusche scheinen von weit her zu kommen und abzuebben, noch bevor sie das Zimmer erreichen. Der Raum selbst bleibt unbeeindruckt, bewohnt nur von Stille.

Die Flügeltür zum Nebenraum ist angelehnt. Von dort meldet sich knarzend das Parkett, und Spiro geht hinein. Am Fenster wendet sich ein junger Mann in der blauen Uniform der Schutzpolizei langsam zu ihm um, auf dem Bett hebt eine zusammengesunkene Gestalt in Zivil einen schweren Kopf.

Beim Anblick von Spiros ramponiertem Gesicht wächst auf der Stirn des Schupos eine Zornesfalte. »Raus hier, aber sofort. Wer sind Sie überhaupt? Was haben Sie hier verloren?«

Spiro hält ihm seinen Dienstausweis unter die Nase. »Ein Kollege.«

»Da kommt man im ersten Moment gar nicht drauf. Aber nichts für ungut«, sagt der junge Schupo.

Spiro versucht ein Grinsen. Es schmerzt. Er lässt es wieder und nickt stattdessen seinem Gegenüber aufmunternd zu.

Der beeilt sich: »Die Tote ist Zinaida Jurewskaja, Ballerina bei der Berliner Staatsoper, und das ist der Tanzmeister, Valentin Schütz.«

Der hat sich mittlerweile aufgerafft, ein schöner, drahtiger Mann in eng anliegenden schwarzen Hosen und einem ebensolchen Hemd. Jede seiner Bewegungen, die verschleiften Schritte, die anmutig erschlaffte Hand, die er Spiro jetzt entgegenstreckt, ist von einer fast widerwilligen Grazie. »Sie ist gestern nicht zur Vorstellung erschienen und heute früh nicht zur Probe. Das ist schon ein paarmal vorgekommen. Ich habe sie dann aus dem Bett geholt. Schwermütig. Sie verstehen?« Er selbst schüttelt ungläubig den Kopf, seine Lippen beginnen zu zittern, dann fängt er sich. »Bitte entschuldigen Sie, aber damit habe ich nicht gerechnet.« Er schnäuzt sich. »Sie war eine der Besten. Eine große Begabung. Als Russin an der Berliner Staatsoper in Festanstellung … davon können Hunderte Tänzerinnen nur träumen. Und jetzt das …«

Spiro sieht sich im Zimmer um. An der Wand das einfache Bett aus dunklem Holz, auf einer Kiste daneben ein Buch und eine Kerze. Ein aufgestellter Schrankkoffer mit ein paar Kleidern in gedeckten Farben. Ein Paar Sandalen, sechs Paare Ballettschuhe mit Löchern in den Sohlen, etwas Unterzeug. Der Nachlass eines spartanischen Lebens. »Es sieht nicht so aus als wäre sie in Berlin heimisch geworden«, sagt er.

Valentin Schütz lässt mit anmutig gebeugtem Hals den Kopf sinken. »Heimweh, sie hat immer gesagt, dass sie Heimweh hat. Nach was, hab ich gefragt. Du hast doch alles. Geld, eine Wohnung. Und alle Bühnen gleichen einander, Vorhang, Licht, Applaus.« Er macht eine Pause, dann fährt er nachdenklich fort: »Sie hat gesagt, das sei nicht dasselbe. In Russland würde das Ballett eine völlig andere Art von Verehrung genießen. Hier bei uns gehe es lediglich um Geld und Ruhm. Dort sei es das Herzstück aller Kultur. Die Opern- und Konzerthäuser seien wie Tempel, geweihte Orte. Vielleicht hat sie recht. Die absolute Hingabe der russischen Solisten an ihre Arbeit, ob Tänzerinnen oder Musiker, ist jedenfalls von fast religiöser Inbrunst. Zinaida hat ihr Leben dem Tanz unterworfen.« Mit einer grazilen Bewegung weist er in Richtung Flur. »Selbst zu Hause hatte sie eine Ballettstange. Genau genommen hat sie sich im Tanz aufgelöst. Sie ist darin verschwunden.« Er schüttelt wieder den Kopf. »Sie stand doch auf der Bühne. Was sonst hätte ich ihr bieten können?«

Spiro entlässt ihn nicht: »Waren Sie und Fräulein Jurewskaja ein Paar, wenn auch ohne Trauschein?«

Valentin Schütz' Gesicht ist von ungesunder Blässe, scharf zeichnen sich jetzt Kiefer und Wangenmuskeln ab. »Wenn sie gewollt hätte, sofort und auf der Stelle. Aber daran hat sie wahrscheinlich noch nicht einmal gedacht. Ein Leben neben dem Tanz? Unmöglich für sie. Sie hat gearbeitet wie ein Berserker und ist ansonsten in Melancholie ertrunken. Sie hatte Sehnsucht nach Sachen, da wär ich nie drauf gekommen. Nach dem russischen Licht, nach dem großen, leeren Himmel, der sich in der Newa spiegelt, nach dem Goldglanz der Zwiebeltürme auf den Kirchen …« Er verstummt und zuckt hilflos mit den Achseln.

Spiro fragt: »Wie sind Sie hereingekommen?«

»Ich habe geklopft. Als sie nicht geöffnet hat, habe ich ihn auf der Straße angesprochen.« Er deutet auf den jungen Schutzpolizisten. »Er hat die Tür aufgemacht.«

Der Schupo nestelt verlegen einen Bund Dietriche unterschiedlicher Größe hervor: »Ein Steckenpferd von mir. Ich übe nach Feierabend. Andere sammeln Briefmarken.«

Spiro kraust die Stirn, beschließt aber, nichts weiter dazu zu sagen. »Gut, dass Sie alles so gelassen haben, wie es war.«

»Hat man uns so eingebläut. Abschiedsbrief liegt wahrscheinlich auf dem Tisch am Fenster. Kann ich aber nicht lesen. Können Sie Russisch?«

»Kyrillische Buchstaben? Nein.« Er schüttelt den Kopf. »Wir brauchen einen Übersetzer.«

Er geht zurück ins Zimmer mit der Toten. Auf dem Tisch liegt ein Bogen Papier, daneben ein Füllfederhalter. Nur wenige Sätze, nach jedem ein Absatz, die Schrift akkurat. Ihr Abschiedsbrief sieht aus wie ein Manifest. Er hatte etwas anderes erwartet, Bögen, Schleifen, getrocknete Tränen. Immerhin war sie eine Künstlerin. Aber die Schlichtheit des Bogens passt auch zu diesen merkwürdig unbewohnten Räumen, deren Besitzerin sich lediglich den Luxus ihres Tanzes und sonst nichts gestattet hat.

Nike

Am Spreeufer, unweit des Lehrter Bahnhofs, liegen die roten Backsteinbauten der *Charité*. In der Artilleriestraße ist die Frauenklinik. Hier wird gepresst, gehechelt und geschrien. Nike wundert sich. Die Geburten liegen in den kundigen Händen der Hebammen und Geburtshelfer, nur bei Komplikationen werden die Ärzte konsultiert. Sie lernt den Herzschlag eines Kindes im Mutterleib zu verfolgen, hört, wie er unter dem Druck der Wehen seinen Rhythmus verliert und sich furchtsam zurückzieht. Kommt er nicht wieder, erstarkt er nach einer Wehe nicht von Neuem, ist es Zeit, das Kind zu holen, »höchste Eisenbahn«, sagt Fräulein Mischke, die Hebamme, und greift zur Zange. Sie lernt Steiß- und Kopfgeburten zu ertasten. Ein *Flieger* kommt mit dem Gesicht zuerst, das ist gefährlich. Es gelingt ihr gleich beim ersten Mal, den trotzig hochgerissenen Kopf eines vorwitzigen Säuglings im Geburtskanal zu senken, und Fräulein Mischke klopft ihr anerkennend zwei blutige Handabdrücke auf den Kittel.

Seit Nike die Station morgens um sieben betreten hat, ist sie im Kreißsaal von Bett zu Bett gehetzt, hat sich dazwischen unzählige Male die Hände desinfiziert, hat fünf dunkelroten, verquollenen Säuglingen zwischen den zitternden Schenkeln ihrer Mütter in die Welt geholfen. Sie hat literweise Blut und Sekret fortgewischt und geduldig auf die ledrige rotbraune Nachgeburt gewartet. Sie hat sogar einen Dammriss genäht, weil sie gut darin ist und man das besser sofort macht. Jetzt gönnen ihnen Mütter und Kinder eine Atempause.

»Ich wusste gar nicht, dass es hier am ersten Tag schon so richtig zur Sache geht.«

Fräulein Mischke schenkt ihr einen sardonischen Blick.

»Selbst schuld, meine Liebe, andere kommen hier monatelang nich weiter. Ick sehe da ein gewisses Talent, das is nich oft. Kannste mir glooben.«

Nike freut sich und weist auf die Tür, »Ich bin mal ganz kurz um die Ecke«, aber sie kommt nicht weit. Auf dem Korridor sitzt eine junge Frau in sorbischer Tracht. Über grünem Kattunstoff mit Lochstickerei trägt sie eine Lapa, die ausladende Haube der Sorbinnen. Ein blau-grün gestreiftes Wolltuch liegt um ihre runden Schultern, in ihrem Schoß eine Schürze in großflächigen Blaudruck, darauf ein winziger Säugling in einem fest gewickelten Kokon. Viele Ammen in Berlin kommen aus der Lausitz. Sie werden gut behandelt und ernährt, stolze Vertreterinnen ihrer Zunft.

»Ich brauche einen Arzt. Bitte. Helfen Sie.« Sie winkt Nike heran. Dann hebt sie mit einer schnellen Bewegung eine geschwollene Brust aus dem Ausschnitt und hält sie ihr entgegen.

Nike legt ihre Hand darauf. Die Brust ist heiß, hart geschwollen und zur Spitze hin feuerrot. Nike fährt zurück. Sie fordert die Frau auf, ihr zu folgen. Neben dem Kreißsaal ist das Ärztezimmer. Sie klopft, erhält keine Antwort, drückt schließlich beherzt die Klinke herunter und tritt ein. Ihr auf dem Fuß die Sorbin, die das Kind mit einer merkwürdigen Steifheit vor sich herträgt. Der Stuhl vor dem Schreibtisch ist leer, die Vorhänge sind zugezogen und filtern honigfarbenes Licht. Hinten im Raum ein Paravent mit den Szenen eines chinesischen Parks. Der schwankt jetzt, und endlich kommt hinter ihm der Arzt hervor. Ein zerknittertes, ungehaltenes Gesicht. Er hat geschlafen.

»Was tun Sie hier, und wer sind Sie überhaupt?«

»Nike Fromm, Studentin der Medizin. Ich bin eigentlich im Kreißsaal …« Sie bricht eingeschüchtert ab und weist auf die Frau in Tracht.

Die hilft ihr. »Ich bin Amme. Aber ich kann das Kind nicht anlegen.« Tränen schimmern. Wieder holt sie die heiße, geschwollene Brust hervor.

Der Arzt zieht die Vorhänge auf, geleitet sie zum Fenster, schlüpft in ein Paar dünner Handschuhe und untersucht. Aus der Warze wächst ein gelblicher Tropfen, der Hof darum ist eins mit der Entzündung geworden, seine Grenzen nicht mehr auszumachen. Mit einer raschen Bewegung nimmt er ihr das Kind aus den Armen, legt es auf den Behandlungstisch und löst seinen Kokon. Es lässt die Befreiung aus seinen Windeln und die Berührung mit dem kühlen Metall des Tisches schweigsam und gelassen über sich ergehen.

Nike traut ihren Augen nicht. Sein kleiner, magerer Körper ist übersät von eitergefüllten Blasen unterschiedlicher Größe. Sie glänzen und schimmern wie poliertes Elfenbein. Im ersten Moment ist sie fast entzückt über diesen verschwenderisch ausgegossenen, exzentrischen Schmuck, dann gewinnt die Medizinerin in ihr wieder die Oberhand, und sie sieht den Arzt erwartungsvoll an.

Der stöhnt, ordnet sein wirres Haar und sagt leise: »Es war richtig, dass Sie sofort zu mir gekommen sind. Ich bin Dr. Berlinger, Stationsarzt. Haben Sie die Frau oder das Kind angefasst?« Nike nickt. »Waschen Sie sich mehr als gründlich, desinfizieren Sie, dann möchte ich, dass Sie diese Salbe benutzen. Novasurol. Sie ist grau, erschrecken Sie nicht. Vier Tage hintereinander. Das sollte reichen. So lange will ich Sie hier nicht sehen. Sie sind freigestellt. Schmieren Sie und tragen Sie dann Handschuhe.«

Nike ist blass geworden, ringt um Fassung und geht zum Waschbecken.

Er wendet sich der Amme zu: »Seit wann hat das Kind diese Blasen?«

»Bei der Geburt war es wie alle anderen. Es ist nur sehr klein, und es schreit nicht, nie. Nach einem Tag bekam es rote Flecken. Nach und nach haben sie sich mit Eiter gefüllt. Das ist zwei Tage her.« Sie weint.

Der Arzt bewegt langsam seine Hand über dem Gesicht des Kindes von links nach rechts. Die Hand interessiert es nicht. Mit unendlichem Gleichmut blickt es geradeaus.

»Pemphigus lueticus, kongenitale Lues, Ansteckung mit Syphilis im Mutterleib. Oft stirbt der Fötus und wird als totfaule Frucht vorzeitig abgestoßen. Aber dieser kleine Kerl hat es überlebt. Wahrscheinlich ist er Paralytiker oder schwachsinnig oder beides. Auf jeden Fall hat er Sie angesteckt. Sie müssen in die Dermatologie, und es wird etwas dauern. Mit der Behandlung des Kindes sollten wir sofort beginnen, um noch größeres Unheil zu verhindern.«

Die Sorbin schnappt nach Luft. Wenige Worte haben gereicht, um sie zu vernichten, die Zukunft des Kindes, ihre Existenz.

Ungerührt geht Berlinger darüber hinweg. Er wendet sich an Nike: »Ziehen Sie Handschuhe über.« Er reicht ihr ein Paar, und sie folgt seiner Anweisung. »Ich werde ihm

Silbersalvarsan direkt in die Kopfvene injizieren.« Er zieht dunkelbraune Flüssigkeit in einer Spritze auf. »Das ist die einzige Möglichkeit, wie wir ihm helfen können. Aber es ist nicht ungefährlich. Wir müssen vorsichtig sein. Durchsticht die Nadel die Venenwand, kommt es zu Einblutungen im Gehirn. Halten Sie also seinen Kopf ruhig, um jeden Preis. Es darf sich nicht einen Millimeter bewegen, nicht zucken. Haben Sie verstanden?« Nike nickt. Er dreht den Kopf des Kindes auf die Seite, nimmt ihre Hände, legt eine seitlich an das Kinn des Säuglings und die andere an die Kopfoberseite. »Hier nicht einkrallen. Die Fontanelle ist noch offen. Darüber ist nur Haut.«

Nike imaginiert ihre Hände als einen wohlmeinenden Schraubstock. Langsam steigert sie den Druck. Das Kind atmet ruhig. Sie nickt, und der Arzt beginnt ein paar Zentimeter über der Schläfe nach der Vene zu suchen. Dann schiebt er die Nadel hinein und drückt die Flüssigkeit in die zarte Ader des Säuglings. Der zuckt, und die Feinheit dieser schwachen Bewegung erinnert Nike an das fragile Aufbäumen gefangener Spinnen, Schmetterlinge oder Tausendfüßler in ihren hohlen Händen.

Langsam sinkt die braune Säule in der Spritze, schließlich zieht der Arzt sie zurück. »Das war gut, Fräulein …«

»Fromm«, ergänzt Nike, »und was passiert jetzt?«

»Sie holen Fräulein Mischke, die soll mal raus aus dem Kreißsaal, sonst schlägt sie da noch Wurzeln. Die muss man mit Gewalt nach Hause schicken. Vielleicht hat sie auch keins. Aber eine gute Hebamme ist sie, die Beste, die wir haben.«

Nike streichelt mit ihren behandschuhten Händen den Kopf des stillen Kindes. Dann wendet sie sich zum Gehen.

»Ziehen Sie die Handschuhe aus«, ruft er ihr nach.

Im Kreißsaal ist ein einziges Bett belegt. Aber es ist vorbei. Die Wöchnerin liegt still und erschöpft. Sie muss gekommen sein, während Nike bei Berlinger war. Eine Steißgeburt. Viel zu spät hat man sie gebracht, ihr Kind ist tot. Erschreckend winzig liegt der Leichnam unter einem Tuch.

Nike bringt die Mischke nach nebenan. »Das Kind muss zu Czerny auf die Säuglingsstation. Das übernehmen bitte Sie«, weist Dr. Berlinger die Hebamme an. »Und Fräulein Fromm muss erst mal eine Schmierkur machen, bevor sie hier wieder antreten darf. Sie hat die Brust der Frau berührt, eitriger Ausfluss, voll mit unternehmungslustigen Spirochäten der Sorte Treponema pallidum. Sie dringen durch feinste Risse der Haut in den Organismus, und kein menschliches Immunsystem ist in der Lage, ihnen irgendetwas entgegenzusetzen. Ein Eindringen in den Körper bedeutet zwangsläufig und in jedem Fall eine Infektion. Auch die Beulen des Kindes sind voll davon. Obacht also. Handschuhe. Fräulein Fromm, Sie schmieren und kommen nach vier Tagen wieder. Wär sonst schade drum.«

Die Mischke hat sich schon gewappnet und beginnt das Kind zu wickeln. Dr. Berlinger erklärt der noch immer um Fassung ringenden Sorbin, dass er sie jetzt in die Dermatologie begleiten wird.

»Aber das Kind«, protestiert sie.

»Wird versorgt«, entgegnet er.

Nike bleibt mit der Hebamme zurück. »Darf ich Sie

noch um einen Gefallen bitten, Fräulein Fromm? Der tote Säugling im Kreißsaal müsste runter in den Keller. Den könnse nich mehr anstecken. Der hat's hinter sich.« Sie klingt resigniert. »Wär se bloß eher gekommen, sie hätt ein gesundes Kind geboren. Sechs Pfund. Hat Angst gehabt, dass es was kosten könnte. Bittere Tränen hat se geheult. Aber davon wird es auch nich mehr lebendig. Sie schläft jetzt. Lassense se schlafen. Das spart uns das Theater, wenn die Kleinen wegkommen. Je heißer der Sommer, desto mehr Totgeburten. Je größer die Schar der Geschwister, umso eher sterben die Kleinsten. Eins von zehn kommt nicht durch, sosehr wir uns auch bemühen.« Sie sieht auf den stillen Säugling in ihrem Arm: »Und das hier wird auch nicht alt werden.«

Mit müden Schritten verlässt sie das Arztzimmer, und auch Nike geht zurück in den Saal. Unschlüssig sieht sie vom selbst im Schlaf erschöpften, ausgezehrten Gesicht der Wöchnerin zu dem kleinen Leichnam unter dem Tuch. Wie soll sie ihn transportieren? Auf der Bahre? Den winzigen Körper auf dem riesigen Gestell? Schließlich wickelt sie ihn behutsam in das Tuch, das über ihm liegt, und trägt ihn über die hallenden Steinfliesen des Korridors ins weite Treppenhaus. Das tote Kind ist so leicht, dass sie sein Gewicht kaum spürt. Vor dem halbrunden Bogenfenster geben ihre Knie nach, und sie muss sich an der Wand abstützen. Tränen rollen ihre Wangen hinab. Das sind die Nerven, sagt sie sich. Dann zieht sie den Rotz in der Nase hoch und geht weiter.

Spiro

Nach Osten hin wird das *Charité*-Gelände vom schwungvollen Bogen der Hannoverschen Straße begrenzt. Hier liegt in einem gelben Klinkerbau die Gerichtsmedizin, hier haben die fahrenden Leichen endlich Ruhe gefunden. Wer keine Ruhe hat, sondern Hummeln im Hintern, ist Spiro. Er hat den Freitod der Ballerina Zinaida Jurewskaja als solchen bestätigt und ist von der nahe gelegenen Oranienburger hierhergelaufen. Er hat es geschafft, das Bedrückende ihrer staubigen, asketischen Wohnung mit schnellen Schritten hinter sich zu lassen. Was er mitnimmt, ist das Bild ihres schwebenden Körpers, umwölkt von mehrlagigem Tüll. Ein Fallschirm, der am Ende doch nicht gehalten hat. Es wird ihm bleiben. Das ahnt, das weiß er. Dann lieber die pragmatische Nüchternheit der Skalpelle und Knochensägen.

Ohne Termin ist er im Sektionssaal hinter den Füßen der beiden Toten aufgetaucht, von deren großen Zehen Pappschilder baumeln. Ihre Rippen wurden vom Brustbein abgetrennt und nach oben aufgebogen, die Kopfhaut von hinten über das knöcherne Rund der Schädel gezogen. Auf Höhe der Hälse liegen ihre ziehharmonikaartig zusammengeschobenen Gesichter wie gefaltete Masken, darüber die nackten, anonymen Schädel. Unter der Haut sind wir gleich, denkt Spiro. Es ist nur eine dünne Hülle, die uns voneinander unterscheidet. Die Farben von Augen und Haar, hier mehr, da weniger Fleisch, mehr nicht.

Ein Sektionsassistent legt die Knochensäge an, die mit

feinem Knarzen das obere Drittel des Schädels abtrennt. Darunter ein weißes Hirn, verworrene Schlingen. Spiro schluckt. Zwischen den geöffneten Brustkörben, die den Blick auf die glänzende Vielfarbigkeit der inneren Organe freigeben, steht die schlanke, hochgewachsene Gestalt des Institutsleiters. In seinem rotfleckigen Kittel gleicht er in diesem Moment eher einem Metzger als dem feingeistigen Pathologen, dessen Urteil und Analyse Spiro zu schätzen weiß. Professor Fraenckel hält einen blutigen Klumpen in der Hand, in dem Spiro nach einer Schrecksekunde ein Herz erkennt. Durch eine schmale, goldgefasste Brille mustert Fraenckel ihn offenkundig verärgert: »Sie schon wieder. Habe ich unsere Verabredung vergessen, oder gibt es noch gar keine? Und wie sehen Sie überhaupt aus?«

Spiro lächelt schief. Auch das schmerzt. Seine Wange pocht. »Die Nazis haben ihren Einstand im Wedding gegeben. Meine Faustkampftechnik ist wohl verbesserungsbedürftig. Das Gesicht sieht nur schlimm aus, aber mein Bauch tut wirklich weh. Leberhaken.«

Zwei Sekunden Mitgefühl, dann hat es Fraenckel wieder eilig: »Also, Spiro, wo drückt der Schuh?«

»Ich komme nicht weiter. Wir haben nichts über die Toten, keine Namen, keinen, der sie vermisst, keine Tatorte, keine Todesursache. Es ist, als wären sie nie da gewesen. Einer ist mit dem Schiff bis zum Müggelsee geschippert, der andere im Bus nach Halensee. Ich hatte gehofft, dass Sie vielleicht ...« Er weiß nicht weiter.

Fraenckel setzt das Skalpell an. Er zwängt eine kleine

Kelle durch den Schnitt und entnimmt der Herzkammer etwas Blut, das er sorgfältig in ein Glas umfüllt. »Seh ich aus wie ein Zauberer? Erwarten Sie hier jetzt ein Kaninchen oder weiße Tauben? Mit 'ner zersägten Jungfrau könnte ich vielleicht aushelfen.« Er schmunzelt kurz über den eigenen Witz, dann fährt er fort: »Sie sind zu früh, Spiro. Aber wenn se schon mal da sind ... Gnade vor Recht also. Die schlechte Nachricht zuerst: Die Todeszeitpunkte sind schwierig zu bestimmen. Die beiden hat es in brütender Hitze erwischt. Für so hohe Temperaturen habe ich keine Vergleichswerte und sie kommen in den Tabellen, die mir zur Verfügung stehen, nicht vor. Ich befürchte, dass sich die Verfallsprozesse nicht linear zum Anstieg der Temperatur beschleunigen. Sie werden dazu von mir also nur eine vage Angabe bekommen.« Eine bedauernde Pause. Spiro weiß, dass es an seiner Pathologen-Ehre nagt, dass er hier passen muss. »Aber es gibt auch gute Nachrichten: Umgekommen sind sie vermutlich durch ein Gift, beide durch dasselbe, und zwar ein wenig gebräuchliches. Ich habe die ein oder andere Theorie, aber bevor ich mir nicht sicher bin, will ich Sie nicht auf falsche Fährten schicken. Und jetzt trollen Sie sich, bevor mir der korrekte Dienstweg zwischen Kommissar und Pathologen wieder einfällt.«

Vor dem Institut zündet sich Spiro in der glühenden Hitze eine Zigarette an. Die Rosen vor der gelben Mauer duften. Drei Monate ist es her, da stand er am selben Ort, und einem schwarzen Auto entstieg das schöne Fräulein Fromm, Tochter seines ersten Mordopfers in der neuen Stadt. Nike. Sie stieg aus und stahl ihm das Herz und größere Teile seines Verstandes. Er ließ sie in dem Glauben, dass er, wie sie selber, Jude sei. Ihr Bruder hielt ihn darüber hinaus und zunächst unwidersprochen für homosexuell. Beides erwies sich als falsch, und diesen Vertrauensbruch verziehen sie ihm nicht. Von Beginn an hatte er sich in der exzentrischen Familie seltsam zu Hause gefühlt, hatte im herausragenden Klavierspiel der Mutter, der humorvollen Abgebrühtheit ihres Sohnes und der irrlichternden Erscheinung Nike Fromms eine neue Heimat geahnt. Er hat sie enttäuscht. Sie schickte ihn weg, verbannte ihn in ein einsames Leben ohne ihre Leichtigkeit, ihr Ungestüm, ohne ihren tiefschwarzen Witz. Seitdem sind ihm die Farben der Stadt fahl und verblichen, ihre Musik gedämpft und ihre Menschen fade. Wozu erlebt er was, wenn er es ihr nicht erzählen darf? In seiner Seele klafft eine Scharte, die sich nicht schließen will. Er weiß nicht, was aus ihr geworden ist, was der Tod des Vaters mit ihr macht. Zu Beginn des Sommers noch stand das Studium nicht an erster Stelle. Sie rumorte nachts in einer Damenkapelle, jagte nach dem Aufstehen ihren Araber durch den Tiergarten, danach erst schaute sie vielleicht im *Hirschfeld-Institut* vorbei. Mittlerweile kennt Spiro die verschlungenen Wege des großen Parks wie seine Westentasche, so oft ist er sie, selbstredend rein zufällig, entlanggeschlendert. Aber keine Nike tat ihm den Gefallen, hoch zu Ross vorbeizusprengen. Nur frische Luft und Grün, ein paar Vögel, und selbst die werden in der zunehmenden Hitze des Sommers immer schweigsamer. Andererseits ist die Hoffnung ein zähes Luder und so leicht nicht totzukriegen. Und auch jetzt überlegt er, ob er nicht durch das raschelnde Grün des ausgetrockneten Parks nach Hause spazieren soll. Aber er reißt sich zusammen und fährt zurück ins Präsidium.

Nike

Nike läuft am sonnendurchglühten Spreeufer entlang zum Institut. Das *Hirschfeld-Institut* ist Forschungsstätte über sexuelle Andersartigkeiten, beheimatet eine vielfältige Objekt- und Fotosammlung sowie eine umfangreiche Bibliothek. Aber neben der Theorie gibt es auch ganz handfeste Beratungen in sexuellen Notsituationen. Dazu zählen sie hier auch eine anstehende Eheschließung. Hirschfelds Paarberatungen sind legendär. Familienplanung gehört dazu, wie auch die Unterweisung in den mannigfaltigen Möglichkeiten der nonverbalen Verständigung zweier williger Leiber. Ebenfalls bietet das Institut einer kleinen Zahl von Kurgästen und einer größeren von ständigen Bewohnern Zuflucht vor den Beschränkungen einer Gesellschaft, für die Liebe nur zwischen Mann und Frau möglich ist und die sexuelle Orientierung bitte schön dem biologischen Geschlecht zu folgen hat.

In diesem Naturschutzgebiet für erotische Extravaganzen und Raritäten lebt und arbeitet Dorchen, Nikes Leib- und Magenfreundin. Deren behaarte Hände und starke Bizepse lassen trotz Schürze und Häubchen keinen Zweifel daran, dass sie einst nicht als Dorothea, sondern als Dothias das Licht der Welt erblickte. Eine Tatsache, von der sie später Abstand nahm. Dothias passte nicht zu ihr, sie war ein Dorchen.

In ihrem frisch gebrühten Kaffee steht der Löffel, aber das hilft der niedergeschlagenen Nike auch nicht wieder auf die Beine. Seit geschlagenen zehn Minuten breitet sie Zweifel über Zweifel aus, wie ein Buchhalter die Rechnungen des letzten Quartals, fragt sich, ob sie als Medizinerin bestehen kann, ob sie das Elend aushält und die Toten. Habe ich mich falsch entschieden? Sollte alles umsonst gewesen sein? Große Sinnkrise.

Dorchen rührt nachdenklich in ihrem Kaffee. »Medizin ist kein Zuckerschlecken. Als Ärztin brauchst du ein dickes Fell.«

In Nikes Augen tränennasses Entsetzen: »Ein dickes Fell, ein dickes Fell. Vielleicht will ich so was gar nicht haben. Vielleicht verschwinde ich, wenn mir erst mal ein Fell gewachsen ist, und nichts bleibt von mir übrig als ein tauber Bär mit Stethoskop.«

Dorchen muss lachen, aber dann wird sie ernst, ihre Stimme drängend. »Auf jeden Fall brauchst du nach Feierabend jemanden, der dich auf andere Gedanken bringt. Du musst Kraft sammeln und Freude. Aber was machst du? Genau das Gegenteil. Ziehst abends mit diesem Kommunisten von einem Elendsquartier ins nächste, von Grind zu Grind.« Dorchens buschige Brauen ziehen sich ärgerlich zusammen.

Ihre letzten Sätze haben Nikes Bewusstsein nur am Rand gestreift. Sie ist aufgesprungen, elektrisiert, als hätte sie in eine Steckdose gegriffen: »Anton, den hab ich glatt vergessen, der wartet draußen. Wir wollen zu einem Vortrag nach Kreuzberg.«

Über einer Schüssel wirft sie sich Wasser ins Gesicht, drückt dem indignierten Dorchen einen nassen Kuss auf die Wange und wirbelt hinaus. Auf der Toilette tauscht sie ihr Kleid gegen einen einfachen Rock mit Bluse aus dunkelblauem Nessel und stürmt auf die Straße.

Anton

Aber Anton steht nicht mit misstrauischem Blick vor dem Institut in der stillen Straße In den Zelten. Er ist dem Institut und seinen Bewohnern gegenüber skeptisch. Nicht seine Welt. Würde sie ihn fragen, würde er Nike vom Umgang mit diesem Haufen hochgebildeter Homos abraten. Aber sie fragt ihn nicht. Ihre Freundschaft zu Dorchen ist ihm suspekt. Die dunklen Bartschatten, das eckige Kinn unter dem Spitzenhäubchen, Dorchens ganze zwischen den Geschlechtern umherirrende Identität verwirrt ihn. Nike hat sie einander vorgestellt. Einen zähen Nachmittag lang hat er vergeblich versucht, in Dorchens kleinbürgerlicher Seele das Feuer des Klassenkampfes zu entfachen. Von weiteren Treffen hat man dann Abstand genommen. Wenn er Nike abholt, wartet er lieber draußen.

Aber da steht er an diesem frühen Abend nicht und auch nicht woanders. Er steht gar nicht, sondern sitzt noch immer auf dem dreckigen Boden des Schuppens, die Arme hinter seinem Rücken an den Stützpfeiler gebunden. Er kann sich nicht hinlegen. Schläft er ein, weckt ihn das Reißen in seinen Schultergelenken. In seinen Händen haben die engen Fesseln Blut und Gewebswasser gestaut. Die Finger sind so stark geschwollen, dass er sie nicht mehr krümmen kann. Wie sie aussehen, kann er nur ahnen. Noch immer bereitet ihm jeder Augenaufschlag pochenden Kopfschmerz. Die Sonne ist gewandert. Bald wird es endlich kühler sein. Nike wird auf ihn warten und langsam, aber sicher zornig werden. Er liebt sie sehr, wenn sie wütend ist und grüne Pfeile aus wilden Augen abschießt. Er liebt sie auch, wenn sie konzentriert ihrer Arbeit nachgeht und winzige Runzeln auf ihrer glatten Stirn erscheinen. Er liebt ihren Körper, ihr Haar, ihre Stimme. Sie ist ein Wunder, das seinen Weg gekreuzt hat, ein Wunder, das er nicht kommen sah, ein Geschenk, das man besser nicht hinterfragt.

Versucht er einen klaren Gedanken zu fassen, verschwimmt der Schuppen vor seinen Augen, verdoppelt und vervielfältigt sich. Ruhen möchte er, sich lang ausstrecken und trinken. Seine Zunge liegt gedunsen in seinem ausgetrockneten Mund. Kurz hat er gefürchtet, an ihr zu ersticken, dann ist er wieder weggedämmert in einen samtigen Halbschlaf. In lichten Momenten versucht Anton seinen Bewacher aus seiner verdoppelten Welt heraus anzurufen. Aber Iwan scheint ihm einen Schritt in Richtung Untergang voraus. Er fiebert, stöhnt, murmelt, und manchmal singt er auch. Es klingt nach Delirium. Ein irres Lachen zieht Antons Mundwinkel auseinander. So leicht ist das also, so schnell und plötzlich kommt der Tod um die Ecke. Draußen scheint die Sonne, das Wehr rauscht, einen

Steinwurf entfernt ist ein Hafenbecken voller Wasser, und hier drinnen komm ich um vor Durst, und Iwan krepiert auch. Gnädig schwindet sein Bewusstsein.

Helene beugt sich über ihn, ihr schönes Gesicht mit den hellen Augen, umgeben von tief eingegrabenen Linien. Er hat den Geruch ihrer Hände in der Nase gehabt, Liebstöckel, Kernseife und scharfe Zwiebeln. Die Halbgeschwister, die irrlichternden Gnome, ihr weiches Haar, ihre winzigen Zehen, Kinderlieder, ihr süßer Duft nach Milch und grünen Äpfeln. Kraftschicks Silhouette gegen das Fenster zum Hof, über seinen Schultern das massige Dreieck des Nackens, daran schwer und entspannt die muskulösen Arme, aufgestützt auf den Tisch. Weiß leuchtet sein Unterhemd, und weiß bricht ein Lächeln durch den Schattenriss seines dunklen Gesichts. Anton sinkt weiter in traumlose schwarze Tiefen.

Iwan

Iwan Alexejewitsch Barjatinski, Spross eines alten Adelsgeschlechts, dessen Wurzeln bis ins elfte Jahrhundert zurückreichen, war immer der Stolz seiner Familie. Besonders sein Vater, ein eher schmächtiger Mann, der diesen körperlichen Makel durch eisernen Willen auszugleichen suchte, war glücklich über den stabil gebauten, gesunden Jungen. In einer Zeit, in der etliche ehrwürdige Geschlechter ausstarben, weil ihnen Melancholie, Trunksucht, Krieg und Krankheit die nötigen Nachkommen verwehrten, zweifelte er niemals am Fortbestand des eigenen Geschlechts. Er nannte seinen Erstgeborenen nach dem Großfürsten Iwan IV. von Moskau. Als Zar Iwan der Schreckliche erweiterte er im sechzehnte Jahrhundert das Gebiet des Russischen Reiches um Sibirien und die Tatarengebiete Kasan und Astrachan. Seinen Beinamen erhielt er durch eine große Zahl exquisiter Quälereien, mit denen er Widersacher in langwierigen Prozeduren zu Tode brachte. Bis zu zweihundert Opfer gleichzeitig ließ er auf dem Moskauer Hauptplatz exekutieren. Sie wurden mit siedendem Wasser übergossen, bis sich ihr Fleisch von den Knochen löste. Andere nähte man in frisch gehäutete Bärenfelle ein und hetzte im Anschluss die Hunde auf sie. Wieder andere ließ er pfählen oder bei lebendigem Leib in Stücke schneiden.

Es bleibt das Geheimnis seines Vaters, warum er seinen Erstgeborenen auf den Namen gerade dieses Urahns taufen ließ. Kein Geheimnis war jedoch der Werdegang, den er für seinen Sprössling vorgesehen hatte. Eine Karriere bei der Soldateska. Standesgemäß ausgebildet an der Petrograder Militärakademie, entkam Iwan endlich ihrem verhassten Drill zum Studium an der Pariser Sorbonne, ein Befreiungsschlag vom väterlichen Diktat. Er begann zu denken, zu zweifeln, zu fragen. Hier kreuzten Bakunins Schriften seinen Weg und entfachten in ihm in einer verzehrenden Mischung aus Rebellion gegen den Vater und aufrichtiger Leidenschaft das Feuer der anarchistischen Sache. Sätze wie diese beeindruckten ihn tief: »Lasst uns also dem ewigen Geiste vertrauen, der nur deshalb zerstört und vernichtet, weil er der unergründliche und ewig schaffende

Quell alles Lebens ist.« Oder: »Vorrechte, jede bevorrechtigte Stellung, haben die Eigentümlichkeit, Geist und Herz der Menschen zu töten.«

Krank und elend und jeglichen Vorrechts beraubt, ist Iwan in diesem Moment der eigenen Vernichtung bedrohlich nahe. Hemd, Hose und Haar sind nass, als wäre er schwimmen gewesen. Sein Fieber ist hoch. Seit Stunden ist er im Delirium, seit Stunden spuckt er Brocken eines eloquenten Russisch in die stehende Hitze des Schuppens, unterbrochen von undeutlichen Versen und gesummten Liedzeilen in Moll.

Nike

Ungeduldig tigert Nike vor dem *Hirschfeld-Institut* auf und ab. Wo bleibt er bloß? Normal ist er pünktlich. Schließlich setzt sie sich auf den niedrigen Sockel des schmiedeeisernen Zauns, der das prächtige Gebäude schützt, und nestelt eine Zigarette aus dem Etui. Hier hat sie ihn kennengelernt, Anton, den jungen Sozialisten, der sich nach Feierabend um Familien in Not kümmert. Er brachte eine Frau unbestimmbaren Alters, in deren hagerem Gesicht erloschene Augen lagen wie hinter einer Glaswand. Zwei Kinder. Eins fiel beim Hereintreten gegen den Türrahmen, das andere in ihren knochigen Armen war mit dunklen Punkten gefleckt wie ein Leopard. Aus seinem offen stehenden Mund löste sich langsam ein Speichelfaden und troff auf ihre dreckstarrende Schürze.

»Die Fürsorgerin sagt, sie kann nichts machen. Die Kinder müssen ins Heim. Ihre Mutter soll zu Kräften kommen. Aber sie will sie nicht weggeben. Sie hat Tabletten dagelassen, die helfen nicht. Und sie ist wieder schwanger. Das kann so nicht weitergehen.«

Der, der das sagte, war groß, sein muskulöser Körper das Versprechen von Kraft und Schutz, wache hellblaue Augen unter einem Wust blonden Haars. Nike war allein in der Beratungsstunde, Studentin. Das hier ging weit über die Hygiene-Aufklärung hinaus, die man ihr aufgetragen hatte. Sie hatte einen schlimmen Verdacht und holte einen Arzt. Er bat die Frau, sich hinter einem Paravant frei zu machen. »Sie hatten recht, Fräulein Fromm. Auch ohne Nachweis bin ich mir sicher.« Ernst mustert er die Frau, den Mann und die Kinder. »Alle vier müssen sofort ins Krankenhaus. Ich werde das veranlassen. Bitte sprechen Sie in der Zwischenzeit mit ihnen.«

Die Frau sah sie abweisend an.

»Sie sind krank, sehr krank.«

»Det wusst ick schon vorher, sonst noch was?«

»Sie haben mit größter Wahrscheinlichkeit Syphilis. Ihre Kinder auch.«

Irgendwoher nahm die Frau die Kraft für ihren Zorn: »Det kann nich anjehn. Sie wolln ma wat anhängen. Ick wollte nicht her, und jetzt weeß ick ooch, warum. Icke bin katholisch, und 'nen andern hatt ick nie. Und die Kinder? Sind viel zu kleen für Schweinkram. Sie sind aufm Holzwech, aber jehörich …« Sie zieht sich an der Schreibtischkante aus dem Stuhl hoch. »Wir verplempern hier nur unsre Zeit.« Sie sah ihren Begleiter auffordernd an. Aber der blieb sitzen.

Nike legte der Frau die Hände auf die Schultern und drückte sie sanft zurück. »Sie haben sich schon in Ihrem Bauch infiziert, spätestens bei der Geburt.« Dann wandte sie sich ihm zu. »Auch Sie müssen untersucht werden.«

Sein kleines Lächeln überraschte sie. »Ich bin nicht ihr Mann und auch nicht der Vater der Kinder. Er ist weg. Meine Mutter ist bei der Arbeiterwohlfahrt. Sie hat mir von ihnen erzählt. Dass es immer schlimmer wird. Ich habe sie nur hergebracht.« Er machte eine Pause. »Wenn ich gewusst hätte, dass Sie hier arbeiten, wäre ich schon letzte Woche gekommen.« Sein letzter Satz kam mit einem breiten Grinsen, das zwischen seinen Schneidezähnen einen kleinen Spalt entblößte.

»Dann muss ich Sie bitten, vor der Tür zu warten.« So leicht machte sie es ihm nicht. Sie brauchte lange, bis sie die Mauer aus Misstrauen und Unglauben, die die Frau zwischen sich und ihrem Schicksal errichtet hatte, überwand und sie zu der langwierigen Behandlung, getrennt von ihren Kindern, überreden konnte.

Als sie fertig waren, saß er im Flur und drehte seine Mütze zwischen den Händen. Ob sie ihm helfen könne. Ein Arbeiter im Wedding, vierter Stock. Sein Bein würde nicht heilen. »Es riecht.«

Am nächsten Abend stieg sie in den Kleidern ihres Dienstmädchens mit einer geliehenen Arzttasche den dunklen Aufgang eines Weddinger Seitenflügels hinauf. Zum ersten Mal betrat sie eine Mietskaserne. Aus den Außentoiletten auf den Halbstockwerken drang Uringestank. Ein Betrunkener torkelte ihnen entgegen. Er blutete aus einer Wunde am Kopf. Anton sah sie fragend an. Sie kümmerte sich darum.

Dann das Bein. Beim Entladen eines Äpfelkahns war es zwischen Bordwand und Anleger geraten. Der Mann war Hilfsarbeiter, stundenweise und mit Handschlag geheuert. Nicht der Apfelbauer, nicht der Schiffer, keine Versicherung, keine Gewerkschaft war für ihn zuständig. Mittlerweile war er mit der Miete im Rückstand und lebte seit Tagen von trockenem Brot. Eine schwärende Quetschwunde, über der ein unversorgtes Stück Haut mit einem improvisierten Verband aus Leintuch zusammenfaulte. Er hatte den Wickel seit einer Woche nicht mehr gewechselt, unerträglich war ihm der Anblick des eigenen Fleisches, das sich zu verflüssigen schien.

Anton riss das Fenster auf, sie band sich sein Taschentuch vor Mund und Nase, säuberte die Wunde, beschnitt ihre Ränder und nähte sie zusammen. Es dauerte lang. Als sie fertig war, lag das Haus im Schlaf. Seine Gerüche schienen ihr stärker als zuvor. Anton nahm sie an der Hand und zog sie in den letzten Hof in einen Gewerbeaufgang. Er küsste sie hart und unvermittelt. Sein schwerer Körper gegen ihren gepresst. Fast riss sie die Knöpfe seiner Hose ab. Sie stöhnte, als sie seinen Schwanz in der Hand hielt, streifte ihr Höschen ab und trat es herunter. Er schob seine Hände unter ihren Hintern und hob sie auf. Hinter ihren Schultern bröckelte die sandige Wand, lösten sich Placken von Putz und rasselten zu Boden. Es ging schnell, und sie schrie, als sie kam. Er legte ihr eine Hand auf den Mund und füllte ihr Ohr mit seinem Atem. Dann tranken sie in einer Eckkneipe ein Bier. Er klopfte ihren Rücken sauber und setzte sie in die Bahn zurück nach Schöneberg.

Am nächsten Abend nahm er sie mit zu einem fiebernden Schlafburschen, zu entzündeten Flohbissen in Kinderachseln, die zu Geschwüren angeschwollen waren, zu rotgeäderten, vereiterten Augen mit chronischer Bindehautentzündung, die auf die gesamte Familie übergegangen war, zu aufgebrochenen Gängen, die Krätzemilben in Kinderhaut gegraben hatten. Meist hatten sie es zu Beginn ihrer Leiden noch zum Arzt geschafft, im Anschluss aber das Geld für Medikamente oder Salben nicht aufbringen können. Die Krankheit hatte die mangelernährten, abgearbeiteten und ausgezehrten Körper mit der Schnelligkeit eines Strohfeuers erobert und sich in den überbelegten, schmutzigen Betten neue Opfer gesucht, die ihr ebenso wenig entgegenzusetzen hatten. Sie hatten die Augen verschlossen und sich ergeben. Sie wussten es nicht besser, und sie wussten nicht wohin. Konnten sie nicht mehr arbeiten, blieb auch der Tisch leer, und sie versanken vollends in Lethargie.

Anton dozierte: »Wir brauchen eine kostenlose Krankenversorgung. Wir brauchen ausreichende Sozialversicherungen. Wir brauchen gerechte Löhne für unsere Arbeit. Ein Arbeiter in Anstellung malocht sechs Tage die Woche und mehr als 48 Stunden. Bezahlter Urlaub nach mehr als 15 Jahren im selben Betrieb? Ungefähr zwei Wochen. In den ersten Jahren sind es nur drei Tage oder vier pro Jahr.« Von

Satz zu Satz ist seine Wut gewachsen: »Und denen geht's noch gut. Alle ohne Anstellung, die Tagelöhner, Händler, Hausierer, Mattenweber, Schuster und Transportarbeiter, die Dienstmädchen und Heimschneiderinnen arbeiten, wann immer und so lang sie können. Trotzdem reicht es am Ende nicht. Viele müssen mit weniger als hundert Reichsmark im Monat auskommen. In Berlin übernachten Tausende Männer im Obdachlosenasyl, auch Frauen und Kinder. Allein in Kreuzberg fehlen 19 000 Wohnungen, hat das Bezirksamt errechnen lassen. Zwei Drittel bestehen nur aus Küche und ein oder zwei Kammern. 50 000 Kriegsversehrte werden von der Fürsorge mehr schlecht als recht durchgebracht. Wir müssen die Verhältnisse ändern. Es wird Zeit. Die Sozialdemokraten sind stärkste Kraft, schon lange, aber geändert hat sich nichts, nicht genug jedenfalls.«

Nike lehnte sich im dunklen Treppenhaus an ihn. Sein Arm lag schwer und fest und warm auf ihrer Schulter. Sie trug die Kleider ihres Dienstmädchens, die sie sich für die Exkursionen in den Wedding ausborgte. Hundert Reichsmark hatte sie des Öfteren an einem Nachmittag beim Einkaufsbummel auf dem Ku'damm gelassen. Aber das wusste Anton nicht. Sie schämte sich still und kurz. Dann suchte sie seine Lippen, drängte ihre Zunge in seinen Mund und legte seine freie Hand auf ihre Brust. Er griff zu. Sein Atem wurde schwerer, ihr Körper ein Bogen, der sich ihm entgegenwölbte.

Wenige Wochen sind seitdem vergangen. An den Abenden, an denen sie nicht lernte oder in Morgenthals Mikroskope schaute, ist sie mit Anton in den Mietskasernen des Weddings unterwegs gewesen, und ihre Treffen sind stets demselben Ablauf gefolgt. Der behüteten Tochter aus bestsituiertem Haus hat sich eine neue Welt aus Armut, Hunger, Grind und Krankheit erschlossen, von deren Existenz sie zuvor bestenfalls etwas geahnt hat. Aber das Wissen, dass es viele gibt, denen es erheblich schlechter geht als ihr selber, hat sie nicht vorbereitet auf die blassen Kinder, denen Tuberkulose die schwindenden Körper schüttelt und die mit fieberglänzenden Augen nach Luft ringen, hat sie nicht gewarnt vor ihren anämischen Müttern, die verzweifelt in dünnen Suppen rühren, ihre Zähne grau und durchscheinend wie Milchglas. Der Hoffnungslosigkeit, mit der dort oben im Wedding die Straßen gepflastert sind, hat sie ihr Begehren entgegengeworfen, hat sich in Antons Körper verkrallt und ihn nicht losgelassen, bis sie die letzte Bahn zurückbrachte in die hochherrschaftliche Achtzimmerwohnung am Magdeburger Platz, die ihr zunehmend unwirklicher erscheint. So hat das mit Anton begonnen.

Es gibt ein Schweigen zwischen ihnen. Nicht immer weiß sie, über was sie mit ihm sprechen soll, zu anders ist ihr Leben, das sie ihm verschweigt, und zu banal erscheinen ihr die eigenen Sorgen angesichts dessen, was sie an seiner Seite erlebt. Anton setzt die Themen, und sie lässt sich mitnehmen. Nur wenn sie sich küssen, wenn sie hart und wütend übereinander herfallen, verschwindet dieses Schweigen. Er macht, dass sie ihren Kopf vergisst und nur noch Körper ist: Haut, Atem, Begehren. Ist sie von ihm getrennt, erscheint es ihr wie eine Amputation. Phantomschmerz inbegriffen. Trifft sie ihn wieder, ist da immer eine Fremdheit, die zunächst überwunden werden will. Und es gelingt ihnen. Jede Begegnung ist auch ein Sieg über das, was sie trennt.

Dass er sie jetzt hier auf der Straße sitzen lässt, passt nicht zu ihm. Er ist zuverlässig, und sie haben etwas vor. Wieder einmal will er sie mitnehmen. Er hat zunächst sehr geheimnisvoll getan, ist aber nach kurzer Zeit lachend unter dem Ansturm ihrer Fragen eingeknickt. Heute Abend wollen sie in die Lausitzer Straße. Wo bleibt er bloß? Sie will ihn sehen, will seine harte, schwielige Hand, die immer etwas schmutzig ist, in ihrer halten. Warum kommt er nicht? Sie schnellt von ihrem Platz auf der Mauer hoch, klemmt ihr Haar zurück hinter die Ohren. Dann geht sie eben allein. Vielleicht ist er dort, hat sich verspätet und wartet jetzt in Kreuzberg auf sie.

Spiro

Am Landwehrkanal in der Straße Am Karlsbad liegt Spiro in einem Sessel der Pension Koch und kühlt sein geschwollenes Jochbein mit einer Flasche Bier, während seine Vermieterin, die Kriegerwitwe Margarete, genannt Gretchen, um ihn herumscharwenzelt und ihren brachliegenden, mütterlichen Trieben freien Lauf lässt: »Ach Jottchen, so 'n Unglück. Meen Ärmsta. Diese Schläger schrecken noch nicht mal vor nem Polizisten zurück. Dein halber Bauch ist blau wie 'ne Pflaume. Und die Leber erst, wenn da man nix passiert ist. Det sollte 'n Arzt ankieken.«

Spiro winkt stumm mit einer müden Handbewegung ab. Im hinteren Teil der Wohnung öffnet sich eine Tür. Krallen hetzen im Stakkato übers blank gewienerte Parkett des langen Flures. Mit einem Sprung hechtet Erbse, der Foxterrier von Jake Heuer, dem zweiten Logiergast der Pension, in Spiros Schoß, der vor Schmerz aufschreit. Erbse sieht ihn erstaunt aus schwarzen Knopfaugen an, wackelt eifrig mit dem gebogenen Schwanz, und Spiros Zorn verfliegt augenblicklich. »Das kannst du nicht wissen, Erbse, aber ich bin schwer verwundet. Du musst vorsichtig sein.« Zum Dank für die Milde drückt sie ihm einen Hinterlauf tief in die mitgenommene Leber. »Erbse, du bringst mich um«, japst Spiro, aber er streichelt mit geschwollener Hand ihren Rücken. Hingebungsvoll leckt sie ihm dafür sämtliche unbedeckten Hautpartien.

Aus dem Bad dringt Gesang: »Gern hab ich die Frau'n geküsst, hab nie gefragt, ob es gestattet ist. Dachte mir: Nimm sie dir, küss sie nur, dazu sind sie ja hier.« Schritte tappen durch den Flur. Jakes eingeschäumtes Gesicht schiebt sich durch den Türspalt. Meist steht er erst nachmittags auf, denn er ist Barkeeper im nachgefragten Lokal *Kokotte*. Seine Nächte sind lang, »und dann braucht der Mensch seinen Schlaf«.

Angesichts von Spiros derangiertem Zustand zieht er eine Braue in die Höhe: »Wer ist dir denn in die Quere gekommen? Wie oft habe ich dir gesagt, zügle dein Temperament, Junge. Hol tief Luft und zähl erst mal bis drei, dann gezielt und sofort auf die Glocke, und nix wie weg. Damit bin ich immer gut gefahren. Schau mich an: ein Bild von einem Mann.« Im Unterhemd dreht er sich mit erhobenen Armen um die eigene Achse und lässt seine herabhängenden Hosenträger wehen.

»Aber die Neese hat was abjekriegt. Warste nich schnell jenuch jewesen«, konstatiert Gretchen trocken.

Jake runzelt die Stirn. »Der Knick in dieser Nase stammt direkt aus dem Heiligen Land und wurde über unzählige Generationen unter beträchtlichen Schwierigkeiten weitergegeben. Er ist das Erbe, das mir König Salomon hinterlassen hat und nicht dem Zusammenstoß mit einer rohen Faust geschuldet, wie Ahnungslose geneigt sind zu vermuten.« Gretchen und Spiro starren ihn fassungslos an. »Habt ihr etwa geglaubt, ich heiße wirklich Jake? Nein, meine Lieben, Jakob heißt er. Das ist der, der, mit einem Stein als Kopfkissen auf der bloßen Erde liegend, im Traum den Engeln auf der Himmelsleiter unter den Rock linste. Lea und Rahel wurden seine Frauen, die Töchter Labans. Mir wurde die Vielweiberei also quasi in die Wiege gelegt, und man soll sein Schicksal besser nicht herausfordern.«

Spiro ist noch immer verdattert. »Mich hält die ganze Welt für einen Juden, meine große Liebe sagt sich von mir los, als sie herausfindet, dass ich keiner bin, und du, mit einem Riesenknick in der Nase, gehst bei Licht und im Dunkeln als waschechter Germane durch. Die Welt ist nicht gerecht.«

Gretchen legt ihm eine besänftigende Hand auf den Unterarm: »Gräm dich nich, Ariel. Demnächst brechen se dir vielleicht die Neese, und dann is allet wieda schick, wie's sich jehört.«

Ariel und Jake sehen sich an, dann schüttelt sie unbändiges Gelächter. »Damit genau das nicht passiert, kommste jetzt mit. Wir gehen in einen Boxstall, unsere Männlichkeit anspitzen. Sport ist gesund, und der nächste Punch trifft dich nicht mehr aus heiterem Himmel. In der Lützowstraße ist es, gleich um die Ecke.«

Nike

Im Hinterzimmer des Kreuzberger Lokals *Paul Laser* in der Lausitzer Straße 25 steht die Luft. Aus Gründen der Geheimhaltung bleiben die Fenster stets geschlossen, wenn sich hier die Gruppe Südost der Union der anarchistischen Vereine trifft. Selbst wenn wie heute die Scheiben beschlagen und schwüle Feuchtigkeit in Tropfen hinabperlt. Auf etwa 20 Männer kommen fünf Frauen. Mit Nike, die sich verspätet durch die Tür schiebt, sind es sechs. Sie mustert die Anwesenden. An ihren kurzärmeligen Hemden erkennt sie die Arbeiter, einige noch im verdreckten Blaumann, die meisten jedoch frisch gewaschen und nach Seife riechend. Aber es sind auch Angestellte da, vielleicht Lehrer oder Schreiber, denkt sie, in fadenscheinigen Anzügen mit speckigen Rücken und geflickten Ellbogen. Ihre Blicke untersuchen jeden einzelnen Hinterkopf, aber sosehr sie sich auch anstrengt, sie kann Anton nicht ausmachen. Ihre Aufregung weicht Enttäuschung.

Hier im Hinterzimmer sind die voll besetzten Tische U-förmig aufgestellt. Am Kopfende eine entschlossen blickende Reihe Männer, überragt von einem stehenden Redner. Es ist still, alle hören zu. Der Redner muss mindestens 60 sein, denkt Nike. Die grauen Haare sind mit Pomade zurückgekämmt, seine Schultern sind breit, er trägt eine Bundfaltenhose, die von einem schlichten Ledergürtel gehalten wird, darüber ein frisches Hemd mit kurzen Ärmeln. Sein Manuskript hält er in breit gearbeiteten Händen, denen ihre einstige langgliedrige Eleganz noch immer anzusehen ist. Aus einem schmalen, gebräunten Gesicht trifft Nike ein hellblau strahlender Blick: »… gleich mehrfach ist die arbeitende Frau versklavt. Zum einen durch ihre Arbeit in der Produktion, zum anderen dadurch, dass die Aufzucht der Nachkommen noch immer überwiegend in ihre Hände gelegt wird. Aber sie ist auch versklavt durch die Ehe, deren Monogamie auch ihrem eigenen, nach Abwechslung trachtenden Geschlechtsverlangen entgegensteht. Die Ehe, so wie wir sie kennen, ist ein Vertrag zur gegenseitigen Versklavung. Sie ist ein Kaufvertrag. Mit ihr erhalten Mann und Frau das Verfügungsrecht über den anderen, genau wie ein Kaufvertrag die Verfügung über ein Objekt regelt …«

Nike lächelt. Der Mann hat recht, denkt sie und ist beeindruckt von der Klarheit und der Konsequenz der Rede.

Es ist unerträglich heiß. Auf allen Stirnen Schweiß. Sie fächelt sich mit einem Flugblatt Luft zu. Es hilft nicht. Vor ihr steht ein junger Mann in ölfleckiger blauer Latzhose auf. Er neigt sich zu ihrem Ohr: »Ick bin ooch zu spät.

Überstunden. Borsig brummt wieder. Setz dir hin.« Nachdrücklich schiebt er sie auf seinen Stuhl. Der Geruch nach Schweiß und Maschinenöl steht noch über seinem Platz.

Der Redner fährt fort. »William Godwin, einer der Vordenker der anarchistischen Idee, der Mann der Schriftstellerin und Frauenrechtlerin Mary Wollstonecraft, entwickelte eine Utopie für die Ehe. Als Freunde ohne gegenseitige Besitzansprüche sollten die Eheleute der Zukunft ihre Zuneigung und ihren Besitz teilen, aber leben sollten sie getrennt, im glücklichsten Fall in zwei Wohnungen in derselben Straße. Jede Frau ihre eigene Herrin, jeder Mann sein eigener Herr.«

Die Rede ist zu Ende, Applaus brandet auf, eine Kellnerin zwängt sich mit einem Tablett voller Biergläser vorbei. Nikes Augen irren wieder durch den Raum, hoffen, warten, werden enttäuscht.

Der Kavalier im Blaumann ist noch da und erwidert ihren Blick. Sie rafft sich auf: »Ich suche Anton, Anton Kraftschick. Wir wollten uns treffen und zusammen hierherkommen. Ich glaube, er war schon öfter da. Kennst du ihn? Hast du ihn heute hier gesehen?«

Er beugt sich nah zu ihr hinab: »Nee, kennick nich. Aber andere Mütter haben auch schöne Söhne.« Er grinst.

Sie grinst zurück und tippt ihm mit dem Zeigefinger an die Stirn. »Und wovon träumste nachts?«

Sie geht zwischen den Stehenden und Sitzenden hindurch, fragt weiter und erntet Kopfschütteln. Ein Mann in mittlerem Alter mit breiten Schultern und einem starken Nacken sieht überrascht auf, als sie sich bei seinem Nebenmann nach Anton erkundigt. Aber dabei lässt er es bewenden. Einer der Männer vor Kopf ist aufgestanden und bittet um Ruhe: »Als Repräsentant des Anarchistischen Roten Kreuzes will und muss ich euch auch heute wieder um eine Spende für die Genossen bitten, die in den Kerkern und Lagern der Bolschewiki gefangen gehalten werden. Wir alle haben wenig, fast nichts. Das weiß ich. Aber auch kleinste Beträge bedeuten für die Inhaftierten ein Stück Brot, eine Zwiebel, eine Decke, die sie ein paar Tage länger vor dem Tod bewahren. Viele haben wir herausbekommen. Sie brauchen Visa, Passierscheine, Fahrkarten. Sie sind auf unsere Solidarität und Hilfe angewiesen. Sie, die Leib und Leben für unsere Sache riskiert haben, die unter Machno gekämpft ...«

Die letzten Worte gehen in einem plötzlich losbrechenden Tumult unter. Tiefe Stimmen mit schwerem russischem Akzent branden auf: »Machno ist kein Anarchist, er ist ein Militarist.« »Die Syndikalisten unterstützen diesen Kriegsanarchismus nicht.«

Hohngelächter erhebt sich. Zornig wird widersprochen: »Ihr kennt die Machnowschtschina nur vom Hörensagen. Wir haben gekämpft. Ihr habt tausend Werst weit weg auf euren Hintern gesessen und diskutiert. Das ist alles, was ihr könnt.« »Machno hat die Anarchisten der Ukraine vereinigt und schlagkräftig gemacht. Er hat Tausende Bauern für unsere Sache gewonnen.«

Der Redner vom Beginn des Abends ist aufgestanden und bemüht sich, die erhitzten Gemüter zu beruhigen: »Wenn es uns nicht gelingt, unsere Kräfte zu bündeln und endlich eine Organisation mit kollektiver Verantwortung und kollektiven Methoden des Handelns aufzubauen, wird die anarchistische Bewegung weiter zersplittern.«

Seine letzten Worte gehen im Tumult unter: »Eine Massenorganisation bedeutet die Verstaatlichung der Revolution.« »Jede Organisation unterdrückt die Meinung anderer Organisationen und die des Individuums.« »Der freie und spontane Geist des Volkes kann nicht von einer organisierten Partei geführt werden.«

Nicht alle sehen das genauso. »Wir fordern eine Massenbewegung. Wir brauchen die Einheit der anarchistischen Tat. Aber sie darf den freiheitlichen Prinzipien des Anarchismus nicht wiedersprechen.«

Es ist eine Zwickmühle. Wo die anarchistische Bewegung an Macht gewinnt, wo sie sich organisiert, schränkt sie automatisch die Freiheit des Einzelnen ein. Das widerspricht allerdings ihren Prinzipien. Will sie aber gehört werden, muss sie genau das tun, sich organisieren und mit einer Stimme sprechen.

Nike ist aufgestanden und schiebt sich aus dem Saal. Klingt nach einem Problem, das sich heute Abend nicht mehr lösen lässt. Draußen ist es noch immer nicht kühl, aber es gibt zumindest Sauerstoff. Einige tiefe Atemzüge. Anton ist nicht gekommen. Was soll das? Was ist bloß los mit ihm? Wo steckt er? Ihr anfänglicher Ärger weicht einer unbestimmten Angst. Sie kriecht in ihren Körper wie eine schleichende Infektion. Fragen und Sehnsüchte trudeln durcheinander. Ohnmacht und Hysterie. Sie muss aufpassen, dass sie nicht den Kopf verliert.

Kraftschick

Kraftschick verlässt *Lasers* Hinterzimmer und folgt ihr. Sein Nacken ist angespannt. Nur mit Mühe hat er es sich verkniffen, in den Disput einzugreifen. Das hätte er den Herren Anarchisten gleich sagen können, dass sich ihre rot-schwarz gescheckte Katze in den Schwanz beißt. Für ihn steht fest: Nur vereint können die Arbeiter eine Verbesserung ihrer Situation erreichen. Und diesem Fortschritt stehen die Anarchisten genauso im Weg wie das Großkapital und die Rechten. Genau genommen ist die Anarchie für die Einheit der Arbeiterklasse die schlimmere Bedrohung. Jeder, der bei ihnen ist, fehlt woanders. Vor allem die Jungen lassen sich von ihnen blenden. Auch sein eigener. Er kann es immer noch kaum glauben. Dafür hat er sich nicht krummgemacht, dass sein Junge jetzt bei diesen Wirrköpfen landet. Anton hört nicht mehr auf ihn. Er kann sagen, was er will. Aber zusehen, wie der Junge in sein Unglück rennt, wird er nicht.

Und diese Frau, die nach ihm gefragt hat, das ist auch so eine Sache. Hübsch ist sie, aber auf eine gefährliche Art. Zu hübsch. Es gibt Frauen, um die herum sprießt der Ärger wie Unkraut in den Beeten. Sie wird dem Jungen Flausen in den Kopf setzen, mehr noch, als da sowieso schon sind. Er mustert ihren wippenden Gang, ihre aufrechte Haltung, die allen sagt: Schaut mich nur an und freut euch daran. Mir kann keiner was. So läuft eine Frau nicht, zumindest nicht da, wo er herkommt. Vielleicht ist Helene ein kleines bisschen so gelaufen. Früher. Auch Helene hat ihren Stolz. Aber sie ist müde geworden, wie er selber auch.

Am Schlesischen Tor warten sie am selben Gleis. Er steigt in ihren Waggon. Sie kennt ihn nicht, er braucht sich gar nicht zu verstecken. Ungeniert mustert er sie. Dann rollt die Hochbahn an den Wohnungen im zweiten Stock vorbei, und er sieht gedeckte Tische zum Abendbrot, sieht Mütter mit Kindern auf dem Schoß im letzten Licht am Fenster sitzen. Sie winken der Bahn und singen Abendlieder. Er sieht Nähmaschinen, die immer noch verbissen rattern, gebeugte Frauenköpfe, die sticken, stricken und stopfen. Zeitungen werden aufgeschlagen, Zöpfe entflochten, Haare gekämmt, Köpfe geschoren, Kinder geküsst und geohrfeigt.

Als sie an der Kurfürstenstraße aussteigt, verlässt auch er das Abteil. Sie weiß zwar auch nicht, wo der Junge steckt, sonst hätte sie ihn nicht auf der Versammlung gesucht, aber es kann gar nicht schaden, etwas mehr über sie in Erfahrung zu bringen. Er folgt ihr in einigem Abstand bis zum Magdeburger Platz, sieht, wie sie im Portal ihrer feudalen Wohnung verschwindet und kurz darauf in drei hohen Zimmern das elektrische Licht einschaltet. Draußen im Dunkel raucht er eine Zigarette und sieht ihre Silhouette wie in einem Schattenspiel von Raum zu Raum wandern, eine Flasche Wein entkorken, ein Glas einfüllen und im Umriss eines schweren Sessels versinken. Die Fenster stehen offen. Die Nacht ist noch immer warm.

Nachdenklich tritt er die Zigarette aus, geht die Lützowstraße entlang bis zur Potsdamer. Da biegt er ab. Von der

Hochbahnhaltestelle Bülowstraße fährt er zwei Stationen zum Wittenbergplatz. Am nördlichen Ende der Bayreuther Straße betritt er eine Teestube. Die Decke ist niedrig, ein abgestoßener Samowar bollert, alle Plätze sind besetzt. Die Amtssprache ist Russisch. Überwiegend Männer, die Mützen noch auf den kantigen Schädeln, stecken über groben Holztischen die Köpfe zusammen.

Der Wirt nickt Kraftschick zu und stellt ihm ein kleines Glas Tee auf den Tresen. »Du warten. Er kommt.«

Aus dem Hintergrund hört er die leidenschaftliche Stimme einer Frau. Als er sich umsieht, erkennt er nur einen Wust lose aufgesteckten Haars über einem dünnen Schultertuch. Aber ihr Hals ist lang und gebogen. Sie muss schön sein, denkt er, dreht sich wieder um und bläst in seinen Tee. Er hat andere Sorgen.

Die meisten rauchen, Papirossy oder Pfeife, und die Luft könnte getrocknet in Scheiben geschnitten werden. Das Glas ist heiß. Ungeschickt fingert er daran herum.

»Oben. Du fasst oben an.«

Neben ihm hat sich ein junger Mann mit scharf gezeichneten Zügen aufgebaut. Er hält ihm eine Schachtel Papirossy hin, Kraftschick fingert eine Zigarette heraus, die zu mehr als der Hälfte aus einem hohlen Pappstück besteht. Darüber erkennt er nur wenige Zentimeter Tabak, eingerollt in durchscheinendes Papier. Der Mann zeigt ihm, wie man den Pappfilter zweimal längs einknickt. Vorsichtig nimmt er einen Zug.

Spiro

Ein Springseil dreht in Spiros Händen. 30 Sprünge links, 30 rechts, dann 20 beidbeinig. Aber die Knie müssen vorne hoch. Zum Aufwärmen sind sie drei Kilometer durch den Tiergarten gelaufen, Liegestütze, Klappmesser, dazwischen Sprünge, jetzt sollen die Neuen Unterricht im Schattenboxen erhalten.

»Rechts- oder Linkshänder?« Harry Kupka ist kein Freund großer Worte. Auch Spiros dunkelviolettes Jochbein bleibt unkommentiert. Bei doppelter Breite reicht ihm der Trainer gerade bis zum Kinn, ein Kraftpaket, das die beiden misstrauisch unter die Lupe nimmt. Jake lehnt mit krebsrotem Kopf an der Wand, ringt nach Luft und hebt gleichzeitig mit Spiro eine kraftlose Rechte. »Rechtshänder sind Linksausleger. Linkes Bein ist also vorne. Klar? Die Linke hält den Abstand zum Gegner, täuscht an, versucht die Deckung zu öffnen, dann kommt die Rechte, rumms, und die zweite Linke erledigt den Rest oder stoppt den Konter. Ihr übt jetzt links, rechts, links, vorwärts und rückwärts. Bei der Geraden kommt die Faust senkrecht aus der Deckung und wird zum Schlag nach innen in die Waagerechte gedreht. Die Schulter dreht mit. Das verkleinert die Angriffsfläche. Die Geraden übt ihr jetzt, trocken. Ein Boxer steht nicht, er tänzelt. Ein Boxer sitzt nie im Übungsraum. Erwische ich euch im Sitzen, macht ihr 25 Liegestütze extra. Und jetzt los.«

Alle drei Minuten schrillt eine heisere Schulklingel durch den Boxstall. Drei Minuten dauert eine Runde im

Kampf, drei Minuten muss ein Boxer durchhalten, in drei Minuten muss er sich steigern. Dieser Zeitraum muss ihm in Fleisch und Blut übergehen, muss in seinem Kopf verankert werden, in seinen Muskeln, seinem Kreislauf, seinem Herzen. Drei Minuten tänzeln, decken und schlagen. Drei Minuten links, rechts, links nach vorn, drei Minuten links, rechts, links im Rückwärtsgang.

Von der Decke hängen an Eisenketten fünf Sandsäcke wie übergroße Schinken. Ihr Leder ist fleckig und wird nach unten hin dunkler. Mehrfach sind sie gerissen, mit Flicken ausgebessert und zusammengenäht. Über Jahre haben sich Wut und Willen an ihnen entladen, haben sie gezeichnet, gegerbt und markiert. Jeweils zwei Mann arbeiten an einem Sack. Einer hält von hinten gegen, während der andere von vorn drischt. Drei Minuten lang, dann wird gewechselt. Die Schläge knallen in schneller Folge, daneben peitschen Seile den Boden, im Ring tänzeln zwei schweißglänzende Boxer umeinander.

Harry Kupka geht durch den Raum beobachtet, ermuntert, korrigiert. Immer wieder suchen seine Augen die beiden Neuen, registrieren Jake, der mit schweren Armen lustlos ein paar Löcher in die stickige Luft des Boxstalls schlägt, seine leeren Blicke und die immer länger werdenden Pausen an der Wand. Spiro dagegen federt auf lockeren, tänzelnden Beinen und feuert mit leicht gekrümmtem, angespanntem Rücken, links, rechts, links, seine Geraden ab. Er hat die Halle vergessen und steht im Geiste in einem Weddinger Hinterhof vor einem Braunhemd in hohen Stiefeln, er trifft einen geschorenen Kopf, darin zwei tief liegende Augen, die eng zusammenstehen. Sein Rücken hat zu Anfang höllisch geschmerzt, er hat sich darüber hinweggesetzt und die Bewegung tut ihm gut. Links, rechts, links, drei Minuten vorwärts, links, rechts, links, drei Minuten zurück.

Kupka legt ihm eine Hand auf den Arm. »Is gut jetzt, Junge.« Spiro braucht einen Moment, dann ist er zurück. »Komm morgen wieder, ab sechs. Alles wird wehtun, komm trotzdem, das geht vorbei.« Und zu Jake gewandt, der sich erschöpft und missmutig gerade noch auf den Beinen hält: »Einen Versuch haste noch.«

Bludau

Hartmuth Bludau sitzt im *Restaurant Formazin* in der Lutherstraße und bekämpft seine Nervosität mit einem kleinen Wodka. Wird sie kommen, Apollinaria Zwetkowa, die schüchterne Lehrerin? Sie soll sich wohlfühlen, also hat er in dem russischen Restaurant reserviert. Die weiß gedeckten Tische sind noch leer. In den niedrigen Räumen staut sich die Hitze des Tages. Bludau wischt sich mit einem karierten Taschentuch die Stirn und lässt es schnell wieder verschwinden.

Ein Kellner mit einem enormen schwarzen Schnurrbart befüllt den großen Samowar, den silberglänzenden Mond dieser russischen Nacht. Das Orchester stimmt die Balalaikas. Die hellen, bestickten Blusen der Musiker leuchten aus dem Halbdunkel. Rotgrundige Webvorhänge mit schwarz-gelbem Rautenmuster, in den Fenstern stehen Gestecke aus Strohblumen. An den Wänden hängen Teppiche, auf denen Wölfe Pferdeschlitten durch verschneite Wälder jagen. Zwei Bärenjunge tollen unter den wachsamen Augen ihrer riesenhaften Mutter über moosbedeckte Stämme. Auf einem großen Bild, das fast die gesamte Querwand des Raumes einnimmt, präsentiert eine Jagdgesellschaft im lichten Birkenwald ihre ausgebreitete Beute.

Apollinaria Zwetkowa ist pünktlich. Schlag acht tritt sie im Kleid von gestern durch die Tür, und Bludau beeilt sich, sie gekonnt an seinen Tisch zu platzieren. Kurz fragt er sich, was er hier tut mit dieser jungen Frau, deren finanzielle Mittel offenkundig beschränkt sind, wie bei fast allen Russen, die seit Jahren das Nachtleben Berlins mit Wodka und Schwermut tränken. Aber auch mit legendären Festen, die rund um den Wittenbergplatz gefeiert werden, Festen, auf denen süß der rote Krimsekt überschäumt und Kaviar auf Platten voll zerstoßenem Eis in unverschämt großen Portionen gereicht wird. Ein Paradox, das der ganzen Stadt ein bislang ungelöstes Rätsel aufgibt.

Was will ich von ihr, fragt er sich, und was will sie von mir? Geld? Eine Bleibe? Dann sieht sie ihn aus tiefblauen Augen unter langen Wimpern an, durchs Fenster streift letztes Licht ihre zart gewölbten Wangenknochen, und er hört auf mit den Fragen. Sie trinken starken, süßen Tee. Der schnurrbärtige Ober trägt auf kleinen Tellern gefüllte Eier, milchsauer eingelegte Gurken und Paprika, Räucherlachs, Hering und dicke Scheiben fetten Specks und grober Wurst unter einem Berg frischer Zwiebelscheiben auf. Dazu stellt er zwei kleine Wassergläser Wodka. Apollinaria hat bestellt. Lächelnd prostet sie ihm zu. »Es ist fast wie zu Hause. Danke für diesen russischen Tisch.« Wenn er sich nicht täuscht, sieht er in ihren Augen Tränen schimmern. Bludau beeilt sich, sein Glas zu heben.

Das *Formazin* hat sich inzwischen gefüllt. Kaum jemand isst, wie sie, zu zweit. Mindestens zehn Gäste finden sich an den überbordenden Tischen zusammen, oft sind es doppelt so viele. Dramatisch durchkämmen die Mandolinen des Orchesters mit ihrem hyperventilierenden Sirren das Stimmengewirr. Es wird gesungen. Aus tiefen Kehlen drängen Melancholie, Verzweiflung, Schmerz und füllen wie ein düsterer Nebel diese Enklave der Exilanten, aufgerissen nur vom hellen Klirren der Wodkagläser.

»Es klingt, als wären sie sehr unglücklich hier«, bemerkt Bludau.

»Die Lieder sind alt. Sie haben sie schon in Russland gesungen«, entgegnet Apollinaria trocken.

Bludau wirft ihr einen überraschten Blick zu, kommt aber nicht dazu, das Thema näher zu erörtern. Ungefragt hat sich eine elegante ältere Dame an ihren Tisch fallen lassen und Apollinaria mit einem Schwall schnell hervorgestoßener russischer Sätze eingedeckt, umrahmt von weit ausholenden Gesten ihrer mit Armbändern behängten schlanken Arme. Als sie endlich Luft holt und noch immer kein Kellner für ihre Bestellung bereitsteht, ändert sie das mit einem ungeduldigen Händeklatschen, gefolgt von einer empörten Tirade, die Bludau auch ohne Übersetzung versteht.

Als sich der schnauzbärtige Kellner mit der Unterwürfigkeit eines hungrigen Schlittenhundes nähert, wendet sich Apollinaria entschuldigend zu ihm um. »Die Gräfin Litwinska, ich unterrichte ihren ältesten Enkel. Ihr Sohn ist mit den Weißgardisten gefallen, ihre Schwiegertochter verschollen.« Sie zwinkert ihm zu: »Unerhörterweise hat ihre Zimmerwirtin heute auf die Bezahlung mehrerer ausstehender Mieten bestanden. Eine Anmaßung, die sie gezwungen hat, ihren Zobel in die Pfandleihe zu bringen. Von diesem entwürdigenden Gang muss sie sich jetzt erholen.«

Der Kellner bringt einen Sektkübel voller Eis und entkorkt mit großer, weithin sichtbarer Geste eine Flasche Champagner. Doch die Gräfin hat am anderen Ende des Restaurants einen neuen Bekannten entdeckt und zieht mit knappem Gruß weiter. Die bereits gehobenen Gläser bleiben leer. Beladen eilt der Kellner ihr nach. Bludau macht eine bedauernde Geste, und Apollinaria lacht.

»Bleiben wir beim Wodka. Ich heiße Apollinaria, aber niemand nennt mich so. Sie dürfen Polina sagen, das ist nicht so viel schwer.«

»Es ist leichter«, lächelt Bludau.

»Ja, genau.«

»Hat die Gräfin Sie nicht gerade Polka genannt?«

»Ja, wahrscheinlich. Das ist nicht so nett. Das ist, wie man zu einem Diener sagen würde oder einer Tochter, die in der Küche hilft. Am Ende -ka ist immer nicht so gut. Es sei denn, es ist -atschka, wie Polinatschka, das ist sehr nett, sagt man aber nur zu Freunden, die sehr gut man kennt.«

Bludau nimmt grübelnd einen Schluck Wodka, dann streckt er ihr die Hand hin: »Ich heiße Hartmuth, nur Hartmuth. Ich hoffe, dass Sie das nicht unterfordert.«
Polina nimmt seine Hand und lacht. Ihre Finger sind lang, Klavierspielerhände, denkt er entzückt. Aber ihr Händedruck ist prosaisch, trocken und fest. Er nimmt ihre Hand in beide Hände und möchte etwas sagen, aber er überlegt einen Moment zu lang.

»Polja!« Ein bärtiger Mann in einem ausgebeulten Anzug reißt sie vom Tisch hoch und küsst sie herzhaft auf beide Wangen. Polina spricht ein paar schnelle Sätze auf Russisch. Dann wendet sich der Mann Bludau zu und begrüßt ihn mit einer herzlichen Umarmung wie einen alten Freund. Resignierend bietet der einen Platz an ihrem Tisch an. »Nein, ich möchte nicht stören. Ich möchte Ihnen vorstellen meine Frau und mich. Alexej Gromow, Schreiber ohne Einkommen, für ein Kabarett mit Besuchern ohne Geld. Und meine wunderbare Frau, Anouschka Gromowa, Tänzerin am selben Ort.« Er greift in seine Taschen und zieht mit der Theatralik eines betrübten Zirkusclowns das Futter heraus. »Wie Sie sehen, sehn Sie nichts.«

Bludau aber sieht Polinas bittenden Blick und innerlich bedauernd, aber äußerlich formvollendet wiederholt er sein Angebot, sich zu ihnen zu setzen. Die Zeche wird an ihm hängen bleiben, so viel ist jetzt schon klar. Diesen Abend hat er sich anders vorgestellt.

Hinter Gromows breitem Rücken erscheint die durchscheinende Gestalt seiner Frau, und Bludau ist fast getröstet. Riesige Augen in einem dreieckigen Gesicht unter einem strengen schwarzen Knoten. Sie ist so dünn und zart, dass ein Wind sie wegtragen könnte, eine Frau mit der Anmutung eines Kindes. Apart, denkt Bludau, aber wenig dran.

Im Gegensatz zu ihrem letzten Tischgast sprechen die beiden Deutsch. Nicht perfekt, aber sie bemühen sich.

»Kennen Sie den *Blauen Vogel*, das russische Kabarett?«, will Polina wissen.

Er muss passen.

»Alles ist bemalt, der ganze Raum, die ganze Bühne, die Kostüme. Es ist, wie in einem Traum zu sitzen, in einem Traum von Russland. Es wird nicht so viel geredet wie in einem deutschen Kabarett. Es gibt mehr Tanz und Musik.«

»Leider«, bedauert Gromow. »Es ist sehr schwer, politische Witze für unser Publikum zu schreiben. Es besteht aus Adeligen, die die Leibeigenschaft am liebsten wiederhaben wollen, aus arbeitslosen Generälen, aus verbitterten Demokraten, den Menschewiki und ab und an mal einem Anarchisten mit einer selbst gebauten Bombe in der Jackentasche. Dann sind da auch noch die deutschen Besucher, die die russische Seele besichtigen wollen. Bei Musik scheint man sich am ehesten einigen zu können.«

»Zum Glück«, schaltet sich Anouschka Gromowa mit erstaunlich dunkler Stimme ein. »Wir haben einige sehr berühmte deutsche Gäste. Kurt Tucholsky kommt und Else Lasker-Schüler. Sie ist wunderbar. Manchmal ist sie angezogen wie ein junger Mohr.«

»Tino von Bagdad, ich weiß. Diese Frau ist mehr als ein einziger Mensch. Sie ist viele.« Er denkt daran, wie die Lasker-Schüler ihn im *Romanischen* seit Jahren keines Blickes würdigt. Nie würde er es wagen, sie anzusprechen. Die exzentrische Literatin, der die Kritik der Reichshauptstadt zu Füßen liegt, versetzt seinem ansonsten gut entwickelten Selbstvertrauen immer wieder einen schmerzhaften Dämpfer.

Mit ihrer schönen, dunklen Stimme erzählt Anouschka von ihrem Kabarett. Ihre Brauen sind gezupft. Statt ihrer versetzen zwei fein gezeichnete, hoch in die Stirn gerückte Mondsicheln ihr Gesicht in beständiges Erstaunen. Ihre Hände sind manikürt, kein Haar wagt es, sich aus dem dunklen Helm zu kringeln, der ihr graziles Köpfchen rahmt. Die Lehne ihres Stuhls braucht sie nicht. Kerzengerade hält sie ihren Oberkörper in einem exakten 90-Grad-Winkel zum Tisch. Auch isst sie nicht, sondern scheint stattdessen von dünnen schwarzen Zigaretten zu leben, die sie mit Mundstück raucht.

Ihr Mann dagegen langt zu. Sein ausgebeulter Anzug ist fleckig, die Krawatte schon beim Eintreten gelöst. Das Jackett steht in Ermangelung von Knöpfen offen. In seinem ungepflegten Bartgestrüpp nisten Reste von hartem Ei und Brotkrumen. Er isst mit Genuss, da entdeckt er die Gräfin hinter ihrem Champagnerkübel und bricht in eine lachende russische Tirade aus, die mit einem Mund voller Essen vorgetragen wird.

Polina beeilt sich zu übersetzen: »Gestern hat er ihre Zofe vor dem *Blauen Vogel* gesehen. Sie hatte ein Kopftuch umgebunden, wie eine Bäuerin, und hat versucht, den Leuten, die nach Hause wollten, Stickereien aufzuschwatzen.«

Bludau versteht die Aufregung nicht und Polina erklärt: »Früher haben die adeligen Damen zum Zeitvertreib hübsche Stickbilder angefertigt. An langen Nachmittagen und Abenden, im angeregten Gespräch mit ihren Freundinnen, während der Diener Tee, Gebäck und Kanapees servierte und der Enkel von der Militärschule zum Rapport antreten musste. Es waren komplizierte Muster, oft in Plattstich, weiße Blüten auf weißem Batist oder doppelseitige Stickereien von Vögeln, Bäumen und Mädchen. Es war wie eine Vortäuschung von Arbeit, etwas, um die Zeit totzuschlagen. Für manche ist es hier zu einem Broterwerb geworden. Das hätten sie sich früher nicht vorstellen können. So spielt das Leben, sagt ihr nicht so? Das gerettete Geld der Litwinska ist aufgebraucht. Die Revolution lässt sich Zeit mit dem Zusammenbruch. Es geht noch immer nicht zurück auf ihre weitläufigen Ländereien bei Nischni Nowgorod. Sie spricht fließend Französisch, lebt aber in Berlin, wo sie auch nach sieben Jahren noch immer kein Brot beim Bäcker kaufen kann. Weil es näher ist von hier nach Russland und sie die Erste sein will, die zurückkommt, wenn Lenin endlich aufgegeben hat. Vielleicht ist sie auch hier, weil die Winterwinde aus dem Osten kommen und schon die Heimat gestreift haben. Vielleicht kann sie Russland in den Böen riechen. Ihr Beruf ist das Befehlen. Sonst kann sie nichts, nicht lehren, nicht putzen, nicht nähen, nicht kochen. Ihren Samowar muss die Zofe befüllen. Als Lehrerin ihres Enkels behandelt sie mich wie früher ihre Leibeigenen. Aber in ihrem Pensionszimmer stickt sie, so schnell es ihre alten Finger können, und die Zofe muss es verkaufen. Damit niemand merkt, was los ist, sitzt sie hier und trinkt Champagner. Dabei weiß jeder, wie es um sie steht.«

Alexej Gromow mustert sie erstaunt. »Polina, reg dich nicht auf. Das ist nur eine alte Irre, der man den Boden unter den Füßen weggezogen hat. Lass ihr die Freude.« Er steht auf und prostet ihr durch den Raum zu.

Die alte Gräfin Litwinska sieht ihn aus hellgrauen Augen herablassend an, wendet den vornehmen Kopf ab und nimmt mit spitzen Lippen ein Schlückchen Champagner.

4
Dienstag

Spiro

In direkter Nachbarschaft der Pension Koch, des letztverbliebenen Teils eines ehemaligen Landgutes, der mit seiner halbrunden Terrasse und seinen verwilderten Blumenamphoren die Erinnerung an die nur wenige Jahrzehnte zurückliegende ländliche Vergangenheit der aufgeblähten Reichshauptstadt wach zu halten scheint, neben dieser abgehalfterten Idylle also hat sich das zwanzigste Jahrhundert in Form einer Fabrik mit Eisenbahnanschluss angesiedelt. Frühmorgens, noch vor sieben, kündet das Krachen eines Waggons auf den Prellbock, der direkt vor Spiros Fenster wie ein rostrotes Mahnmal gegen den Müßiggang aufragt, von der Geschäftigkeit der neuen Zeit.

Er ist wie immer hochgefahren, hat heute aber beim Aufstehen festgestellt, dass es seinem lädierten Körper nach dem gestrigen Boxtraining einerseits besser, andererseits schlechter geht. Die Schmerzen über der geprellten Leber sind deutlich schwächer, die ehemals verkrampften Rückenmuskeln weich, auch sein Gesicht scheint auf dem Weg der Besserung. Dafür bezahlt er jeden Schritt mit tausend Nadelstichen in den verhärteten Waden, was noch übertroffen wird von dem, was sich in seinen Oberarmen abspielt, sobald er es wagt, diese heute Morgen anscheinend frisch mit Blei ausgegossenen Gliedmaßen auch nur leicht zu heben. Was ihm die größte Freude macht, ist sein Kopf. Zum ersten Mal seit Wochen kann er einen klaren Gedanken fassen. Irgendetwas hat Ordnung in sein Hirn gebracht. Das ständig bohrende Verlangen und die stete, aber vergebliche Sehnsucht sind aus dem Weg und ins Regal geräumt. Es ist, als hätte er sich selbst wiedergetroffen wie einen lang verreisten Freund.

Pfeifend schürt er in der Kochmaschine ein kleines Feuer und brüht sich einen Kaffee. Sorgfältig pinselt er Rasierseife auf die dunklen Bartstoppeln und wetzt das Messer am Lederriemen scharf, bevor er sich der vorsichtigen Restaurierung seiner noch immer gelb-violetten linken Wange widmet. Neben ihm sitzt Erbse auf dem Schachbrettmuster der Kacheln und folgt aufmerksam jeder seiner Bewegungen. »Andere würden sich beobachtet fühlen«, brummt er. Erbse lässt den Kopf in eine verständnisvolle Schieflage sinken. Als er das Messer abwischt, zischt sie aus dem Bad, um nach wenigen Sekunden einen kleinen Lederball auf seine Füße fallen zu lassen.

Er tut ihr den Gefallen. Er öffnet die Tür, sie rennt nach draußen und erleichtert sich im Schatten einer Blumenamphore. Er wirft ihr ein paar Bälle. Mit schlappenden Ohren galoppiert sie ihnen nach und apportiert. Sie winselt im Jagdfieber, während sie, am ganzen Körper bebend, auf den nächsten Wurf wartet. Ginge es nach ihr, könnte sich das Spiel über Stunden hinziehen. Aber so viel Zeit und Lust hat er nicht. Den nächsten apportierten Ball steckt er in die Tasche. Auf zwei Beinen tänzelnd, versucht sie ihn zum Weiterwerfen zu animieren. Aber vergebens. Heute

Morgen will er zur Gerichtsmedizin, und dieses Mal hat er einen Termin. Professor Fraenckel hat ihm etwas zu sagen, und danach ist er hoffentlich weiter mit seinen reisenden Leichen. Eher aus alter Gewohnheit als aus hoffnungsvollem Sehnen auf Hufgeklapper und ein leicht gebräuntes Mädchen mit kurzem Haar und grünen Augen beschließt er, durch den Tiergarten zu laufen. Noch ist es kühl, die Luft frisch, mit jedem Schritt werden die Nadelstiche in seinen Waden schwächer. Spatzen fliegen zeternd in großen Schwärmen aus den Rhododendronhainen vor der Luiseninsel auf, im taufeuchten Gras picken Amseln nach Regenwürmern. Auf einem hohen Sockel blickt eine jugendliche Königin Luise verträumt zu Boden, aufmerksam aus einiger Entfernung betrachtet von ihrem Gemahl, König Friedrich Wilhelm III. Das beliebteste Königspaar Preußens steht durch einen dunklen Wasserarm getrennt voneinander. Eher bürgerlich als aristokratisch in ihrem Auftreten, waren sie, verglichen mit den ansonsten vor allem strategischen Eheschließungen ihres Standes, wohl ziemlich glücklich miteinander, bis der frühe Tod Luises sie wieder voneinander schied. »Es waren zwei Königskinder, die hatten einander so lieb. Sie konnten beisammen nicht kommen, das Wasser war viel zu tief ...« Unwillkürlich pfeift Spiro die Liedzeilen der alten Ballade, taucht für einen kurzen Moment ein in die Melancholie dieses stillen Ortes.

Fred

Fred und seine Clique machen einen Ausflug. 35 lange, heiße Sommertage dauern ihre Ferien, den ganzen Juli über bis Anfang August. Ihre Eltern arbeiten, sie sind sich selbst überlassen. Die Kreise, die sie um die Weddinger Kunkelstraße am Ufer der Panke ziehen, werden von Tag zu Tag weiter. Vom Nordhafen laufen sie an diesem Morgen am Kanal entlang zum Humboldthafen und überqueren auf der Moltkebrücke die Spree. Aus rotem Sandstein ist sie gebaut. Sie bestaunen die mit Schwertern und Schilden bewaffneten Kindersoldaten. Fred klettert auf einen der geflügelten Greifen, reitet auf seinem Löwenhinterteil und legt ihm eine gebieterische Hand auf den gekrümmten Schnabel. Die Trillerpfeife eines Schupos bereitet seiner Kletterpartie ein jähes Ende, und sie rennen über die grünen Wiesen in den Baumschatten des Tiergartens. Sie haben Geld, sie wollen, wie die Großen, in den Biergärten entlang der Spree unter alten Kastanien eine Fassbrause trinken. In ihrer Aufregung sind sie gleich nach dem Frühstück los und stehen nun enttäuscht vor verwaisten Lokalen. Die öffnen frühestens zu Mittag. Alles so still hier und weit und grün und kaum einer unterwegs. Das Blätterrauschen, der Lärm der Vögel schüchtern sie ein. Eine Reiterin in Hosen auf einem riesigen, schlanken Pferd, das geziert an ihnen vorübertänzelt, kommt ihnen vor wie eine Erscheinung aus einer anderen Welt. Sie kennen nur die phlegmatischen, stämmigen Gäule vor den Bier- und Milchwagen, fliegenumschwärmt und mit stumpfem Fell.

Dieses hier glänzt, als wäre es mit einer Speckschwarte abgerieben.

Als es vorbeigetrabt ist, entdecken sie eine frei stehende Eiche, deren erste Astgabel für sie zu erreichen ist. Fred will der Clique etwas bieten. Alle überholend, hetzt er Äste brechend immer höher und schwingt, in der Krone angekommen, wild hin und her. Ganz Berlin kann er von da oben sehen, brüllt er hinunter. Die anderen trauen sich nicht und hängen wie überreifes Obst in den Ästen. Aber die Eiche ist alt, morsch ihr Holz und nicht gefasst auf einen jugendlichen Piraten, der sich im Ausguck auf dem Mast eines Segelschiffes wähnt und Wellengang braucht. Sie kapituliert, und mit trockenem Krachen stürzt Fred mit einem Teil der Krone ab. Er fällt flach auf den Rücken. Hart rumst auch sein Kopf auf die Erde. Aber das ist nicht das Schlimmste. Er kann nicht mehr atmen. Mit weit aufgerissenem Mund japst er nach Luft, fabriziert aber nicht mehr als ein kratziges Pfeifen. Seine Lungen wollen sich nicht füllen. Es ist, als wären alle Röhren und Gänge darin eingestürzt. Angst packt ihn und verzerrt sein Gesicht zu einem tonlosen Schrei. Sein Herz jagt. Er merkt, wie seine Augen aus ihren Höhlen treten.

Auch die anderen haben Angst. Über ihm schwebt der Kreis ihrer hilflosen, blassen Gesichter. Nach langem Schrecken saugt er endlich röchelnd Luft in die leeren Lungen. »Kennich, iss nich schön«, sagt der rachitische August, was Fred mit einem wütenden Blick quittiert. Mit dem langsamen, schwächlichen Freund will er nicht in einen Topf geworfen werden. Er ist der Älteste, der Größte und

Stärkste, der sie in immer neue Abenteuer führt. Dass sie ihn so gesehen haben, nach Luft schnappend wie ein Fisch auf dem Trockenen und verängstigt dazu, das kann er sich selbst und ihnen nicht verzeihen. Mürrisch kommt er mit zerkratzten Gliedern hoch. An seinem Schienbein sickert Blut aus einem tiefen Schnitt. Schweigend läuft er geradeaus, querfeldein, durch Baumgruppen, über Wiesen, durch Rhododendrondickicht, bis ihn zu Füßen Wilhelms III. ein Wasserlauf stoppt. In seinem Schlepptau, schweigend und mit betretenen Blicken, die anderen. Ihre Euphorie ist verflogen. Die Stimmung segelt tief wie Schwalben vor dem Regen.

Am Teich kniend, hat Fred einen Frosch erwischt. »Halt mal.« Er drückte ihn Max in die Hand. Aus seiner kleinen, dreckigen Faust ragt der breite, fast unbeteiligte Kopf des Frosches. »Igitt«, sagt Erna. »Der is bestimmt giftig.« »Nich so giftig wie du«, sagt August, wofür er sich einen Schubser einhandelt. »Passt mal auf.« Fred hat mit dem Taschenmesser ein Stück Schilfrohr abgeschnitten. Jetzt holt er sich den Frosch zurück und schiebt ihm das Rohr ins Hinterteil. »Spinnst du?« Erna traut ihren Augen nicht. Vorsichtig bläst er in das Rohr. Der Frosch strampelt. Langsam bläht er sich auf. Er wird kugelrund, die vorher bräunliche Haut hell und durchscheinend. Als er die Größe eines Handballs erreicht hat, hört Fred auf. Der Frosch lebt noch. Kopf, Arme und Beine, die als Stummel aus dem aufgeblähten Leib ragen, zucken und rudern vergeblich. Die Clique hat zugesehen, gefangen in Ekel und Sensation. Staunend erkennen sie im Innern der opaken Kugel die Eingeweide des

Frosches. Blaues Gedärm, den dunklen Magensack »Da, da, da ist sein Herz. Es schlägt ganz schnell.« August wird bleich. »Ick glob, ick muss kotzen.« Erna ist dunkelrot vor Zorn: »Das kannste nich machen. Ick reiß dir 'n Ohr ab. Du fieses Schwein.« Mit voller Wucht tritt sie gegen Freds Schienbein. Der beherrscht sich nur mühsam, aber er ist noch nicht fertig. Er lässt den Frosch ins Wasser gleiten. Dessen Beine krümmen sich, sein Instinkt rät ihm unterzutauchen, aber ein knapper Liter Luft hält ihn oben. »Hat wer seine Zwille dabei?«, fragt Fred und grinst. Den anderen stockt der Atem. Erna lässt die Hand des kleinen Bruders los und ballt die Fäuste.

»Ich würde mal sagen, wir beenden die Vorstellung an dieser Stelle.« Vom Weg kommt ein Mann in hellgrauem Anzug mit dunkelgrauem Hut zu ihnen herunter ans Wasser. Erna bricht ihren geplanten Großangriff ab. Mit einem Zweig angelt der Mann den Frosch zurück ans Ufer. »Meine Güte, ihr habt Ideen.« Kopfschüttelnd wiegt er das Tier in den Händen und versucht vorsichtig, die Luft aus dem geblähten Leib zu drücken, vergeblich. »Gib mal das Messer.« Fred gehorcht. Behutsam bohrt der Mann ein winziges Loch in die Froschhaut und lässt in kleinen Schüben die Luft entweichen. Am Ende kommt rötlicher Schleim. Er setzt ihn ins Schilf. »Mit ganz viel Glück erholt er sich wieder. Wahrscheinlicher ist, dass er stirbt.«

Fred hat etwas entdeckt. »Ich blute.« Seltsam unbeteiligt starrt er auf sein Schienbein, als gehörte es zu jemand anderem. Beim Sturz hat er sich eine tiefe Schnittwunde zugezogen, Ernas Tritt hat den Rest erledigt. In gleichmäßigen Stößen suppt dunkles Blut in beachtlicher Menge aus einem runden Loch in der zerkratzten Haut.

»Das sieht nicht gut aus, überhaupt nicht gut.« Der Mann zieht seinen Gürtel aus den Hosenschlaufen und legt ihn um Freds Unterschenkel. Er zurrt ihn fest, bis es wirklich wehtut und die Blutung schwächer wird. »Du musst ins Krankenhaus, sonst läufst du aus, bis nichts mehr übrig ist. Ich trag dich bis zum Potsdamer Platz. Von da nehmen wir ein Taxi in die *Charité*. Und du«, er wendet sich an Erna, »nimmst den Gürtel und ziehst ihn an, so fest du kannst. Alles klar?«

Fred ist schwindelig. Bereitwillig lässt er sich von dem Fremden huckepack nehmen, Erna läuft neben ihm und schnürt mit aller Kraft das Bein ab. »Wie heißt du denn?«, will sie wissen. »Ariel, Ariel Spiro. Ich bin Polizist«, keucht er. Zweifelnd mustert Erna die geschwollene, violett-gelbe Seite seines Unterkiefers. »Wennste meinst«, murmelt sie friedfertig, bevor sie den Gürtel wieder kräftig anzieht und Fred aufjault.

Nike

In der Abteilung für venerische Erkrankungen der *Charité* bleckt Oberarzt Dr. Krakow die Zähne mit dem blaugrauen Wismutsaum zu einem abstoßenden Lächeln. »Na, wen haben wir denn da? Hoher Besuch am Morgen. Das schöne Fräulein Fromm, das ganz plötzlich in die Geburtshilfe gewechselt ist. Was ham Sie hier denn noch verloren?«

Nike hat gehofft, seinen Kollegen Dr. Brandt anzutreffen, aber den hat eine Sommergrippe niedergestreckt. Resigniert steht sie vor dem Mann, der ihr die Praktikumszeit in der Venerischen durch seine permanenten Nachstellungen unerträglich gemacht hat. Unentschlossen wedelt sie mit einem Papierbogen. »Ich bräuchte für den Wechsel noch die Unterschrift eines Oberarztes. Wenn Sie so freundlich wären ...«

»Es ist also nicht die Sehnsucht nach mir, die Sie hergetrieben hat.«

»Ich würde es nicht so nennen. Nein. Wegen der Unterschrift kann ich auch später ...«

Er fällt ihr ins Wort: »Ich habe einen besseren Vorschlag. Sie beweisen mir, dass Sie hier genug gelernt haben, dann bekommen Sie mein Autogramm, sofort. Ich zeige Ihnen eine Patientin, und Sie erstellen die Diagnose. Gelingt Ihnen das, können Sie die Venerische Abteilung als absolviert betrachten, schaffen Sie es nicht, müssen Sie noch ein wenig bei mir nachsitzen.«

Nike überlegt. »Gut«, sagt sie schließlich, »das ist ein faires Angebot. Abgemacht also. Um wen geht es?«

»Folgen Sie mir auf Ihren schönen Beinen. In meinen Träumen spazieren Sie auf ebendiesen schlanken Stelzen über meinen nackten Körper. Schlage ich dann die Augen auf, ist über mir nicht der Himmel, sondern nur meine staubige Deckenlampe. Stellen Sie sich die Enttäuschung vor.« Nike verschlägt es die Sprache. Deutlich spürt sie einen Würgereiz. Unbeirrt fährt Krakow fort: »Sie liegt im Saal drei. Da sind wir schon.«

Nike hasst diesen Mann. Schweigend, leise und unerbittlich.

Er klopft und lässt sie vorangehen. Zehn Betten sind aufgereiht im hohen Krankensaal. Alle Fenster stehen offen, die davor geschlossenen Vorhänge tauchen den Saal in bläuliches Licht. Es nützt wenig. Unbarmherzig brennt die Sonne auf die Außenmauer. Drinnen herrscht tropische Hitze. Fast sofort überzieht sich ihre Haut mit einem feuchten Schweißfilm.

Auch Krakow schwitzt. »Eins unserer schönsten Zimmer.«

Sie passieren eine Frau, deren eines Auge von einem Lues-Ekzem zu einer rot gesprenkelten, blumenkohlartigen Geschwulst aufgebläht wurde, eine andere saugt zischend Luft durch eine halb verweste Nase. Im letzten Metallbett rechts liegt eine junge Frau unter dem Fenster. Ihr Mund steht offen und hängt auf der rechten Seite herab. Zur Begrüßung reicht sie ihnen mühsam die linke Hand über das Bett. Aus ihrem schiefen Mund orgeln unverständliche Laute. Sie hat geweint. Ihre Augen sind rot und geschwollen.

Krakow sieht Nike erwartungsvoll an. »Anna Bruhns. 22 Jahre. Verkäuferin bei Wertheim, ledig. Nun zeigen Sie mal, was Sie können.«

Nike schaut auf die Kranke hinab, ihre Augen, zwei Seen, randvoll mit Angst und Verzweiflung. Sie spricht leise: »Sie hatte einen Schlaganfall. Lähmung rechts. Vielleicht sind weitere Regionen betroffen.« Sie überlegt. Mit einem Schlaganfall liegt die junge Frau auf der falschen Station.

Sie zieht das Krankenblatt vom Klemmbrett am Fußende und murmelt: »Lues-Erkrankung, also Syphilis, aber vor drei Jahren. Behandlung mit *Salvarsan*. Keine Spirochäten in ihrem Blut?«

Sie sieht Krakow fragend an, der schüttelt den Kopf und grinst.

Sie überlegt weiter. Die junge Frau müsste also gesund sein. Wieso hat sie in ihrem Alter einen Schlaganfall? Bei einem Schlaganfall gelangt ein Thrombus ins Gehirn und blockiert dort ganze Regionen, daher die Lähmungen. Sie erinnert sich an ein Präparat, das ihr Professor Morgenthal mit Stolz unters Hellfeldmikroskop geschoben hat. Ein Hirnquerschnitt, voller Spirochäten, den Erregern der Syphilis. Nicht nur in den Blutbahnen durchwandern sie den Körper, auch in den Nervenbahnen, über die sie schließlich ins Gehirn gelangen. Sie überlegt noch einen Moment, dann stellt sie ihre Diagnose: »Sie muss vor drei Jahren die Behandlung abgebrochen haben. Das *Salvarsan* hat die Spirochäten in Blut und Gewebe vernichtet, aber im Zentralnervensystem und den Hirnhäuten sind sie geblieben und haben dort langsam einen Thrombus verursacht. Deshalb der Schlaganfall.«

Krakow nickt anerkennend und konstatiert unbarmherzig: »Leider Gottes hat ihr die Krankheit nicht den kompletten Verstand geraubt. Sie begreift ihre Situation.«

Die Kranke stößt gutturale Laute hervor und sucht Nikes Blick. Krakow streichelt ihr abwesend die Schulter. Nike muss sich vom unartikulierten Flehen der Kranken losreißen. Sie gehen zurück auf den Korridor.

»Sie ist gefangen in einem Körper, der nicht mehr funktioniert. Nicht mal sprechen kann sie. Armes Ding. Aufgehört hat sie damals mit dem *Salvarsan*, weil ihr die Haare ausgefallen sind. Jetzt können wir ihr kaum noch helfen. Aber Chapeau, Fräulein Fromm. Eine korrekte Diagnose. Geben Sie her, den Wisch.« Umständlich schlängelt er eine Unterschrift auf das Formular, die auch ein Kunstmaler als Signatur verwenden könnte. »Warum tragen Sie eigentlich bei der Hitze Handschuhe?«

»Ich habe eine Amme untersucht, die ebenfalls infiziert war. Schmierkur, ein paar Tage nur.«

Krakow grinst. »Hat Sie die Königin der venerischen Erkrankungen also auch erwischt.«

»Königin?« Nike schüttelt den Kopf. »Nein, die Lues ist keine Königin. Eher ein Chamäleon mit tausend Tarnungen. Was dem Mittelalter die Pest war, ist uns die Syphilis.«

Er schmunzelt. »Es ist das Leiden der glücklichen Männer.«

Sie sieht ihn fassungslos an. »Wenn Sie es unbedingt poetisch haben wollen, wie wäre es mit ›Die Geißel der Venus‹? Sie können diesbezüglich ja die ein oder andere eigene Erfahrung einbringen. Ihre Ehefrau ist sicher nicht schuld am Wismutsaum auf Ihren Zähnen.«

Sie hat ihn getroffen, aber er fängt sich schnell. »Erstens habe ich keine Ehefrau, und zweitens befinde ich mich in bester Gesellschaft. Unser allseits hochverehrter Geheimrat Johann Wolfgang von Goethe hat gedichtet:

Doch welch ein feindlicher Gott hat uns im Zorne die neue /
Ungeheure Geburt giftigen Schlammes gesandt? / Überall

schleicht er sich ein, und in dem lieblichsten Gärtchen / Lauert tückisch der Wurm, packt den Genießenden an ... / Heimlich krümmet er sich im Busche, besudelt die Quellen, / Geifert, wandelt in Gift Amors belebenden Tau.
Der wusste auch, wovon er spricht. Darauf wette ich.« Krakow redet sich in Rage: »Und Heine, Heinrich Heine, die schärfste Feder der deutschen Romantik? Schon 25 Jahre vor seinem Tod die linke Pupille starr und weit geöffnet. Ich hab ein Bild von ihm gesehen und wusste gleich Bescheid. Dann Taubheit der linken Hand, der Lippen und Wangen, Krämpfe, Atemnot, Erbrechen, später Blindheit. Acht Jahre lag er in der viel besungenen Matratzengruft, bis es endlich vorbei war, hineingeworfen wodurch? Dreimal dürfen Sie raten, Gnädigste.«

Nike verbirgt ihre Überraschung und ätzt: »Ändert das was am armseligen Leben der Patientin im Saal, an dem des schwachsinnigen Säuglings, den ich gestern auf dem Arm hatte? Nein, sie siechen unrettbar dahin, lange Jahre, selbst wenn noch so viele Dichter in der Vergangenheit ihr Schicksal geteilt haben. Leben Sie wohl, Dr. Krakow. Und sehen Sie sich vor.«

»Ich werde Sie nicht vergessen, Fräulein Fromm, nicht Ihren schönen Leib und nicht Ihre beißenden Worte, seien Sie gewiss.«

Nike spürt seine Blicke, als sie über den Terrazzoboden des Korridors dem Ausgang zu läuft und hat das dringende Bedürfnis, sich zu waschen. Was für ein Schmierlappen, denkt sie und greift so eilig nach der Klinke, als wäre hinter ihr ein Feuer ausgebrochen. Erst draußen vor dem Gebäude bleibt sie in Hitze und grellem Licht stehen. Nach dem Dämmer der Flure müssen sich ihre Augen erst umgewöhnen.

Im Nebenhaus, in dem sich die Unfallstation befindet, fällt die Eingangstür ins Schloss. Ein Mann entfernt sich mit eiligen Schritten. Fast läuft er. Sie erkennt seine hochgewachsene, sehnige Gestalt sofort, seinen Gang, die Linie seiner Schultern, und ihr Gesicht wird heiß. Sie ruft ihn nicht, nicht sofort. Als sie es sich anders überlegt hat, ist er bereits außer Sicht, verschwunden, als wäre er nie da gewesen. Ein Phantom, das Gespenst einer nachhaltigen Kränkung, das sie mitnimmt in ihren Tag. Es stört ihre Ruhe, drängt sich in ihre Gedanken, regt sie auf. Aber die Tatsache, dass es sie so aufbringt, überrascht und beschäftigt sie umso mehr.

Spiro

Er hetzt zur Gerichtsmedizin, ein Ratsuchender auf dem Weg zu seinem Orakel von Delphi. Professor Fraenckel empfängt ihn mit grimmigem Blick. »Erst kann es nicht schnell genug gehen mit den Ergebnissen, man setzt sich dran, arbeitet Tag und Nacht, schwitzt Blut und Wasser, und dann kommt er eine satte halbe Stunde zu spät hereinspaziert. Haben die Uhren aufgehört zu ticken? Haben wir alle Zeit der Welt? Warum auch eilen? Es ist ja nur Fraenckel, der alte Leichenfledderer, der nichts Besseres zu tun hat, als auf den Herrn Kriminalen zu warten.«

Spiro schüttelt grinsend seine Hand. »Musste mich um einen Jungen kümmern, dem das Blut aus dem Bein sprudelte. Einen Lebendigen, der ging vor. Habe ihn im Tiergarten gefunden und in der *Charité* abgegeben.«

»Jeden Tag eine gute Tat, so ist's recht, Spiro. Schweren Herzens sind Sie hiermit entschuldigt. Was macht die Backe? Es geht von Blau nach Gelb, oder sehe ich das falsch?«

»Tut fast nicht mehr weh, sieht nur noch wüst aus. Aber ich gehe jetzt boxen, damit mir das nicht noch mal passiert.«

Fraenckel schüttelt missbilligend den Kopf. »Ich persönlich kann nur strengstens von jeglicher Form der körperlichen Auseinandersetzung abraten. Die Resultate landen alle hier auf meinem Tisch, und in den seltensten Fällen hat sich der Einsatz gelohnt.«

»Da wir gerade von Ihrem Tisch sprechen: Was haben Sie denn für mich? Hoffentlich was Neues. Bei uns hat die beiden noch immer keiner als vermisst gemeldet.«

»Sie sind ja im Schaukasten, aber da hat bislang auch keiner angebissen. Bei der Hitze wird das auch immer unwahrscheinlicher. In ein paar Tagen erkennt sie noch nicht mal ihre Mutter wieder. Ich habe trotzdem was gefunden, was Sie interessieren wird. Aber der Reihe nach: Ihre Toten sind im selben Alter, Ende 20. Bisschen dünn sind sie. Haben wohl nicht allzu viel zu essen gekriegt in den letzten Monaten. Aufgefallen ist mir ihre Gesäßmuskulatur.« Spiro zieht erstaunt die Augenbrauen hoch. »Sie ist stark entwickelt. Ein Podex, um den sie jede Frau beneidet hätte. So was kriegt man nicht am Schreibtisch. Auch nicht auf dem

Bau. Aber die Hintern von Reitern sehen so aus, oder von jemandem, der seine Tage mit Treppensteigen verbringt. Zum Beispiel.« Er setzt sich hinter seinen Schreibtisch und bietet Spiro einen Stuhl davor an. »Die Todesursache ist ungewöhnlich, um nicht zu sagen: selten, sehr selten sogar. So was hat man nicht alle Tage. Ich persönlich hatte so was sogar noch nie, und das will was heißen, denn wie Sie wissen, bin ich schon ein paar Tage dabei. Dieser Beruf birgt immer wieder Überraschungen, deswegen arbeitet man ja auch so gern.« Professor Fraenckel hat die goldgefasste Brille abgenommen und beginnt sie umständlich zu polieren. Spiro sitzt auf glühenden Kohlen. Gnädig fährt der Gerichtsmediziner nach einigen Sekunden angespannter Stille fort: »Es war also keine Kugel, kein Hammer, kein Beil, keine Bordsteinkante, die unglücklicherweise da lag, wo sie lag.«

»Hab ich mir schon gedacht. Sie hatten ja keinen Kratzer«, wagt Spiro zu unterbrechen, womit er sich einen tadelnden Blick einhandelt.

»Also, wo war ich? Rein äußerlich ist nichts zu erkennen. Und sie sind zu jung, um wie ein totes Huhn einfach so von der Stange zu fallen. Der Verdacht liegt also nahe, dass man sie vergiftet hat. Aber womit? Auffällig waren bei beiden die geweiteten Pupillen, ungewöhnlich, auch bei Giften. Das hat mich auf die Spur gebracht. Normalerweise verengen oder entrunden sich die Pupillen post mortem. Die Pupillen der beiden Unglücksraben waren noch immer so geweitet, als hätten sie ihre letzten Stunden in einer Höhle verbracht. Und das wiederum wird durch eine kleine, aber feine Gruppe von Substanzen erreicht, die wir Fachleute Mydriatika nennen oder Solanazeenalkaloide. Zu denen zählen Atropin, Hyosciamin, Scopolamin …«

Spiro schnauft und kratzt sich am Kopf. »Bei allem Respekt für Ihre Profession, aber können Sie nicht einfach …?«

»Nein, kann ich nicht«, schneidet ihm Professor Fraenckel das Wort ab. »Wir nähern uns. Aber ohne ein gewisses Basisverständnis können Sie mir nicht folgen. Also aufgepasst: Diese Solanazeenalkaloide kommen ausschließlich in Pflanzen vor, den Solanazeen. Dazu gehören Atropa Belladonna, uns bekannt als Tollkirsche, Datura Stramonium, Stechapfel, und Hyoscyamus niger, das schwarze Bilsenkraut. Heimische Pflanzen und seit Jahrhunderten als Gifte und Rauschdrogen in Gebrauch. Allerdings hat ihnen das in jeder Apotheke als Rattengift verkaufte Arsen den Rang abgelaufen. Mit ihm entfallen die lästigen Botanisierexkursionen in Gottes freie Natur. Der Mensch ist halt bequem. Kurz gesagt, sie sind aus der Mode geraten, so sehr, dass sich kaum noch jemand damit auskennt. In der Klinik landen Fälle von Verwechslung. Sämtliche Gäste einer Pension in Davos und große Teile des Personals wurden niedergestreckt, weil eine Köchin die Wurzeln der Tollkirsche mit Schwarzwurzeln verwechselte. Kinder essen die Beeren und versuchen anschließend, an einer Wand hochzuklettern, oder sie liegen still, und das Zimmer tanzt um sie herum. Sie lachen, schreien, bellen und beißen sogar. Die meisten erholen sich spätestens nach ein paar Tagen. Um jemanden damit über den Jordan zu befördern, muss er die Gifte in großer Menge oder hoher Konzentration zu sich nehmen.

Kaninchen und Meerschweinchen übrigens machen die hochtoxischen Blätter nichts aus. Sie können wochenlang von ihnen leben. Allerdings ist nicht bekannt, ob auch sie unter Halluzinationen leiden. Die Tiere selbst sollte man vom Speisezettel streichen. Ihr Fleisch ist toxisch.«

Fraenckels Augen leuchten. Er redet sich in Rage, Spiro hat es aufgegeben, ihn unterbrechen zu wollen.

»Datura, der Stechapfel, wurde bereits im alten Ägypten, in Griechenland und Rom als Rauschmittel und Gift benutzt. Die Zigeuner sollen aus ihm und Tollkirschen ihr berühmtes Betäubungspulver Dur herstellen. Fakire, Sekten, Thaumaturgen, Priester und Magier haben damit seit Jahrhunderten allerlei Unfug getrieben, und die Damen des horizontalen Gewerbes kannten es als Erregungsmittel. Auch andere, weniger beanspruchte Damen tröpfelten sich Belladonna-Tinktur in die Augen, um sich einen ›tiefen‹ Blick und damit sicher auch die ein oder andere Sehstörung zu verschaffen. Aber ich bin abgeschweift ...«

Spiro verkneift sich einen Kommentar.

»Also, wir vermuten eine Vergiftung unserer Leichen mit Solanazeen. Sie enthalten unterschiedliche Wirkstoffe, die von Fundort zu Fundort, je nach Jahreszeit und Vegetationsperiode, variieren. Das macht es nicht leichter. Aber alle Solanazeen enthalten ein und denselben ungiftigen Stoff, *β-methylesculetin*, und den habe ich nachgewiesen.« Stolz leuchtet in seinen Augen. »Aber was genau haben sie gegessen oder getrunken? Den Gefallen, es als Speiserest in Magen oder Darm aufzubewahren, haben sie uns nicht getan, Einstichstellen habe ich auch nicht gefunden. Sie werden es also getrunken haben. Wäre ich Berater eines Giftmörders, hätte ich genau diese Darreichung empfohlen. In Wein oder Saft versteckt, kriegt man es unbemerkt in den Mann, und er verdaut es noch, bevor er endgültig den Löffel abgibt. Etliche Giftmörder wiegten sich in Sicherheit, weil sie die Mydriatika für nicht nachweisbar hielten. Sie waren ein durchaus gebräuchliches Mittel, um das Problem der ›Altsitzer‹ ein für alle Mal zu beseitigen, also der Greise und Greisinnen, die der nachfolgenden, ungeduldigen Generation auf der Tasche liegen, Essen und Platz verbrauchen. Mittlerweile ist der Nachweis aber sehr wohl möglich, und damit kommen wir zum letzten Akt unseres heutigen Beisammenseins.«

Er winkt Spiro zu einem Versuchsaufbau. Mäßig begeistert folgt der dem aufgeregten Gerichtsmediziner.

»Hier habe ich den mit Salpetersäure gelösten und eingedampften Rückstand, den ich aus dem Blut der Opfer gewonnen habe.« Fraenckel wedelt mit einem Reagenzglas, an dessen Grund ein unscheinbarer, farbloser Rückstand klebt, wie ein angetrockneter Tropfen Seifenlauge. Mit einer Pipette tröpfelt er eine weitere farblose Flüssigkeit hinein. »Alkoholische Kalilauge. Und jetzt passen Sie auf.« Mäßig begeistert ist Spiro dem aufgeregten Gerichtsmediziner gefolgt. »Sehen Sie das? Das ist absolut eindeutig.«

Fraenckel schwenkt triumphierend das Glas vor Spiros Gesicht hin und her, bis diesem fast schwindlig wird. Und es ist tatsächlich beeindruckend. Leuchtend violett strahlt der Inhalt des Reagenzglases, Sekunden später verwandelt in ein tiefes Kirschrot.

»Und hier, ein weiterer Nachweis, den ich mir erlaubt habe vorzubereiten. In diesem Schälchen wieder unser aus dem Blut gezogenes Alkaloid unter Zugabe von Schwefelsäure.« Er fasst es mit langer Zange, entzündet einen fauchenden Bunsenbrenner und erhitzt es in der blauen Flamme. Dämpfe steigen aus der Schale. »Riechen Sie es?«

Gespannt blickt Fraenckel in Spiros verwirrtes Gesicht. Der kann keinen eindeutigen Geruch bemerken, außer dass es eigentlich ganz angenehm riecht, nicht nach Schwefel oder Verbrennung jedenfalls.

»Aber jetzt müssten auch Sie Geruchsgestörter was bemerken. Ich gebe doppelchromsaures Kali hinzu.«

Und er hat recht. Sobald einige Tropfen der neuen Lösung in dem dampfenden Schälchen verschwinden, steigt ein deutlich blumiger Duft auf.

»Schlehenblüten«, konstatiert Fraenckel »zweifelsfrei.« Beifallheischend sieht er Spiro an.

Der beeilt sich: »Beeindruckend, wirklich beeindruckend. Ich wusste gar nicht, dass Sie über so profunde chemische Kenntnisse verfügen.«

Fraenckel lächelt geschmeichelt. »Das ist es, was ich so mag an der Gerichtsmedizin. Sie fordert den Forscher, den wachen Geist, der auch mal die eigene Disziplin verlassen und in benachbarten Wissenschaftsgebieten wildern kann.«

Spiro wagt sich zögernd vor: »Es ist mir nach diesen wirklich sehenswerten und überaus interessanten Vorführungen allerdings immer noch nicht ganz klar, was da jetzt bewiesen wurde …«

Fraenckel bedenkt ihn mit einem Blick aus dem Repertoire eines Lehrers für einen begriffsstutzigen Erstklässler. »Lieber Spiro, Ihre Toten, und zwar beide, sind mit demselben Cocktail aus überwiegend Tollkirschen-, Stechapfel- und Bilsenkrautauszügen vergiftet worden. Wobei ich vermute, dass das Bilsenkraut die Aufgabe hatte, die erregende, aufputschende Wirkung von Tollkirsche und Stechapfel so lange zu dämpfen und die Opfer ruhig und eher unauffällig wirken zu lassen, bis die toxische Dosis sicher ihren Blutkreislauf erreicht hatte. Sie suchen einen Mörder mit botanischen und zumindest rudimentären chemischen Kenntnissen, der in der Lage ist, hochdosierte Auszüge in genauem Verhältnis anzufertigen.«

Nike

Nike schlendert an den dunkelroten Backsteingebäuden der *Charité* entlang Richtung Norden. Sie lässt sich treiben, beobachtet einen Kranken, der langsam auf Krücken vierbeinig den Weg entlanghumpelt, sieht Schwestern und Pflegern rasselnde Betten und eiserne Rollstühle schieben. Sie will keinen besuchen und niemanden suchen, kein Haus, keine Station, keinen Arzt, kein Laboratorium und auch nicht den Keller für die Toten. Eine ruhige Geschäftigkeit liegt über den kopfsteingepflasterten Wegen. Alle haben Ziele, denen sie, wie von unsichtbaren Fäden gezogen, entgegeneilen. Nur ein Kriegsblinder sitzt reglos auf einer Bank im Schatten, den Blick in ewiges Schwarz gesenkt.

Es ist kein Krankenhaus, denkt sie. Es ist eine Krankenstadt. Bewohnt von Leiden, Verletzung, Blut und Eiter. Milliarden von Bazillen scharwenzeln herum, kriechen über unsere Haut, reisen in den roten Strömen unserer Adern durch die Körper. Eine Stadt voller Krankheiten, und in den Ecken wartet geduldig der Tod. Alle möglichen und unmöglichen Miseren sind angetreten. Im besten Fall werden sie gefunden, operiert, weggepflegt, bekämpft. Aber jedes Bett wird, egal ob nach gewonnener oder verlorener Schlacht, gleich wieder neu besetzt aus der ewigen Warteschlange der Patienten, die nachwachsen wie wilder Wein. Etwas in ihr bäumt sich auf, will nicht Teil dieser Gesundungsmaschine werden, will nicht jeden Tag wieder den Stein den Berg hinaufrollen, will ihre Freiheit zurück und ahnt doch, dass sie bereits zu weit gegangen ist und es kein Zurück gibt. Sie geht schneller, vorbei am Mütterhaus, das sie links liegen lässt. Sie will nicht an die sorbische Amme denken und das stille Kind mit den glänzenden Elfenbeingeschwüren unter seiner Haut und muss es doch. Auf der Chausseestraße nimmt sie eine Droschke zum Weddingplatz. Sie will zu Anton und sonst nirgends hin, in seine Arme, in seinen Geruch nach Mann und Schweiß, will unter seinen Achseln hindurch in seinen muskulösen Rücken greifen, in seinen harten, runden Hintern, will sich auflösen, nicht denken, gar nichts, nur diesen ganzen schönen Mann, der sie liebt wie eine Fremde im Zug, schnell und hastig, denn die Lok pfeift schon für den nächsten Halt.

Bei Tag erscheinen ihr die Straßen zwischen den dicht gedrängten, hoch aufragenden Arbeiterhäusern enger. Verschattete Durchgänge weisen in düstere Hof-Labyrinthe, darüber der Himmel, eingepfercht in eckige blassblaue Felder. Hier wohnen mehr Menschen auf demselben Raum als irgendwo sonst in der Stadt. Am Magdeburger Platz, an dem sie lebt, herrscht in der Regel Stille. Ab und an nur gestört durch ein Fuhrwerk oder das Röhren eines Automobils. Ansonsten führen dort Kinderfrauen ihre Schützlinge und Damen ihre Hunde spazieren und ergehen sich im kühlen Schatten der Ulmen. Hier, im Wedding, quellen die Menschen aus der Enge ihrer Wohnungen auf die Straßen wie überkochende Milch aus einem vergessenen Topf auf dem Herd. Kinder hocken im Rinnstein und vollziehen unter krähenden Streitgesprächen komplizierte, von keinem Erwachsenen nachvollziehbare Tauschaktionen ihrer Glasmurmeln. In jeder von ihnen ein ins Unwirkliche gebrochener farbiger Schnörkel, ihr Geheimnis, ihr Schatz. Sie schlängelt sich an flexibel vertäuten Mädchen im Gummitwist vorbei, an Hinkelkästchen, weiß auf grauem Pflaster, darin auf einem Bein schwankende Kinder, Himmel und Hölle.

Frauen mit Einkaufskörben, Zwiebeln darin, Hering und Kartoffeln und durchsuppende Zeitungspäckchen mit krümelndem Quark. Männer in den Farben und Trachten ihrer Berufe, blau-weiß karierte Bäcker, düstere Rauchfangkehrer, gestreifte Metzger, weiße Anstreicher und schwarze Zimmerleute in doppelreihigen Westen unter breitkrempigen Hüten, das Gros aber in einfachen dunklen Hosen, Unterhemden, Joppen und Mützen. Ausnahmslos sind sie gezeichnet, bepudert, verschmiert, bespritzt. Dreckig kommen sie ihr in strengem Schweißgeruch entgegen. Erschöpft nach getaner Arbeit, manche froh, andere voll Sorgen, gehen sie schnell und sicheren Schritts nach Haus zu Essen und Bett. Ihre Hände sind breit und fest wie die Muskeln ihrer Körper, darin Hornhaut und Schwielen, in denen der Dreck eingepflanzt ist und nicht mehr geht.

Verglichen mit den gebeugten Medizinern, ihren tastenden, feinen Händen, den asthenischen Gestalten der Bankangestellten und den glatten, auf Tennisplätzen und in Ruderbooten trainierten Freizeitkörpern ihrer Freunde, kommen sie ihr vor wie eine andere Rasse, der Wedding wie ein fremdes Land.

Kunkelstraße, hier wohnt er, das hat er erzählt. Die Nummer weiß sie nicht. Aber die Straße ist kurz. Hübsch eigentlich, am Ufer der Panke gelegen, wäre die ein sauberes Flüsschen und würde nicht stinken wie ein ganzer Berg Fäkalien. Und irgendetwas Chemisches riecht sie auch. Eine Alte mit Kopftuch in weiten kaschubischen Röcken verkauft kleine Sträuße dunkelroter Bartnelken. Die fragt Nike, wo Anton wohnt.

»Weejis nich, Marjellche, hastn valorn?«

»Ja«, sagt sie, »ich fürchte schon.«

Drei hagere Zigeuner haben einen Schwarzbären an der Kette. Alle Wildheit hat ihn verlassen. Sein Fell ist stumpf, deutlich sieht man seine Rippen, die Krallen haben sie ihm ausgerissen. Vorwitzige Jungen springen schnell wie die Wiesel heran und bohren Stöcke in seinen gerundeten Rücken. Der Bär zuckt müde. Kleine, erloschene Augen ohne Blick.

»Das ist Quälerei. Der arme Petz.« Neben Nike steht ein bezopftes Mädchen, an ihrer Hand ein kleiner Junge, und giftet ihnen nach. »Und tanzen musser auch noch.«

Nike versucht es noch einmal. »Sag mal, kennst du Anton Kraftschick? Er muss hier in der Straße wohnen.«

»Nummer sieben, Hinterhaus. dritter Stock«, kommt es wie aus der Pistole geschossen. »Seine Mutter heißt Helene.«

Nike bedankt sich und geht zur Nummer sieben.

Jetzt hämmert ihr Herz, jetzt ist sie sich nicht mehr sicher. Ihre letzte Nacht war unruhig. Ist Anton krank, verletzt? Oder Schlimmeres? Was, wenn er sie einfach abserviert hat? Aber wenn sie sich jetzt nicht traut, wird sie auch das nicht erfahren. Also geht sie durch das braune Tor im gelben Haus und steht unschlüssig im Hof zwischen hohen Wänden, wie am Boden einer Schlucht. Eine hochgewachsene Frau kommt ihr entgegen, an jeder Hand ein Kind, letzte blonde Strähnen im grauen Haar, tiefe Linien im Gesicht, daraus leuchten blaue Augen, die sie wiedererkennt, Antons Augen.

»Sind Sie Helene Kraftschick?«

Die Frau bleibt stehen. Sie muss einmal schön gewesen sein, denkt Nike, so groß und blond und dann diese Augen. Aber etwas ist passiert, ihre Züge sind hart geworden, verbittert. Weit vor ihrer Zeit ist sie alt.

»Ich suche Anton, wir kennen uns vom medizinischen Dienst der AWO. Ich bin Nike.« Sie streckt eine Hand aus. Helenes Hände sind besetzt. Sie zuckt nur mit den Schultern. Nike überlegt einen Moment, dann setzt sie von Neuem an. »Wir waren gestern verabredet. Er ist nicht gekommen und hat nichts von sich hören lassen.« Die Augen der Frau mustern sie ungerührt. Langsam gleiten sie an ihr abwärts und wieder hinauf. Es ist eine Musterung, und Helene gibt sich keine Mühe, das zu verbergen. Hat sie gehört, was ich gesagt habe? Nike setzt erneut an, spricht langsam und deutlich wie zu einer Schwerhörigen und kommt direkt zum Punkt: »Ich suche Ihren Sohn, Anton. Können Sie mir sagen, wo ich ihn finde?«

Helene lässt sich Zeit mit ihrer Antwort. Schließlich sagt sie leise: »Nee, kann ich nich. Seit Samstag hab ich ihn nicht mehr gesehn.«

Schweigen im Hof. Nikes ist ratlos. Die beiden Kleinen starren sie an wie eine Erscheinung und halten vor Aufregung die Luft an. Eine Frau in geblümter Kittelschürze, ein verblichenes Kopftuch um die Haare geschlungen, kommt mit zwei Äpfeln in der Hand zu ihnen. Wortlos nimmt sie Helene die Kinder von der Hand, gibt jedem einen Apfel und zieht sie hinter sich her zum gegenüberliegenden Aufgang. Sie kauen mit offenen Mündern und drehen die Köpfe auf den Rücken wie Eulen. Bis zuletzt wollen sie nichts verpassen.

Helene macht Anstalten zu gehen, da hat sich Nike gefangen: »Was machen wir denn jetzt? Wo kann er denn bloß sein? Der kann doch nicht einfach so von der Bildfläche verschwinden.«

Das ist absurd, denkt sie. Sie spürt, wie Ärger ihr Gesicht rötet. Die muss sich doch auch Sorgen machen, steht aber nur da wie ein verdammter Ölgötze.

Dann kommt doch noch etwas von Helene: »Bei Kotsch

war er auch nicht«, sagt sie leise und ergänzt, als sie Nikes fragenden Blick bemerkt: »Auf der Arbeit.«

Wieder breitet sich Schweigen aus. »Haben Sie eine Vermisstenanzeige aufgegeben?«

Helene sieht sie an, als hätte sie ihr vorgeschlagen, in die Kirche zu gehen und zu beten. »Polizei? Die hat noch nie was für uns gemacht, außer uns den Knüppel übers Kreuz zu ziehen. Wüsste nicht, dass sich das geändert hätte.«

»Aber ...« Nike spart sich die geplante Entgegnung und fragt stattdessen: »Was haben Sie denn vor? Irgendwas muss doch gemacht werden?«

»Ich geh zur Partei. Die wissen, wat zu machen ist. Heute ist der Vorstand da, die Funktionäre.«

Es wird immer besser, denkt Nike. Gibt es irgendwas im Wedding, wofür die SPD nicht zuständig ist? Ist die Partei jetzt das, was früher mal die Kirche war? »Kann ich mitkommen?«

Wieder ein prüfender Blick. »Von mir aus.«

Schweigend laufen sie mal neben-, mal hintereinander her durch die brüllende Hitze eines Nachmittags, der einfach nicht abkühlen will. Helene geht zielstrebig. Man weicht ihr aus und lässt sie passieren. Nike muss sich anstrengen, um Schritt zu halten. Schließlich lässt sie sich in ihren Windschatten zurückfallen. Da stoppt Helene abrupt. Beinahe wäre sie ihr in die Hacken gelaufen.

Die Stimme des Mannes ist höhnisch: »Ach nee. Ick gloob, ick seh nich richtich. Is die Fürsorge jetzt ooch beim ollen Kraftschick?«

Vor ihnen hat sich ein kräftiger Mann von Mitte 40

aufgebaut. Quadratischer Schädel, niedrige Stirn, schmale, helle Augen. Breitbeinig, die Hände in die Hüften gestützt, mustert er Nike und zieht seine Schlüsse.

Empört will sie protestieren, aber Helene ist schneller: »Kümmer dich um deine eigenen Angelegenheiten, Höckelmann. Da haste genug zu tun.«

Helene

Er hat also ein Mädchen, denkt Helene, und er hat nichts davon erzählt. Beides sticht. Wo er die bloß herhat? Aus dem Wedding jedenfalls nicht. Solche Schuhe mit Riemchen und kleinem Absatz hat man hier nicht, und erst recht keine feinledernen Handschuhe und auch keine Mappe mit Papieren. Was Besseres, lautet ihr abschließendes Urteil. Meine Güte, was will er denn mit der?

Sie läuft und schweigt. Nachdem sie sich endlich entschlossen hat, über Antons Verschwinden zu reden, hat sie es eilig. Und da kommt ihr ausgerechnet Höckelmann quer. Der steht noch immer in ihrem Weg und ist offensichtlich noch nicht fertig.

Otto Höckelmann ist in Helenes Leben, seit sie denken kann. Unangenehm schon als Kind, beim Tanz und später im Ortsverein. Aber er war immer dabei. So, wie zum Wetter auch Regen gehört. Seine Kampfgenossen kann man sich nicht aussuchen, hat sie gedacht, als sie noch in derselben Partei waren. Er war kein guter Redner, und Ideen hatte er auch selten. Sein Interesse galt den Posten. Er wollte wer sein. Aber das wollten die anderen nicht. Viermal hat er als Vorsitzender kandidiert, viermal ist er es nicht geworden. Es ging für ihn nicht hinauf in der Parteihierarchie. Dann löste sich das Problem Höckelmann ausnahmsweise von selbst. Bei den Nationalsozialisten, damals noch verboten und im Untergrund agierend, fand er eine neue Heimat. Auch bei ihnen landete er zunächst nur in der zweiten Reihe. Aber durch gezielte Denunziationen bei der Parteispitze in München hat er einen Konkurrenten nach dem anderen aus dem Weg geschafft. Jetzt steht er endlich selbst an der Spitze der nationalen Bewegung im Wedding. Helene hat den untersetzten Mann und seinen unbändigen Ehrgeiz nie weiter beachtet, und gerade ihre Gleichgültigkeit hat ihn tiefer getroffen, als es ihre Anfeindung je vermocht hätte.

»Dein Junge hat sich wegjemacht, hab ick jehört. Der Sohnemann von Kraftschicks, der heiljen sozialistischen Vorzeijefamilie, eenfach auf und davon?« Sein quadratisches Gesicht wird von einem schadenfrohen Grinsen in die Breite gezogen.

Sie mustert ihn ruhig: »Du warst noch nie die Scheiße wert, die unter deinem Schuh klebt, Otto.« Sie macht einen Bogen und ist endlich an ihm vorbei. Das Mädchen bleibt an ihrer Seite.

»Ihr werdet noch an mich denken, det schwör ick dir. Und jedes Wort wird dir leidtun«, hört sie ihn brüllen, und ihr wird trotz der Hitze kalt. Woher weiß er überhaupt, dass Anton verschwunden ist? Ist es kein Zufall, dass er sich hier vor ihr aufbaut und sie verhöhnt? Hat er was damit zu tun?

Endlich sind sie da. Die Fenster des Ladenlokals sind mit Plakaten beklebt. Auf einem strebt eine entschlossen marschierende Menschenmenge, bewaffnet mit Schaufeln und Spitzhacken, von rechts hinten nach links vorne. *Arbeiter! Wählt eure Partei, die Sozialdemokratie,* in hellroten Lettern. Auf dem Plakat daneben drischt ein starker Mann mit schwerem Hammer ein Hakenkreuz entzwei. Zumindest auf ihren Plakaten behauptet die SPD den Kampfgeist, den viele so schmerzlich in ihrer Politik vermissen.

Drinnen stehen fünf einfache Holztische. »Wieder ein U«, hört sie Antons Mädchen murmeln, »und vor Kopf ist oben. Da, wo geredet wird und gedacht. Hätte ich eine Partei, würd ich sie im Kreis tagen lassen.«

Die spinnt, denkt Helene. War ja zu erwarten.

Sechs Männer in angeregter Diskussion haben sich um ein Tischende geschart. Als sie das Ladenlokal betreten, blicken sie auf und kommen ihnen entgegen. »Helene. Schön, dich zu sehen. Hast du was von Anton gehört?«

Sie sind besorgt, das kann sie sehen. Woher weiß alle Welt, dass er weg ist? Sie hat mit keinem darüber gesprochen, nur mit Kraftschick und dem Werkstattleiter bei Kotsch. Die größten Klatschbasen sind Männer, denkt sie, sagt aber: »Es gibt nichts Neues. Zur Arbeit war er nicht. Das hier ist …«, sie stockt einen Moment, »das ist seine Freundin Nike. Die hat er auch versetzt. Wir machen uns Sorgen. Wir wissen nicht, was wir machen sollen. Heute ist der vierte Tag.«

Die Männer schweigen betroffen. Einige kennen Anton, seitdem er auf der Welt ist. Er ist schlau und fleißig. Er ist beliebt. Er kümmert sich, hört, was ihm die Leute erzählen, und obwohl er noch jung ist, hat sein Wort Gewicht. Sie wollen ihn im Vorstand. Er hat eine Zukunft in der Partei der Sozialdemokraten.

Nike

Nur Nike weiß, dass er die Parteikarriere, die die Genossen ihm zugedacht haben, gar nicht will, weil ihm die SPD zu zögerlich ist, nicht entschlossen genug, und es nicht vorangeht mit echten Reformen, dass er ihr Gekungel mit den Militärs verachtet und als Verrat an der Arbeiterklasse begreift, dass er ihnen die Morde an Liebknecht, Luxemburg und Jogiches anlastet, dass er glaubt, die Parteioberen kleben an ihren Sesseln und Ämtern, und alles, was sie tun, dient zuerst dem Erhalt eben dieser Sessel und Ämter, und die Interessen der Arbeiter kommen erst an zweiter Stelle. Sie weiß, dass er die Vorträge der Anarchisten besucht und hofft inständig, dass sein Verschwinden nichts damit zu tun hat, denn sonst sollte sie ihnen besser davon erzählen. Aber das will sie nicht. Noch nicht. Er soll selbst entscheiden, was er ihnen sagt und wann. Also steht sie da, sieht gut aus und hält ausnahmsweise den Mund.

Seine Mutter ist anscheinend mit der SPD verheiratet. Selbst jetzt rennt sie zuerst zur Partei statt zur Vermisstenstelle. Aber offensichtlich weiß auch die Partei nicht, wie man einen Verschwundenen wieder zurückbekommt. »Wär es nicht Anton, würden wir die Kneipen abklappern, aber er trinkt nicht«, meint einer der Männer. »Was ist mit den Krankenhäusern, den Unfallstationen?«, will ein anderer wissen.

»Da hab ich nachgefragt. Da ist er nicht. Auch nicht bei den Leichen in der Hannoverschen.« Helenes Stimme ist ruhig geblieben.

Jetzt ist es still. Die Männer tauschen Blicke. Helene hat also doch schon etwas unternommen. Warum hat sie das nicht erzählt? Im Leichenschauhaus war sie. Nike wird schwindelig. Wie aus großer Entfernung hört sie Helenes Stimme. »Was ist mit der Polizei? Soll ich ihn vermisst melden?«

Die Männer überlegen. »Das kann nicht schaden. Versuch's.« Mehr fällt ihnen nicht ein.

Wieder senkt sich hilfloses Schweigen, vor der Tür klappert ein Milchwagen vorbei. In Nikes Hals ist ein Kloß gewachsen. Vor drei Monaten wurde ihr Vater ermordet, jetzt ist Anton verschwunden. Sie kennt die Gerichtsmedizin in der Hannoverschen Straße. Nie wieder wollte sie diesen Ort betreten. Dort hat sie die Leiche ihres Vaters identifiziert. Sie stand an der Bahre, seine Hand war kalt wie das Metall. Er war fort. Unwiederbringlich. Sein Tod hat sie verändert. Seitdem studiert sie Medizin, nicht nur aus Interesse an der illustren Runde im *Hirschfeld-Institut*. Sie will sich beschäftigen, und es soll etwas Sinnvolles sein. Sie räuspert sich. »Helene, ich muss jetzt gehen. Darf ich morgen wiederkommen und fragen, ob es etwas Neues gibt?«

Helene nickt zerstreut, und Nike stakst auf wackeligen Beinen hinaus auf die Straße.

Helene

Als die Tür hinter Nike ins Schloss fällt, sieht Helene zu Boden. »Auf dem Weg hierher ist mir Otto Höckelmann quergekommen«, sagt sie. Ihre Stimme hat sich verändert, ist jetzt unschlüssig und zögernd. Die Klarheit und Sicherheit, mit der sie bislang über ihr Anliegen gesprochen hat, ist verschwunden.

Die Männer horchen auf. »Der Nazi? Was wollte der denn?« Jeder von ihnen kennt Höckelmann und ist froh, dass sie ihn los sind.

»Kann ich gar nicht sagen, was der wollte. Jedenfalls wusste er von Anton. Er hat so getan, als wäre das so was wie eine Schande für uns, dass Anton weg ist. Er hat gesagt, dass ich bereuen werde, dass ich nicht netter zu ihm gewesen bin. So was in der Art. Wir würden noch an ihn denken.«

Die Blicke der Genossen sind entsetzt: »Die Nazis? Du glaubst die Nazis haben Anton?«

»Denen trau ich alles zu.«

»Wenn das wahr ist, breche ich ihnen jeden Knochen einzeln im Leib.« »Diese Drecksbande.« »Die vermaledeiten Sauhunde.« »Diese Pestbeulen«

Helen wartet, bis sie verstummen. »Ich weiß ja nicht, ob sie ihn haben.« Sie macht eine Pause. »Aber ich würd's gern wissen.«

Nur mit halbem Ohr lauscht sie den weiteren Flüchen der Genossen, den Beteuerungen ihrer Sorge. Immer öfter fallen die Worte »Polizei« und »Anzeige«. Sie schüttelt den

Kopf. »Ich melde ihn vermisst. Aber von den Nazis werde ich nichts sagen.« Ihre Stimme ist jetzt wieder fest. Helene Kraftschick hat eine Entscheidung getroffen.

Spiro

Ariel Spiro liegt in Gretchen Kochs Chaiselongue und bildet sich. Er liest Alfred Döblin, *Die beiden Freundinnen und ihr Giftmord,* den gerade erschienenen Bericht über einen Prozess, den die Berliner sensationslüstern und mit wohligem Schauder goutiert haben wie einen Fortsetzungsroman. Geboten werden homoerotische Neigungen, sadistischer Sex, viel wallende Leidenschaft der Beteiligten in wechselnden Konstellationen füreinander, ferner Kommunismus und militärische Härte. Dahinter die vehemente Suche einer jungen Frau nach Freiheit und dem ganz großen Glück. Die Urteile fallen angesichts des wochenlangen Martyriums des Opfers überraschend milde aus. Richter und Beobachter haben Verständnis dafür, dass jetzt auch eine kleine Friseuse ihr Stück vom großen Kuchen fordert.

Gift auch in seinem Fall, in seinen Fällen, das Schwert des schwachen Geschlechts. Sucht er also eine Mörderin? Oder einen Schlauen, der mit dieser verbreiteten Annahme von sich ablenken will? Warum überhaupt mussten die beiden Männer sterben? Wer waren sie? Und wem waren sie so sehr im Weg? Bevor er nicht weiß, wer sie sind, kann er all das nicht beantworten. Morgen geht er an die Presse und füttert sie mit den Bildern der Toten. Die Kriminalpolizei bittet um Ihre Mithilfe …

Heute kann er nichts mehr tun. Er packt seine Trainingssachen ein. Jake liegt nach einer langen Nachtschicht noch im Bett und hat aufgegeben. »Das heutige Training findet jetzt sofort und hier an Ort und Stelle statt«, hat er genuschelt und die kleine Rothaarige in den Po gekniffen, die zerzaust und kichernd neben ihm aus den Kissen aufgetaucht ist. Grinsend hat Spiro die Tür wieder geschlossen.

Im Flur umtänzelte ihn Erbse, bereit für einen Spaziergang. Mit einem Ablenkungsmanöver hat er sie von der Tür fortgelotst, dann ist er mit einem Anflug von schlechtem Gewissen hinaus.

Harry Kupka, der Trainer, nickt ihm zu und wirft ihm wortlos ein Springseil herüber. Drei Minuten rechts, drei links, dann die Beine vorne hoch und so weiter. Schlagen, hüpfen, treten, Liegestütze, Klappmesser, die heisere Klingel und ihr Drei-Minuten-Takt. Fast eine Stunde Schinderei. Es geht ihm dabei von Minute zu Minute besser. Er spürt seine Muskeln, wie sie sich krümmen und strecken, kommt dahin, wo es wehtut, wo sie ihren Dienst versagen, wo die Grenzen liegen. Er geht nah an sie heran. Kupka legt ihm eine Hand auf die Schulter und dirigiert ihn mit einer knappen Kopfbewegung an einen der Sandsäcke, gehalten von einem muskelbepackten Typen in seinem Alter mit einer gut abgehangenen Visage. »Sebes«, stellt der sich vor. Spiro sagt: »Spiro.« Sebes nickt und bandagiert Spiro mit ruhigem Ernst die Hände. Spiros erster Schlag tangiert den Sandsack nicht weiter und entlockt Sebes ein ironisches

Grinsen. Spiro probiert weiter. Bis jetzt hat er Löcher in die Luft geschlagen, das war nicht weiter schwer. Am Sandsack muss er die Energie bündeln, gerade und präzis schlagen. Es ist eher ein Vorschnellen der Fäuste, der Bruchteil eines Moments nur, die kurze Explosion von Kraft und sofort wieder zurück in die Deckung.

Die Glocke krächzt. Wechsel. Jeder von Sebes' Schlägen hinterlässt im ramponierten Leder des Sandsacks eine eindrucksvolle Delle. Spiro stemmt sich von der anderen Seite dagegen und wird von ihrer Wucht vor und zurück geworfen. Sebes steigert das Tempo, immer schneller folgt Schlag auf Schlag, Trommelfeuer, dazu brüllt er in den letzten Sekunden hinein ins rostige Klingeln wie ein Stier, dem man die Hoden abklemmt. Spiro ist beeindruckt. Sebes lächelt mit bräunlichen Zähnen, sanft und geschmeichelt. Er wischt sich den Schweiß aus den Augen und greift nach dem Sack. Wechsel, Spiro ist wieder dran. Am Ende seines zweiten Trainings schlägt er zwar keine Dellen in den Sandsack, aber seine Schläge knallen, immerhin. »Morgen?«, fragt Sebes. »Morgen«, sagt Spiro, grinst und geht duschen.

Pfeifend hüpft er die Stufen des Treppenhauses runter, geradenwegs hinein in zwei elegante Fräulein auf dem Weg hinauf, die offenbar etwas Mut in ihren Sektgläsern gefunden haben und jetzt kaum zu halten sind. »Falsche Richtung«, krakeelen sie, »kalt, ganz kalt.« Auf dem langen, gebogenen Hals der einen entdeckt er ein ovales, samtiges Muttermal, über das er gern mit dem Finger wandern würde. Von beiden Seiten haken sie sich bei ihm ein und bugsieren den nur anstandshalber Protestierenden rückwärts die Stufen wieder hoch.

Im Stockwerk über dem Trainingsraum entweicht tatsächlich einem Grammofon entfesselter Jazz. »Ana, schau, wir haben dir einen Boxer gefangen. Er ist noch ganz nass. Bitte sehr, statt Blumen.«

Bedauernd löst er den Blick von Hals und Samt und dreht sich langsam um. Vor ihm steht ein Mädchen, das genauso gut auch ein Junge sein könnte, in schlichter Hose und einem kurzärmeligen Rollkragenpullover, beides in Schwarz. Ebenso schwarze, ernste Augen, ein voller Schopf schwarzen Haars, sehr blass, sehr dünn, geradezu mager wie ein plötzlich aufgeschossenes Kind. Nur ihr schmaler Mund ist feuerrot bemalt, was ihn kleiner, aber auch gefährlicher macht.

»Ariel Spiro. Ich wurde gekidnappt«, stellt er sich vor und deutet eine Verbeugung an.

»Ein Ariel sollte das bisschen Freiheitsverlust wegstecken können. Ein Shakespeare'scher Luftgeist ist Schlimmeres gewohnt. Ich bin Ana, Herrin dieser bescheidenen Hütte.«

Sie hat dabei nicht gelacht. Ihr Stimme ist leise, aber die Geste dem Raum entsprechend ausholend. Groß wie der gesamte Boxstall unter ihnen, Sprossenfenster auf beiden Seiten, eine ehemalige Werkshalle, die nun Wohnung und Atelier in einem ist. Vor einer Küchenkredenz steht ein langer Tisch, auf dem aus einer Zinkwanne voller Eis ein kleines Feld von Flaschenhälsen wächst. Vor dem Grammofon tanzt eine Gruppe Gäste mit vollem Körpereinsatz. Es sieht aus, als würden die Tänzer begeistert in alle

Richtungen winken. Eine füllige Frau steht breitbeinig in einem eleganten blauen Kleid, rauft sich beidhändig das Haar und lässt ihren Hüftspeck im Takt zittern. Hinter einem gestreiften Paravent am anderen Ende der Halle erkennt Spiro das Fußende eines Betts. Sechs nackte Beine darauf, ungeordnet und in Bewegung. Er sieht weg.

»Marion?« Ana ist nicht lauter, nur einen Deut bestimmter geworden. »Unser Gast braucht einen Sekt.«

Eine früh verblühte, aschblonde Frau balanciert ein Tablett mit Sektgläsern. Sie trägt eine Dienstmädchenschürze und darunter keinen Rock. Zwischen schwarzen Strumpfbändern liegt ihr angewelktes Hinterteil offen. Ungeschickt bugsiert sie ihr Tablett auf die Fensterbank. Ihr Gesicht zuckt. »Bitte, bedienen Sie sich. Wie Sie sicher bemerkt haben, serviere ich nicht jeden Tag. Auch das kann ich nicht.« Sie fingert nervös an einer langen Perlenkette herum. »Mein Mann würde mich umbringen, wenn er es wüsste. Aber für Ana tue ich alles. Sie hat gesagt, es wäre gut für mich, also mach ich's.«

Spiro nimmt sich ein Glas und trinkt.

»Haben Sie die neuen Zeichnungen gesehen? Einfach umwerfend, nicht wahr. Eine unserer ganz großen Begabungen.« An seiner Seite fummelt ein kleiner, dicker Mann ein Notizbuch aus seinem Jackett. »Morgen sehen Sie meine Hymne in der *B.Z.*«

Erst jetzt bemerkt Spiro die ungerahmten Zeichnungen an der einzig freien Wand. Aquarelle, Tuschezeichnungen, Kreide. Er geht näher heran. Auf fast allen sind Frauen zu sehen, Frauen quer durch sämtliche Gesellschaftsschichten. Ladenmädchen im Café, Damen beim Friseur und bei Wertheim, Freundinnen vor der Auslage eines Juweliers, eine Frau und ihr Pferd, Frauen an der Seite ihrer Männer in der Oper, in der Droschke. Schön sind sie nicht, alles Bemühen hat nicht geholfen. Wie Clowns hocken sie unter ihren aufgemalten Augenbrauen, eitel, kindisch, gierig, verstört. Mitleidlos, mit sezierender Schärfe sind die Zeichnungen unterwegs zur Karikatur, aber sie sind besser, individueller, einfühlsamer und gerade dadurch auch grausamer. Wie zufällig mit leichter Hand aufs Blatt geworfen, haben sie die schillernde Flüchtigkeit von Straßenfotografien. Sie sind bestürzend, sie sind gut.

»Haben Sie den letzten *Junggesellen* gesehen?«, will eine knochige Frau von ihm wissen, während sie ihn durch ihr Monokel anstarrt, als wollte sie ihn hypnotisieren.

»Den letzten Junggesellen? Sind die schon wieder ausverkauft und endgültig keiner mehr übrig, den man zum Altar schleifen kann?« Spiro lässt sie auf einen Granitfelsen auflaufen, aber sie merkt es nicht.

»Das Magazin *Der Junggeselle*«, wird er gereizt belehrt. »Ich bin drin. Seite 21. Ana hat mich gezeichnet. Keine Stunde nach dem Erscheinen hat mein Telefon zum ersten Mal geläutet, und es hört gar nicht mehr auf. Ich hab schon Migräne von den ganzen Lautwellen, die durch meinen armen Kopf spuken.«

Sie tänzelt davon ins dichter gewordene Gästegewühl, denn im Minutentakt spuckt die Stahltür neue Amüsierwillige ins Atelier der Zeichnerin. Sie selbst ist, auf einem Fensterbrett kauernd, damit beschäftigt, sich in Rauchwolken zu hüllen, wie Pythia, die griechische Orakelpriesterin. Ein pomadeglänzender Adlatus unklaren Geschlechts lässt einzelne Auserwählte zu ihr vor. Ohne ihn wagt sich keiner heran. Ein dicker Herr im Dreiteiler darf und überreicht ihr mit großer Geste seine Karte, an seinem Arm ringt seine anämische Frau, die ihn fast um Haupteslänge überragt, unter Anas abschätzendem Blick mit einer Ohnmacht. Mit spitzen Fingern reicht sie die Karte weiter an ihren Adlatus, der sie in einem silbernen Kästchen verstaut. Ana schaut aus dem Fenster. Diese Audienz ist offensichtlich beendet. Spiro grinst.

»Das ist nicht zum Lachen«, erbost sich eine stämmige Blonde neben ihm. Vergeblich versucht die üppig aufgetragene schwarze Umrandung ihren Schweinsäuglein im pausbäckigen Gesicht den Hauch eines orientalischen Geheimnisses zu verleihen. »Ich würde töten, um von Ana gemalt zu werden. Aber sie malt nur, wen sie will. Sie muss inspiriert sein.«

Die Dralle zuckt resigniert mit den Schultern und leert ihr Glas. Tief schneiden die Riemchen ihrer Sandalen in die geschwollenen Füße. Ihr Kleid ist zu kurz. Nicht jedes Knie sollte das Licht der Öffentlichkeit erblicken, denkt Spiro und holt sich noch einen Sekt.

Am Rand seines Blickfelds bemerkt er, dass ihm aus ihren Rauchwolken heraus die schwarzen, ernsten Augen der Pythia folgen.

Fünf Minuten später tippt ihm der Adlatus auf die Schulter: »Ana möchte Ihnen einige Zeichnungen zeigen.« Er geht ihm voraus. Ob Spiro die sehen will, hat er nicht gefragt. Wir sind bei Hof, denkt Spiro, fügt sich gehorsam und folgt ihm.

»Ariel, der Luftgeist, endlich ein Neuzugang. Alle anderen Nasen hier kenne ich schon. Besser, als mir lieb ist. Das ganze Gegacker, die ewige Aufregung.« Sie unterdrückt ein Gähnen und lächelt eines ihrer seltenen Lächeln.

Eine Pause entsteht, und Spiro fragt sich, ob auch seine Audienz jetzt beendet ist. Dann sagt er: »Ich bin tatsächlich neu in der Stadt. Aus Wittenberge, an der Elbe.«

Ernst sieht sie ihn an: »Wenn ich behaupten würde, dass mir Wittenberge irgendetwas sagt, würde sich ein Spalt auftun, und ich würde auf den Grund der Hölle fallen. Woher auch immer, seien Sie mir trotzdem willkommen. Immerhin sind Sie nicht aus Breslau, das ist doch schon mal was. Möchten Sie noch mehr sehen?«

Er nickt. »Ihre Bilder sind gut. Sie gefallen mir.«

»Es sind nur Zeichnungen, keine Bilder, kleine Etüden auf Papier. Das, was Frauen so machen dürfen. Öl und Gouache sind immer noch in Männerhand. Die hier kriegen nur wenige zu sehen.« Sie öffnet eine Mappe mit weiteren Blättern.

Vorsichtig schichtet er sie von rechts nach links. Diese Arbeiten sind sanfter, Räume tun sich auf. In satten Farben ausgeführte Ornamente lassen ihre Bewohner zur Staffage werden. Ein Tapetenmuster fließt in die Schattenpartien eines gelben Frauenaktes. Ein weißer Körper räkelt sich als leerer Umriss auf einem Orientteppich, der locker über einem Diwan liegt. Tiefes Rot schlingt sich um verschattetes Blau, Einsprengsel von mattem Beige, darauf der Körper als weiße Form, eine Leerstelle. Ein farbenfroher indischer Druck fließt über den Stoff eines Kleides, statt des Gesichts seiner Trägerin nur eine Kopfform, gefüllt mit zartem Violett. Das nächste Blatt ist anders. Ein Urwald aus übergroßen Blättern in allen Schattierungen von Grün, Gummibäume, Zimmerlinden, Efeuranken vor hohen Fenstern. Grünes Licht umspielt die schmale Silhouette einer Frau mit nachlässig geflochtenem Haar an einem Flügel, dahinter, sehr einsam, wie ein verirrter Faun in der Mitte des Raums stehend, ein Mädchen, das aus gleichfalls grünen Augen den Betrachter hineinsaugt ins Bild. Es sind realistische Porträts. Deutlich sind die beiden zu erkennen.

Spiro fährt zurück und erstarrt.

Anas Hand greift nach dem Rand des Blattes. »Eine meiner besten Arbeiten. Zwei inspirierende Frauen. Die Kleine in der Mitte ist unwiderstehlich. Sie tanzt mit der Sense durch die Stadt und hinterlässt einen Teppich geroderter Herzen. Sie ist reine Energie. Aber man hat ihren Vater umgebracht. Das hat sie ziemlich mitgenommen.« Sie weist auf die Frau am Flügel. »Ihre Mutter ist Pianistin, ein riesiges Talent. Unter ihren Händen werden Noten lebendig und beginnen zu atmen. Sie hat vor ein paar Wochen eines ihrer seltenen Konzerte gegeben. Eigenartig, so bald nach dem Tod ihres Mannes. Chopin, die Etüden. Ich habe geweint, ohne es zu merken. Am Ende des Konzerts war mein Gesicht nass. Ich bin sofort nach Hause gegangen, völlig erschöpft, aber auch seltsam geläutert.« Sie überlegt einen Moment. »So wie es vielleicht gläubigen Katholiken nach Messe und Beichte geht. Jedenfalls spielen beide in der Oberliga.«

Spiro schweigt. Da sind sie also. Die beiden Frauen, die ihn gleich an seinem ersten Tag in Berlin in ihren Bann gezogen haben. Charlotte, die Mutter, mit ihrem außergewöhnlichen Spiel, ihr langer Weg aus der mythischen Welt eines galizischen Schtetl an die Spitze der vornehmen Gesellschaft der Reichshauptstadt. Er hat gespürt, dass auch sie eine Fremde war, ein Mensch, aufgeteilt zwischen zwei Welten. Das hat ihm die eigene Fremdheit in der neuen Stadt fern seiner Familie leichter gemacht. Und Nike, die Tochter, die Sonne, um die er kreiste, solange er es durfte. Aus reiner Selbsterhaltung versucht er seitdem erfolglos, sie zu vergessen. Jetzt haben sie ihn wieder eingeholt, und es schmerzt. Er war nicht aufrichtig zu ihnen, und sie haben ihn verstoßen. Vertreibung aus dem Paradies. Er spürt, wie er blass wird, wie sich sein Blut wohin auch immer zurückzieht.

»Charlotte und Nike Fromm«, sagt er leise.

Ana ist überrascht. »Ja, das stimmt. Kennen Sie sie?«

Die Antwort kostet ihn Überwindung: »Ich kannte sie. Das trifft es, glaube ich, besser.« Der Raum beginnt sich um ihn zu drehen. »Ich muss gehen. Bitte entschuldigen sie mich.«

Abrupt wendet er sich ab, geht in gerader Linie zur Tür, rempelt den überraschten Adlatus, stößt nur ganz leicht gegen die Welke mit ihrem zitternden Tablett, aber das reicht schon. Als es klirrt, ist er bereits draußen und stolpert die Treppe hinab. Freier Fall.

Unterleutner

Der notdürftig wiederhergerichtete *Magendoktor* ist voll. Die große Schlacht des vergangenen Sonntags muss in ihrer gesamten Tragweite erfasst, gleichzeitig wollen sämtliche Details erinnert werden. Es ist die Geburtsstunde von Helden und Barden, die ihre Taten besingen. Aber nicht alle Gäste waren an der Verteidigung des Weddings gegen die braune Gefahr beteiligt. Arbeiter zischen nach Schichtende ein kleines Helles, ein kurzer Moment der Ruhe unter ihresgleichen, bevor sie sich ins Gerede ihrer Frauen, ins Geschnatter und Gekreisch der Kinder an den Abendbrottisch setzen.

Er sitzt am Tresen. Im Rückbuffet ist vom ohnehin nicht großen Spiegel nur eine handbreite Scherbe übrig geblieben. Aber es reicht für eine Bestandsaufnahme. Der Lack ist ab, konstatiert er. Sein graues Gesicht, grau auch die Haare und der gesträubte Schnauzbart, dessen verfärbte Enden melancholisch nach unten weisen. Zwischen braun gebeizten Fingerspitzen klemmt eine Zigarette. Zwei Schachteln Filterlose raucht er täglich.

»Na, jefällste dir?«, will der Wirt wissen.

»Hab schon Schlimmeres gesehn«, raspelt er mit rauer Stimme und prostet seinem Spiegelbild zu. Dahinter erscheint ein heller Haarschopf. Er dreht sich um und steht auf: »Helene.«

Sie grüßt ihn mit einem kaum merklichen Kopfnicken. Ein kurzer Wink, und er folgt ihr nach draußen.

»Muss ja nicht jeder mitkriegen, das wir was zu besprechen haben«, sagt sie, und etwas in ihrer Stimme lässt ihn aufhorchen.

Sie kennen sich seit Jahren. Dieser Frau verdankt er, dass er eine Wohnung und manchmal Arbeit hat. Ohne sie wäre er vielleicht schon tot oder zumindest wieder im Bau. Sie hat ihm unter die Arme gegriffen und ihn wieder in die Senkrechte gestellt.

Alfons Unterleutner hat in Bayern wegen Einbruchs gesessen. Er kennt sich mit Schlössern aus und hat aus der Gefängniszeit noch eine Rechnung mit den Nazis offen. Er hat für sich behalten, was sie mit ihm gemacht haben, aber sein Hass auf Hitler und Konsorten ist noch immer frisch, als wäre es gestern passiert.

»Was haste aufm Herzen, Mädchen? Auf mich kannste dich verlassen, das weißte.«

Aufmerksam hört er ihr zu. Dann nickt er langsam, geht noch mal in die Kneipe und holt den kleinen Erich Bader, weil der ein Terrier ist, ein Kraftpaket, wenn auch kein großes. Bader stellt keine unnötigen Fragen, er lässt sein Bier stehen und kommt mit. Es ist besser, das, was sie vorhaben, zu dritt zu erledigen. Helene hat damals auch die Parterrewohnung in einem Hinterhof der Müllerstraße besorgt, zu der sie jetzt gehen und aus der Unterleutner sein Besteck holt. In einigem Abstand voneinander laufen sie dann über den Weddingplatz, biegen ab in die Schulzendorfer Straße, über die Brücke in die Grenzstraße. Auf Höhe des Friedhofs von St. Hedwig sehen sie sich vorsichtig um. Dann verschwinden sie nacheinander in der Nummer 38, queren den Hof und steigen in den Seitenflügel dritter Stock.

Erich Bader klopft und stellt sich mit gehobenen Fäusten in Positur. Aber es bleibt still hinter der Tür, Bader tritt zur Seite, und Unterleutner macht sich ans Werk. Er hat es nicht verlernt, ist lediglich ein bisschen aus der Übung. Drei Minuten später sind sie drin. Es riecht nach kaltem Rauch und Einsamkeit.

»Viel Besuch hat der nicht«, sagt Unterleutner und weist auf den einzigen Stuhl in der Küche. Auf dem fleckigen Holztisch eine halb leere Flasche Bier und ein Weckglas. In der mit Schimmel überzogenen Lake treiben Gurken wie verendete Fische bauchoben. Andere Vorräte sehen sie nicht. Auf der Kochmaschine liegt Staub. Die Wände sind fleckig. Offensichtlich nimmt Höckelmann seine Mahlzeiten nicht zu Hause ein. Besser für uns, denkt Unterleutner.

Neben ihm atmet Helene flach. Sie will ein Fenster öffnen. Unterleutner räuspert sich. Sie dreht auf halbem Weg um und lässt es. Sie sind still. Aus der Wohnung über ihnen sickert ängstliches Kindergeschrei, ein Rohrstock pfeift, Geheul, weitere Schläge, Wimmern. Im Stockwerk unter ihnen singt eine Frau und klappert mit den Töpfen. Es ist eine alte Gewohnheit. Er kann einfach nicht anders. Auf Zehenspitzen schleicht Unterleutner ins Schlafzimmer und sieht sich um. Unter der Matratze des ungemachten Bettes finden seine tastenden Hände eine Pistole. Ihr Magazin ist leer, der Hahn klemmt.

Helene saugt entsetzt die Luft ein. Unterleutner bleibt unbeeindruckt: »Immer alles unterm Bett. Geld, Schmuck, Waffen. Als wollten sie es ausbrüten.« Er übergibt die Pistole Bader, der damit eine Reihe verwegener Posen einnimmt und Helene ein nervöses Kichern entlockt.

Am Fenster steht ein antiker Sekretär aus glänzendem Holz mit geschwungenen Beinen und einer Vielzahl an Schubladen und Fächern auf einem schmutzigen Teppich. So einen hatte er hier nicht erwartet. Leise pfeift er durch die Zähne. Die Dinger kennt er. Jeder ist anders konstruiert, aber am Ende hat er ihnen noch immer ihre Geheimnisse entrissen. Unterleutner geht systematisch vor. Er nimmt die Schubladen heraus, leert ihren Inhalt in einen Emailleeimer und vergleicht die Länge der Laden mit der Tiefe des Sekretärs. Er fingert und fummelt, dann grinst er zufrieden. »Die haben alle eins.« Er hat einen Hebel ertastet, der auch in diesem Sekretär ein Geheimfach öffnet. Triumphierend greift er hinein und kann nicht glauben, was seine Hände längst erraten haben. Langsam zieht er ein mit Gummibändern zusammengehaltenes Bündel Geldscheine hervor.

Sie sehen sich fassungslos an. Bader hat sich den Stapel gegriffen und lässt die Scheine wie ein Daumenkino durch seine Finger rattern. Heiser flüstert er: »Holdrio, würd ick mal sagen. Das sind 'n paar Hundert Reichsmark. Vielleicht mehr als tausend.« Die Augen des kleinen Mannes glänzen. Er kann sich gar nicht einkriegen.

Unterleutner lässt sich davon nicht anstecken. Das hier ist ein ganz großer Scheiß ist, ein gefährlicher Scheiß. Viel gefährlicher, als er dachte. Trotzdem macht er mit der systematischen, gründlichen Durchsuchung der Wohnung weiter. Es ist eh zu spät. Jetzt will er alles wissen. In der

Schublade des Nachttisches liegt eine zweite Waffe. Diese ist geölt, geladen und gespannt. Schwarz glänzt ihr Lauf im immer spärlicher hereintropfenden Licht.

Ernst sieht er zu Helene, die eine Hand auf den Mund presst. Vorsichtig läuft er dann über die Dielen, beobachtet ihre Bewegung dabei, schließlich geht er auf die Knie und klopft. Eine Diele ist lose und schwingt wie der Klangstab eines Xylofons. Darunter holt er einen in der Mitte gefalteten braunen Umschlag hervor. Darin ein paar eng beschriebene Bögen. Er sieht sie sich an: »Listen, vielleicht Mitglieder, vielleicht Kollaborateure.«

Auf der Treppe poltern unsichere, schwere Schritte. Es geht los. Bader huscht, mit einem Holzscheit bewaffnet, hinter die Tür. Helene greift nach Unterleutners Ärmel. Dreimal setzt Höckelmann an, dann findet er endlich das Schloss. Er ist noch nicht ganz drinnen, da zieht ihm Bader sein Scheit über den Schädel. Er fällt wie ein nasser Sack. Schnell ziehen sie ihn in die Wohnung. Unterleutner und Bader setzen den Bewusstlosen auf den einzigen Stuhl und vertäuen Arme, Beine und Rumpf fest mit dem Möbel. Helene gießt ihm eine Kanne Wasser ins Gesicht. Unterleutner und Bader stehen hinter seinem Rücken in der Tür zum Flur. Höckelmann soll nur Helene sehen. Das haben sie so ausgemacht.

Langsam kommt er wieder zu sich. Seine Stimme ist unwirsch: »Helene, was soll das werden, wenn es fertig ist? Mach mich los!« Er bäumt sich auf, aber die Fesseln sind fest.

»Wo habt ihr Anton?« Ihre Stimme ist leise.

Höckelmann zerrt weiter an seinen Fesseln: »Weeß icke, wo der sich rumtreibt. Bei uns hat er sich jedenfalls nich anjemeldet.«

»Ich tu dir nichts, wenn du mir sagst, wo er ist.«

Höckelmann lacht. »Du dumme Gans, kapier's endlich. Ick weeß nicht, wo sich dein sauberer Herr Sohn rumtreibt. Dat soll hier wohl 'n Witz sein. Ick fass et nich.«

Sie wartet, bis er fertig ist mit Ruckeln und sie ärgerlich ansieht. »Kein Witz, Höckelmann, und du bleibst hier angebunden, bis ich weiß, wo Anton ist. Wenn's sein muss, bis du verschimmelst.«

Langsam dämmert es Höckelmann, dass seine Lage ernster ist, als er dachte. Tief holt er Luft und röhrt los: »Hiiil...«

Weiter kommt er nicht. Gegen die Absprache hechtet Unterleutner in die Küche und hält ihm den Mund zu. Höckelmanns Augen blinzeln ihn böse an. Helene ballt einen Lappen zu einem Knebel, sie schieben ihn in seinen Mund und fixieren ihn. Unterleutner sieht auf ihn hinab, lächelt kurz, holt aus und lässt eine Faust in sein Gesicht krachen: »Und das gibt's extra, während wir warten.«

Helene versucht es noch mal: »Habt ihr Anton? Habt ihr ihm was angetan?«

Höckelmann grunzt und wackelt mit dem hochroten Kopf. Ist das ein Ja oder ein Nein, sie können es nicht sagen. Sie lösen den Knebel, aber Höckelmann bellt nur: »Ick hab dir erkannt, Unterleutner, du Depp. Haste schon vergessen, was die Bewegung mit kriminellen Subjekten wie dir macht? Hätt ick mir denken können, dass du bei diesem Affentheater mit dabei bist. Du bist einfach zu dämlich.«

Unterleutner stopft ihm wieder den Mund und versetzt ihm einen Fausthieb, diesmal auf die andere Seite.

Bader brüllt: »Nich auf die Neese, der erstickt uns.«

»Ist auch nicht schade drum«, murrt Unterleutner, aber er hat im letzten Moment auf die Wange gezielt.

Höckelmann röhrt in seinen Knebel und versucht ihn auszuspucken. Helene stopft ihn fester. Unterleutner will wieder zuschlagen, aber sie bremst ihn mit einer Geste und verschwindet nach nebenan. Mit dem Geldbündel in der Hand kommt sie zurück. Höckelmanns Augen weiten sich.

»Ich glaube, dass die Bewegung«, in ihrer Stimme liegt Verachtung, »das hier vermissen wird. Ich schlage dir einen Tausch vor. Ich kriege Anton, du kriegst das Geld.«

Der kleine Bader verzieht schmerzlich das Gesicht, protestiert aber nicht.

Höckelmanns Gesicht ist dunkelrot angelaufen. Sie nehmen ihm den Knebel aus dem Mund, und er brüllt los: »Ihr jämmerlichen Sozenschweine, nehmt eure Drecksfinger von unserem Geld. Wir werden euch vierteilen. An eurer Stelle würde ich nicht mal dran denken …«

Den Rest erstickt der Lappen. Unterleutner winkt sie ins Schlafzimmer. Sie drehen sich im Kreis. So kommen sie nicht weiter.

Helene klingt unsicher: »Was jetzt?«

»Wir lassen ihn schmoren. Vielleicht fällt ihm morgen was ein.« Unterleutner drückt ihr das Geld und den Umschlag in die Hand. »Das bleibt erst mal bei dir.« Er bedenkt Bader mit einem prüfenden Blick: »Damit keiner auf die Idee kommt, sich heute Abend aufzuführen wie Graf Koks. Alles wie immer. Keinen Verdacht erregen.«

»Aber er hat dich erkannt.« Helenes Stimme ist dünn. »Was ist, wenn er wirklich nichts weiß? Sie werden dich, sie werden uns jagen. Das lassen die uns nicht durchgehen.«

Unterleutner schiebt die geladene Waffe in seinen Hosenbund und reicht Bader die andere. »Ich muss drüber nachdenken. Du auch. Wir gehen jetzt alle nach Hause. Morgen ist auch noch ein Tag.«

Kraftschick

Ihre Schritte sind schwer, wie die eines Mannes. Er hört sie im Flur kruscheln, dann steht sie in der Tür, gerade, aufrecht, aber mit einem Ausdruck im Gesicht, den er nicht deuten kann, der neu ist, den er nicht von ihr kennt. »Wo warste denn gewesen? Hab schon angefangen, mir Sorgen zu machen.«

Sie antwortet nicht, schaut stattdessen ins Schlafzimmer, wo im breiten Elternbett die beiden Kleinen kreuz und quer liegen. Ein kurzes Lächeln, sie setzt sich. Auf dem Tisch wartet ihr Teller neben dem Suppentopf, aber sie greift nicht nach der Kelle. Stattdessen verbirgt sie ihr Gesicht in den Händen, ihre Schultern beginnen zu zucken.

Kraftschick geht zu ihr, streichelt mit ungeschickter Hand ihren Rücken: »Wir kriegen ihn wieder. Der Junge kommt zurück.«

Sie sieht auf: »Ja.« Ihre Augen sind leer, ihre Stimme tonlos. »Es ist spät. Ich muss schlafen.« Sie steht auf, und er lässt sie gehen.

Seit sie zusammen sind, hat er mit ihr über alles geredet, was ihm durch den Kopf ging. Er braucht sie, braucht ihre hellen Augen, ihre kühle Aufmerksamkeit, um selber denken zu können, um Ordnung in seinem Kopf zu schaffen. Wenn sie ihm gegenübersitzt und zuhört, fallen die Dinge in die richtige Reihenfolge, ergeben sich Zusammenhänge, wächst eine Gewissheit über das, was als Nächstes zu tun ist. Aber seit ein paar Tagen ist das anders. Er hat beschlossen, einige Dinge für sich zu behalten, und aus einigen sind viele geworden. Je weniger Helene von allem weiß, desto besser für sie.

Zum Feierabend, nach jeder Schicht, geht Kraftschick in die Kneipe. Er ist kein Trinker. Nur ein Bier genehmigt er sich, aber am Tresen machen Gerüchte schneller die Runde, als er austrinken kann. Er kennt den halben Wedding, die Genossen, die Nazis, die Hausierer, die Kleinkriminellen. Er weiß, was auf den Straßen passiert. Nur wo sein Sohn, wo Anton jetzt steckt, das weiß er nicht. Sorge schnürt ihm die Kehle zu. Was ist, wenn er ihn verliert? Wenn er sich endgültig von ihm abgewandt hat und nicht mehr zurückkommt? Wenn er zu zögerlich gewesen ist, einfach zu lange gewartet hat mit allem? Auf ein Geheimnis türmt sich bald schon ein Neues, und so geht es weiter. Darunter verschwindet sein Sohn.

Die Fenster stehen offen, aber die Nacht ist warm wie ein Nachmittag, und keine Kühle strömt herein. Leise

streift er seine Kleidung ab und legt sich nur in Unterhose und -hemd neben Helene aufs Bett. Sie hat die schlafenden Kleinen in ihr Gitterbett gelegt. Er ist froh, dass sich in der Hitze kein anderer Körper an seinen schmiegt.
Wo ist sie gewesen? Sie hat es nicht erzählt. Und er wird sie nicht fragen. Helene ist anders als er, schon immer gewesen. Sie ist aufrecht und hat Prinzipien, nach denen sie lebt. Tu, was du kannst, ist eines davon. Finde dich nicht ab, sondern ändere, was du ändern kannst. Über Zweifel oder Erschöpfung spricht sie nicht.

Helenes Welt ist schwarz oder weiß, besteht aus Ja oder Nein, ein Vielleicht ist selten. Mit dieser Klarheit hat sie schon vielen aus der Misere geholfen. Man hört besser auf zu saufen, sucht sich schleunigst eine Arbeit oder geht zurück zur Familie, als dass man schuld ist, dass sich ihre hellen Augen verdüstern. Gibt es noch eine andere Helene? Wenn ja, dann kennt er sie nicht.

Ihr Atem ist leise, kaum zu hören. Er lauscht eine Weile, dann ist er sich sicher, dass sie wach ist, wie er. Er rollt sich auf die Seite und schließt die Augen.

5
Mittwoch

Polina

Durchdringend streng und schauderhaft. Sie ist von seinem Geruch aufgewacht. Polinas Instinkt fordert Flucht, raus aus dem Zimmer, die Treppen hinab ins Freie, ins Frische, an die Luft, fordert von ihr, den Mann in seinem Zerfall zurückzulassen. Aber das tut sie nicht. Stattdessen schließt sie die Augen und atmet durch den Mund, damit sie nicht mehr riecht, wie er vergeht. Sie will nicht denken, nicht aufstehen, will noch die Nacht nachhallen lassen, ihren Glanz. Selbst wenn es ein kalter Glanz ist, eitel und leer, will sie noch einen kurzen Moment lang in seinem Talmi baden. Auch den gestrigen Abend hat sie mit dem Sittenpolizisten Hartmuth Bludau verbracht. Ihr erstes Essen im *Formazin* hat er anstandslos bezahlt und auch Alexej und Anouschka, ihre Freunde aus dem *Blauen Vogel*, eingeladen. Er war charmant und lustig, ein schöner Abend. Aber danach, vor der Tür des *Formazin*, allein mit ihm in der warmen Nacht, ließ er sie nicht los. Der Wodka hatte seinen Blick unstet und glasig und seine Hände zu Schraubstöcken gemacht. Die Reaktionen auf den Wodka sind so unterschiedlich wie die Trinker selbst. Vieles schürft er aus ihren Tiefen, was besser dort geblieben wäre. Sie kennt das und ist doch immer wieder überrascht von neuen Varianten. Der eine zieht sich in sein Innerstes zurück wie eine Schnecke oder weint wehleidige Tränen. Der andere schreit und redet sich heiß. Der Nächste entdeckt am Grund seines Glases sein verschüttetes Herz, wird liebevoll und schmiegsam wie ein kleiner Hund, der allein dafür gezüchtet wurde, den verwaisten Schoß seiner Herrschaft zu wärmen. Bludau gehört wohl eher zu den Letzteren. Nur dass unter seiner freundlichen Verehrung ein leiser Zwang hervortrat, ein zwar schüchtern vorgebrachtes, aber unbedingtes Wollen, dem sie schließlich nachgab. Sie versprach ihm auch den folgenden Abend. Er hätte sie sonst nicht gehen lassen.

Und bereits am nächsten Nachmittag ist er wie zufällig vor ihrer Schule aufgetaucht und hat sie an dieses Versprechen erinnert, höflich, freundlich, galant. Sie hatte ihm die Adresse nicht gesagt und war erschrocken, als er nach dem Unterricht plötzlich wie ein Fels in der Brandung zwischen den hinausströmenden Kindern stand. »Aber ich muss doch bitten, meine Liebe, schließlich bin ich Kriminalpolizist.« Sie hat ihn nur angesehen, und sogleich trat wieder dieser hündische Zug in seine Augen, und er beeilte sich zu erklären: »Ich hatte zwar die Ehre, Sie auszuführen, ich habe die Bekanntschaft Ihrer reizenden Freunde und dieser nicht ganz so reizenden Gräfin und etlicher weiterer Ihrer Landsleute gemacht, aber von Ihnen, Fräulein Polina, weiß ich noch immer äußerst wenig. Viel zu wenig. Bitte erlauben Sie mir, Sie in die Abgeschiedenheit einer Lokalität zu entführen, die den Zutritt zu ihren heiligen Hallen lediglich über ihre gehobenen Preise reguliert, das allerdings äußerst wirkungsvoll.« Das hat ihre Neugierde geweckt.

Er hatte im *Eden Hotel* gegenüber dem imposanten Bau des Zoo-Aquariums reserviert. Beim Durchqueren der Halle stolperte sie fast über die Musik des Fünf-Uhr-Tee-Orchesters im Salon: vor rasselnden Becken ein Saxofon, das sich entfesselt in dissonante Höhen schraubte. Durch eine jäh und laut auffliegende Tür stürzte ihnen ein Mädchen mit erhitztem Gesicht und flackernden Augen entgegen. Mit jedem ihrer weit ausholenden Schritte stoben die Fadenfedern afrikanischer Strauße auf ihrem Kleid in andere Richtungen auseinander und erinnerten Polina an Wasserpflanzen, die sich einer unterseeischen Strömung hingaben. Zwei Männer im Frack folgten ihr wie ein Paar grausamer Pinguine auf dem Fuß. Sie jagen, dachte Polina, hängte sich in Bludaus stolzen, schwarz glänzenden Arm und ließ sich an ihren Tisch im ruhigeren Restaurant geleiten.

Der befrackte Ober zog den Stuhl vor, auf den sie sich zu setzen hatte, und schob ihn noch in der Abwärtsbewegung ihres Körpers wieder heran wie den Bügel einer weich gepolsterten Falle. Mit leichter Verbeugung überreichte er ihr eine Damenkarte ohne Preise, feierlich, als handelte es sich um einen Staatsvertrag. Verwirrt ließ sie Bludau für sich wählen und bereute es sofort. Austern, Champagner, Wachteln. Die grausilbernen Muscheln mit ihren gewellten schwarzen Rändern flossen ihr noch erstaunlich leicht die Kehle hinab und ließen die Ahnung eines fernen Meeres am Gaumen zurück. Schwieriger waren die Wachteln. Sie ekelte sich vor den winzigen Vogelkörpern auf ihrem Teller, lutschte dann doch das obszön schmelzende Fleisch von den zierlichen Knöchelchen, schwankend zwischen

Widerwillen und Genuss. Sie schämte sich für ihr einfaches Kleid. Der Ober jedoch entfernte sich stets mit ehrerbietig tief geneigtem Kopf von ihrem Tisch, als hätte er die Bestellung einer Herzogin entgegengenommen, eine Gunstbezeugung, die erfahrungsgemäß sein Trinkgeld in die Höhe schnellen ließ.

Noch nie war sie an einem so luxuriösen Ort gewesen. Er schüchterte sie ein, jagte ihr aber zugleich Schauder des Entzückens über den Nacken. Das Licht, durch die Kristalle der großen Lüster gebrochen, ließ die nackten Schultern und Rücken der Frauen schimmern wie einen Schwarm Fische im Netz. In polierten Leuchtern fraßen Kerzen mit langen gelben Flammen Sauerstoff. Überraschend schwer lag ihr das Silberbesteck in den Händen. Sie ließ ein Messer fallen. Das Klirren war laut, und ein Soßenfleck sickerte wie ein rotbraunes Schandmal in den weißen Damast. Ihr Ober sah geflissentlich darüber hinweg. Distinguierte Stimmen, leises Gläserklirren, Zigarren. Niemand schmatzte, niemand sprach mit vollem Mund. Man tupfte ihn stattdessen mit steifen weißen Servietten, bevor man die dünnwandigen Weingläser an vornehm gespitzte Lippen führte. Aufmerksame Kellner wachten über sie wie Glucken über die Schar ihrer Küken, eine teuer bezahlte Sorglosigkeit. Ihre Augen, hochmütig und servil zugleich, registrierten auch das kleinste Bedürfnis eines Gastes, um es sofort, prompt und auf der Stelle zu erfüllen. Einen Abend lang fühlte sie sich an Bord eines Ozeandampfers, hell erleuchtet und funkelnd, treibend auf einer schwarzen See aus Elend und Nacht.

Ein paar Minuten gönnt sie sich noch, vagabundiert im Schneegestöber ihrer Erinnerungen und berauscht sich daran, bis sich die Atemzüge des Mannes neben ihr zunehmend deutlicher daruntermischen. Sie schlägt die Augen auf, lächelt und fährt mit zärtlichen Fingerspitzen über seinen Handrücken.

Bludau

Er will jetzt nicht gestört werden. Keinen Gruß, nur ein knappes Danke für Lotte, die Serviererin des *Café Schiller*, die ihm deshalb pikiert seinen Kaffee auf den Terrassentisch klirren lässt. Das ist ihm gleich. Die wird sich wieder einkriegen.

Hartmuth Bludau dreht sein Gesicht in die Sonne und schließt die Augen. Er hat Neuland betreten und wandelt als Mann in den besten Jahren erstmalig mit vorsichtigen Schritten im Frühlingsgarten einer aufkeimenden Leidenschaft. Zunehmend haben sich seine Gedanken auf sie gerichtet wie eine Kompassnadel auf den Pol. Seit der Bus Polina aufs Trottoir des Kurfürstendamms und in sein nichtsahnendes Gesichtsfeld entlassen hat, gerät sein Gefühlshaushalt, normalerweise geerdet in einer widersprüchlichen Mischung aus Stoizismus und voyeuristischer Lust am Laster, zunehmend ins Wanken. Er hat sich eingelassen, und das treibt ihn um, raubt ihm den Schlaf und den Abstand zum hysterischen Nachtleben, dessen aufgedrehte Protagonisten gar nicht genug Gefühl jeglicher Art kriegen können. Was ihn vorher amüsiert hat, kann er jetzt gut verstehen. An seine Arbeit, seinen Dienst verschwendet er keinen Gedanken. Die Sitte kann ihn mal kreuzweise. Seine Abende braucht er im Moment für sich. Er hat sich ein Magengeschwür erfunden, und ein morphinabhängiger Doktor, der ihm einen Gefallen schuldet, hat es mit einem Attest verifiziert. Er muss jetzt dranbleiben.

Seine Gedanken kehren zurück zum Vorabend, wo er genau das versucht hat. Bludau hat Polina nach allen Regeln der Kunst umgarnt und umschmeichelt, ein Wolf, der Kreide gefressen hatte. Er weiß, dass er nach landläufiger Meinung nicht als schöner Mann gilt, aber für den Abend hatte er rausgeholt, was rauszuholen war. Er war beim Barbier gewesen, duftete französisch und trug seinen besten Smoking. Berufsbedingt besitzt er drei davon. Er glänzte also wie frisch geölt, und auch seine Stimme war Samt. Seine kleinen hellgrauen Ermittleraugen klebten an ihr, richteten sie auf, verwurzelten sie in der eleganten Sorglosigkeit des Eden Restaurants, versicherten ihr, dass sie genau dahin gehörte, eine schöne, kultivierte Frau wie sie, weltgewandt und weit gereist. Er war zu klug, um einfach nur plump zu sein. Er ließ ihr Zeit.

Und doch blieb Polina ein Rätsel für ihn. Auf seine Fragen antwortete sie ausweichend. Manche stellte er erst gar nicht. Wer wartete in ihrer Wohnung auf sie, deren Adresse sie ihm verschwiegen hatte und die er natürlich trotzdem herausbekommen hatte? Als er am Morgen auf Zehenspitzen vor ihre Tür geschlichen war, fand er keinen Namen, nicht mal ihren, dahinter Stille und im Treppenhaus einen

Geruch, der ihm die Kehle zusammenpresste. Er tippte auf tote Ratten auf dem Dachboden. Er hatte nicht geklopft, sondern war wieder gegangen. Im *Eden Restaurant* fragte er sie nach den Gründen für ihre Flucht.

Sie antwortete ihm auf seine persönliche Frage mit einem allgemeinen Vortrag über die heterogene Exilgemeinde. Adel, Militär, Unternehmer, Künstler, Menschewiki, Anarchisten, manche ihrer Besitztümer beraubt und diese verstaatlicht oder sie persönlich verfolgt und mit Gefängnis oder Tod bedroht. »So viele Gründe zu fliehen, so viele Gründe zu bleiben«, sagte sie. »Unsere Körper sind hier, aber unsere Träume und Sehnsüchte, unsere Seelen sind zu Hause geblieben. Wir konnten sie nicht in die Koffer packen. Wir sind nur halbe Menschen hier.« Und ihre schöne, schmale Hand mit den kurzen, ordentlich geschnittenen Nägeln deutete einen Schnitt vom Scheitel bis über die Brust an.

Bludau hat betroffen geschwiegen. Er ist kein mitleidiger Mensch. Ohne mit der Wimper zu zucken, bringt er auf seinen nächtlichen Fischzügen als Sittenpolizist ganze Schwärme von mageren, minderjährigen Halbtagsnutten in die stählerne Obhut der Fürsorgeheime. »Das is nich mein Bier«, raunzt er gewöhnlich ihrem Betteln entgegen. Aber das offensichtliche Heimweh Polinas kleidet sie in seinen Augen in einen kostbaren Mantel, gewoben aus Drama, Melancholie und Schmerz, der sie in dieser vergnügungssüchtigen Stadt nur noch fremder, noch außergewöhnlicher und gerade dadurch begehrenswert macht.

In seinen Tagträumen malt er sich aus, ihr Halt und

Stütze in einem fremden Land zu werden. Dabei scheint es ihm geradezu passend, dass sie ihm nie in Gänze verstehbar und bis zur Langeweile vertraut werden wird, dass sie stets diese mit niemandem teilbare Erinnerung an eine verlorene russische Vergangenheit umwehen wird wie ein kaltes, östliches Geheimnis.

Er hat sie nach Hause gebracht. Im schwachen, aber goldenen Licht der Gaslaternen nahm er allen Mut zusammen und beugte sich so nah an sie heran, dass seine Lippen fast die Haut ihres Halses streiften: »Polina, ich hab so viel von dir geträumt, dass ich die Wirklichkeit verlier. Wüste ist mir das Pflaster, das nicht deine Schritte spürt. Hab Mitleid.«

Lange hatte er an diesen Sätzen gefeilt und auf eine passende Gelegenheit gewartet, sie ihr zuzuraunen.

Ihre Reaktion entsprach nicht ganz seinen Erwartungen. Sie sah ihn lediglich mit ihren schönen Lemuren-Augen an. »Gute Nacht, Hartmuth. Vielen Dank für den wunderbaren Abend.«

Damit ließ sie ihn in der warmen Nacht zurück wie einen gestrandeten Dampfer. Er schlief schlecht.

»Zahlen«, schnauzt er jetzt Lotte entgegen, die ein Tablett mit Windbeuteln balanciert. »Fuffzich Pfennje«, pampt sie zurück und entschwindet zur Vitrine.

Polina

»Mein Täubchen, hattest du einen schönen Abend?« Es ist nur ein kraftloses Flüstern, und sie muss sich anstrengen, jedes seiner Worte zu hören. »Mag er dich, dieser Polizist? Aber wer würde dich nicht mögen? Die Frage kann ich mir sparen.«

»Er mag mich zu sehr. Er wollte mich nicht gehen lassen. Ich bin ihn erst unten vor der Tür losgeworden, und das war schwer genug.«

»Du weißt, dass du unserem Land jeden Tag große Dienste erweist. Meine Heldin. Wenn wir zurückkehren, werden sie dir einen Orden verleihen.«

Sie steht auf und zieht die Vorhänge zurück. Grelle Sonne auf seinem zerstörten Gesicht. Seine Pupillen bleiben geweitet und starr. Er dreht den Kopf nicht weg. »Polja, Linatschka.« Seine dunkel gesprenkelte Hand tastet suchend über das Laken wie ein gefleckter Krebs. Er ist blind, begreift sie, und es schnürt ihr die Kehle zu. Er ist blind und sagt es mir nicht.

Sie weint, dabei sorgfältig darauf achtend, kein Schluchzen, kein Zittern zu produzieren. Lautlos rinnen die Tränen ihre Wangen hinab. Sie wischt sie nicht fort, auch das könnte er hören. Sie zieht sich an, geht wieder zu ihm, streicht durch sein verklebtes Haar, sucht eine Stelle heiler Haut und drückt einen Kuss darauf.

Im Klassenzimmer entrollt sie die Karte des Russischen Kaiserreiches. Vor ihr die geschorenen Köpfe der Jungen, Blicke, die durchs Fenster hinaus in den Sommer träumen.

Mit einem Zeigestock umfährt sie die Grenzen von Finnland bis Afghanistan, von Alaska bis Japan, von Polen bis zum Pazifik. »Das Russische Kaiserreich ist der größte zusammenhängende Staat der neueren Zeit. Nur das Mongolische Reich war größer. Aber das ist lange her.« Sie lächelt müde. »Es ist ein Vielvölkerstaat. Welche Völker gehören dazu?«

Mehrere Jungen melden sich. »Großrussen, Kleinrussen und Weißrussen.«

»Sehr gut, aber es sind noch viel mehr.«

»Esten, Letten, Litauer, Ostpolen, Finnen, Sibirer.«

»Kasachen, Tadschiken, Aserbaidschaner, Tataren, Tschuwaschen, Baschkiren.«

»Ein Volk habt ihr noch vergessen.« Niemand meldet sich. »Die Juden. Seit der Teilung Polens leben zwei Drittel der Juden der ganzen Welt in unserem Kaiserreich. Fünf Millionen wohnen im Ansiedlungsrayon. Wie viele Einwohner hat das gesamte Kaiserreich?«

»180 Millionen.«

»Und wie groß ist es?«

»23 Millionen Quadratkilometer.«

»Aber jetzt ist es kleiner«, meldet sich ein bebrillter Junge.

Sie seufzt und hält einige Sekunden inne, dann fährt sie müde fort: »Momentan ist es kleiner. Lenin brauchte Frieden, um seine Revolution organisieren zu können. Dafür musste er an die Gegner Russlands im Weltkrieg große Gebiete abtreten. Er gab ihnen Estland, Polen, Litauen, Kurland, Livland, die Ukraine, Georgien und Finnland, damit sie aufhören, gegen ihn zu kämpfen. Diese Gebiete gehören im Moment nicht mehr dazu. Sie gehören sich selbst oder zu Deutschland oder zum Osmanischen Reich. Es ist fruchtbares Land, reich, es gibt dort Industrie, Eisenbahnen und sechzig Millionen Menschen, abgetreten im Diktat von Brest-Litowsk. Aber schon 1919, ein Jahr später, hat Lenin mit seiner Roten Armee zumindest die Ostukraine wieder zurückerobert.«

Der Junge mit der Brille meldet sich erneut. Sie nickt ihm zu. »Mein Vater sagt aber, Lenin hat das russische Imperium in den Untergang geführt. Er ist ein bolschewistischer Vaterlandsverräter.«

Schweigend sieht sie ihn mit einem erschöpften Lächeln an, bis die Schulglocke sie erlöst.

Anton

»Wach auf! Wach endlich auf! Willst du mich umbringen? Ich brauche Wasser. Ich verdurste.« Anton schreit den Haufen Lumpen auf der Pritsche an. Irgendwo zwischen Fetzen, Säcken, Decken und Altkleidern liegt Iwan und rührt sich nicht. Anton hat Angst. Wenn Iwan am Fieber gestorben ist, gibt es auch für ihn keine Rettung mehr, und er bleibt hängen an seinem Pfahl. »Wo sind die anderen? Hol sie! Wach auf.« Er tritt in den Dreck des Fußbodens, Staub fliegt auf, und er hustet.

Endlich regen sich die Lumpen. Iwans Gesicht ist spitz geworden. Die Augen, unterlegt von braunen Ringen, sind in den Schädel zurückgesunken, Schläfen und Wangen eingefallen zu tiefen Mulden. »Halt's Maul. Hier hört dich sowieso keiner.« Unsicher steht Iwan auf, lässt Anton trinken und füttert ihn mit Brotstücken wie einen kranken Vogel. Er bindet ihn nicht los. Anton weiß: Würde er fliehen, könnte Iwan ihn nicht aufhalten. Er ist zu schwach.

Anton spürt seine Hände nicht mehr, sie sind weg, nicht mehr Teil seines Körpers. Seine Zunge ist noch immer geschwollen. Das Schreien hat seine Kraft verbraucht. Er schließt kurz die Augen.

Iwan dreht eine langsame Runde durch den Schuppen, steckt den Kopf durch die Tür hinaus in den heißen Tag und kommt zurück. Wieder dreht er eine polternde Runde. Er ist wie ein Kettenhund, der seinen Radius abläuft, denkt Anton.

»Ich bin es leid, mich zu verstecken.« Iwan hustet. Mit einer vergeblichen Geste streicht er sich durch Haar und Bart, die sich sofort wieder zu aufständischem Gekräusel erheben. Leise fährt er fort: »Ich bin ein Krieger, ein Soldat. Ich habe unter Machno gekämpft.«

Dieser Namen lässt Anton aufhorchen. Nestor Machno ist eine anarchistische Legende. Um sein ukrainisches Freiwilligenheer, seine Schlachten gegen Großgrundbesitzer, gegen polnische Truppen, Weißgardisten und am Ende auch gegen ihren einstigen Verbündeten, die Rote Armee, ranken sich unzählige Heldengeschichten, flüsternd und mit leuchtenden Augen in anarchistischen Zirkeln kolportiert, auch im *Paul Laser*.

Iwan lächelt bitter: »Da wirst du wach, du kleiner sozialdemokratischer Pinsel. Ich habe die freie Ukraine mit dem Gewehr in der Hand verteidigt, nicht mit Worten auf Papier.« Er hustet und lacht. »Wir waren keine Armee, wir waren Partisanen. Jede einzelne Waffe haben wir erbeutet.

Wir waren überall und nirgends. Wir waren nicht zu fassen. Wenn Machno das Zeichen gab, tauchten plötzlich Hunderte, Tausende Bauern aus dem Nichts auf, folgten seinen Befehlen und verschwanden wieder, wurden zu Feldarbeitern, zogen Rüben, machten Heu. Sie konnten uns einfach nicht fassen, Trotzki, die Ratte, und seine Rote Armee. Sie trauten sich nicht weg von ihren gepanzerten Zügen, nicht rein ins Land. Trotzkis Schlachten wurden entlang der Eisenbahnlinien geschlagen, und wenn es brenzlig wurde, dampften sie davon und vergaßen, ihre letzten Männer mitzunehmen. Kein Ukrainer hätte für Trotzki gekämpft.« Er bettet seinen Kopf auf die verschränkten Arme und schließt die Augen. Seine Stimme ist leise, als spräche er zu sich selbst: »Wir stürmten mit den Muschiks die Höfe der Großgrundbesitzer und verteilten das Land unter denen, die es sowieso schon immer beackerten, und wir verteilten gerecht. Zwei, drei Jahre lang waren wir das freieste Volk der Erde, die anarchistische Republik im Süden der Ukraine. Keiner, der dabei war, wird das je vergessen. Wir kämpften wie im Rausch. Wir lebten von dem, was uns die Muschiks freiwillig gaben. Sie brachten uns ihre Pferde, ihre Maultiere. Nie haben wir eins gegen ihren Willen genommen. Abends schickten sie die Frauen und Mädchen mit großen Töpfen Borschtsch zu uns. Öffneten sie die Deckel, roch es nach Lorbeer und Kümmel. Sie brachten uns Gurken, Zwiebeln und frische Brote, deren Laiber noch warm waren, als wären sie lebendig. Wir haben um große Feuer auf der Erde geschlafen. Manche Mädchen sind geblieben und haben für uns gesungen. Sie waren frei. Alles war möglich.

Auch die Macht der Popen war gebrochen. Sie verkrochen sich mit ihren Ikonen und Weihrauchschwengeln.«

Er hustet einen Schleimbatzen hoch und spuckt ihn in den Staub. Dann sieht er Anton direkt in die Augen: »Wir besaßen nichts bis auf ein Gewehr und die Kleider auf dem Leib, und doch haben wir uns gefühlt wie Fürsten. Es war unser Land, unser Himmel. Alles gehörte allen. Wir waren großzügig. Wir schenkten und wurden beschenkt. Geld war nicht wichtig. Aber es war wichtig, etwas zu haben, was man gebrauchen konnte. Vieles wurde getauscht. Weizen gegen Schuhe, Pflaumen gegen Milch, Jacken gegen Lämmer, Musik gegen Brot. Wenn du einmal den Kopf durch die Tür zum Paradies gesteckt hast, wenn du eine Ahnung davon bekommen hast, wie groß und frei ein Leben sein kann, bist du danach nicht mehr zufrieden mit einem faulen Kompromiss. Du kämpfst. Unsere Bewegung, die Machnowschtschina, hat ihr Paradies verteidigt, ihre Freiheit, nicht die Ideen eines Mannes namens Lenin weit weg in Moskau. 50 000 waren wir. Wir wussten, wofür wir kämpften und starben. Und gestorben sind viele.«

Anton schluckt. Nichts, was er selbst erlebt hat, kommt da heran. Das ist etwas anderes als ein paar Flugblätter zu verteilen und zum Streik aufzurufen.

Iwan senkt den Kopf, und sein Blick geht nach innen. »Die Pferde, die schönen Pferde, ihr Schnauben, ihr Geruch, ihre weichen Nüstern. Sie sind gestiegen und haben gewiehert, wenn es losging. Auch die Pferde wollten kämpfen. Sie haben mit uns gelebt und sind mit uns gestorben. Wir hatten keine schwere Artillerie, wir hatten die

Tatschankas, leichte, schnelle Bauernwagen, in denen wir Schnellfeuergewehre versteckt haben. Wenn es sein musste, sind wir 160 Kilometer am Tag vorgerückt und haben die Weißen überrascht. Aber wir konnten auch kämpfen wie ein richtiges Heer. Sechs Monate lang haben wir hundert Kilometer Frontlinie gegen Denikins Weiße Armee gehalten. Was nicht kam, waren die Hilfstruppen, die uns Trotzki versprochen hatte.«

Anton nickt mühsam, aber noch immer antwortet sein Kopf auf jede Bewegung mit stechenden Schmerzen: »Er ist euch in den Rücken gefallen. Ich weiß.«

Iwan sieht auf, überrascht, als würde er sich erst jetzt wieder bewusst, dass er nicht allein ist. In seiner Stimme liegen Wut und Enttäuschung, als er weiterspricht: »Trotzki hat uns im Stich gelassen. Es war ein Gemetzel. Wir haben Tausende verloren. Aber Machno gab nicht auf. Im Oktober hatten wir die stärkste Artilleriebasis der Weißen in der Ukraine eingenommen und sie vom Nachschub abgeschnitten. Ihre Reserven waren vernichtet. In den Moskauer Zeitungen war Nestor Machno der große Volksheld der Ukraine, der wahre Hüter der Arbeiter-und-Bauern-Revolution. Ein paar Wochen später wurden wir nicht mehr gebraucht, und in denselben Blättern war er plötzlich ein Konterrevolutionär oder ein ganz gewöhnlicher Bandit. Trotzki versuchte sogar, ihm die Pogrome in den jüdischen Dörfern anzuhängen. Eine Schweinerei. Das hat Nestor am tiefsten getroffen. Nie hätten wir Alte, Frauen und Kinder abgeschlachtet. Wir hatten auch nichts gegen die Juden. Wir hatten etwas gegen die Offiziere der Weißen, die haben wir exekutiert. Keine Gefangenen. Die Soldaten konnten gehen. Aber sie mussten uns ihre Uniformen dalassen. Wir hatten keine. Uniformen waren noch knapper als Waffen und Munition.«

Iwan lacht und bricht gleich darauf in einen Hustenanfall aus. Als er sich beruhigt hat, spricht er weiter: »Sie sind im Unterzeug über die Felder davon gehoppelt wie die Hasen, diese Feiglinge. Aber am Ende, als wir schwach waren und von den Kämpfen gegen die Weißen aufgerieben, haben sie uns doch gekriegt. Da schickte Trotzki seine Rote Armee schließlich gegen uns. Gegen uns, die wir ihm gegen Denikin und Wrangel den Arsch gerettet haben. Er hat unsere Führer erschossen und alle Partisanen, die er kriegen konnte, verhaftet. Machno ist auf der Flucht. Vor zwei Jahren war er in Berlin. Hast du das gewusst?«

»Nein, hab ich nicht«, flüstert Anton. Er ist so schwach, dass ihn selbst das Zuhören erschöpft. Er kann nicht mehr. Sein Kopf dröhnt, sein ganzer Körper schmerzt. Langsam sinkt er zurück ins Schwarz.

Das Letzte, was er hört, ist Iwans resignierte Stimme: »Und du, du sozialdemokratischer Möchtegern-Anarchist, hast uns auch verraten. Nestor Machno hätte dich längst erschossen.«

Bohlke

Kriminalkommissar Ewald Bohlke zuckt zurück und schließt die Tür gleich wieder von außen. »Ham die kein

Zuhause? Passiert sonst nichts in der Welt?« Ein kurzer Blick hat ihm gereicht.

Im Presseraum der Kripo hecheln über 50 Journalisten in der rauchgeschwängerten Hitze und fächern sich mit ihren Blöcken Luft zu.

»Wozu braucht der Mensch so viele Zeitungen? Steht doch immer bloß dasselbe drin«, zetert er.

Spiro lacht, öffnet die Tür, und in Bohlke keimt erneut Panik auf. Spiros Stimme klingt beruhigend: »Das dritte Standbein der Demokratie, die freie Presse«, souffliert er hilfsbereit.

»Aasgeier auf der Leiche«, kontert Bohlke. Seit jeher ist er auf dem Kriegspfad mit der schreibenden Zunft. Eine leidenschaftlich erwiderte Hassliebe verbindet beide Parteien. Heute hat ihn Kriminaloberkommissar Schwenkow süffisant lächelnd dazu verdonnert, der schreibenden Meute die Fotos der Mordopfer auszuhändigen. »Das wirste schon schaffen«, hat er gemeint und dabei Spiros zweifelndes Gesicht geflissentlich übersehen.

»Der schönste Mann aus Abteilung II«, wird Bohlke dann auch begeistert durch einen Vertreter der *B.Z. am Mittag* begrüßt. Das ist schon unterhalb der Gürtellinie. Bohlke weiß, wie sein Gesicht aussieht, das auf einem schlammigen Schlachtfeld in Flandern nur notdürftig wieder in Form genäht wurde. »Der Kriminalkommissar und die Psychologie, ein Drama in 98 Aufzügen«, lästert ein dünner Brillenträger von der *Welt am Abend*, der einen langen Nachmittag vergeblich versucht hat, ihm etwas »Fleisch« für seinen Artikel zu entlocken.

Bohlke ist angestochen, schnaubt und nähert sich dem Problem auf dem geraden Weg eines Stieres in der Arena, mitten hinein ins rote Tuch. »Meine Herren, guten Tag, Ewald Bohlke für die, die mich noch nicht kennen, Kriminalkommissar.«

»Was ist mit den Damen?«, will eine Reporterin der *Demokratischen Rundschau* wissen.

»Damen auch«, sagt Bohlke und ist aus dem Konzept. »Also«, setzt er noch mal an, »Sie sind hier versammelt, weil wir zwei Leichen haben.«

»Hat eine nicht gereicht?«, hakt die Dame nach.

»Sind halt zwei. Müssen Sie den Mörder fragen.«

»Könnten Sie mir da mit einer Telefonnummer aushelfen?« Grölendes Gelächter.

Bohlke bleibt tapfer. »Sie wolln mich hier vereimern, aber die Sache ist ernst. Die Leichen sind nämlich unbekannt.«

»Die Toten X und Y melden sich bitte umgehend beim Pförtner«, ist die *Berliner Illustrierte Zeitung* nicht zu bremsen.

»Name weg, wer hat ihn gesehen? Großzügiger Finderlohn«, ist *Berlin am Morgen* aufgewacht.

Bohlke will es jetzt nur noch hinter sich bringen: »Was erschwerend hinzukommt, sie sind in der Stadt herumgefahren.«

Jetzt gibt es kein Halten mehr. *Die tägliche Rundschau* dichtet: »Ewige Un-Ruhe. Jetzt rollen auch die Toten.« Das *Berliner Tageblatt* deklariert: »Das Wandern ist der Leichen Lust, sie wandern ganz nach ihrem Gust, sie wa-a-ndern, das muss 'ne schlechte Leiche sein, der niemals fiel das Wandern ein ...«» Kommen Gräber aus der Mode?«, will inmitten der Reimerei jetzt *Die Freundin* wissen, die sich in der Flaute des Sommerlochs in die ungewohnten Gefilde der Kriminalistik vorgewagt hat.

Spiro kann seinem Untergang anscheinend nicht mehr tatenlos zusehen und tritt neben ihn. »Spaß beiseite, Spiro kommt«, assistiert ihm die *Vossische*, die langsam gerne was im Block hätte.

Das ist nicht meins und wird's auch nie werden, diese Jongliererei mit den Wörtern, denkt Bohlke, verdammtes Affentheater. Aber Spiro ist genau der Clown, den sie brauchen. Der sieht aus, als wär er im Anzug auf die Welt gekommen und hätte gleich in ganzen Sätzen losgelegt.

»Meine Damen, meine Herren. Wie der Kollege Bohlke bereits bekannt gab, haben wir zwei Leichname, die niemand zu vermissen scheint. Beide sind um die 30 Jahre alt. Der erste verstarb Sonntag früh auf einem Ausflugsdampfer vor Friedrichshagen, der zweite am Abend desselben Tages auf dem Oberdeck eines Busses kurz vor dem Luna-Park. Wie Sie sich denken können, starben sie keines natürlichen Todes. Sonst wären wir ja nicht hier versammelt. Um unsere Ermittlungen nicht zu gefährden, dürfen wir allerdings noch keine Angaben zur Todesursache machen. Jede Frage zwecklos, jede. Bitte haben Sie dafür Verständnis. Auf dem Tisch hinter mir finden Sie Fotografien der beiden. Wir bitten dringend um Ihre Mithilfe. Sachdienliche Hinweise zur Identität der Männer unter der bekannten Nummer oder direkt hier vor Ort.«

Am Tisch händigt Bohlke widerwillig die Bilder der Toten aus. »Nichts für ungut, Kommissar. Beim ersten Mal tut's immer weh«, versucht sich *Berlin am Morgen* wieder anzukumpeln.

Bohlke testet die Tötung durch den bohrenden Blick. »Ganz eventuell, wenn se mir 'nen Namen bringen, sprech ich wieder mit Ihnen. Nein, ich erhöhe auf zwei, zwei Namen.«

»Wir tun unser Bestes. Habe die Ehre.«

»Icke ooch, Schmierfink.«

Als schließlich der letzte Journalist aus der Tür ist, fragt Spiro: »Bier?«

Bohlke überlegt, dann hebt er langsam die Faust und reckt einen Finger nach dem anderen hoch. »Ein, zwei, drei Mollen sind noch offen. Und genau so viele brauch ich jetzt auch, um mein angegriffenes Gemüt zu kühlen. Für Sonntag, Sie erinnern sich hoffentlich. Sie waren Schwimmen gewesen. Ich hab mir die Finger wundgeschrieben. Das kostet.«

Spiro grinst ihn an. »Gut, die haben Sie sich auch redlich verdient.«

»Wer den Schaden hat, spottet jeder Beschreibung«, fügt sich Bohlke ermattet, und Spiro gibt ihm einen aufmunternden Klaps auf den Rücken.

Aber aus dem Feierabendbier wird nichts. Im endlos langen Flur kommt ihnen das maushafte Fräulein Gehrke entgegen, spitzt unschlüssig das Mündchen und schmachtet Spiro aus hellgrauen, durch die Gläser stark vergrößerten Augen an, während die dürren Hände miteinander ringen.

»Ist was passiert?«, will Spiro wissen.
»Sie haben Besuch«, sagt Fräulein Gehrke.

Spiro

In einem Kleid im gedeckten Rot reifer Himbeeren, das ihre schönen Arme frei lässt, sitzt Nike vor seinem Schreibtisch. Trotz der Hitze trägt sie ein feinledernes Paar hellgrauer Handschuhe. Ihre saloppe Eleganz degradiert sein spärlich möbliertes Büro und dessen graugrün gestrichene Wände zu einer Zelle, einem Verschlag. Einen Moment lang ringt er um Fassung.

Ihr Kopf fliegt herum: »Ariel.« Sie steht auf.

Eilig bringt er sich hinter seinem Schreibtisch in Sicherheit, um sich dort sofort feige und lächerlich vorzukommen. Er will es wiedergutmachen, will zu ihr gehen, aber da hat sie sich schon wieder hingesetzt. Kühl und nüchtern möchte er fragen, was der Grund für ihren überraschenden Besuch ist. Stattdessen hört er sich sagen: »Nike, wie geht es dir?«, und während er ihren Namen ausspricht, zerbröselt der Schutzwall, mit dem er versucht hat, sie aus seinen Gedanken zu verbannen, zu einem Staubhaufen.

Ihre Stimme ist rau: »Ich bin fleißig geworden, studiere. Richtig und ganz im Ernst. Ich bin jetzt im Praktikum in der *Charité*. Momentan hole ich Kinder in der Geburtshilfe. Sie sind schrecklich rot und zerdrückt, wenn sie rauskommen. Aber nach ein paar Stunden berappeln sie sich und werden ansehnlich. Sie sind wie Schmetterlinge, die aus der Puppe kriechen. Die müssen auch erst mal trocknen.«

Er lächelt und sie auch, und es ist fast ein bisschen so wie früher. Dann erinnert er sich, dass gar nichts so wie früher ist, und es fällt ihm nichts ein, was er sagen könnte.

Also macht Nike weiter: »Fleißiger bin ich, und jüdischer bin ich auch.« Sie zieht zornig die Brauen zusammen. »Heute habe ich einen Bescheid über meine neuen Studiengebühren bekommen. Die Studenten haben abgestimmt. Juden müssen jetzt mehr bezahlen. Es sollen weniger Juden studieren und den Deutschen nicht die Plätze wegnehmen. Schwuppdiwupp ist man plötzlich wieder Jude, was man vorher fast vergessen hatte.«

Ihre Religion ist für ihn vermintes Terrain. Darüber haben sie sich entzweit. Vorsichtig fragt er: »Möchtest du einen juristischen Rat von mir? Willst du dagegen klagen?«

Sie sieht ihn überrascht an. »Nein. Ich kann die Gebühren ja ohne Schmerzen bezahlen, und wenn ich klagen wollte, hätten wir ja auch einen richtigen Anwalt, kennst ihn ja. Ich hab, ehrlich gesagt, gar nicht mehr daran gedacht, dass du auch mal Jura studiert hast.«

Aber warum ist sie dann hier? Hat sie Sehnsucht bekommen oder war ihr einfach langweilig?

»Möchtest du einen Kaffee?«, traut er sich zu fragen.

»Aber klar, Herr Kommissar.« Sie grinst.

Spiro greift zum Telefon und bittet Fräulein Gehrke um zwei Tassen Kaffee.

»So sorgt die Polizei für ihre Bürger.«

Sie lächeln und sagen nichts, bis Fräulein Gehrke kommt

und sie erlöst. Dann rühren sie in ihren Tassen. Nike sieht auf. Jetzt ist sie so weit. Spiro beugt sich vor.

»Also, ich bin hier, weil ich vorher bei der Vermisstenstelle war. Anton Kraftschick ist verschwunden, ein guter Freund. Ein Maschinenbauer, der sich für die SPD, die Arbeiterwohlfahrt und alles mögliche andere engagiert. Ich besuche mit ihm Kranke im Wedding, denen sonst keiner hilft. Seit Samstag ist er wie vom Erdboden verschluckt. Nicht im Krankenhaus, nirgends. Er lebt bei seinen Eltern, die wissen auch nichts. Bei der Vermisstenstelle sollte ich ein Formular ausfüllen, aber es schien da niemanden weiter zu interessieren, dass Anton weg ist.«

Deshalb ist sie also hier, denkt Spiro. Sein Inneres ist plötzlich hohl und leer. »Wie soll ich dir da helfen? Du kannst mir aufschreiben, was du unten auch angegeben hast, und ich kann die Augen offen halten. Mehr, fürchte ich, kann ich nicht für dich tun. Ich brauche Namen, Alter, Größe. Haar- und Augenfarbe, besondere Kennzeichen, Beruf, ein Foto, wenn es eines gibt.«

Brav greift sie zu Block und Stift und kritzelt. Der Füllfederhalter raspelt durch die Stille.

Er denkt nach. »Ich habe allerdings zwei Leichen, zu denen sich bis jetzt niemand gemeldet hat. Wir wissen nicht, wer sie sind. Wenn du dich stark genug fühlst, kann ich dir Fotografien zeigen. Morgen sind sie sowieso in allen Zeitungen.«

Nike nickt langsam. Vorsichtig breitet Spiro die Bilder aus. Sie sieht genau hin und schüttelt den Kopf. »Nein, keiner von denen ist Anton.« Sie trinkt erleichtert einen

Schluck Kaffee. »Es gibt da noch etwas. Vielleicht hat sein Verschwinden etwas mit Politik zu tun. Seine Familie ist in der SPD, immer schon. Alle sind dabei. Im Wedding setzen sie auf ihn. Er kann in der Partei was werden. Aber das will er gar nicht mehr. Er geht zu den Anarchisten, weil ihm die SPD nicht konsequent genug ist. Das weiß aber niemand, nicht seine Eltern und erst recht nicht die SPD. Ich war bei einer Versammlung der Anarchistischen Union in Kreuzberg, aber die wussten auch nichts. Er ist auch noch nicht lange dabei.«

»Du warst wo?« Spiro ist fassungslos.

»Ich war bei einer Anarchistenversammlung. Es gab einen sehr interessanten Vortrag über die Befreiung der Frau. Den hätte ich sofort unterschrieben. Aber dann brach ein Streit aus. Über Nestor Machno, irgendeinen Rebellen in der Ukraine. Manche fanden ihn gut, andere gar nicht, und dann ging es immer weiter. Soll man sofort handeln oder warten, bis die Zeit reif ist? Und wann ist die Zeit reif? Soll man sich organisieren, um stärker zu sein und mit einer Stimme zu sprechen, oder widerspricht gerade das der anarchistischen Idee, die jede organisierte Hierarchie ablehnt?«

Dieses Mädchen ist nicht zu fassen, denkt er. Kennengelernt habe ich sie, als sie sich in erster Linie um sich selbst gekümmert hat. Jetzt gibt die schillernde Bankierstochter im Wedding die Armenärztin und treibt sich bei anarchistischen Versammlungen herum. Wie ist sie dazu gekommen?

Er dreht den Block zu sich und liest, was sie aufgeschrieben hat. Anton Kraftschick scheint ein gut gebauter junger Mann im genau richtigen Alter zu sein. Ist er der Grund für ihr plötzliches Interesse an politischen Themen? Ein Verdacht keimt in ihm auf und rammt einen Stachel in sein wundes Herz.

Er sieht sie an. Leise fragt er: »Liebst du ihn?«

Sie zögert kurz und sieht zu Boden, während sie schließlich antwortet: »Vielleicht. Ich weiß nicht. Aber wahrscheinlich liebe ich ihn.«

Der Stachel sinkt tiefer. Aber Spiro ist auch empört. Sie hat ihr Verhältnis beendet, weil er nicht hundertprozentig aufrichtig war. Er ist sich sicher, dass sie es ihrem neuen Liebhaber gegenüber genauso wenig ist: »Wissen die, weiß er, wo du herkommst? Was dein Vater gemacht hat? Dass du ziemlich wohlhabend bist, um nicht zu sagen, reich?«

»Natürlich wissen sie das.«

Die Antwort kommt zu schnell. Spiro runzelt die Stirn und sieht sie nachdenklich an. Als sie aufsteht, ist es eine Flucht.

»Ich muss jetzt gehen. Bitte ruf mich sofort an, wenn du irgendetwas hörst.«

Spiro nickt benommen, und bevor er aufstehen kann, ist sie aus der Tür und hinterlässt in seinem Innern ein gepfähltes Herz, das in einem Scheiterhaufen langsam verkohlt.

Jozef Kornblum

Die Sonne steht im Zenit und sendet ihre senkrechten Strahlen für eine kurze Weile sogar in den ansonsten schattigen Hof der Kunkelstraße 7. Der Entfesselungskünstler Gianni Matto ist zufrieden. Die Beleuchtung stimmt, Publikum ist auch da. Seinen Käfig umringt ein dichter Kreis von Schaulustigen. Vorn stehen die Kinder, dahinter ein dichter Ring Erwachsener. Aber zwischen den Kindern steht auch eine hochgewachsene Frau, zwei Kleine an den Händen, und kriecht ihm mit dem insistierenden Blick ihrer hellen Augen unter die Haut. Was will die denn?, denkt er und ächzt ein wenig, um die Schwere seiner Lage zu verdeutlichen. Neben der Frau und ihren Kindern schiebt sich ein Dreikäsehoch gedankenverloren einen Popel in den Mund. Ein Mädchen mit dicken Flechtzöpfen klatscht ihm auf die Finger und verzieht angewidert das Gesicht. Aber kein Laut kommt über ihre Lippen. Sie sind gespannt. Sie warten auf ihn, den berühmten Eskapologen Gianni Matto, den Mann, der jede Fessel sprengt, den Mann, der eigentlich Jozef Kornblum heißt, aber beschlossen hat, seine Herkunft sicherheitshalber aus der Ukraine ein paar Hundert Kilometer weiter südlich nach Italien zu verlegen. Sein Haar ist dunkel, und in langen, mühsam durchschwitzten Sonnenbädern sorgt er dafür, dass seine Haut es auch ist. Dunkelbraun wie eine gebratene Gans hofft er in den Augen seines Publikums ihrem Bild eines Südländers zu entsprechen und hat Erfolg.

Ignaz, sein Assistent, hat ihm die Ketten angelegt, schließt scheppernd die Käfigtür und sichert sie unter großem Brimborium mit einem Vorhängeschloss. Jozef Kornblum, alias Gianni Matto, krümmt sich unter seinen Ketten, rasselt mit ihnen wie ein ins Tageslicht verirrtes

Schlossgespenst und fingert derweil eine Haarnadel frei, die er sich zuvor an den Ringfinger geklebt hat. Er fängt mit den Fußfesseln an. Das gebietet der Spannungsaufbau. Jahrelange Übung hat ihn in die Lage versetzt, mit nur zwei blitzschnellen Fingern ihr Schloss zu öffnen. Die Nadel, das wichtigste Werkzeug, bleibt dabei für das staunende Publikum unsichtbar. Dann windet er sich aus den Ketten um Arme und Leib, eindrucksvoll, aber unwirksam in mehreren Reihen aus schweren Eisengliedern darum gewunden. Jetzt sitzt er in seinem Käfig, begafft wie ein Pavian im Zoo. Der Käfig gehörte einstmals einem Bärenbändiger, wechselte aber den Besitzer, während der mit seinem traurigen Tier unterwegs war. Kornblum hat gehört, dass er den Bären in Ermangelung einer adäquaten Behausung stattdessen an einen Pfahl am Bahndamm gebunden hat. Als er morgens zurückkam, sei auch der Bär verschwunden gewesen. Das hat er nicht gewollt, und der Mann tat ihm leid.

Alles, was Kornblum bis jetzt gezeigt hat, entspricht dem Repertoire, das er auch auf den Märkten in den sonnendurchglühten ukrainischen Weiten, in ihren verschlafenen Dörfern zwischen blond nickenden Weizenfeldern zum Besten gegeben hat. Der nun folgende Teil seiner Nummer ist neu und nur einer längeren Durst- und Hungerstrecke auf der Flucht zu verdanken. Er hat ordentlich abgenommen. Sein fleischloser Kopf passt exakt durch die Gitterstäbe des Bärenkäfigs. Aber dann ist Schluss. Das Publikum raunt. Nie wird er auch den Rest seines Körpers hindurchbringen, zu schmal der Abstand zwischen den Stäben. Jozef Kornblum holt noch einmal tief Luft, dann schiebt er zuerst seine rechte Schulter sehr unnatürlich hoch an den Hals und zwängt sie hinein in den knappen Raum. In einer nur durch langes Training möglichen extremen Verbiegung gelingt es ihm, den Arm nachholen. Die linke Schulter samt Arm ist leicht. Aber jetzt stecken seine Rippen genau am Punkt ihrer höchsten Wölbung im Gitter, und die Luft wird ihm knapp. Auch das Publikum hält den Atem an. Er hört sie tuscheln: »Ein Verrückter.« »Wie soll er da jemals wieder rauskommen?« Jozef Kornblum arbeitet nicht allein mit Schlichen, Tricks und einem wohltrainierten Körper. Seine Höchstleistungen, das, was ihm keiner nachmachen kann, vollbringt er unter Zuhilfenahme von Erinnerungen, die nur er allein besitzt. Vorsichtig und in kleinen Dosen holt er sie aus einer schmerzerfüllten Kiste wie Werkzeuge und setzt sie an.

Die Lastwagen kamen am späten Nachmittag in sein Dorf an der Rata. Von ihren Ladeflächen sprangen Männer mit Karabinern und aufgesetzten Bajonetten. Sie trieben die Juden in den Fluss. Er war kalt, und die meisten konnten nicht schwimmen. Die Rata kroch in die grauen Kleider der Frauen wie aufsteigende Dunkelheit. Sie schossen vom Ufer auf die Ertrinkenden.

Jozef Kornblum tauchte und ließ sich unter der Oberfläche treiben, bis ihm fast schwarz vor Augen wurde. Er denkt an den Moment, in dem seine Lungen zu schlaffen Beuteln zusammenfielen, ruft ihn zurück, die Enge seiner Brust, die Leere, in der ein wildes Herz gegen die eingefallenen Rippenbögen pochte. Alles holt er wieder heraus, das Knallen der Schüsse, das Pfeifen, die Schreie, holt es in den hellen, heißen Sommertag im Wedding, und mit knirschenden Rippen, die es beinahe aus dem Brustbein hebelt, während sie endlich nachgeben, schiebt er sich über die runden Eisenstangen. Zweigeteilt hängt er jetzt auf Bauchnabelhöhe im Käfiggitter und muss sich beeilen, sonst drückt ihn das eigene Gewicht hinunter, sinken Magen und Darm, verdicken den Bauch, und er kommt nicht mehr weiter. Gestern hat er nichts gegessen. Wie immer vor einem Arbeitstag. Die Eingeweide müssen leer sein. Hoch wölben sich jetzt wieder seine Rippen. »Da kann eener drauf Klavier spielen«, flüstern sie im Hof, »wenn er es denn kann.«

Er hört nicht hin. Wieder greift er in Gedanken in die Kiste seiner Schmerzen. Als er seinen unterkühlten Körper ein paar Werst weiter das Flussufer hinaufschob, schlief er auf dem sandigen Geröll eine Nacht und einen ganzen Tag. Erst im Dunkeln erwachte er wieder vom Reißen des Hungers. Er stand auf und lief. Lief mit knurrendem Magen an Gehöften vorbei, umging die Dörfer, lief nach Westen. Sein Magen war auf die Größe einer Kinderfaust geschrumpft, die Därme leere Schläuche. Er wurde leicht, als wäre die Kompaktheit seiner Organe ausgetauscht durch ein Gas, das ihm Auftrieb gab. In langsamem Wolfstrab lief er Stunde um Stunde, die Nacht hindurch, den nächsten Tag und so weiter. Diese verzweifelte Leichtigkeit, die aus einem leeren Bauch entstand, in dem nichts mehr irgendeinen Platz beanspruchte, diese Leere, dieses körperlose Nichts holt er sich jetzt zurück. Den Leib zu einem

Bogen gespannt, schiebt er Wirbel für Wirbel weiter über die Eisen, ruckelt in Schräglage sein Becken hindurch. Ein Hosenknopf reißt ihm eine Schneise in den Unterbauch. Ein kurzer, heller Schmerz, dann hat er es geschafft und ist draußen. Er stützt die Arme auf den rissigen Boden des Hofs, läuft auf ihnen vor, bis auch die Beine frei sind. Langsam erhebt sich Jozef Kornblum, richtet sich auf zu ganzer braun gebrannter Größe und breitet die Arme aus, als wollte er sich von einer Klippe stürzen.

In den Applaus hinein senkt er den Kopf. Am Bauch tränkt sich seine Hose mit Blut. Aus den Augenwinkeln sieht er ein paar Frauen entsetzt die Hände vor den Mund schlagen. Atemlos sind sie seiner Vorstellung gefolgt. Jetzt geben sie, was sie können, klatschen und johlen, und einer sagt, er ist froh, dass er nicht die Eisensäge holen muss. Ignaz sammelt die Münzen ein. Jozef Kornblum denkt an einen fernen Himmel über wogendem Weizen und dann an die gebratene Gans, die sie sich heute Abend in der Grenadierstraße leisten können.

Helene

Er hat es also doch geschafft. Sie hat es nicht für möglich gehalten. Er hat sich rausgezwängt aus dem Käfig. Kommen alle immer frei? Und was wird dann? Befürchtungen rasen in wildem Gestöber durch ihren Kopf. Die ganze lange vorangegangene Nacht hat sie versucht, Ordnung in ihre Gedanken zu bringen. Sie haben einen Gefangenen gemacht. So weit, so gut. Was ist jetzt zu tun? Weiß er etwas über Antons Verbleib, dann ergibt sich das Tun aus dem, was er sagt. Aber was ist, wenn er nichts weiß? Und was ist, wenn er sich befreit hat wie dieser Italiener? Wenn er zu seinen Nazis gerannt ist und alles erzählt hat? Dann wäre hier in ihren Straßen Krieg. Sie muss nachsehen.

»Frieda, kannst du kurz auf die Kleinen …? Ich muss noch mal weg.« Eilig läuft sie an der Panke entlang nach Norden, überquert die Schulzendorfer Brücke, schlingt sich ihr neues Schultertuch über die hellen Haare und biegt in die Grenzstraße ein. Die Straße ist leer. Sie drückt das Haustor auf, schnell quert sie den Hof, steigt hoch in den dritten Stock. Sie nestelt den Schlüssel hervor, holt Luft und betritt die stille Wohnung.

Niemand stürzt sich auf sie. In der Küche sind die Vorhänge zugezogen. Auf dem Boden liegt Otto Höckelmann, immer noch fest mit dem Stuhl vertäut. In seinem Mund der festgestopfte Knebel. Seine Wange ist blau und geschwollen. Zwischen seinen Beinen ein nasser Fleck. Es stinkt scharf nach Fuchs. Sie ist erleichtert. Den Stuhl hat er selber umgestoßen, aber das hat ihn auch nicht weitergebracht.

Sie baut sich vor ihm auf: »Ick nehm den Knebel nich raus. Du kannst nicken oder den Kopf schütteln. Ja oder nein.«

Höckelmann starrt sie nur hasserfüllt an.

»Habt ihr Anton?«

Kein Nicken, kein Schütteln von Höckelmann. Nur sein wütend herablassender Blick.

Helene sieht sich um und findet ein großes Küchenmesser. Höckelmann fabriziert etwas Ähnliches wie Hohngelächter unter seinem Knebel. Erst als sie ihm einen Schuh auszieht und auf den Holzdielen seinen kleinen Zeh abschneidet wie ein Stück Dauerwurst, bäumt er sich auf und schüttelt unter gedämpftem Gebrüll wie wild den Kopf.

So viel Blut. Helene stopft den Fuß zurück in den Schuh. Sie wischt die Lache auf, nimmt die Zehe, spült sie ab und lässt sie in ihrer Rocktasche verschwinden. Höckelmann röchelt. Er heult, und in seiner Nase bildet sich Schleim, der seine Atmung behindert. Die Schweinsaugen quellen vor. Seine Herablassung ist verschwunden. Er hat Angst.

»Ich frage dich noch mal. Hat deine Drecksbande meinen Anton?«

Gehorsam schüttelt Höckelmann den Kopf.

»Weißt du etwas?«

Wieder Verneinung.

»Ich kann dich gegen Anton austauschen und du lebst, oder ich schneid dich langsam in Scheiben. Hast du mir jetzt was zu sagen?«

Wie von Sinnen wirft er den Kopf hin und her. Seine Augen sind jetzt blutunterlaufen, groß und rund, und sie glaubt ihm. Das ist die schlechteste aller Varianten. Er weiß nichts, alles war umsonst, ganz im Gegenteil, alles ist schlimmer geworden, viel schlimmer. Eine Lawine könnte ins Rollen geraten, die sie alle unter sich begräbt. Lange sieht sie auf ihn hinunter und sieht ihn doch nicht. Sie denkt nach, während Höckelmanns gedämpftes Brüllen in Wimmern übergeht.

Leise, wie zu sich selbst, sagt sie schließlich: »Ich kann dich trotzdem nicht losmachen. Ihr seid eine Mörderbande. Ihr habt Pistolen. Wenn du schon zwei hast, haben die anderen auch welche. Das kann für uns nicht gut ausgehen.«

Wieder denkt sie nach. Dann geht sie mit ruhiger Sachlichkeit ins Nebenzimmer und nimmt ein Kopfkissen vom Bett. Zurück in der Küche, kniet sie sich über seinem Kopf auf die Dielen, legt das Kissen auf das ungläubige Gesicht Höckelmanns und drückt es an beiden Seiten hinunter. Höckelmann kämpft. Er bäumt sich auf. Aber seine Gliedmaßen, sein Rumpf sind fest an Lehne und Stuhlbeine gebunden.

»Du bist ein Schwein, Höckelmann, immer schon gewesen. Keiner vermisst dich. Keine Frau, keine Kinder. Du wirst noch nicht mal deinen Nazis fehlen.«

Eine Ewigkeit lang bleibt sie so hocken. Sie denkt an Grabowski, ihren ersten Mann, seinen verdrehten Kopf auf der Treppe, das ungläubige Gesicht mit den glasigen Säuferaugen auf dem Rücken. Ein Geheimnis hütet sie schon, das manchmal nächtens an ihr nagt. Aber das mit Grabowski ist noch auszuhalten. Sein Leben gegen ihres und das ihres Jungen. An seiner Seite hatten sie kein Leben mehr, zumindest nicht das, was sie unter Leben verstand, und ihre Ansprüche waren nicht hoch. Immerhin ist er selbst die Treppe runtergefallen. Sie hat ihn nicht gestoßen. Das hier ist etwas anderes. Aber es gibt keine andere Möglichkeit. Sie hat es durchgespielt in der letzten Nacht. Wieder und wieder.

Entschlossen presst sie das Kissen auf sein Gesicht. Schließlich und endlich wird das Zucken schwächer, verebbt das trockene Kollern des Stuhls auf den Dielen. Höckelmanns feister Körper erschlafft. Er ist tot. Helene bringt das Kissen zurück an seinen Platz, horcht an der Tür und geht, als es still bleibt, mit festen Schritten hinaus. Auf der Schulzendorfer Brücke wirft sie den Zeh in die Panke.

Spiro

»Und sonst haben wir nichts?« Kriminaloberkommissar Schwenkow sieht ihn über die dunkle Fläche seines Schreibtisches hinweg missbilligend an.

Spiro hat ihm fast unbeteiligt die Ergebnisse der Gerichtsmedizin rapportiert und sitzt jetzt da wie ein Schluck Wasser in der Kurve, aber es ist ihm auch gleich, dass sich sein Vorgesetzter über sein mangelndes Interesse echauffiert. Er hat Nikes überraschenden Besuch noch nicht verdaut. Ganz im Gegenteil.

Schwenkow wendet sich jetzt resigniert an Bohlke, der sich gedankenverloren die Narbe auf der Backe kratzt: »Und was für Schlüsse haben wir aus dieser dürftigen Faktenlage gezogen? Irgendwelche Vorschläge?«

Bohlke sieht zu ihm herüber, aber Spiro dreht den Kopf weg und sieht aus dem Fenster in den blassblauen Himmel und tut, als hätte er die Frage gar nicht gehört.

Bohlke druckst: »Na, entweder ist der Mörder so abgebrannt, dass er kein Geld für Rattengift aus der Apotheke hat, oder er will anonym bleiben, oder er ist einfach gern mit der Botanisiertrommel im Wald unterwegs. Zwei Fliegen, eine Klappe, Sie wissen schon ...«

Schwenkow schnaubt und verschwindet hinter einem Schwall Zigarrenrauch.

Langsam und widerwillig kehrt Spiro ins Gespräch zurück: »Ich könnte mir vorstellen, dass noch mehr dahintersteckt. Die Leichen gondeln durch die Stadt, sind nirgends zuzuordnen und versterben mitten im Gewühl. Es sind Morde vor aller Augen, aber keiner bemerkt sie. Die Mischung der Giftpflanzen ist ausgeklügelt. Es dauert eine Weile, bis der Tod eintritt, aber bis dahin sind sie auch sediert und fallen nicht weiter auf. Dafür muss man sich auskennen. Ein Mal könnte Zufall gewesen sein, spätestens beim zweiten vermute ich ein System.« Er macht eine Pause, verliert sich in den Schlieren des Zigarrenrauchs, aber dann geht es weiter: »Und natürlich denken wir bei Gift an eine Frau. Aber in der Regel morden Frauen im allerengsten Kreis: einen verhassten Mann, eine Nebenbuhlerin, wenn's ganz schlimm kommt, die Kinder. Diese Mörderin hätte gleich zwei Männer im selben Alter, die sie unbedingt loswerden muss. Eher unwahrscheinlich. Vielleicht ist das Gift also nur ein Mittel, um uns in die Irre zu leiten, und wir suchen in Wirklichkeit einen Mann, einen intelligenten, botanisch bewanderten, kalt überlegenden Mörder, der allein arbeitet und seine Opfer so gut kennt, dass sie aus seiner Flasche trinken. Aber ohne sie zu kennen, kommen wir nicht weiter. Wir können nur hoffen, dass sie morgen jemand auf den Fotos in den Zeitungen erkennt.«

Schwenkow nickt und entlässt sie mit einem ungeduldigen Winken Richtung Tür.

Spiro läuft noch immer wie auf Watte den Korridor entlang und lässt Bohlke ohne ein Wort zurück. Vor der Burg stehen drei Motordroschken und warten auf Kundschaft. Spiro nimmt die erste und lässt sich auf den Rücksitz fallen. Er will nicht reden, will seine Ruhe, aber auf dem Vordersitz ist sowieso kein Platz. Armaturenbrett, Ablage und Beifahrersitz sind von losen Blättern bedeckt. Auf ihnen Zahlen, Formeln, Zeichen. Der Fahrer schreibt, greift nach den Blättern, ordnet sie neu, liest, streicht, schreibt wieder. Es dauert etwas, bis Spiro auffällt, dass ihn in diesem Taxi niemand fragt, wohin er will. Zu hören ist lediglich das Kratzen eines Füllfederhalters auf grobem Papier. Die anderen Droschken sind längst weg.

Er beugt sich vor. Das Gesicht des Fahrers verbirgt sich weitgehend hinter einer schon seit Längerem außer Kontrolle geratenen Frisur und einem ebensolchen Bart. Ein fadenscheiniges schwarzes Jackett hängt an eckigen Schultern, als hätte ein greises Kind die Sachen des Großvaters anprobiert. Spiro räuspert sich vorsichtig. Der Fahrer bringt ihn, ohne sich umzusehen, mit einer Handbewegung zum Schweigen. Spiro lehnt sich wieder zurück und überlässt sich seinen Gedanken.

Dann ist der Mann so weit und dreht sich zu seinem Fahrgast um: »Haben Sie gesehen, in was für einem Taxi Sie sitzen? Ich habe um diese Nummer gekämpft. 1729, was für ein Glück.« Sein Akzent ist unverkennbar russisch. Fest und schwer rollen seine Worte wie Würfel mit grob geschnitzten Kanten. Spiro sieht ratlos in seine eifrigen, intelligenten Augen hinter einer schmierigen Drahtgestellbrille. »1729, die kleinste Zahl, die sich genau zweimal als Summe von je zwei positiven Kubikzahlen ergibt, die Hardy-Ramanujan-Zahl.«

Spiro muss einen Moment nachdenken, dann fragt er: »Sie waren oder sind Mathematiker?«

Der Fahrer nickt erfreut und bietet ihm eine tintenbefleckte Hand, die Spiro beherzt schüttelt: »Anatol Liborski, *Lomossonow-Universität* Moskau, die große Schule der reellen Analysis. Ich beschäftige mich mit dem ersten der Hilbert'schen Probleme der Mathematik, Cantors Problem von der Mächtigkeit des Kontinuums. Und ich glaube, ich bin nah an der Lösung.« Er lacht und zeigt ein Gebiss in beklagenswertem Zustand: »Falls ich nicht vorher verhungere.« Er startet den Motor.

Nike

Gelbes Licht streift die dicht belaubten Kronen des Grunewalds. Im Spiegel des Hundekehlesees verdoppelt sich der kobaltblaue Nachmittagshimmel. Um ein Haar wäre hier ihre Heimat gewesen. Zwischen Halensee und Hundekehlefenn entstanden in den 1890er-Jahren die 240 Häuser der Villenkolonie Grunewald. Auch ihr Vater hatte sich seinerzeit beworben, allerdings ohne Erfolg. Das war lang vor ihrer Geburt. Sie fragt sich allerdings manchmal, wie ihr Leben verlaufen wäre, hätte er damals den Zuschlag für eines der Waldgrundstücke in den Abmessungen kleinerer Parks erhalten. Sie kann es sich nicht vorstellen. Es ist eine Insel der Reichen und Glücklichen, und die Allerglücklichsten unter ihnen sind Anrainer eines der sechs Seen auf dem Gebiet der Kolonie. Sie errichteten darauf Domizile, die an Schlösschen erinnern, gespickt mit Türmchen, Säulen und herausschwingenden Erkern. Nur Walther Rathenau, auch er als *AEG*-Großindustrieller und kurzzeitiger Reichsaußenminister ein illustres Mitglied dieser erlesenen Runde, lästerte öffentlich über die enge Verbundenheit der Villenarchitektur mit dem wilhelminischen Neubarock und seiner geliehenen Herrlichkeit aus Gips, Stuck und Kunstmörtel, die sich in Nudeln, Kringeln und Zöpfen auf den Fassaden bläht. Er entwarf sich selbst eine beinahe als schlicht zu bezeichnende zweigeschossige Villa mit hohem Walmdach. Auffällig ist nur der Eingang, denn mehr als einer passt nicht hindurch. Wo in den Fronten benachbarter Domizile breite Treppen in großzügige Portale für einen repräsentativen Auftritt münden, ließ er eine fast absurd schmale, einflügelige Tür einbauen. Nike hat sich mit Ambros über dieses Junggesellendomizil lustig gemacht, was ihnen im Nachhinein leidtat. Rathenau lebte dort tatsächlich allein, bis im Juni 1922 nicht weit von seinem Haus fünf Kugeln aus einer MP18 seinem Leben und dem internationalen Vertrauen in die Wirtschaftskraft der jungen Weimarer Republik ein abruptes Ende bereiteten, ein Attentat der rechtsgerichteten Organisation Consul, vorbereitet durch rüttelnd gereimten Unfug:

»Auch Rathenau, der Walther,

Erreicht kein hohes Alter,
Knallt ab den Walther Rathenau,
Die gottverdammte Judensau!«
Die Bewohner der Villenkolonie waren geschockt. Aber die Sonne schien weiter, und die Vögel sangen unverändert über diesem mittlerweile unter Protest von Berlin eingemeindeten Paradies, dem vorläufigen glamourösen Endpunkt des Kapitalzuges nach Westen, hinaus aus den historischen Stadtmauern, hinein ins Grüne. Nur manch einer ihrer jüdischen Bewohner fragt sich seitdem, ob der Umzug aus der Stadt hierher nun eher Fluch oder Segen sein mag, Rückzug oder Falle.

Für die standesgemäße sportliche Ertüchtigung der Koloniebewohner legte man einen Tennisplatz an, Heimat des *LTTC*, des Lawn Tennis Turnier Clubs. Und auf dessen sattgrünem, sorgsam gehegtem Rasen wartet Nike in einem Korbsessel auf ihren Bruder Ambros. Das unbeschwerte Ploppen der Tennisbälle mischt sich mit dem Brausen der Motoren auf der *AVUS*, Berlins Rennstrecke, reserviert für den motorisierten Verkehr. Neun Kilometer ohne Kreuzung, ohne Pferdefuhrwerke, Fahrradfahrer und andere lästige Hindernisse, der Traum eines jeden frischgebackenen Automobilisten. Nike hat Ambros in den letzten Wochen nur zwischen Tür und Angel am Magdeburger Platz gesehen. Sie selbst war kaum zu Haus, war tagsüber in der *Charité* und abends mit Anton im Wedding oder bei Morgenthal und seinen Mikroskopen. Ambros hat sich schließlich doch für das Bankhaus ihres ermordeten Vaters interessiert und sich unter der widerstrebenden Anleitung des Vizedirektors Silberstein als nicht unbegabt erwiesen. Einen Nachmittag in der Woche hat er sich allerdings trotzdem fürs Tennis reserviert. »Man soll es auch nicht übertreiben mit der Strebsamkeit.« Seitdem drischt Ambros jeden Mittwochnachmittag allein oder im gemischten Doppel mit seinem jeweiligen Favoriten die Bälle übers Netz.

Nike raucht ungeduldig ihre dritte Zigarette, als er endlich verschwitzt und mit geröteten Wangen an der Seite eines hübschen blonden Mittzwanzigers mit strahlend blauem Blick über den Rasen auf sie zuschlendert. Er küsst sie links und rechts und mustert skeptisch ihr unglückliches Gesicht. »Irre ich mich, oder bist du ausnahmsweise nicht in Champagnerlaune, um meinen Sieg über diesen frischgebackenen Fallschirmjäger der Reichswehr zu feiern, die offiziell ja gar keine Flugzeuge haben dürfte? Darf ich vorstellen? Meine Schwester Nike, Leutnant Ferdinand von Brock.«

Nike konnte Ambros' Schwärmerei für Männer in Uniform noch nie viel abgewinnen. Sie erübrigt ein winziges Lächeln für den verwirrten von Brock: »Ich hoffe, Sie nehmen es mir nicht übel, wenn ich Ihnen mein Bruderherz für eine dringende Strategiebesprechung unter vier Augen entführen muss. Eine sich ausweitende Gefahrenlage erfordert die dringende Koordination aller zur Verfügung stehenden Truppen.«

Von Brock knallt instinktiv die Hacken zusammen, verbeugt sich knapp vor beiden und trollt sich Richtung Umkleide. Sie sehen ihm nach.

»Ist das Haar oder Stroh da auf seinem Kopf?«, fragt Nike.

»Ich fürchte es ist Letzteres. Aber fesch ist er schon, das musst du zugeben. Und auf die äußeren, nicht auf die inneren Werte kommt es schließlich an. Oder war es etwa umgekehrt?«

Nike muss wider Willen lachen. »Hat mir unsere Mutter nicht gestern Abend erzählt, wie glücklich sie über die tiefgreifenden charakterlichen Veränderungen ihres Sohnes ist? Sie muss dich mit jemandem verwechselt haben.«

Ambros schmollt nur kurz. Dann legt er ihr einen Arm um die Schultern und führt sie über den Rasen auf den Steg, der, von Holzbohlen gestützt, weit ins Blau des Sees hinausführt. An seinem Ende setzen sie sich. Noch immer liegt sein Arm um ihre Schultern. Sie lehnt sich an. Ein kleiner, stiller Moment in einem bernsteingelben Nachmittag.

»Wo drückt denn der Schuh?«, will er schließlich wissen.

Sie stöhnt und schweigt. Schließlich murmelt sie: »Es ist kompliziert. Ich weiß nicht, wo ich anfangen soll.«

»Dann fang am Anfang an. Hier ist mein Ohr, ein Trichter für Torheiten aller Art. Man wirft was rein und kriegt eine geordnete Handlungsanweisung raus. Versprochen.«

Sie sieht ihn zweifelnd an. »Also, vor ein paar Wochen brachte einer eine Frau mit Kindern in die Sprechstunde bei Hirschfeld. Alle syphilitisch.« Ambros verzieht das Gesicht. »Der, der sie gebracht hat, aber nicht. Er heißt Anton. Er sieht gut aus, sehr gut sogar, aber er ist noch dazu ein ganz besonderer Mensch. Er kümmert sich. Mit ihm zusammen habe ich Leuten im Wedding geholfen, abends nach der *Charité*. Ich habe verstanden, dass Medizin tatsächlich etwas bewirken kann, kleine Eingriffe nur, aber für das Leben eines Einzelnen viel. Das ist die eine Sache, die andere ist Anton selbst. Er ist nicht so gut mit Worten, aber er hat Ideen, und wenn er was will, dann sieht er zu, dass er es kriegt. Er hat so eine Art, mich anzufassen, als wär's das Selbstverständlichste von der Welt, das, was Männer eben mit Frauen machen und umgekehrt. Kein ›ja, aber‹, kein ›vielleicht‹, sondern ›wenn ja, dann ja‹. Er ist klar und wild. Wenn ich ihn abends treffe, muss ich mich tagsüber zusammenreißen, dass ich noch an was anderes denke als an ihn, an seine Hände, seinen Körper, seinen Schwanz.«

Ambros runzelt erstaunt die Stirn. Doch bevor er etwas sagen kann, redet Nike weiter: »Es ist schlimm, richtig schlimm. Ich kann mir ein Leben ohne ihn, ohne das, was er mit mir macht, gar nicht mehr vorstellen. Er weiß aber nichts von mir, nicht, wo ich wohne, nichts von Vater oder Charlotte. Ich hab nichts erzählt, und er hat nicht gefragt, obwohl er eigentlich die Dinge immer genau wissen will. Ich hab mir von Gertrud Kleider geborgt für den Wedding. Das ist doch schon Täuschung, und es kommt noch schlimmer. Anton ist seit Samstag verschwunden, wie vom Erdboden verschluckt. Keiner weiß was. Da bin ich zu Ariel, du weißt, der Kommissar.«

Ambros verzieht wieder das Gesicht und sagt: »Aua. Den kultivierten Bullen mit dem leidenschaftlichen Mund. Ich erinnere mich nur zu deutlich. Das erste Mal, dass du mir als Konkurrentin in die Quere gekommen bist. Interessanter Mensch.«

Nike ist den Tränen nah. »Das hab ich heute auch gedacht, als ich ihn wiedergesehen habe. Ich hab mich damals so betrogen gefühlt von ihm, weil er mir nicht von sich aus die Wahrheit über sich erzählt hat. Jetzt habe ich selbst mit Anton fast dasselbe gemacht. Ihn in seinen Annahmen belassen, wie auch immer die aussehen mögen, damit sich bloß nichts verändert und ich bei ihm sein kann. Und weil Ariel schlau ist, hat er das alles auch sofort erraten. Vor ihm, an seinem aufgeräumten, durch und durch nüchternen Schreibtisch im seriösen Präsidium, kam mir die Geschichte mit Anton ganz anders vor. Als würde ich von oben draufsehen, und es ist eine einzige Spinnerei. Ich hab mich geschämt und bin abgehauen. Seitdem spukt er mir durchs Hirn, als wäre alles erst gestern passiert und kein Anton dazwischen, und ich fühle mich schuftig. Ich bin ein Charakterschwein, das ihn gar nicht verdient. Mein Geliebter verschwindet, ist tot oder schwer verletzt irgendwo, und ich denk an wen anderen.«

Sie weint und kann nicht weiter. Ambros streichelt abwesend ihren Rücken und hält ihr, als sie sich schließlich beruhigt, ein Taschentuch unter die Nase. »Alle Achtung, ein lupenreiner Schlamassel erster Güte.«

Sie sieht ihn empört aus verheulten Augen an. »Ist das jetzt die versprochene geordnete Handlungsanweisung?«

Ambros zündet zwei Zigaretten an und reicht ihr eine davon. »Lass mich nachdenken. Die Maschine braucht einen Moment.« Er nimmt einen tiefen Zug, lässt den

Rauch in satten Wolken in die windstille Luft steigen und betrachtet ihr langsames Verschwinden. »Also zuerst mal die Analyse der Ereignisse. Was sich hier als verworrenes Knäul drohend auf die Stimmung legt, sind bei genauerer Betrachtung drei miteinander nur lose vertäute Probleme. Wir haben a) eine alte Flamme, die noch immer glimmt, b) einen verschwundenen Mann und c) die Geschichte einer sexuellen Hörigkeit, wenn auch in etwas ungewohntem Milieu angesiedelt, nicht standesgemäß noch dazu und sicher gerade dadurch umso interessanter. Wir zäumen mal das Pferd von hinten auf. Das Problem c) ist mir, was dich nicht weiter wundern wird, natürlich bestens bekannt. Besitzt man die Ehrlichkeit, sich einzugestehen, dass der inspirierte Beischlaf letztendlich das Hauptbindeglied zwischen zwei Menschen ist, die sich ansonsten nicht allzu viel zu sagen haben, würde ich dazu raten, die Sache gedanklich im Bereich der Leibesertüchtigung anzusiedeln. Als eine Art von Sport mit allerdings hohem Suchtpotenzial. Den meisten ähnlich gelagerten Dingen kann man sich zumindest eine Weile lang hingeben, ohne gleich größeren Schaden davonzutragen. Tritt der irgendwann aber doch auf, und das merkt man daran, dass die Geschichte anfängt, größer zu werden als man selbst, empfehle ich täglich zweimal Schwimmen oder Reiten. Klingt profan, hilft aber. Zu b), dem verschwundenen Mann: Das ist ein Fall für die Polizei. Da warst du schon. Denk nach, vielleicht fällt dir noch was ein. Ansonsten bleibt dir nur abzuwarten, bis er tot oder lebendig wieder auftaucht. Das ist zugegebenermaßen schwer, aber nicht zu ändern. Von jedweder Darstellung der trauernden Witwe rate ich ab. Schwarz steht dir nicht und wäre zum jetzigen Zeitpunkt auch verfrüht. Schwieriger ist a) die alte Flamme. Du warst diejenige, die Spiro in die Walachei geschickt hat, was mir damals schon übertrieben streng schien. Prinzipienreiterei war noch nie ein Wesensmerkmal unserer Familie, wie die seltsamen Todesumstände unseres Vaters erst vor wenigen Monaten wieder trefflich bewiesen haben. Wie dem auch sei, es bleiben zwei Möglichkeiten: Entweder Spiro hat die Akte Nike Fromm geschlossen und ins Regal gestellt, dann hast du dich damit abzufinden, oder aber es geht ihm wie dir. Welche davon zutrifft, wirst du nur erfahren, wenn du dich aus der Deckung wagst, rein ins Gefecht.«

Bis auf das leise Motorendröhnen von der *AVUS* ist es still. Nike schüttelt zunächst den Kopf, dann stöhnt sie, pafft ein paar Ringe in die Hitze, guckt, was auf den Bohlen des Stegs so passiert, kratzt einen Mückenstich an ihrem Knöchel und sagt endlich: »Könntest recht haben. Ausnahmsweise.« Sie steht auf: »Fahren wir zur Krummen Lanke? Schwimmen stand ja auch auf dem Rezept.«

Kraftschick

In Helenes Küche steht der Dampf wie in einem türkischen Bad. Auf dem bullernden Herd heizt Wasser im graublauen Weckkessel. Auf dem Tisch eine Zinkwanne mit Kraftschicks Arbeitskleidern, die sie auf dem Waschbrett bearbeitet. Reicht das nicht, nimmt sie die Bürste aus

Schweineborsten. Haare und Haut sind nass von Dampf und Schweiß, an ihren Fingerkuppen schlägt die aufgeweichte Haut Wellen. Sie muss was tun, denkt Kraftschick, damit die Sorge um Anton sie nicht auffrisst. Er sieht ihre Verbissenheit. Die Kleinen haben sich leise wie Mäuse nach nebenan verzogen. Kraftschick hat versucht zu protestieren. Nicht heute nach der Arbeit in der Hitze auch noch das. Aber nach einem kurzen Blick in ihre Miene hat er es gelassen. Geduldig hilft er ihr beim Auswringen. Das ist normalerweise Antons Arbeit. Aber damit sie ihn nicht noch mehr vermisst, nimmt er den Platz des Sohnes ein. Jedes Wäschestück drehen sie von beiden Enden her auf, wringen es aus, entwirren es und legen es wieder zusammen. Eigentlich ist es gut, dass sie sich nicht am Tisch gegenübersitzen müssen. Sie würde ihn durchschauen, wenn sie nicht zu verzweifelt wäre, um ihn überhaupt anzusehen. Schweigen steht zwischen ihnen wie eine Wand.

Sie schleppen die Wanne mit der nassen Wäsche auf den Dachboden, hängen wortlos die Sachen zum Trocknen auf lange Leinen, die sich von Balken zu Balken spannen. Wir sind Fremde, denkt er, zwei geschäftige Fremde in unterschiedlichen Welten.

Zurück in der Wohnung, stellt sie Brot, Butter und Schnittlauch, in Röllchen gehackt, auf den Tisch und dünn geschnittene Birnenscheiben.

»Ist ultimo. Diese Woche war nichts übrig. Und Antons Kostgeld fehlt auch«, sagt sie leise.

Kraftschick nickt und lässt sich seine Enttäuschung nicht anmerken.

Sie angelt ein Tuch vom Haken. »Ich muss noch mal runter. Arbeiterwohlfahrt.«

»Ist gut«, sagt Kraftschick.

Unterleutner

»Heute spuckt er's aus«, flüstert Unterleutner und Bader nickt grimmig. »Sonst muss ich die Daumenschrauben anziehn.«

Sie treffen sich auf der Schulzendorfer Brücke. Helene läuft langsam, denkt Unterleutner. Sicher hat sie Angst. Er geht voraus. Nacheinander huschen sie ins Treppenhaus. Helene gibt ihm den Schlüssel, und er sperrt auf. Es ist unnatürlich still, fällt ihm auf, und dann sieht er auch, warum. In der Küche liegt Höckelmann, noch immer fest vertäut und tot.

Bader wird blass um die Nase. »Ach du grüne Neune. Wat is denn mit dem?«

Unterleutner beugt sich hinunter, fühlt am Hals nach dem Puls und findet nichts: »Na, tot isser. Siehste doch, gestorben an der eigenen Schlechtigkeit, würd ich tippen. Sagen tut der jedenfalls nichts mehr.«

Besser hätte es gar nicht kommen können. Er hat die Sache wieder und wieder durchdacht und ist immer zum selben Ergebnis gekommen. Jetzt hat ihm das Schicksal die Drecksarbeit abgenommen.

Helene sieht lange hinunter auf den Leichnam, der mal der Nazi Höckelmann gewesen ist, dann blickt sie beide aus ihren schönen, hellen Augen an. »Er muss weg. Es muss so aussehen, als wär er selber mit dem Geld und den Pistolen abgehauen. Man darf ihn nicht finden, nie.«

Die ist von der schnellen Truppe, denkt Unterleutner beeindruckt. Nerven wie Drahtseile hat das Frauenzimmer.

Sie gehen in die Stube, und Helene setzt sich auf das Bett des Toten. Er bleibt lieber stehen. Bader auch. »Er muss verschwinden. Aber wohin? Und wie kriegen wir ihn unbemerkt hier raus?«

Der kleine Bader räuspert sich, aber seine Stimme bleibt belegt, als er in das Schweigen hineinkrächzt: »Ick bin ja aufm Bau beim Bahnhof Friedrichstraße. Das is 'ne janz jewaltije Baustelle. Da arbeiten so viele Leute, dass sich keener richtig auskennt. Sand, zum Beispiel, kommt mit Schiffen über die Spree und liegt dann da in Haufen, jroß wie Berge. Ziegel ooch. Ick lade Karren und bring sie rein und mauer. Er müsste zusammenjeschnürt werden wie 'n Paket. Da könnt ick ihn mitnehmen. Und einbaun. Dann wärer weg. Besser wär noch, er käm in Einzelteilen. Klein jemacht.«

Helene sieht ihn entsetzt an. Unterleutner schüttelt den Kopf. »Nee, nich das. Ich bin doch kein Metzger. Aber in München hab ich mal ein Klavier geklaut, am helllichten Tage. Einfach vorgefahren mit Pferd und Wagen, geklingelt und gesagt: Es ist verkauft. Ging dem Mann nicht gut finanziell, und nur die Frau war da. Erst hat sie geschluckt, dann hat sie uns gezeigt, wo's steht. Fünf Minuten, dann hatten wir's auf dem Wagen und sind los.« Er sieht die anderen beiden triumphierend an: »Und was lernen wir daraus? Was Großes, Auffälliges bringt man am besten weg, wenn's ganz normal aussieht. Würd ick sagen.«

In das angestrengte Schweigen hinein fragt Bader: »Aber wo kriegen wir ein Klavier her?«

Helene und Unterleutner beben in unterdrücktem Gelächter.

Spiro

Spiro schwitzt unter Sebes Schlägen. Seit zehn krächzend ausgeklingelten Runden hält er dem Trommelfeuer seiner Fäuste ein Schlagpolster entgegen, das Sebes mit ungebrochener Angriffslust bearbeitet. Nach dem Aufwärmen hat ihn Harry Kupka zu dem Kraftpaket mit der ramponierten Visage begleitet. »Kampf am Sonntag«, hat der ihn mit gewohnter Lakonie wissen lassen. »Polster?«

»Polster«, hat Spiro geantwortet und sich hinter dem flachen ausgestopften Brett verborgen, hat gegengestemmt, sich durchwemsen lassen, hat geguckt, was Sebes da an Kraft entfesselt, und sich davor, so gut es ging, in Sicherheit gebracht.

Jetzt holt Kupka Sebes zum Sparring in den Ring. Spiro erhält zum Abschied ein kurzes braunes Grinsen und einen angedeuteten Haken. So freundlich entlassen, wankt er zur Umkleide.

Draußen wartet ein Sommerabend mit großem Himmelsbrand im Westen, aber der interessiert ihn genauso wenig wie das dünne Mädchen mit kurzem dunklem Haar in grünem Sommerkleid und adretten hellen Riemchenschuhen, das an der Potsdamer Straße einem Taxi winkt.

Er ist fast vorbei, da ruft sie ihn: »Ariel.« Mit einer ungeduldigen Geste schickt sie das Taxi weiter, das schließlich angehalten hat. Zögernd sieht er sie genauer an und erkennt mit leichtem Erstaunen die androgyne Zeichnerin, die gestern über ihren andächtigen Hofstaat präsidierte.

»Ana. Ich habe Sie nicht gleich erkannt.«

»Kein Wunder, bin ja im Kostüm.« Sie stockt und scharrt mit der Sandalette.

»Kann ich irgendwie helfen?«, fragt er.

»Sie sind doch neu in der Stadt.« Spiro nickt. »Kennen Sie das *Eierhäuschen* schon?« Er verneint irritiert. »Es würde mich ... es wäre sehr schön für mich, wenn Sie mich begleiten würden.«

Und ehe er Ja oder Nein zum Eierhäuschen sagen kann, sitzt er neben ihr in einer Motordroschke. Er fügt sich einfach. Soll sie sich wundern, dass er keine Fragen stellt. Es ist ihm egal, wohin es geht. Sie fahren an der Hochbahn entlang zum Schlesischen Tor, biegen rechts ab in die Treptower Chaussee, fahren an den ordentlichen Reihen der Baumschule am Schlesischen Busch vorbei und kommen ins endgültig Grüne. Der Himmel glüht noch immer. Vor seinem gelbroten Leuchten wiegen sich raschelnd die Kronen alter Eichen.

»Treptower Park«, murmelt sie. »Plänterwald. Jetzt links runter.« Befehlsgewohnt hat sie den Taxifahrer dirigiert, aber Spiro hört ein leichtes Kratzen in ihrer Stimme, eine Unsicherheit, die vorher nicht da gewesen ist.

Mitten im Wald steht ein Backsteingebäude mit mehreren spitzgiebeligen Anbauten, überragt von einem Türmchen. Fachwerkelemente betonen das Ländliche seiner Lage. Dahinter fließt die Spree. *Eierhäuschen* ist eine schwere Untertreibung für das eindrucksvolle Ensemble, so benannt entweder nach dem Eierverkauf eines frühen Wirtes an vorbeifahrende Schiffer oder aber nach dem ersten Preis eines Ruderwettbewerbs, der aus einem Schock Eier bestand, wie Ana ihm erklärt. Die Wahrheit ist, wie so oft, im Strudel der Zeit auf Nimmerwiedersehen verschwunden und für die Gegenwart auch nicht weiter von Belang. Auf einer großen Terrasse sitzen Liebespaare und Familien unter hohen Kastanien und sehen den langen Ruderbooten zu, die als Vierer und Sechser mit gleichmäßigen Zügen die Bootsschuppen am anderen Ufer ansteuern. Aus den weit geöffneten Türen des Gebäudes dringt Musik.

»Hübsch«, sagt Spiro.

Ana kramt in ihrer Tasche und macht ein unbestimmtes Geräusch. In der Tür erscheint eine rundliche Frau von vielleicht Mitte 40. Die drallen Arme in die Hüften gestemmt, sieht sie ihnen entgegen. Graue Strähnen lösen sich aus einem dünnen Knoten. Ihre Nase ist klein und flach, die Backen hängen, graue Augen unter kaum vorhandenen Brauen. Als Hund wäre sie eine Bulldogge, denkt Spiro.

Abschätzig mustert sie Ana, dann Spiro und begrüßt sie ohne Freude. »Wir ham schon geglaubt, du kommst nicht mehr.«

Bevor Ana ihren Begleiter vorstellen kann, dreht sie sich

um und geht ihnen voran in einen weiten Saal. Auf einer kleinen Empore sitzt eine Tanzkapelle und spielt den Schlager der Saison »Valencia, deine Augen glüh'n und saugen mir die Seele aus dem Leib. Valencia, deine Lippen sind die Klippen meines Lebens, holdes Weib.« 60, 70 Tänzer singen hingebungsvoll ineinander geschmiegt mit. Spiro muss wider Willen grinsen. Hinter einem langen Holztresen arbeiten drei Bierzapfer im Akkord. Entlang der Tanzfläche sind Tische aufgestellt. Deutlich riecht es trotz der offen stehenden Türen nach Bier und Bouletten.

Auf dem ersten, mit zehn Personen voll besetzten Tisch steht ein großer Blumenstrauß. Am Kopfende ein Mann mit gesträubtem Schnauzbart und grauem Bürstenschnitt auf dem viereckigen Schädel. Sein Bauch eine Kugel, die von einer Weste nur notdürftig am Davonrollen gehindert wird. Aufgekrempelte Hemdsärmel, über die Hose hat er eine Schürze gebunden. Er steht zu mächtigen 1,90 Meter auf und schließt die stockstife Ana in seine Arme. »Annemarie, hast es doch noch geschafft?«

»Spät, wie immer«, kommentiert die Dralle, die sie in Empfang genommen hat und schüttelt missbilligend den Kopf.

Ana überreicht ihm ein Päckchen, das er ungeöffnet auf den Tisch legt. Seine Augen, Anas Augen, dunkel wie Kohlestücke, deren Weiß bei ihm von einem Geflecht roter Adern durchzogen ist, suchen unter dichten schwarzen Wimpern Spiros. »Und wen haste da im Schlepp?«

»Ariel Spiro, ein Bekannter.«

Spiro streckt die Hand aus, wird aber von der Drallen

unterbrochen: »'n Itzig. So eener hat uns jerade noch jefehlt. Musste ja so kommen.«

Der Schnauzbart schüttelt die ausgestreckte Hand. »Walter Meyerhoff, Wirt vom *Eierhäuschen* und Annemaries Vater, und das«, er umfasst die widerstrebende Dralle, »ist die dazujehörije Dame. Habe Jeburtstach heute, und Treptow in Flammen is ooch. Da«, er weist auf den Tisch, »ist der Rest von der Bagage. Kann Jehova denn heute zur Feier des Tages mal 'n Ooge zudrücken und Ihnen ein Bier jenehmijen?«

Ariel will richtigstellen, protestieren, überlegt es sich dann anders und nickt einfach. Sekunden später sitzt er am Tisch, vor sich ein Halbliterkrug Helles. Neben ihm zupft Ana an ihrem ungewohnten Kleid herum. Wie ein schlaffes Fähnchen hängt es an ihren eckigen Schultern. Es steht ihr nicht und lässt ihren schlanken, androgynen Körper lediglich mager wirken. Ihr unglücklicher Gesichtsausdruck macht es nicht besser.

Interessiert mustert Spiro die Tischnachbarn und findet in deren Zügen die Charakteristika Anas wieder, ihre Augen, Lippen oder ihre Nase, das dichte, dunkle, sperrige Haar. Aber sie alle sind rosig, rund und kraftstrotzend. Gebaut aus stabilen Gliedmaßen mit großen, zupackenden Händen. Es ist, als wäre am Ende dieser robusten Reihe von Nachkommen für Ana nichts mehr übrig geblieben. Zumindest das Fleisch auf den Knochen war aus, denkt Spiro. Nur die Bulldogge hat es nicht geschafft, ihre unvorteilhafte Physiognomie weiterzugeben.

Meyerhoff greift nach Anas Hand, die in seiner Pranke

verschwindet. Seine Augen schwimmen. Ob vor Bier oder Rührung, ist nicht auszumachen: »Meene Kleenste, meen kurz jeratnes Kuckuckskind. Ick freu mir, daste da bist.« »Völlig aus der Art geschlagen«, kommentiert bissig seine Frau.

»Haste jenuuch jepinselt?«, will ein junger Hüne von gegenüber wissen. Spiro schätzt, dass es sich um einen ihrer Brüder handelt. Die Zunge des Hünen ist schwer, sein Blick verliert immer wieder den Fokus. Er hebt seinen Krug und stößt ihn gegen Spiros. Etwas zu fest. Ein großes Schwall Bier schwappt auf den Tisch. »Wat willste denn mit dem Hungerhaken? Haste die überhaupt mal richtich anjekiekt? Aber malen kann se schön.« Er lacht in sein Bier.

Spiro steht auf, um einen Lappen zu holen. Am Tresen stellt ihm ein Kellner ungefragt ein überzähliges Bier hin. »Für den Stecher von der Annemarie. Vielleicht kannste se dir ja schönsaufen.« Spiro schüttelt indigniert den Kopf. Aber tatsächlich ist das Schönheitsideal hier draußen ein anderes. Die Mädchen auf der Tanzfläche lassen üppige Brüste im Ausschnitt wippen. Manch kräftiger Arm findet auf runden Hüften und Hintern was zum Festhalten. Gebärdet man sich in den führenden Tanzdielen der Innenstadt beim Charleston, dem neuesten Schrei unter den Tänzen, wild bewegt und in gehörigem Abstand voneinander, scheint es im *Eierhäuschen* um möglichst flächendeckendes Aneinanderschmiegen zu gehen. Junge Arbeiter in Hemden und Hosenträgern haben die Mützen verwegen schief gezogen und Zigaretten in den Mundwinkeln, während sie ihre Beine tief zwischen den Schenkeln ihrer

Partnerinnen versenken. »*Was machst du mit dem Knie, lieber Hans, beim Tanz?*« Auch Hände rutschen talwärts und kneten. Oben klammert sich die Weiblichkeit an und lässt Brüste über Brust gleiten. »*In der Badekabine sitzt die schöne Josefine, und sie lässt herunter die Gardine.*« Dienstmädchen in kurzen schwarzen Kleidern lassen in der Drehung weiße Haut über angeknipperten schwarzen Strümpfen blitzen. Aber nicht nur die Jugend dreht sich auf der Tanzfläche. Ein Penner mit weißen Bartstoppeln schwenkt eine alte Jungfer, die eigentlich über den Mann hinaus ist. Zur Strafe kneift er sie am Ende in die schlaffe Brust. Sie kreischt lachend. »Warte, warte nur ein Weilchen, bald kommt auch das Glück zu dir.«

Spiro erkennt einige Damen des horizontalen Gewerbes aus dem Scheunenviertel mit ihren Luden. Und bei mancher Fischerliese oder Bollenjuste ist er nicht sicher, ob es sich nicht um zurechtgemachte Damen der Gesellschaft handelt, die hier inkognito ihr eigenes Glück suchen. Zu perfekt ist die Ausstattung, zu gebügelt, zu sauber. Mit dem mittlerweile dritten Bier geht er nach draußen. Er hätte sich ein paar Bouletten bestellen sollen. Aber sein knurrender Magen ist ihm egal, wie eigentlich alles andere auch. Seit dem Nachmittag, seit er weiß, dass Nike einen anderen hat, ist ihm die Welt ferngerückt, sieht, hört, riecht und schmeckt er nur einen gedämpften Abklatsch all ihrer Äußerungen. Nichts ist mehr wichtig. Leicht schwankend schlendert er zum Strand der Spree und läuft aus dem Lichtkreis der Terrasse ins Dunkel. Er geht in die Hocke, wippt zwischen Ballen und Hacke vor und zurück und trinkt, so zusammengefaltet, sein Bier. Über ihm ein Himmel voller kalter Sterne, vor ihm schwarzes Wasser mit sachtem Wellenschlag.

Vor dem hell erleuchteten *Eierhäuschen* zu seiner Rechten zeichnet sich eine schmale Silhouette ab. Ana kommt. Als sie ihn erreicht hat, reicht ein Stups, und er fällt rückwärts ins trockene Gras. Sie legt sich daneben.

»Fertig?«, fragt er.

»Mit denen schon lange.« Sie hat geweint, und die Tränen sind zu mäandernden Silberstreifen auf ihrem kleinen Gesicht getrocknet.

»Sie mögen dich nicht besonders«, stellt er unbarmherzig fest.

»Sie haben mich noch nie gemocht. Selbst als Kind nicht. Sie hat keines mehr gewollt, dann bin ich trotzdem gekommen, ein Nachzügler. Da war die Liebe schon aufgebraucht und durchs Geschäft ersetzt. Sie denken nicht, sondern arbeiten. Davor, währenddessen und danach trinken sie Bier. Sieben Tage die Woche, 364 Tage im Jahr. Nur an Vaters Geburtstag machen sie frei und feiern in der eigenen Kneipe, weil es billiger ist. Sie lesen auch keine Magazine und sehen meine Zeichnungen nicht. Vater hat mich anfangs unterstützt. Die paar Mark haben sie mir nie verziehen.« Sie weint wieder.

Spiro trinkt aus, wischt sich mit der Hand den Mund ab und fällt wieder auf den Rücken. »Komm, küss mich«, lallt er und bleibt liegen, während sie sich über ihn beugt.

Auch ihr Kuss ist gedämpft, unwirklich, wie der gesamte Abend, in seinem Mund nur der schale Geschmack von

Bier. Ohne Umschweife zieht er ihr das lachhafte Kleid über den Kopf, rollt sie zur Seite und ist schließlich über ihr. Sie öffnet seine Hose. Er beißt in ihre kleinen Brüste, sie stöhnt. Er schiebt ihr Höschen über die spitzen Beckenknochen nach unten und dringt in sie ein. Sie bäumt sich auf, will ihn wieder küssen, aber er dreht den Kopf zur Seite und stößt stattdessen hart zu. Kurz denkt er an das Krachen der Schläge auf den Sandsack, und lange bevor die Ringglocke schellt, ist er fertig.

Er rollt zur Seite ins Gras und legt ihr eine entschuldigende Hand auf den flachen Bauch. Ana schmiegt ihr Silberstreifengesicht an seine Schulter und legt ein federleichtes Bein über seine. Sie lächelt. Auf dem gegenüberliegenden Ufer beginnt es zu krachen. Böller, Heuler und Frösche, Schwärme von Raketen explodieren im Nachthimmel. »Treptow in Flammen«, flüstert sie versonnen. »Jeden Mittwoch um zehn.«

6
Donnerstag

Bohlke

Als Kriminalkommissar ist er gehalten, Anzug zu tragen. Aber dass er sich im feinen Zwirn zu Hause fühlt, wäre gelogen. Die längste Zeit seines Lebens hat er im Drillich einer Uniform verbracht und ist, so ausstaffiert, hinter seinem jeweiligen Dienstgrad verschwunden, was ihn überhaupt nicht störte. Ganz im Gegenteil. Er war lieber ausführendes Organ der Staatsmacht als Ewald Bohlke, Spross eines untergegangenen Gärtnereiunternehmens, der Unterschlupf und Obdach in den Kasernen der Schutzpolizei gefunden hat. Sein Aufstieg von der Schutzpolizei zur Kripo verlangt ihm jeden Morgen noch vor der ersten Tasse Kaffee komplexe Entscheidungen ab: Hell oder dunkel? Braun, grau oder schwarz? Welche Schuhe dazu und dann noch die Krawatte.

Ratlos steht er auch heute vor den vier Anzügen, bis seine Gattin mit entschlossenem Griff die Qual beendet. »Nimm den Hellen. Die Sonne scheint. Da biste schick, mein Gutster.« Bohlke schnaubt verächtlich durch flatternde Lippen wie ein Pferd, das die Spreu vom Hafer bläst, und fügt sich. Die Hosenknöpfe allerdings wollen sich nicht schließen lassen. Er hat zugelegt, und das stete Kneifen unterm Hosenbund verstärkt seine Aversion gegen den Anzug als solchen. »Ick glaub der Schneider muss was rauslassen.«

»Hat er doch schon.«

»Reicht aber nicht«, stößt er mit eingezogenem Bauch hervor.

»Du solltest, die Mollen betreffend, mal etwas kürzertreten, dann erjibt sich das von janz alleene.«

Entsetzt ruckelt er am straff gespannten Stoff und versucht wertvolle Millimeter zu generieren.

Sie lauscht dem Schnaufen im Nebenzimmer. »Heut Abend kuck ich mir die Chose mal an. Vielleicht kann man hinten, wo es keiner sieht, einen Keil einsetzen.«

»Was wär ich ohne dich?«, murmelt er.

»Nüschte«, ruft sie fröhlich und gießt Kaffee auf.

Eine halbe Stunde später quert Bohlke mit der *B.Z. am Morgen* den Alex und atmet vorsichtshalber nur oben in die Brust. Da sind se ja, denkt er. Schon auf der ersten Seite findet er die Toten, Augen geschlossen, zwei Schlafende mit blassen Lippen. Die Kriminalpolizei bittet um Ihre Mithilfe. Eine Brise fleddert das Blatt. Er rollt es ein und geht weiter zur Burg. Die Hose kneift, er ist beengt. Missmutig spart er sich den Gruß für den Pförtner, dem wiederum ein Gallenstein die Laune verhagelt. Zwei finstere Blicke kreuzen sich.

Das Fräulein Gehrke hält den zweiten Kaffee bereit und einen Besucher. »Da will einer was sagen, aber er muss gleich wieder weg, arbeiten.« Ein junger Mann in Unterhemd, Joppe und Mütze erhebt sich zu beachtlichen, aber dürren 1,90 Meter. »Wir ham Stechuhr bei Siemens, das gibt jetzt schon Abzug.« Am liebsten wär er bereits wieder draußen. Seine Augen flackern zur Tür.

Bohlke stellt sich dazwischen. »Nu ma langsam mit den jungen Pferden. Jetzt sind se hier und sagen, was se zu sagen haben, und je schneller se das machen, desto eher sind se wieder draußen. Mitgekommen?«

Der Lange nickt. Fräulein Gehrke geht mit Block und Stenobleistift in Position.

»Also, Samstag hatte ich Spätschicht und deshalb tagsüber frei. Ich bin gleich frühst mit Natalie, eigentlich heißt sie ja Natalja, mit dem Dampfer zum *Eierhäuschen*.« Er stockt. »Und auf dem Oberdeck war dieser Mann, der aus der Zeitung.« Er hat den *Vorwärts* dabei und zeigt auf den ersten Toten. »Er saß an der Reling und hat gesungen, ziemlich laut, und geschwankt ist er, als wär Sturm, dabei war's doch schön und die Spree ganz sachte. Na ja, er hat jedenfalls gesungen und zwar ein russisches Lied: *Uz ty volja, Goldene Freiheit*. Natalja hat's erkannt und mitgesungen und sich gefreut, obwohl es ein trauriges Lied ist. Die Freiheit ist nämlich weg. Warum, weiß ich nicht. Reden wollte sie aber nicht mit ihm. Er hat ganz irre geguckt.«

Unüberlegt hat sich Bohlke vorgebeugt, was er mit dem plötzlichen Verlust des obersten Hosenknopfs bezahlen muss, aber das ist ihm gerade egal. »Er ist also Russe? Sind Sie da sicher?«

»Natalja sagt Ja, und sie muss es ja wissen. Ist ja selber eine.«

»Haben Sie auch gesehen, mit wem er unterwegs war?«

»Er war allein, glaub ich zumindest. Wir sind dann ausgestiegen.«

»Mann, Sie schickt der Himmel. Wenn das stimmt, was

Sie uns hier erzählen, sind wir einen großen Schritt weiter. Die Obrigkeit dankt.«

»Kann ich jetzt?«

»Den Namen brauchen wir noch, Adresse.«

»Keine Ahnung, wie der geheißen hat. Wir ham uns ja nicht unterhalten, hab ich doch gesagt.«

»*Ihren* Namen. Sie sind ein wichtiger Zeuge jetzt.«

Der Lange runzelt misstrauisch die Stirn, macht seine Angaben und ist draußen.

Anton

Er hört ihn. Davon ist er aufgewacht. Iwan hustet krachend Schleim aus den Bronchien, räuspert Belege von den Stimmbändern, hat schwankend einen Eimer Wasser geholt und versucht, seine schwarzen Zotteln, die sich am Hinterkopf zu Knäulen verfilzt haben, mit einer Gabel, die er in Ermangelung eines Kamms irgendwo aufgetrieben hat, in eine Frisur zu verwandeln. Anton schließt wieder die Augen.

Eine sanfte Backpfeife holt ihn zurück aus seiner Dämmerung. Iwan hält ihm eine Blechtasse an die aufgesprungenen Lippen. »Trink, Verräter.«

Das Wasser schmeckt abgestanden, aber das ist egal. Er trinkt mit lauten, hastigen Schlucken. Als die Henkeltasse leer ist, legt er vorsichtig den Kopf in den Nacken. Die verkrusteten Augen kriegt er nicht mehr ganz auf. Durch halb geschlossene Lider sieht er Iwans Bemühungen zu, sich stadtfein zu machen. »Wohin gehst du?« Die Wörter schaben über seine eingerosteten Stimmbänder.

Iwan lacht und hustet gleichzeitig. »Ich hol mein Mädchen, und wir gehen tanzen.«

Anton erschrickt. Alarm schrillt in seinem schläfrigen, schmerzenden Kopf mit dem Sirren eines hohen Totenglöckchens. »Sergej wollte auch tanzen. Er hat zumindest so ausgesehen. Erinnerst du dich? Dann war er weg. Wohin gehst du? Wenn du nicht zurückkommst, verrecke ich hier. Mach mich los.«

Iwan hat aufgehört zu lachen. Er mustert Anton ohne Empathie. Ein Jäger würde so einen Fuchs in der Falle ansehen, bevor er ihn erschlägt, denkt Anton. Ich kann es noch immer nicht glauben. Ich habe ihnen nichts getan, keinem von ihnen erzählt, und sie behandeln mich wie einen Mörder. Ich habe sie versteckt und gefüttert, aber das haben sie vergessen. Hundertmal und mehr hat er Iwan seine Unschuld beteuert. Er kann sagen, was er will. Iwan glaubt ihm nicht. Angst und Mistrauen sind stärker.

Iwan knurrt: »Wir beraten, was wir machen mit dir. Wohin mit deiner Leiche, wenn ich dich erschieße.«

»Wer ist wir? Es ist doch keiner mehr da. Sie sind weg. Und du ziehst jetzt auch los, fein gemacht wie Sergej, der nie zurückgekommen ist. Ich hab euch nicht verraten. Es ist nicht meine Schuld. Glaub mir.«

Iwan beugt sich wortlos zu ihm herab, zwingt seine Kiefer auseinander wie ein Bauer, der auf dem Markt das Gebiss eines Pferdes prüfen will. Dann stopft er ihm ein staubiges Knäuel in den Mund und bindet es fest. »Es geht dir besser, du redest zu viel.« Er wendet sich ab und öffnet vorsichtig die Tür. Jähes Licht sticht in Antons geweitete Pupillen. Er biegt sich weg von diesem weißen Gleißen, krümmt den angebundenen Körper zur Seite.

»Du Ratte.« In Iwans Stimme liegt Verachtung. Dann ist Anton allein. Nur die Angst leistet ihm Gesellschaft.

Spiro

Spiro steht im Flur einer einst vornehmen und jetzt halbierten Charlottenburger Wohnung, momentaner Sitz der Zeitung *Rut*, des größten und beständigsten Presseorgans der russischen Exilgemeinde. Mehr als zehntausend aufgelegte Exemplare. Erscheinen: täglich. Aus der angelehnten Tür des ehemaligen Salons dringt das Stakkato von Schreibmaschinenanschlägen, darüber russisches Stimmengewirr, in der Luft der beißende Rauch unzähliger Papirossy. Aber er kommt nicht hinein. Vor ihm sitzt an einem kleinen Tisch ein übergewichtiger weiblicher Zerberus, von dessen weißem, flachem Gesicht ein Kinn in dreifacher Welle auf den Hals fließt. Graue Augen mustern gelangweilt zuerst ihn und dann lange seinen Ausweis. Über ihrem Mund, der, nahezu lippenlos, eher ein Sprechschlitz ist, wächst rechts ein erhabenes Muttermal und darauf einige dunkle Haare. Im linken Mundwinkel ist ein Krümel übrig geblieben. Endlich legt sie ihr Strickzeug aus der Hand, schiebt eine Strähne zurück ins geordnete Gleichmaß ihres Dutts und entschließt sich nach reiflicher Überlegung zu sprechen: »Was wolln?« Ihre tiefe Stimme vereint die Rohheit des Kasernenhofs mit dem Beschluss, sich nicht unnütz zu verausgaben.

Spiro wartet, aber mehr kommt nicht. »Ich muss den Chefredakteur sprechen. Es ist dringend. Es geht um zwei Tote, höchstwahrscheinlich Mitglieder Ihrer Gemeinde.«

Die Antwort kommt träge, wie auswendig gelernt: »Ist nicht zu sprechen. Arbeit. Komm wieder morgen.«

Spiro verlässt langsam die Geduld. »Und morgen hat er dann frei und nichts Besseres zu tun, als mit der Preußischen Polizei ein Plauderstündchen zu halten?«

Wie unter großer Anstrengung klappen ihre Lider auf: »Kann sein, kann sein nicht.« Sie öffnet in einer Geste falschen Bedauerns ihre Hände mit den kurzen, dicken Fingern, greift wieder nach ihrem Strickzeug und beginnt kopfschüttelnd Maschen abzuzählen. Für sie ist das Gespräch beendet.

Spiro fängt gerade erst an: »Sie behindern die Arbeit der Polizei. Sie behindern die Aufklärung eines Verbrechens. Ich fordere Sie auf, mich sofort zur Chefredaktion zu bringen.«

Sie hat währenddessen weitergezählt und Maschen über die Nadeln geschoben. Als sie fertig ist, trifft ihn ein grauer Blick. Ihre Stimme ist eisig: »Schreib, was du wollen. Schreib auf Papier, schicke mit Post. Kein Anmeldung, kein Sprechen!«

Spiro holt tief Luft. Bevor er explodieren kann, stoppt ihn eine kultivierte Stimme in seinem Rücken: »Anatol Steg, stellvertretender Chefredakteur, womit kann ich der Preußischen Polizei behilflich sein?«

Er fährt herum und prallt gegen das verschmitzte Lächeln eines schlanken, etwa 50-jährigen Mannes. Sein Gesicht ist schmal, die Stirn hoch, das helle Haar weicht, aber die Augen funkeln intelligent. Er steckt in einem dreiteiligen schwarzen Anzug mit Uhrkette, Einstecktuch und grauem Binder. »Geben Sie mir die Ehre und folgen Sie mir in unser Allerheiligstes. Für ein eigenes Büro der Chefredaktion fehlen uns leider Platz und Mittel, wir sind sowieso nur zu dritt, der Rest sind freie Mitarbeiter, überwiegend ohne Honorar. Aber einen Stuhl kann ich Ihnen anbieten. Tee?«

Spiro nickt. Als Anatol Steg sich umdreht, um den Tee zu holen, bemerkt Spiro dass Hosenboden und Ellenbogen wie poliert glänzen. Der Stoff ist fadenscheinig. Bald wird es weiß darunter hervorschimmern.

In den ehemaligen Empfangsräumen tobt unter Stuckrosetten vor dem verblichenen Rosenmuster einer fleckigen Tapete eine erhitzte Debatte unter den Anwesenden. Flache Hände schlagen auf die Platte eines Schreibtisches, der auch schon glanzvollere Tage gesehen hat. Sie schreien einander ins Wort. Ihre Gesichter sind rot, ihre Schläfenadern geschwollen. Als eine Tätlichkeit unausweichlich zu werden scheint, löst sich plötzlich die Spannung, und sie weichen mit abwehrenden Handbewegungen voneinander zurück. Zwei hacken erbittert in die Tastatur ihrer Schreibmaschinen. Am Fenster, dem Tumult den Rücken zugewandt, versinkt einer in sich selbst.

Zwei Teegläser gekonnt auf Untersetzern balancierend, kommt Steg zurück. »Zucker?« Spiro schüttelt den Kopf.

Steg versenkt drei Stücke in seinem Glas. »Mein Hauptnahrungsmittel.« Er lacht. Dann weist er mit dem Kopf zur Eingangstür: »Sie ist gut, nicht wahr?« Spiro hüllt sich in diplomatisches Schweigen. »Vier Jahre hat sie in der Beihilfestelle für Familien mit mehr als sechs Kindern gearbeitet. Eine bolschewistische Staatsbeamtin, eine aus dem Millionenheer, das jetzt auf Lenins Geheiß die mannigfaltigen Probleme unseres Heimatlandes um etliche erweitert: Formulare, Anträge, Nachweise, Erfassungszettel, Tabellen, Sollziele, Erlasse und Verordnungen. Sie war eine gute Beamtin, sehr erfolgreich. Sie hat kaum etwas bewilligt, aber vieles unterschlagen und auch sonst die Hand aufgehalten. Als die Partei dahinterkam, ist sie geflüchtet. Ich habe sie mit einem eher symbolischen Gehalt als abschreckendes Beispiel angestellt. Damit wir nicht vergessen, wogegen wir kämpfen. Das ist nicht nur Lenin selbst, sondern auch die Bürokratisierung allen Lebens. Aber es wird trotzdem immer schwieriger.«

Spiro trinkt einen Schluck Tee. Er ist so bitter, dass er sich auch einen Zuckerwürfel angelt. »Was ist so schwierig? Sie leiten die größte Zeitung der russischen Emigration in Berlin. Sie sind ihre Stimme.«

Steg lacht bitter: »Die Emigration hat nicht eine Stimme, sondern hundert verschiedene. Und jede singt ihr eigenes Lied.« Mit einer raumgreifenden Geste weist er auf die Redakteure. »Eine Kakofonie. Vertreter sämtlicher politischer Interessengruppen wollen bei uns veröffentlichen, und selbst die sind innerhalb der eigenen Gruppierung heillos zerstritten.« Wie um seine Worte zu unterstreichen, erheben sich die Stimmen der Redakteure zum nächsten Disput. Steg fährt fort: »Betrachten Sie nur die Gruppe der Royalisten. Lange war Großfürst Nikolai Nikolajewitsch unumstrittener Anwärter auf den verwaisten Zarenthron. Die Union aller Russischen Militärverbände, die sich in der unglücklichen Lage befindet, über Deutschland, Frankreich, Ungarn, Österreich, die Tschechoslowakei und einige andere Länder verstreut zu sein, ernannte ihn zu ihrem Oberbefehlshaber. Oberkommandierender ist General Wrangel. Aber schon 1922 erhob auch Großfürst Kyrill Wladimirowitsch, mittlerweile in Coburg ansässig, Anspruch auf den russischen Thron, sollte er denn irgendwann mal wieder besetzt werden. Seitdem zerfällt der Militärverband nicht nur in Republikaner, gemäßigte Sozialisten und Royalisten, die sich sowieso schon schwer einigen können. Letztere, die Royalisten also, sind seitdem in Kyrillianer und die Anhänger Nikolai Nikolajewitschs gespalten. Eine weitere Splittergruppe ist nach Russland zurückgekehrt. Ihre Mitglieder versuchen, Lenins Verwaltung zu infiltrieren und dort die Zustände so eskalieren zu lassen, dass dem russischen Bauern eine Rückkehr der alten Verhältnisse als das kleinere Übel erscheint.« Steg lacht. »Die Hoffnung stirbt zuletzt, und die eines Emigranten noch viel später.«

Spiros Blick wandert durch die Redaktionsräume. »Hier wirkt es nicht so, als hätten alle die Hoffnung verloren.« Energisch schlagen die Tasten der Schreibmaschinen an, sirren neue Bögen hinein, klingeln die Maschinen beim Sprung in die nächste Zeile.

Ein bitterer Zug erscheint um Stegs Mund, als er weiterspricht: »Lange habe auch ich an die ordnende Kraft des geschriebenen Wortes geglaubt. Wenn man Ziele und Gefahren nur richtig formuliert, werden sich die Dinge zum Besseren wenden. Wenn ich es nur richtig erkläre, werden wir uns vereinigen, erstarken und schließlich siegen. Da war ich mir sicher. Aber dieser Glaube hat Risse bekommen. Je weniger wir werden, desto größer wird die Zahl der miteinander verfeindeten Gruppen, die sich in immer weitere Untergruppen aufspalten. Es ist paradox.«

Er blickt Spiro direkt in die Augen, der geduldig abwartet, bis Steg mit seinem Lamento zu Ende kommt. »Und so wenig wie Sie interessieren sich auch unsere Leser für die neueste Abspaltung der Weißen Armee im Exil. Seit Jahren sind die Nachrichten schlecht. Jeden Morgen ist der Blick in unsere Zeitung wie ein Schlag ins Gesicht. Mittlerweile liest man uns nicht mehr, um über die aktuellen politischen Entwicklungen auf dem Laufenden zu sein, sondern wegen der letzten Seite. Da finden Sie unsere Chronik und die Rubrik *In Berlin*. Da werden Vorträge, Theaterstücke, Wohltätigkeitsbälle und Schulveranstaltungen angekündigt. Manche werden rezensiert. Und es gibt Stellenangebote. Da offeriert die holländische Regierung Arbeit für russische Ärzte in Asien oder für Holzfäller in Brasilien. Das ist das Geheimnis unseres Erfolgs.«

Er stockt und verrührt einen weiteren Zuckerwürfel in seinem Tee. »Aber ich bin abgeschweift. Die Versuchung, jemand anderen an der eigenen Verzweiflung teilhaben zu lassen, war einfach zu groß. Also, was verschafft mir die Ehre Ihres Besuchs, Herr Spiro?«

Der ist jetzt doch überrascht, dass er endlich zur Sache kommen kann und eigentlich noch dabei, die etwas unübersichtlichen Informationen sacken zu lassen. Er räuspert sich. »Wir haben zwei Tote, männlich, Ende 20, ohne Namen und Papiere. Heute hat sich ein Zeuge gemeldet, der gehört hat, dass einer von ihnen kurz vor dem Exitus ein russisches Lied gesungen hat.« Er zieht einen Zettel aus der Tasche. »*Uz ty volja.*«

Steg lächelt und nickt: »›Goldene Freiheit, ich gab dich dahin, und mein Wort lässt mich nicht gehen.‹ Ja, das ist ein russisches Volkslied.«

Spiro hat die Fotografien der Toten auf den Schreibtisch gelegt. Anatol Steg beugt sich vor, um sie zu begutachten. Er lässt sich Zeit, dann schüttelt er den Kopf. »Die beiden habe ich noch nie gesehen.«

»Ich wollte Sie bitten, die Bilder zu veröffentlichen. Vielleicht erkennt sie einer Ihrer Leser.«

Steg nickt. »Sie sind noch rechtzeitig für die morgige Ausgabe. Wir verkaufen zehntausend Zeitungen in Berlin, gelesen werden wir von vierzigtausend und noch mehr. Sind es Russen, wird sie jemand erkennen. Haben Sie Abschiedsbriefe hinterlassen?«

Spiro ist überrascht. »Nein. Sie haben sich ja nicht selbst umgebracht.«

Steg ist irritiert: »Ich dachte ...«

Spiro hakt nach: »Sie dachten, dass es sich selbstverständlich um Freitode handeln müsse, wie so oft in den letzten Monaten? Nein, bei diesen beiden nicht. Sie sind ermordet worden.« Steg schweigt beschämt. Spiro fährt fort, nachdem er einen Moment nachgedacht und sich entschlossen hat, die Todesursache geheim zu halten: »Welchen Gruppierungen trauen Sie zu, ihre Streitigkeiten so erbittert auszutragen? Welcher ideologische Graben ist am tiefsten?«

Steg seufzt: »Eigentlich kämpft unter uns jeder gegen jeden. Man kämpft für die eigene Politik, um Macht, um Geld, um Unterstützung. Schwer zu sagen, wer da bis zum Äußersten geht. Zutrauen tue ich es keinem. Man darf auch die Bolschewiki nicht vergessen. In der sowjetische Botschaft Unter den Linden und auch außerhalb arbeitet ein Heer von Angestellten, Anwerbern und Spionen. Sie haben ihre Augen und Ohren überall und mischen selber kräftig mit. Jeder Streit zwischen uns Exilanten spielt den Bolschewiki in die Hände und wird deshalb von ihnen geschürt. Sie haben schon viele zur Rückkehr bewegen können. Andere sind vor ihnen bis nach Amerika geflohen. Es gibt immer wieder Gerüchte. Viel wird gemunkelt, nichts bestätigt. Aber bei gewaltsamen Toden denke ich natürlich zunächst einmal an die Militärs. Die Offiziere der Weißen Armee sind ein ziemlich desolater Haufen. Sie haben bei der obersten Heeresleitung beantragt, sich wieder duellieren zu dürfen.«

Spiro fragt überrascht nach: »Wo treffen sie sich? Gibt es so etwas wie ein Offizierskasino, wo ich die Fotos herumzeigen kann?«

Bludau

Hartmuth Bludau ist im Fieber, nicht körperlich, aber die Nerven betreffend. Nachts findet er keinen Schlaf, wälzt sich von einer Seite auf die andere, die auch nicht besser ist. Angespannt liegt er im Taumel seiner Gedanken. Die Decke bis zum Kinn hochgezogen, schwitzt er im raschen Wechsel von Erregung und tiefer Erschöpfung. Er kreist um sie, Apollinaria Zwetkowa, wie ein Mond um seinen Planeten. Wie ein Schiffbrüchiger an den Rettungsring klammert er sich an die Erinnerung ihres Lächelns. Sie erwidert seine Gefühle, da ist er sich sicher. Eventuell benötigt sie noch etwas Zeit, um sich dessen bewusst zu werden, aber das ändert letztendlich gar nichts. Allein der Bogen ihres schönen Halses, wenn sie sich konzentriert zu ihm vorbeugt, die allerliebste Kräuselfalte, die dabei auf ihrer Stirn entsteht, diese anmutige Aufmerksamkeit, die sie ihm schenkt, wenn er ihr geduldig die unübersehbaren Vorteile einer Verbindung mit ihm erklärt, all das kann nur als Zeichen tiefer Verbundenheit gedeutet werden.

Ist das Liebe? Bis vor drei Tagen war er geneigt, hinter diesem Wort eine krankhafte Überproduktion von Hormonen zu vermuten. Jetzt glaubt er, dass in dieser permanenten Erregung, der uneingeschränkten Bereitschaft, sich ihr und nur noch ihr zu widmen, sie glücklich zu machen und ihr seine Welt zu Füßen zu legen, der Sinn seines Lebens zu finden ist. Aus den gleichgültigen Niederungen seiner zynischen Existenz als Sittenpolizist hat er sich mit der Inbrunst und Unbedingtheit des Konvertiten zum ganz großen Gefühl aufgeschwungen wie ein ältlicher Phönix mit knarzenden, aber immer noch kräftigen Schwingen.

Er wird seine Versetzung in eine andere Abteilung, vielleicht sogar den Innendienst, beantragen. Seine bisherige Tätigkeit, immer nachts und in zweifelhaften Etablissements, verträgt sich nicht mit seinem neuen Dasein. Schließlich ist er nahezu verlobt. Nein, abends will er bei ihr sein. Die Vorfreude auf die gemeinsamen Stunden wird ihn jeden Tag nach Hause tragen. Wenn sie das Geräusch seiner Schritte und den Schlüssel im Schloss hört, wird sie sich lächelnd zu ihm umdrehen, und er wird einen Arm um ihre schlanke Taille legen und sich in der weichen Zartheit ihrer vollen Lippen vergraben. Allein der Gedanke daran bringt ihn fast um den Verstand. Er greift in seinen Hosenstall und verschafft sich mit entschlossenen Bewegungen Luft.

Es folgen Scham und Selbstzweifel. Ist er überhaupt der Richtige? Kann er ihr mit seinen zwei Zimmern ein Zuhause bieten? Seine Blicke wandern über die Sammlung staubbedeckter Flaschen, den Stapel Teller im Abwasch, eine angetrocknete kulinarische Chronik der letzten Tage, sie wandern über die im Zug unter der Tür treibenden Wollmäuse, die fettig dunklen Abdrücke seiner Hände auf den Türen. Wie hat er so leben können? Als Kripobeamter hat er Routine darin entwickelt, aus Behausungen auf ihre Bewohner zu schließen. Zum ersten Mal wendet er sein kriminalistisches Handwerkszeug auf die eigenen vier Wände an und ist irritiert. Seine Wohnung verweist auf einen, in dem er sich selbst nicht erkennt. Er ist anders.

Entschlossen fährt er in seine Kleider. Er wäscht ab, trägt Zeitungsstapel und Batterien leerer Bierflaschen in den Hof, räumt seine Habseligkeiten in Schränke und Kästen, säubert Fensterbretter, Regale, Tisch und Stühle, fegt und wischt am Ende sogar. Gegen Mittag ist er fertig und sieht sich um. Ist die Wohnung bereit für sie, bereit wie er selbst? Sie ist sauber, das ja, aber schön? Schön ist sie noch immer nicht. Ein Bild muss her oder Blumen, vielleicht ein Gummibaum. Was würde ihr gefallen? Er wird sie fragen. Eine wunderbare Gelegenheit, sie wiederzusehen. Er wird sie von der Schule abholen und bitten, ihm bei der Entscheidung zu helfen. Frauen mögen so was. Sie wird entzückt sein. Da ist er sich sicher.

Unterleutner

In Höckelmanns Hof in der Grenzstraße steht vor einem Holzkarren angeschirrt ein braunes Pferd und versucht durch Kopfwackeln die Fliegen zu vertreiben, die in seinen Augen und Nüstern nach Flüssigkeit suchen. Auf dem Wagen liegt eine Matratze, ansonsten ist er leer. Oben in Höckelmanns Wohnung wird gedrängelt. Hausbewohner inspizieren die Kisten, in denen seine Habe verschwindet. Kinder stehen im Weg, polken mit langen Fingern herum und sind nicht abzuwimmeln. Der Nachbar von gegenüber, ein Einsamer wie Höckelmann, inspiziert misstrauisch das Treiben. »Hab ihn nich jesehn die letzten Tage. Wo isser denn?«

Bevor er antworten kann, ergreift Bader das Wort. Wenn das mal gut geht, denkt Unterleutner. Aber er sorgt sich umsonst. »Der is nach München. Knall auf Fall musster los. Die nationale Bewejung hat jerufen, würd ick sajen. Mir soll's recht sein. Er hat uns den Schlüssel jejeben und 'nen Preis für allet jemacht.« Bader grinst freundlich, und der Nachbar verzieht sich.

»Die Kommode könnt ick brauchen.« Eine junge Frau aus der Wohnung drunter streicht begehrlich über das dunkle Holz und zieht an den Schubladen. Aber die bewegen sich nicht.

»Klemmt, aber ick denke ick krieg's wieder hin«, meint Bader zuvorkommend.

»Wir stelln das Ding erst mal zu Ihnen«, offeriert Unterleutner großzügig. »Aber wenn am Ende noch Platz auf der Karre ist, nehm wir sie mit.«

Auf drei heben sie an. Sie ist verdammt schwer. Unterleutner schwankt unter dem Gewicht. Im Treppenhaus drückt sich die Nachbarschaft an ihnen vorbei nach oben.

»Dat sind janz schön viele«, flüstert Bader.

»Soll uns nur recht sein, je mehr, desto besser«, knurrt Unterleutner.

Sie stellen die Kommode in den Flur der Frau. Es riecht nach Erbsen. Sie zieht die Tür zu. »Damit se keener klaut.« Unterleutner nickt. Als Nächstes folgt der Kleiderschrank. Bügel poltern im Innern gegen die Wände, während sie die Stufen hinablavieren. Eine hagere Frau schnauft ihnen entgegen. »Himmel Herrjott, da ist ja keen Durchkommen nich. Macht hinne.«

Als sich Bader zu ihrem Gekreische umdreht, rutscht ihm der Schrank aus den Händen und poltert krachend die letzten Stufen hinunter auf den nächsten Absatz. Die Tür springt auf. Von unten nähern sich Schritte. Bader hechtet hinab, schließt sie und stellt sich davor.

Sechs Männer, trotz der Hitze in Stiefeln und mit Schlagstöcken am Gürtel, keuchen herauf. Ihre Haare sind penibel gescheitelt, alle tragen die gleichen hellbraunen Hemden. Angeführt werden sie von einem sehnigen Typen mit rasiertem Schädel und eng beieinanderstehenden Augen.

»Warn die Hemden im Dutzend billiger?«, empfängt ihn Unterleutner, der lässig an der Wand lehnt. »Man kann gar nicht unterscheiden, welchem von euch man zuerst in die Fresse hauen soll. Egal, man trifft immer den Richtigen.«

Der Sehnige tastet nach seinem Schlagstock. Auch die anderen beginnen zu schäumen. Die Luft vibriert. Aber dann überlegt er es sich anders. »Kein Aufsehen hier. Disziplin, Kameraden.« Die Stimme des sehnigen Mannes ist leise. Nach einer Kunstpause zischt er Unterleutner an: »Was habt ihr in der Wohnung unseres Parteimitglieds Kurt Höckelmann zu schaffen?«

»Der is weg«, krähen die Kinder, die immer da sind, wo was los ist.

»Nach München. Ausgezogen«, ruft die junge Nachbarin, die auch den Lauf der Dinge nicht verpassen will.

»Wer sind Sie denn?«, will der Sehnige wissen.

»Nachbarin, eins drunter.«

Er runzelt ungläubig die Stirn: »Wenn der nach München is, würd ich's wissen.« Drohend baut er sich vor Unterleutner auf.

»Hast es ja gehört«, brummt der und nestelt einen verknickten Zettel aus der Hosentasche. »Kannste lesen?«

Noch immer lässt sich der Sehnige nicht provozieren. Er begutachtet den bierfleckigen Schrieb. *Hiermit verkaufe ich, Kurt Höckelmann, meine bewegliche Habe dem Alois Unterleutner mit der Bedingung, meinen Wohnungsschlüssel an den Hausbesitzer zurückzugeben.* Datum von vorgestern, Unterschrift. Er zerknüllt den Zettel und wirft ihn die Stufen hinab, schiebt Bader zur Seite und hechtet hoch in die Wohnung. Der Rest folgt ihm, dahinter die Kinder und noch mehr Nachbarschaft. Aber die werden an der Tür gestoppt. Keiner darf mehr rein.

Alles nach Plan, denkt Unterleutner. Drinnen krachen Bretter, werden Kisten ausgekippt, es scheppert und klirrt. Andächtig lauschen sie dem Toben der nationalen Bewegung. »Er hat uns verarscht, das Schwein.« »Abgehaun isser. Alles ist weg.« »Dem reiß ich den Kopf ab und scheiß ihm aufs Herz.«

Bader beschwert sich: »Vandalen, vafluchte. Dat müssen wa allet noch mal eenpacken.«

Unterleutner zuckt nur mit den Achseln. Sie laden gerade den Schrank zur Matratze auf den Karren, da kommen die Nazis zurück. Fenster gehen auf. Auch die Kinder sind wieder da. Wortlos springt der Sehnige auf den Karren und reißt die Schranktüren auf. Er späht hinein. Greift einen Anzug, Leibwäsche fliegt in den Hof. Er tastet, dann schmeißt er die Tür wieder zu. »Der Sekretär oben ist an-

tik. Der bleibt stehn. Wenn nicht, hol ich ihn mir wieder.«
Dann gehen sie.

»Schaun wir mal«, grinst Unterleutner. Die beiden steigen hoch in die Wohnung. Ihnen folgt die Karawane der Nachbarschaft. Dielenbretter sind herausgerissen, Geschirr liegt in Scherben. Alle Kisten sind entleert. Ihr Inhalt zertreten. Bader fegt einen Haufen Müll zusammen, auf den sich die Kinder stürzen. Als alles sauber ausgefegt, verpackt und runtergetragen ist, holen sie die Kommode aus der Wohnung der Nachbarin. »Tut uns leid. Die Nazis ham so viel kaputt geschlagen. Die muss jetzt mit, sonst verliern wir noch, statt das sich die Schufterei lohnt.« Die Nachbarin nickt enttäuscht.

Die Kommode ist so schwer, dass sie sie zu zweit kaum hochbekommen. »Nehmt die Schubladen raus, dann ist es leichter«, empfiehlt der Nachbar von gegenüber, der seine schicksalsgebeugte Gestalt durch die Tür schiebt.

»Geht nicht, klemmt.«

»Wartet, ick fass mit an.« Auf jedem Absatz machen sie eine Pause. »Wat hat er bloß da drin?«, stöhnt der Nachbar.

»Das ganze Bettzeug. Das wiegt«, ächzt Unterleutner.

Eine Stunde später zuckelt das Pferd mit seiner Last zu seiner Wohnung in der Müllerstraße. »Gott sei Dank wohn ich bloß Parterre.«

»Wo soll die hin?«, fragt Bader.

Unterleutner bedenkt die Kommode mit einem langen Blick. »Wir lassen sie bei der Tür stehn. Geht ja heute Abend weiter.«

Fred

Nach drei Tagen und drei Nächten im Bettensaal der Kinderstation blinzelt Fred in die Nachmittagssonne, die grell wie ein Scheinwerfer ins Fenster scheint. Als ihn Spiro in der Notaufnahme abgab, hat er sich gefühlt wie ein Teppich, den man zum Ausklopfen über die Stange gelegt hat, schlaff und ohne Saft und Kraft. Ein Chirurg hat die ausgefransten Enden seiner Schlagader beschnitten und sauber wieder zusammengenäht. Fred blieb blass. Er hat viel Blut verloren, mehr, als er entbehren konnte. Lange ist sein Fuß durch die Abklemmung unversorgt geblieben. Fred hat ihn nicht mehr gespürt, die Zehen wurden bläulich. Zum ersten Mal seit er denken kann, lag er einfach nur herum und ließ seine Gedanken kreisen. Er wurde nicht hochgescheucht, um einem Schlafburschen das warme Bett frei zu machen, musste nicht Briketts hochschleppen, Brot oder Kartoffeln, nicht anfassen bei der Wäsche oder angebrannte Töpfe mit Sand ausschmirgeln. Er brauchte sich nicht auf dem Dachboden in Sicherheit zu bringen, wenn sein Vater mit unheilverkündendem Blick und Schnapsfahne abends in den Flur gestolpert kam. Hatte seine Ruhe vor dem anschließenden Geheule der Mutter, das morgens dann von Genörgel und Gezänk abgelöst wird. Er ruht sich aus, wird gut gefüttert, bekommt Kraftbrühe, Rührei und sogar Obst. Man wäscht ihn, fährt ihn in einem Stuhl auf Rädern zu Untersuchungen fast wie einen König. Je weniger er sagt und tut, desto größer wird die Sorge der Schwestern. Seit er das spitzgekriegt hat, hat er still dagelegen wie eine Diva in Ohnmacht. Ab und zu hat er einen feuchten dunkelblauen Blick an seine Wohltäterinnen verschenkt, was ihm sogar einen heimlich zugesteckten Riegel Schokolade einbrachte.

Es lief also alles so weit ganz gut für Fred, bis bei der letzten Untersuchung gestern Nachmittag das böse Wort zwischen den weißen Kachelwänden des Arztzimmers widerhallte: »Amputation ... Wenn nicht bald Besserung eintritt ... die Zirkulation ... Anlass zu größter Besorgnis.« Der Chirurg hat sich keine Mühe gegeben, leise zu sprechen und nicht die Schwester, sondern ihn dabei angesehen.

Vor Freds geistigem Auge erscheint die Krüppelbrigade, die der Weltkrieg hinterlassen hat. Leere Ärmel und Hosenbeine, die bei jedem Schritt wie graue Flaggen des Unheils flattern. Seinen Fuß, sie wollen seinen Fuß abschneiden. Seitdem hämmert sein Herz und presst den roten Lebenssaft mit Hochdruck durch die Adern, schlürft er die Kraftbrühe, als wäre es Wasser und fordert Nachschlag. Ohne Pause krümmt und streckt er die blassen Zehen. Und es wirkt. Bei der Visite am Morgen sind sie rosa wie Ferkelchen. Stolz wackelt er Arzt und Schwestern damit vor, schwingt sich auf den Bettrand und läuft. Etwas schwankend zunächst, dann fester. Die Narbe juckt. Das ist egal. Weg will er, bloß weg von hier.

Nach Mittag steht ihm die gedrungene Silhouette seiner Mutter in der Sonne. Zur Begrüßung gibt sie ihm eine Kopfnuss. »Kerle, was du für Fisimatenten machst. Jeden zweiten Tach muss ick hier antanzen, als hätt ick nix Besseres zu tun.«

»Ick kann da nix dafür.«

»Was kriechste auch aufn Baum, und was machste überhaupt im Tiergarten?«

»Is ja jetzt vorbei, Mutter. Passiert nich noch mal. Ick schwör's.«

Vor der Klinik erwartet ihn die Clique mit ehrfürchtigen Blicken. Anstandshalber hinkt er noch zweihundert Meter. Dann läuft er wieder wie zuvor.

Ganz unvermutet spürt er die Hand seiner Mutter auf der Schulter. »Lasset sachte anjehn, meen Großer. Ick brauch dir noch.« Sie zaust ihm das Haar.

»Könnten wir eventuell 'ne Tüte Schneeflocken mit Himbeer?«, versucht Fred die Gunst der Stunde zu nutzen.

»Seh ick aus, als wär ick Krösus?« Der plötzliche Ausbruch mütterlicher Zärtlichkeit ist vorbei.

Nach der Ruhe des Krankenhausgeländes umfängt ihn die Stadt mit ihrem Sausen, ihrem Lärm und Geratter. Er ist wieder draußen. Er hat es geschafft. An jeder Kreuzung stehen Zeitungsjungen. Im Vorbeigehen wirft er einen Blick auf die Titelseite der *B.Z.* mit den Bildern der beiden Toten. Er bleibt stehn. »Kann ick mal sehn?«, fragt er den Jungen, der kaum älter ist als er selbst.

»Kannste koofen, zehn Pfennije.«

Erna stemmt empört die Hände in die Seiten. »Aber er is verwundet.«

Der Zeitungsjunge mustert den blütenweißen Verband um Freds knochigen Unterschenkel. »Na, dann wolln wir für den Invaliden mal 'ne Ausnahme machen. Aber kurz.«

Er reicht ihm die Zeitung.

Fred bleibt bei den Fotos. Eines kommt ihm bekannt vor. Dieses dünne, spitze Gesicht hat er schon mal gesehen, aber wo? »Den hier kenn ick.« Die Clique hält staunend den Atem an.

»Und ick den Kaiser von China«, schneidet die Mutter seine Überlegungen ab. »Ick dachte, wir wärn uns einig jewesen, dass jetzt erst mal Schluss ist mit dem Ärjer.«

»Gibt's Belohnung?«, will Max wissen, während er mit einem Auge die Zeitung und dem anderen die Mutter kontrolliert.

»Nix jibt's. Nix außer hinsetzen und Bein hochlejen. Sonst sägen sie dir doch noch die Hachse ab.«

Bludau

»Polina, Polonia, Polja, Polinatschka, Polinka, Apollinaria Zwetkowa.« Hartmuth Bludau rezitiert, als wäre es mindestens Goethe. »Habe ich einen Ihrer vielen Namen vergessen? Das würde ich mir nicht verzeihen.« Sein Blick ist unstet, seine Hände feucht, als er damit die ihren etwas zittrig umfängt.

»Kommissar Bludau, was für eine Überraschung«, antwortet sie kühl.

Offenkundig teilt sie seine Begeisterung über das erneute Zusammentreffen nicht. Vom intimen Hartmuth ist sie zum förmlichen Kommissar Bludau zurückgekehrt. Das legt sich wieder, denkt er. »Ja, in der Tat. Schon wieder passe ich Sie auf der Straße ab, wofür ich vielmals um Entschuldigung bitte. Aber der Zweck heiligt die Mittel, wie wir hier sagen.« Er presst sich ein Lachen ab. »Es kommt noch viel schlimmer, Werteste. Ich habe ein Attentat geplant.«

Polina sieht ihn entsetzt an.

»Keine Angst. Nichts Schlimmes, aber etwas, wofür ich Ihre Hilfe benötige. Eine Blume soll in mein Leben treten, eine Pflanze, ein Baum, was Grünes jedenfalls, und da kenne ich mich nicht aus. Ich bitte Sie, helfen Sie mir dabei, eine grüne Partnerin für mein weiteres Leben auszusuchen. Geld spielt keine Rolle. Suchen Sie aus, was Ihnen gefällt. Denn vielleicht sind wir ja bald zu dritt. Sie, die Pflanze und meine Wenigkeit. Was sagen Sie dazu?« Erneut schüttelt ihn Lachen. »Sind Sie hungrig? Gerne lade ich Sie zur Stärkung vorher noch auf einen kleinen Imbiss ein.«

Sie seufzt. Aber sie folgt ihm. »Kommissar Bludau, müssen Sie niemals arbeiten? Haben Sie immer so viel Zeit? Zum Blumenkaufen, zum Kaffeetrinken. Sie haben ein schönes Leben.«

»Ein schönes Leben habe ich erst, seitdem Sie ein Teil davon geworden sind. Das müssen Sie mir glauben. Sehen Sie, da ist schon das *Café Möhring*. Ein Stückchen Torte vielleicht?«

Sie nickt. Als sie an einem der runden Tischchen Platz genommen haben und sie die Gabel in einer luftigen Donauwelle versenkt, will sie etwas wissen: »Heute in der Zeitung waren die Bilder von zwei toten Männern. Man weiß nicht, wer sie sind, wie sie heißen, woher sie kommen. Ist das nicht schrecklich? Was geschieht jetzt mit ihnen?«

Bludau wittert eine Chance. »Den Fall bearbeiten meine Kollegen. Die beiden Toten liegen schon seit ein paar Tagen in der Rechtsmedizin, so viel weiß ich. Wenn es Sie interessiert, kann ich jederzeit anrufen.«

Ihre Augen leuchten. »Oh bitte ja, würden Sie das für mich tun?«

Mit vorgereckter Brust geht er zu den Telefonkabinen und kehrt nach fünf Minuten wieder zurück. Er spricht leise, als würde er ein Geheimnis verraten: »Es sind Russen. Ein Zeuge hat sich heute früh gemeldet. Aber wir wissen noch immer nicht, wie sie heißen und was sie hier gemacht haben. Sind Sie sicher, dass Sie die beiden selbst noch nie gesehen haben?«

Ihre Stimme ist frostig: »Das hätte ich Ihnen sofort gesagt.«

»Selbstverständlich hätten Sie das getan. Es war dumm von mir, das zu fragen. Bitte verzeihen Sie. Kann ich trotzdem auf Ihr freundliches Angebot, mich beim Blumenkauf zu beraten, zählen? Ich bin bei diesem Sujet wirklich hilflos.«

Sie verzeiht ihm mit einem winzigen Lächeln und lässt sich an seinem Arm in den Dschungel des Stanislaus Nowak führen, in den Tempel der Flora, wo die Töchter der Göttin lüstern ihre filigran vergängliche Schönheit in allen Farben und Formen anpreisen. Der Inhaber höchstselbst eilt freudig auf sie zu, als handelte es sich um lang vermisste Freunde. »Womit kann ich denn die Herrschaften erfreuen? Passend zu den schönen Augen von Madame vielleicht ein Bukett aus Iris, Veronica und Jungfer im Grünen? Keine

Angst, Jungfernschaft ist nicht Voraussetzung für ihren Besitz.« Ein klebriges Lächeln schmiert über die gebleckten Zahnreihen des Floristen.

Bludau sieht seine hehre Zuneigung durch diese Schlüpfrigkeit besudelt. Ich bin empfindlich geworden, fällt ihm auf.

Polina geht es wohl ähnlich. Sie runzelt ärgerlich die Stirn. »Der Herr hier sucht eine Topfpflanze«, konstatiert sie trocken.

Stanislaus Nowak nickt beflissen. Ernsthaftigkeit hält Einzug. Das anzügliche Grinsen ist wie weggeblasen. »Also etwas Bleibendes. Ein weiser Entschluss. Ich kann ihnen eine wunderschöne Zimmerlinde anbieten. Wenn Sie mir folgen wollen.« Er führt sie an den Schnittblumen vorbei zu einer fast mannshohen Pflanze mit grün-weißen, herzförmigen Blättern, jedes von ihnen so groß wie Bludaus gespreizte Hand.

»Oh, eine Variegata.« Polina ist beeindruckt. Zärtlich streicht sie über den gezackten Rand eines Blattes. »Sie blüht im Winter. Ist das nicht wunderbar? Zuletzt habe ich eine in Leningrad gesehen, im Komarow, dem Botanischen Garten Peters des Großen.«

Bludau mustert die prächtig verzweigte Pflanze und versucht in seinem Innern etwas Leidenschaft zu entfachen. Es gelingt ihm nicht. »Was soll das gute Stück denn kosten?«, fragt er stattdessen.

Stanislaus Nowak lächelt in Polinas verschleierten Sehnsuchtsblick: »Sie ist eine meiner Raritäten. Seit sieben Jahren hege und pflege ich sie. Ich gebe sie nur in gute Hände und selbst dann wird mir der Abschied schwerfallen. Unter hundert Reichsmark kann ich mich nicht von ihr trennen.«

Bludau schluckt. Aber noch bevor er etwas entgegnen kann, hat sich Polina brüsk abgewandt. »Eine Sparrmannia erfordert viel Aufmerksamkeit und Pflege. Der Herr hier hat keine Erfahrung mit Pflanzen. Wahrscheinlich würde sie den nächsten Winter nicht überleben. Das wäre schade. Meinen Sie nicht? Führen Sie auch Kakteen?«

»Stacheln will ich nicht«, protestiert Bludau, »lieber was Üppiges.«

»Dann einen Ficus elastica«, bestimmt sie. »Der speichert Wasser in seinen Blättern und übersteht auch Kühle und längere Trockenphasen. Haben Sie so etwas?«

Wortlos eilt ihnen der Florist voran. Als er mit deutlich reduzierter Verve auf das verlangte Gewächs deutet, flüstert Bludau: »Oh, ein Gummibaum.« Fünf Minuten später verlassen sie den Tempel der Flora. In Bludaus Arm eine knapp meterhohe Allerweltspflanze, die ihm in jeder halbwegs anständigen Kneipe begegnet und die er schon jetzt nicht leiden kann.

Spiro

Spiro trabt durch die Rankestraße. Rund um die Kaiser-Wilhelm-Gedächtnis-Kirche liegen laut Anatol Steg die Lokale, Teestuben und Restaurants der russischen Exilgemeinde. Er könne sie gar nicht verfehlen. Rund um die Gedächtniskirche gibt es aber eine Vielzahl von Straßen, allesamt voller Lokalitäten, denn hier amüsiert sich auch der Rest der Stadt.

Er späht in Fenster, sucht Samoware und in den Aushängen der Restaurants nach Borschtsch und Pelmeni. Aber nicht jedes russische Restaurant setzt auf Folklore, und die vielen Russen, die hier unterwegs sein sollen, sehen aus wie die übliche Berliner Mischpoke auch, die sich aus Breslauern, Preußen, Sachsen, Pommern, Schlesiern und allen möglichen anderen zusammensetzt. Wie soll er sie erkennen? Wo soll er sie finden? Er kann abwarten, bis auch *Rut* morgen seine Bilder druckt und sich wieder jemand meldet. Aber er kann auch heute schon sein Glück versuchen und mehr herausfinden.

Schwenkow hat ihn am Morgen, als er dumpf und verkatert in seinem Büro hockte, zu *Rut* geschickt. Beiläufig hat er auch fallen lassen, dass seinem frühen Ermittlungserfolg im Mordfall Fromm/Gavorni nichts weiter Aufsehenerregendes gefolgt sei. Was von Anfängerglück hat er gemurmelt, und Spiro hat sich die Fotos gegriffen und ist hinaus.

Er will nicht nachdenken. Wenn er könnte, würde er den gestrigen Abend ungeschehen machen. Das *Eierhäuschen* und erst recht den Strand der Spree. Treptow in Flammen. Als das Feuerwerk losging, hätte er sich am liebsten im Sand vergraben. Nein, daran will er sich lieber nicht erinnern. Lieber läuft er durch glühende Straßen und hält verdatterten Leuten die Bilder zweier Leichen vors Gesicht.

Eine Adresse weiß er sicher. Rankestraße 4. Ein deutsches Lokal. Hier sollen sich tagsüber bei Schwanneke die

Offiziere der weißrussischen Armee treffen. Er fragt am Tresen nach. »Oh ja, die Herren Offiziere sind täglich da. Hinten am Tisch.«

Im dunklen Bauch der Wirtschaft erkennt er eine Gruppe von acht Männern in den besten Jahren. Einige mit gepflegten Bärten, andere glatt rasiert, aber alle mit militärisch durchgedrückten Rücken. Einige tragen Abzeichen auf der vorgereckten Brust. Das Gespräch ist hitzig. Der vielleicht Älteste der Gruppe, ein hagerer Mann mit ergrautem, kurz geschnittenem Haar und einem aufgeregt über dem eng geschnürten Binder auf und ab hüpfenden Adamsapfel unterstreicht seine knappen Sätze mit senkrechten Handkantenschlägen. Aber trotzdem scheint es ihm an Autorität zu fehlen. Erbitterter Widerspruch von einigen, Hohngelächter von anderen folgen seinen Äußerungen.

Spiro tritt hinzu und stellt sich vor. Sein Ausweis der Preußischen Polizei wird eingehend begutachtet. »Was verschafft uns die Äähre?«, will ein etwas aufgeschwemmter Mann mit Bauchansatz von ihm wissen. »Darf ich mich vorstellen? Igor von Steinitz.« Seine kleinen blauen Augen schwimmen, vor seinem Platz steht ein Römerglas mit Weißwein, alle anderen trinken Kaffee.

Spiro blättert seine Fotos vor ihnen auf den Tisch und beobachtet ihre Gesichter. Sie bleiben ungerührt, keiner zuckt. »Njet.« Sie kennen sie nicht.

Spiro wendet sich an von Steinitz: »Sie tragen einen deutschen Namen?«

»Deutschbalte, aber ein treuer Untertan des Zaren.«

»Großfürst Kyrill oder Nikolai Nikolajewitsch, wer ist Ihr Mann?« Die Frage trägt ihm ein anerkennendes Nicken ein.

»Mein General ist Wrangel. Alles andere interessiert mich nicht.«

Einige der Anwesenden sind allerdings anderer Meinung.

»In der Tat«, mischt sich der Grauhaarige ein, »selbstverständlich ist Großfürst Nikolai Nikolajewitsch allein der legitime Nachfolger unseres ermordeten Zaren. Hingemetzelt von Juden und Freimaurern, die unser Vaterland mit ihrer sogenannten Revolution ins Unglück gestürzt haben.« Sein Adamsapfel zuckt dabei wie von elektrischen Schlägen geschüttelt.

»Aber die Revolution wurde von den Bolschewiki organisiert«, wagt Spiro einzuwerfen. Er wundert sich, dass die Juden jetzt auch daran schuld sein sollen.

Die Stimme des Grauhaarigen wird schrill: »Leiba Bronstein ist ihr Kriegskommissar, der sich Trotzki nennt, um seine jüdische Herkunft zu verschleiern. Drei Viertel aller Bolschewisten sind Juden. Im Ansiedlungsrayon, den man ihnen in einem Moment der geistigen Umnachtung zugewiesen hat, haben sie den Russen das Blut ausgesaugt und ihr Kanaan gefunden, jetzt errichten sie in Moskau ihr Jerusalem ...«

Von Steinitz unterbricht: »Das sehen beileibe nicht alle so.«

Die Stimme des Grauhaarigen schraubt sich wieder in schrille Höhen: »Wenn wir uns duellieren dürften, würde sich die Einigkeit ganz von selbst ergeben. Aber dieses Instrument ist uns von Ihrem demokratischen Lotterregime genommen worden.« Einige Anwesende lachen laut auf.

Von Steinitz ist aufgestanden und bedenkt Spiro mit einer knappen Kopfbewegung. Er schiebt seine Fotos zusammen und folgt ihm. Sie setzen sich an einen Zweiertisch am Fenster. Ein Kellner bringt ihm seinen Römer und sieht Spiro fragend an. Der schüttelt den Kopf: »Ich muss leider gleich weiter.«

»Einen Weißen für den Herrn«, unterbricht von Steinitz sein abwehrendes Gestammel, und Spiro fügt sich. Sein Gegenüber seufzt: »Offiziere ohne Schlacht und ohne täglichen Drill. Wir sind ein trauriger Haufen geworden.« Er nimmt einen großen Schluck. »Als Offiziere sollten wir Haltung, Ehrgefühl, Pflichterfüllung und Edelmut verkörpern, die großen militärischen Tugenden, aber unser Leben hier im Exil ist, mit Verlaub gesagt, das von Proletariern. Er zum Beispiel«, er weist auf den Grauhaarigen, »ist als privater Chauffeur angestellt und trägt der Dame des Hauses die Einkäufe hinterher. Hier ist er nur, weil sie um die Ecke im Frisierstuhl sitzt. Das macht ihm zu schaffen. Er war nicht immer so.«

Spiro nickt. »Dennoch haben Sie eine Organisation.«

»Zum Glück, den Russischen Allgemeinen Militärverband unter der Führung General Wrangels. Wir sind bereit, und das seit Jahren. Aber wir werden nicht gerufen. Unser Verbandsleben dreht sich um die Organisation von Jubiläen, Gedenktagen und vor allem Trauergottesdiensten. Im April erst haben wir General Kornilows gedacht.«

Der Kellner bringt Spiros Wein. Aber er mag nicht und schiebt ihn zu Steinitz. Der lässt sich nicht lange bitten. »Und der Streit über die Juden und den Umgang mit ihnen ist noch lange nicht alles. Es gibt die beiden Nachfolger auf den Zarenthron, und es gibt das weite Feld der Politik. Mittlerweile sind fast alle politischen Strömungen auch im Offizierskorps zu finden. Manche sind mittlerweile sogar den Menschewiki zuzurechnen. Demokraten, Reformer …« Er schüttelt verzweifelt den Kopf.

Spiro nimmt seine Fotos noch einmal aus der Tasche. »Und meine Toten haben Sie noch nie gesehen? Sind Sie sich da ganz sicher?«

Von Steinitz lässt seinen glasigen Blick über die Bilder gleiten. »Ich habe schon viele Tote gesehen, das können Sie mir glauben, aber Ihre sind nicht dabei. Auch nicht lebendig. Vielleicht sind es ja Linke, Sozialdemokraten oder sogar Anarchisten. Vielleicht leben sie gar nicht in Charlottenburg, sondern sind bei ihren sozialistischen Brüdern im Wedding oder in Kreuzberg untergeschlüpft. So was hört man öfter. Waren Sie schon in der Tadschikischen Teestube in der Bayreuther Straße? Da trifft sich das Gesocks.«

Na schön, denkt Spiro, alles besser als dieser desolate Haufen. Er bedankt sich. Draußen auf der Straße steht die Hitze wie eine Wand.

Bludau

Bludau macht sich unsichtbar. Sein Herz rast. Er folgt Polina. Er ist auf der Jagd. Seinen Gummibaum hat er dem überraschten Zeitungskellner des *Romanischen* in die Hand gedrückt. »Pass gut drauf auf, nur für kurz.« Selbst die Lasker-Schüler hat diesen Auftritt hinter ihrer obligatorisch leeren Kaffeetasse mit einer um drei Millimeter hochgezogenen Augenbraue registriert. Aber er hat keine Zeit, aus dieser ungewohnten Aufmerksamkeit Kapital zu schlagen. Kurz fragt er sich, ob er das Richtige tut, aber sein Jagdinstinkt setzt sich durch. Die Vorstellung, wieder allein mit seinem Sehnen zu sein, das doch nur eine Richtung hat, wie eine Kompassnadel, die auch stets nach Norden zeigt, diese Vorstellung ist so unerträglich, dass er alle Zweifel beiseiteschiebt und ihr folgt.

Es ist nicht so gekommen, wie er es sich erträumt hat. Sie ist nicht mit ihm den Dienstbotenwendel hinaufgestiegen, um in seinen blitzblanken Räumen ihrer gemeinsamen Blume einen passenden Standort auszusuchen. Sie hat ihn verabschiedet, richtiger, sie hat ihn abgewimmelt wie eine Schmeißfliege. Er kann es nicht fassen und will es auch nicht. Was hat sie so Dringendes zu tun? Er ist doch da, um für sie zu sorgen. Ist sie in Schwierigkeiten? Er würde ihr helfen. Was hat sie für eine Verabredung mit Landsleuten? Wozu braucht sie die überhaupt? Sie lebt schließlich hier, und es wäre besser für sie, sich an ihre deutschen Freunde zu halten.

Mit schnellen Schritten ist sie nach Westen gelaufen,

Richtung Wittenbergplatz. Zweimal hat sie sich umgesehen, und nur in letzter Sekunde konnte er sich zuerst in einem Hauseingang und das nächste Mal im Entree des *Romanischen* in Sicherheit bringen. Die Trottoirs sind voll. Ladenmädchen und Damen von Welt, Tippsen und Lieferjungen, Müßiggänger und Teetänzer auf dem Weg von einem Orchester zum nächsten, dünne Vertreter mit Musterkoffern und beleibte Herren, die schwitzend stehen bleiben, ihre Uhren an langen Ketten aus den Westen ziehen und so für Stau sorgen. Polina gleitet durch die sommerlich träge Masse der Passanten wie ein Weberschiffchen. Bludau muss sich anstrengen, um Schritt zu halten. Sie quert den Wittenbergplatz, biegt nach links in die Bayreuther. Am nördlichen Ende bleibt sie stehen und sieht sich ein letztes Mal um. Bludau lässt sich neben einen einbeinigen Bettler fallen und zerdrückt dabei seinen Hut mit der spärlichen Ausbeute des halben Tages. »Nimm jefällichst den Hintern aus meiner Gage!«, beschwert der sich, aber Bludau ist schon weiter. Von Polina ist nichts mehr zu sehen.

Vorsichtig nähert er sich der Stelle, an der sie von der Straße verschwunden ist. Eine schlichte Holztür, daneben zwei kleine Fenster. In einem davon die aufsteigende Reihe der Matrjoschka-Puppen. Ein gemaltes Schild mit kyrillischen Buchstaben. Hier muss sie sein.

»Ham se nich 'n kleenen Obolus für 'n alten Kriechsversehrten?«, hört er den Einbeinigen hinter sich den nächsten Passanten anschnorren. Und kurz darauf: »Mehr is nich drin für 'n ehemalijen Frontkämpfer?«

Aus dem Augenwinkel erkennt Bludau eine hochgewachsene Gestalt in einem hellgrauen Straßenanzug, die ihm bekannt vorkommt. Der Mann beugt sich zu dem Bettler hinab und sagt irgendetwas. Die Antwort kommt im gewohnten Schnarren: »Die Russen sind dahinten. Da, wo die kleene Holztüre is. Könnse jar nich vafehln.«

Ariel Spiro, was will der denn hier? Bludau gleitet in den Eingang des übernächsten Hauses. Der muss ihn hier nicht sehen. Bludau mag Spiro nicht. Der junge Tausendsassa, der so gut auf den Fotos in den Zeitungen rüberkommt, ist ihm von Anfang an ein Dorn im Auge gewesen. Er ist schlau, und wie Bludau selbst, legt er nicht sofort alle Karten auf den Tisch. Aber wo sich Bludau ein nicht immer ganz legales Netz aus gestundeten Gefälligkeiten und kleineren Erpressungen gewoben hat, ahnt er in Spiro einen überaus hinderlichen Sinn für Prinzipien. Auch wenn Spiro selbst ganz und gar nicht unfehlbar ist. Eine kleine Diebin hat ihm gleich am zweiten Tag in Berlin zuerst den Kopf verdreht und dann den Dienstausweis geklaut. Spiro hat das seinem Vorgesetzten nicht gemeldet. Bludau hat den Ausweis gefunden und ihm zurückgegeben. Aber er hat sich auch den Empfang quittieren lassen, ein schriftliches Schuldgeständnis. Bludau hat eine ganze Kiste mit Papieren dieser Art. Etliche Kollegen im Präsidium schulden ihm einen Gefallen, und die Kiste ist der Grundstein seiner Macht. Er kann sich einiges erlauben, Spiro nicht. Ganz im Gegenteil, noch immer sähen die meisten Kollegen dessen Stelle lieber mit einem Kommissaranwärter aus den eigenen Reihen besetzt statt mit einem Zugezogenen aus Wittenberge. Noch dazu ist er ein Frauentyp.

Schwenkow hat sich beschwert, sein Fräulein Gehrke sei schon ganz verrückt. Auch das schöne Bankierstöchterlein Fromm soll damals ein Auge auf ihn geworfen haben und das in der laufenden Ermittlung. Vielleicht sind Frauen seine Schwachstelle, überlegt Bludau, und er ihre.

Dieser Gedanke führt zu weiteren, die seine sowieso erregten Nerven noch einen Schlag schneller vibrieren lassen. Entschlossen drückt Spiro die Klinke der bescheidenen Holztür und tritt ein. Ein kleiner Raum, kaum größer als sein Schlafzimmer, die Decke so niedrig, dass er sie mit der ausgestreckten Hand berühren könnte. Ist vielleicht mal eine Schusterwerkstatt gewesen, denkt er und bleibt hinter einem Garderobenständer stehen. Links von ihm ein grob zusammengenagelter Tresen, an einem Ende ein angelaufener Samowar, unter dem trotz der Hitze draußen Holzkohle glüht, als stünde er in einer sibirischen Poststation. Aus dem größeren, bauchigen Kessel ragt ein Rohr mit Griff fast bis unter die Decke. Einfache Tische voller Kerben, an den Wänden Webereien in Dunkelrot. Die Luft ist rauchgeschwängert, fast alle Gäste hantieren mit Pfeifen oder lassen die geknickten Pappfilter ihrer Papirossy mit dem Daumennagel flappen. Er beobachtet.

Spiro

Spiro steht etwas hilflos im Gang, der den Tresen von den Tischen in dem niedrigen Raum trennt. Unverhohlene Blicke mustern ihn, den offensichtlich Fremden, den Hut und Anzug der kopfarbeitenden Klasse zuordnen, die hier nur selten anzutreffen ist. Er kann die Armut förmlich riechen, die in dem bescheidenen Lokal zu Hause ist. Fast alle sind schlank, sehr schlank. Hagere Gesichter, Unterhemden und Jacken, abgetragene Hosen, aus denen spitze Knie ragen. Wenige Frauen in einfachen Kleidern, deren Farben in zahlreichen Wäschen fortgespült wurden.

Er legt Dienstausweis und Fotos auf den ersten Tisch zu seiner Rechten, legt sie zwischen Tee und Wodkagläser auf die Spelzen von Sonnenblumenkernen. Ruhig erklärt er sich und blickt in vier reglose Gesichter. Weder weiß er, ob sie ihn ganz einfach auflaufen lassen, noch, ob sie ihn überhaupt verstanden haben. Nach ein paar angespannten Sekunden stupsen sie seine Fotos nachlässig mit breiten Fingern an. Ihn vollständig ignorierend, beginnen sie sich leise auf Russisch zu unterhalten.

So geht es also nicht, denkt er. Und trotzdem sagt ihm sein Instinkt, dass seine Toten zu den Gästen dieser einfachen Teestube gehört haben könnten. Ihre Kleidung, ihre ausgezehrten Körper und Gesichter würden hierher passen, eher als in die zwar angespannte, aber noch immer militärisch akkurate Disziplin des Offizierstisches bei Schwanneke.

Er setzt sich auf einen Hocker am Tresen, dahinter ein hagerer Wirt, der sich die Hände an einer Leinenschürze trocken wischt. Er lässt kochend heißes Wasser aus dem Samowar in eine kleinere Teekanne laufen, hebt das Abzugsrohr ab und stellt den Tee auf dem großen Kessel warm. Sein Haar ist von silbernen Strähnen durchzogen und so dicht und drahtig, dass es Spiro eher an Borsten erinnert. Lange Wimpern umrahmen tiefblaue Augen wie ein grauer Strahlenkranz. »Der Herr wünschen?«

Spiro bestellt einen Tee. Als ihm der Wirt das Glas herüberschiebt, fragt er ihn nach den Toten. In der ledrigen, gelblichen Haut seiner Wangen erscheinen zwei tiefe senkrechte Falten, und die Wimpern senken einen grauen Vorhang in einen ausdruckslosen Blick. Das wird nicht leicht, denkt Spiro. Der hat schlechte Erfahrung im Umgang mit den Obrigkeiten. Aber er lässt ihn nicht aus den Augen.

Neben ihm gleitet ein dunkelhaariger Mann mittleren Alters von seinem Hocker. Er trägt Unterhemd und Joppe, wie fast alle hier, an den Füßen schwere Schnürstiefel. Seine Hose ist staubbedeckt und hat Ölflecken. Er kommt von der Arbeit, das ist offensichtlich. Über breiten Schultern das muskulöse Dreieck seines Nackens. Große Hände mit dunkel gerandeten Nägeln. Er wirft einen kurzen Blick auf die Fotos, dann fingert er ein paar Pfennige aus der Jackentasche, legt sie in einem ordentlichen Stapel auf den Tresen und geht ohne ein Wort. »Doswidanja«, ruft ihm der Wirt nach. In der Tür hebt der Mann statt einer Antwort nur eine schwere Hand und ist draußen.

Spiro starrt auf das halb gelehrte Teeglas des Mannes und überlegt, ob er ihm nachgehen soll. Da hat sich der Wirt entschlossen zu sprechen. »Ich kenne Ihre Toten nicht. Aber ein anderer? Wer weiß. Fragen Sie«, er weist auf die voll besetzten Tische.

Aber Spiro bückt sich und hebt eine abgegriffene Ledertasche mit Traghenkel vom Boden auf. Rasch kontrolliert er ihren Inhalt, findet aber lediglich einen ungespülten Henkelmann und ein dünnes, grau-blau kariertes Handtuch mit Schmutzspuren. »Ihr Gast hat das vergessen.«

»Er kommt wieder.« Der Wirt streckt die Hand aus, und Spiro gibt ihm die Tasche.

»Wer war das?«

»Ein Hungerleider, wie alle hier«, kommt die knappe Antwort.

»Hat er einen Namen?«

»Was weiß ich. Bei mir heißt er *Tee mit zwei Stück Zucker, Wodka nie.* Mehr brauch ich nicht zu wissen.«

Spiro dreht sich um, lehnt sich gegen den Tresen und mustert die Anwesenden. An einem der Tische im Hintergrund sitzt eine junge, auffallend hübsche Frau mit lose aufgestecktem Haar. Auch sie in einem Kleid, das vor zehn Jahren einmal modern gewesen sein mag. Ernste, aufmerksame Augen sehen ihn an, und er geht hinüber.

An ihrem Tisch herrscht Schweigen. Drei Männer rühren in ihren Teegläsern. Ein großer, bärtiger Koloss mit wild wucherndem Bart und mühsam gebändigten dunklen Zotteln sieht ihn an, als hätte er Schwierigkeiten, scharf zu stellen. Er schwitzt, aber seine Nase und die umliegende Haut sind blass. Er ist krank, denkt Spiro. Der sollte besser im Bett liegen. Er legt seine Fotos auf den Tisch. Aber der Blick der Frau fällt nur für einen Sekundenbruchteil darauf, dann schnellt er wieder hoch, vorbei an ihm, Richtung Tür. Und auch die anderen drehen sich um oder blicken auf. Spiro kann nichts aus ihren Mienen lesen. Der Moment, der ihm weiterhelfen könnte, ist vorbei.

»Hartmuth. Kommissar Bludau«, sie lächelt, als sie sich verbessert, und steht auf. »Wie schön, Sie so rasch wiederzusehen.«

Überrascht dreht sich Spiro um. Bludau hat er hier nicht erwartet. Der ist bei der Sitte und um diese Zeit normalerweise noch gar nicht auf dem Posten. Die Augen seines Kollegen saugen sich an der Frau fest. Er badet in ihrem Lächeln und schafft es nur mit Mühe, den Blick für einen eleganten Handkuss zu senken. Den hat es schwer erwischt, denkt Spiro.

Bludau

Polina bleibt bei ihrem Strahlen. Dass ihre Begeisterung, ihn zu sehen, jetzt um einiges größer ist als vorher, überrascht Bludau. Was ist mit ihr in der Zwischenzeit geschehen? Und was hat er vorher nicht bemerkt? Sicher hatte sie Sorgen. Vielleicht ein schlimmer Vorfall in der Schule. Er hat sie nicht gefragt, hat es nicht mal registriert, ist nur seinem egoistischen Wunsch gefolgt und hat sie mit seiner Ignoranz in dieses Loch getrieben. Das wirft er sich jetzt vor. Sie hat sich bei ihren Landsleuten ausgeweint, statt an seiner eigenen starken Schulter. Er hat einen Fehler gemacht. Aber das soll ihm nicht noch mal passieren.

Er mustert ihre abgerissen wirkenden Begleiter und klopft, statt jedem die Hand zu geben, zur Begrüßung lieber auf den Tisch. Dann ist Spiro dran. Bludau tätschelt ihm die Schulter. So kräftig, dass es gerade noch als wohlmeinend durchgeht. »Na, mein Bester, wieder auf Verbrecherjagd? Aber da sind Sie bei meiner lieben Freundin Polina an der falschen Adresse. Dafür verbürge ich mich.« Er lässt einen kleinen, aber drohenden Unterton mitschwingen. Spiro soll machen, dass er wegkommt.

Doch Polina streckt Spiro ihre schmale, schöne Hand entgegen. »Polina Zwetkowa, Lehrerin am russischen Gymnasium in der Nachodstraße.«

»Ariel Spiro, Kriminalpolizei. Ich wusste gar nicht, dass es in Berlin eine Russische Schule gibt. Was unterrichten Sie denn?«

Polina lässt sich einen Moment lang Zeit mit der Antwort: »Geografie und Deutsch, wobei Deutsch das leichtere Fach ist. Die wechselnden Grenzverläufe der letzten Jahre sind für den Geografieunterricht eine Herausforderung.« Sie lächelt bitter und wirft einen Blick auf die Fotos, die Spiro wieder an sich genommen hat. »Die Männer habe ich bereits in den deutschen Zeitungen gesehen. Wissen Sie schon, wer sie sind?«

»Wir wissen nichts. Weder wer sie waren, noch wo sie gelebt haben oder was sie überhaupt hier gemacht haben. Nur dass sie Russen sind.«

Der zauselige Koloss an ihrem Tisch gerät ins Schwanken. Er murmelt etwas auf Russisch, schiebt seinen Stuhl zurück und wendet sich fast taumelnd zum Gehen. Polina eilt um den Tisch herum und stützt ihn auf dem Weg nach draußen, während sie mit beruhigender Stimme auf ihn einredet. Er schüttelt den gesenkten Kopf und wankt hinaus.

Bludau muss sich beherrschen. Am liebsten würde er ihr nachgehen, aber er reißt sich zusammen. Und da kommt sie, Gott sei Dank, auch schon zurück. Ihre Stimme klingt besorgt: »Er ist krank und sollte nicht auf sein. Ich habe ihm die Adresse eines Freundes gegeben. Er ist Arzt. Ihre Toten kennt er nicht und ich auch nicht. Es tut mir leid. Ich hätte Ihnen gern geholfen.« Bedauernd blickt sie auf Spiro.

Bludau schaltet sich dazwischen. Jetzt ist endgültig Schluss: »Er wird schon rauskriegen, was er braucht. Darüber müssen Sie sich nicht den Kopf zerbrechen, meine Liebe. Das ist Polizeiarbeit.«

Aber der Mistkerl findet einfach kein Ende. »Eine letzte Frage habe ich noch. Der Mann, der neben mir am Tresen gesessen hat, er trug Arbeitskleidung, sehr muskulös, starker Nacken und breite Schultern, kennen Sie den?«

Sie schüttelt den Kopf. »Ich kenne viele Gäste hier, aber auf den Mann neben Ihnen habe ich gar nicht geachtet. Wäre er ein Bekannter, würde ich mich erinnern.«

Spiro geht noch immer nicht: »Ich war eben bei ein paar weißrussischen Militärs in Schwannekes Gasthaus. Die Herren sprachen überwiegend Deutsch. Hier ist das, glaube ich zumindest, nicht der Fall. Ich bin mir bei manchen Gästen nicht sicher, ob sie mich überhaupt verstanden haben.« Er stockt.

Was soll das denn werden, fragt sich Bludau.

Polinas Augen leuchten unternehmungslustig auf: »Möchten Sie, dass ich Ihnen helfe? Ich kann gern mit Ihnen herumgehen. Wir können auch noch andere Lokale besuchen.« Die Sache scheint ihr zu gefallen oder der Kommissar oder beides.

Bludau spürt, wie sich sein Gesicht verzerrt. Hab ich's doch geahnt. Nur mühsam bewahrt er die Fassung.

Er holt tief Luft, aber bevor er etwas sagen kann, nimmt ihm Spiro den Wind aus den Segeln: »Ich glaube nicht, dass das nötig sein wird. Meistens sitzt ja doch jemand am Tisch, der übersetzen kann. Aber vielen Dank für Ihr Angebot. Bitte entschuldigen Sie mich kurz.«

Spiro

Er fragt den Wirt nach dem Abort. Der schickt ihn in ein windschiefes Häuschen, das sich streng riechend im Hof an die Hauswand schmiegt. Spiro verzichtet und schreibt stattdessen eine kurze Notiz: »Natürlich könnte ich Ihre Hilfe gut gebrauchen. Treffen heute Abend um 9 im Café Reimann?«

Die junge Russin scheint intelligent zu sein, wach und aufgeschlossen. Sie gefällt ihm. Was sie bloß mit Bludau anfängt? Der passt auf sie auf wie ein Schießhund. Hoffentlich ist sie ihn bis heute Abend losgeworden. Auf gar keinen Fall will er ihn reizen.

Wieder am Tisch, verabschiedet er sich schnell. Jetzt klopft er seinerseits dem misstrauischen Bludau freundschaftlich auf den Rücken, während er Polina die andere Hand und darin gefaltet seine Nachricht gibt. »Falls Sie von einem Ihrer zahlreichen Informanten oder sonst wem noch etwas hören, wäre ich natürlich für jede kollegiale Unterstützung dankbar. Ich wünsche noch einen schönen Tag.«

Er tippt sich an den Hut, geht zur Tür und dreht sich, bevor er endgültig das Lokal verlässt, noch einmal um. Er sieht seine Nachricht als Papierkugel auf dem Boden liegen. Polina stellt ihren Fuß darauf, lächelt freundlich zum Abschied und nickt langsam. Auf der Straße schüttelt er grinsend den Kopf. Vergiss sie, Bludau. Das wird nichts. Aber da muss er selbst drauf kommen.

Fred

Nie ist er sonst um diese Zeit hier drinnen in der Küche seiner Mutter. Er sitzt ihr im Weg, mosert rum, klaut ihr die geputzten Mohrrüben und gräbt krachend die Zähne hinein, da stellt sie ihn mit einer Fleißaufgabe ruhig. Sein Pullover, im letzten Winter schon knapp, geht ihm jetzt gerade noch bis zum Bauchnabel. Die Ärmel enden kurz unter den Ellenbogen. Sie trennt Vorder- und Rückenteil von den Ärmeln. Fred soll aufribbeln. »Das werden Socken«, befindet die Mutter. Dabei hatte er gehofft, durch sein rasantes Längenwachstum die kratzige Wolle endgültig losgeworden zu sein. Aber er hat sich getäuscht. Widerwillig wickelt er die Wolle um ein Stück Pappe.

»Mir ist heiß«, quengelt er, »Ick brauche keene Socken.«

»Der Sommer ist bald vorbei. Dann wird's kalt. Das ist so sicher wie das Amen in der Kirche.«

Fred kann nicht mehr. Er steht auf und streckt sich. »Ick muss raus. Das ist keene Arbeit für 'nen Mann.«

Sie lässt ihn ziehen. »Aber heute Abend machste den Rest.«

Die Hände in den Hosentaschen vergraben, schlendert er die Panke entlang. Von der Schönwalder Brücke hört er Gekreisch und Gegacker und beschleunigt seine Schritte. In einem Pulk von aufgeregten Kindern, Dienstmädchen und Hausfrauen steht die fahrbare Geflügelhandlung von Emil Schurr. In Drahtkisten türmen sich Hähnchen und Suppenhühner auf dem Holzwagen. Zehn Stück pro Kiste. Der Platz ist eng, sie hacken aufeinander ein. Schurr greift sich eins nach dem anderen aus den federstiebenden Käfigen, packt die Beine und reicht die kopfüber hängenden Tiere der Kundschaft weiter.

August steht etwas außerhalb des Pulks und druckst herum. »Ick soll 'n Suppenhuhn holen.«

»Ja und? Wieso machstes nich?«

»Weiß nich. Die Schnäbel und so, die hacken ja.«

Fred lacht. »Soll ick?«

August nickt betreten und reicht ihm ein paar verschwitzte Münzen rüber. »'n kleenet.«

Fred drängelt nach vorn. »Ick brauch 'n kleenet Suppenhuhn für zwei fuffzich.«

»Na, wennste das unbedingt brauchst.« Schurr wühlt in der Kiste, dann drückt er Fred ein etwas kränklich aussehendes Hühnchen in die Hand. »Mehr jibtet nich für zwee fuffzich.«

Die Beine sind hart, die schuppige Haut trocken. Empört flattert es ein paarmal mit den Flügeln, dann hängt es still. »Siehste, es macht jar nix.«

August beäugt misstrauisch das Tier. Schließlich fasst er sich ein Herz. »Darf ick?«

Fred reicht es ihm.

Er legt ihm die Flügel an und presst es vorsichtig gegen seine Brust. »Sein Herz schlägt janz schnell.«

Fred schiebt seine Hand ins weiche Federkleid und findet ein aufgeregtes, zartes Pochen. »Hat Angst, wahrscheinlich.«

August streichelt das Huhn, das daraufhin beruhigt die Augen schließt.

In der Kunkelstraße 5 wartet seine Mutter vor dem Hackklotz der Werkstatt im Hof. »Dat hat aber jedauert«, meint sie kopfschüttelnd. Sie nimmt ihm das Huhn aus der Hand, legt es auf den Klotz und hackt ihm mit einem gezielten Axthieb den Kopf ab. Es hat nicht mal mehr die Augen aufgemacht, so schnell ist es vom Leben in den Tod gerauscht. Fred und August steht der Mund offen.

»Wollta ma wat sehn?« Sie stellt das kopflose Huhn auf die Beine, und es läuft, läuft über den rissigen Boden, durch Sägespäne und graue Asche, läuft bis zur Hauswand und dagegen. Es fällt um, aber seine Krallen zucken weiter. Aus seinem Hals läuft ein Rinnsal hellroten Bluts. Augusts Mutter lacht, während ihrem Sohn die Tränen in die Augen schießen.

Aus dem zweiten Stock schielt Max herunter. »Wat warn dette?«, brüllt er.

»Dat war 'n Huhn. Betonung liegt auf *war*«, doziert

Fred und fühlt sich sehr erwachsen. August verzieht das Gesicht. Fred stößt ihn in die Seite »Abmarsch.« Sie laufen zum Kanal.

Polina

Bludaus Wohnung riecht nach Essig und Seife. Die Räume hoch oben im vierten Stock des Seitenflügels sind so still, dass der eigene Atem in Polinas Ohren rauscht. Bludau reißt die Fenster auf und lässt Vogelgezwitscher und Hitze hereinbranden. Dann dreht er sich um und sieht sie mit hilflosem Flehen an. Auf seiner Stirn stehen Schweißperlen. Eine wortlose Fremdheit reißt wie eine Felsspalte zwischen ihnen auf.

Polina ist ihm zögernd hier herauf gefolgt. Aber vor diesem schwitzenden Mann, der die Wurstfinger knetet und dann mit klirrenden Kaffeetassen zwischen Stube und Küche hin und her stolpert, hat sie keine Angst. Im Gegenteil. Er hat sie bedrängt, das ist richtig, hat ihr aufgelauert, sie verfolgt. Hat sie eingesponnen in einen Kokon aus verliebter Sorge und dem unbedingten Willen, sie zu besitzen. Aber am Ende hat sie sich entschlossen, ihm nachzugeben und ist mitgegangen. Jetzt betrachtet er sie aus sicherem Abstand wie ein exotisches, aber auch gefährliches Tier. Jede Regung, jedes Lichtspiel auf ihrer Haut, jedes Aufleuchten ihrer Haarsträhnen scheint ihm die Offenbarung einer höheren Macht zu sein, die er lediglich stumm bestaunen kann. Sie kennt das und ordnet ihn ein. Er gehört also doch zu den Angsthasen, die im entscheidenden Moment die Traute verlässt. Das hätte sie von diesem Sittenpolizisten nicht erwartet, der so gern den Mann von Welt gäbe, wozu ihm bedauerlicherweise der Glanz fehlt.

»Es ist so schön, dass Sie jetzt bei mir sind.« Das sagt er jetzt zum dritten Mal.

»Die Freude ist ganz meinerseits«, antwortet sie, und wieder breitet sich unbehagliches Schweigen aus.

»Ein Likörchen?«

Sie nickt und trinkt. »Nun, wir wollen ja einen Platz für Ihren Ficus suchen«, sagt sie nach ein paar langen Minuten.

»Unseren Ficus, meine Liebe, unseren.«

Den Gummibaum hat er neben der Tür im Flur stehen lassen und läuft nun hinaus, um ihn zu holen. Sie trägt ihn wie einen Panzer vor ihrem Leib, als sie langsam die Räume inspiziert. Er folgt ihr stumm. Als sie die Tür zum Schlafzimmer mit einem vorsichtigen Stiefeltritt aufstößt, hört sie, dass er die Luft anhält. Sie stellt den Gummibaum achtlos auf die Kommode gegenüber seinem Bett. »Hier sehen Sie ihn jeden Morgen, wenn Sie aufwachen. Unseren Ficus.«

Sie lächelt und tritt nah an ihn heran. Sie schließt die Augen und öffnet die schönen Lippen zu einem winzigen Spalt. Er legt seinen dünnen Mund darauf, saugt sich daran fest, schiebt eine zittrige, kleine Zunge hinein. Sie lässt ihren Körper aufs Bett sinken. Fahrige Hände ertasten ihre Brüste, schieben ungeschickt ihre Röcke nach oben. Unfähig, sein Begehren, seine Sehnsucht, seine Träume in zärtliche Gesten und Umarmungen zu verwandeln, spult er eine Vorstellung herunter, die er wahrscheinlich bei den Nutten des Scheunenviertels geprobt hat. Es ist noch schlimmer, als sie erwartet hat. Sie hält die Augen geschlossen, atmet ruhig und tief. Ab und an gönnt sie ihm ein bestätigendes Seufzen. Sie hält still, während er sich, halb gefangen in den heruntergelassenen Hosen, vergebens auf ihr abmüht.

Irgendwann gibt er auf und rollt sich neben sie. Er sieht sie nicht an. Sie drückt ihm einen mitleidigen Kuss auf die Wange, woraufhin er den schweren Körper weg von ihr auf die Seite wälzt. Sie steht auf. Vor dem Spiegel im Flur richtet sie Haar und Kleider. »Doswidanja, Hartmuth.«

Spiro

Langsam weicht die helle Glut des Nachmittags. Unter den hohen Buchen des Tiergartens liegen lang gezogene Schatteninseln und in ihnen die Ahnung von Kühle. Zwischen Trainer Kupka und Sebes, dessen Schritte elastisch federn, quält sich Spiro im Dauerlauf die staubigen Wege entlang. Vor seinem Treffen um neun im Café Reimann bleibt noch Zeit für ein Training, hat er gedacht. Aber Kupka hat sie ins Freie gescheucht, und Spiro hat ernste Zweifel, ob er danach noch einen Fuß vor den anderen setzen kann. Der schnelle Pulk der Boxer folgt dem schwarzen Wasserlauf Richtung Neuer See. Vor und hinter ihnen fliegen Scherze. Sebes schweigt wie immer. Spiro fehlt selbst für ein Stöhnen die Luft, aber er lässt sich mitziehen. Links von ihnen glitzert Sonne auf dem Kabbelwasser des Landwehrkanals, aufgerührt von Frachtkähnen, die in lockerer, aber steter Folge vorbeituckern. Am gegenüberliegenden Ufer die hohen Volieren des Zoologischen Gartens. Spiro sieht die melancholischen Umrisse von Geiern in einer Baumruine hocken wie exotische Früchte. Und dann sieht er Ana, die ihn schon erkannt hat und sich von einer Bank erhebt. Kupka hebt grüßend eine Hand und deutet einen Boxhieb an. Sie grinst und boxt zurück. Sie sind Nachbarn und kennen sich anscheinend.

»Ariel«, sie winkt ihn heran, und er schert aus dem Pulk aus. Sebes bleibt an seiner Seite. Auf der Stelle trabend, stehen sie vor dem schlanken Mädchen ganz in Schwarz, in dessen Gesicht ein feuerroter Mund leuchtet. »Ich habe an dich gedacht ...«

Kühl mustert sie Sebes. Der versteht. »Ick werd dann mal.« Mit langen Schritten setzt er dem Pulk nach.

Spiro bleibt stehen und ringt mit in die Seiten gestemmten Armen nach Luft. »Ana«, keucht er schließlich. Den gestrigen Abend und sein Ende am Spreestrand nahe dem *Eierhäuschen* hat er den ganzen Tag über zu verdrängen versucht. Jetzt schleichen Scham und schlechtes Gewissen heran, aber auch leichte Empörung, dass sie offenbar den Abend nicht, wie er selbst, im Loch der überflüssigen Entgleisungen versenkt. Was will sie denn von ihm? Glaubt sie etwa, dass das gestern der Beginn einer Romanze gewesen ist? Sie ist nicht naiv. Zu akkurat gewoben ist ihr Netz aus gesellschaftlichem Prestige, Macht und seltsam libidinösen Abhängigkeiten, das er auf ihrem Atelierfest beobachtet hat.

Die Energie, die sie auf dieses Netz verwendet, wird sicher aus der Erniedrigung durch die eigene Familie gespeist. Und er selbst hat ihren Demütigungen eine weitere hinzugefügt. Ich bin ein Schwein, denkt er. Sie ist eine Künstlerin, eine gute noch dazu, ein hochsensibler Mensch, der das nicht verdient hat.

»Das ist jetzt eine Überraschung«, sagt er leise, »dass wir uns so schnell wiedersehen.« Er überlegt, wie er weitermachen soll. »Aber es ist auch gut, wenn wir uns aussprechen können.« Er stockt und sieht sie nicht an, blickt stattdessen einem Habicht nach, der majestätisch über den Baumwipfeln kreist.

»Für mich war es keine Überraschung. Ich habe mit Kupka geredet. Ich wusste, dass du hier langläufst.«

Jetzt sieht er sie doch an, die ganze zierliche Person, die größer wirkt, als sie ist, vom Scheitel bis zur Sohle konzentrierte Entschlossenheit. Im Winkel ihrer dunklen Augen steht ein Lächeln.

»Ich weiß, dass ich in Männern keine lodernden Flammen der Leidenschaft entfache. Dazu bin ich nicht der Typ.«

Erleichtert lässt er die Luft entweichen, die er bei ihren ersten Sätzen panisch eingesogen hat. Er nickt und grinst. »Das trifft es ganz gut.« Seine Beklemmung weicht Versöhnlichkeit: »Ich bin froh, dass du es auch so siehst. Weil, eigentlich mag ich dich gern. Du bist eine besondere Frau: intelligent, begabt. Und natürlich bewundere ich deine Arbeit, wie die halbe Stadt auch, und es wäre schade, wenn uns das, was gestern Abend passiert ist, entzweien würde.«

Ja, so kann es gehen, denkt er und ist zufrieden mit sich

und ihr dankbar, dass sie ihn nicht mit Forderungen oder Beschimpfungen traktiert.

»Gehen wir ein Stück?«, fragt sie.

Er nickt und es ist gut, dass sie dazu ihren schmalen Arm unter seinen schiebt. »Ich bin ganz nass geschwitzt«, murmelt er nur entschuldigend.

Sie streichelt mit der freien Hand über seinen glänzenden Bizeps: »Ich mag es gern, wenn Männer schwitzen.«

Er lacht und schüttelt den Kopf. »Du bist mir eine.«

Sie stellt sich auf die Zehenspitzen und drückt ihm den roten Umriss ihres kleinen Mundes auf die Wange. Dann gehen sie schweigend eingehakt im gleichen Schritt, und der Habicht kreist weiter. Es gibt nichts zu sagen. Er ist froh, dass auch sie schweigt. Es wird endlich kühl, die Luft frisch, das Licht golden, und es ist ein guter, friedlicher Abend. So lange, bis hinter ihnen Hufgetrappel langsam näher kommt. Nein, denkt er, bitte nicht jetzt, nicht hier, nicht sie. Aber sein Stoßgebet wird nicht erhört. Er dreht sich um. Aus dem Buchenschatten löst sich eine braun glänzende Araberstute und schließt in leichtem Trab auf dem Uferweg zu ihnen auf. Spiro würde am liebsten im Erdboden versinken und bleibt abrupt stehen.

Ana ruft: »Nike, wie schön«, und lässt ihn nicht los.

Ein grüner Seitenblick aus einem leicht gebräunten Gesicht unter zerzaustem dunklen Blond streift ihre ineinander verschränkten Arme, den roten Abdruck von Anas Lippen auf seiner Wange. »Ariel«, sagt sie leise, »und Ana. Meinen Glückwunsch.« Nicht einen Moment verlangsamt sie das Pferd, trabt weiter, weg von ihm.

Er kann nicht glauben, was gerade geschehen ist, will ihr nach, will schreien: Es ist nicht so, wie es aussieht. Es ist nicht wahr. Aber kein Ton kommt über seine Lippen. Schweigend sieht er ihrer auf und ab schwingenden Silhouette nach, bis sie an der Schleuse nach rechts zwischen den Bäumen verschwindet.

»Lass uns umkehren«, sagt Ana mit rauer Stimme.

Willenlos lässt er sich von ihr abführen. Im Atelier holt sie aus der Küchenkredenz eine Flasche mit einer hellgrün schimmernden, klaren Flüssigkeit und zwei Gläser mit kunstvoll geschliffenen Stielen. In jedes gibt sie einen großzügigen Schluck des Elixiers. »Absinth«, raunt sie.

Es interessiert ihn nicht wirklich. »Ich dachte, der wäre verboten, seit in der Schweiz ein Mann im Rausch seine schwangere Frau und zwei kleine Kinder niedergemetzelt hat.«

»Dass etwas verboten ist, bedeutet mitnichten, dass es aufgehört hat zu existieren.«

Er schweigt und sieht ihr zu, wie sie über jedem Glas einen zerbrochenen Löffel mit je einem Zuckerwürfel platziert. Vorsichtig tränkt sie den Zucker mit Wasser aus einer Karaffe. »Ein Kunsthändler aus Zürich versorgt mich von Zeit zu Zeit mit Nachschub. Im Val-de-Travers brennen sie ihn noch immer. Illegal. Es macht dir doch nichts aus?«

Er lächelt müde. Von den Zuckerwürfeln rinnt es ins leuchtende Grün der Gläser. Jeder Tropfen wolkt zarte Schleier hinein, die sich tanzend umeinander winden.

»Die grüne Fee«, sagt sie schließlich. »An ihrer nebeligen Hand sind etliche Künstler und Literaten durchs letzte Jahrhundert getorkelt.« Vorsichtig tränkt sie erneut den schmelzenden Zucker. »*Ein Geist aus Licht, von unterirdischem Feuer geboren.*« Sie grinst. »E. T. A. Hoffmann war auch dabei.« Sie überlegt einen Moment. »Aus Rausch wird Kunst, die bei denen, die sie nachher lesen, sehen oder hören, wiederum Rausch erzeugt.«

»Vorsicht«, sagt Spiro. »Apollo war der Gott der bildenden Künste. Dionysos war nur für die Musik zuständig.« Er nimmt die Löffel von den Gläsern, reicht ihr eines, sieht kurz zu ihr hinüber und trinkt die milchig gewordene Flüssigkeit in einem Zug. In seinem Gaumen explodiert Anis, auf der Zunge Kräuter, Schärfe und Bitterkeit, die ihm langsam die Kehle hinabrauscht wie ein kaltes Feuer.

Er liegt auf ihrem Bett. Im Fenster wird das violette Blau des Abendhimmels von Sprossen in Planquadrate zerschnitten, davor kauert ihre kleine, energische Gestalt. Ihr Gesicht in schwarzem Schatten. Das ist gut. Er will niemanden mehr sehen, und sprechen will er auch nicht mehr.

Sie wartet geduldig, bis er endlich doch zu ihr hinübersieht. »Wir sind allein, beide, und das tut uns im Moment nicht gut.«

Er lacht bitter: »Ich wüsste nicht, wie sich das ändern ließe.«

»Es ist ganz leicht, und es liegt nur an uns. Wir schließen einen Pakt, einen Pakt der Nicht-Verliebten. Wir werden ein Paar, das auf alles romantische Getöse verzichtet, auf Herzschmerz, Eifersucht, Besitz des anderen. Stattdessen Freundschaft und Verständnis. Wie gefällt dir das?«

Er überlegt. Vor dem Scherbenhaufen seiner großen Liebe ist ihr so kühl und durchdacht vorgebrachtes Angebot nicht ohne Reiz. Er hat die große Ana bei ihrer Familie klein gesehen, sehr klein, und das gibt ihm die Freiheit, sich jetzt seinerseits sinken zu lassen. Er schließt die Augen, spürt, wie sich Lähmung in ihm ausbreitet. Nike wirbelt durch seine Gedanken, die Aufregung, die sie in ihm verursacht, dann fragt er leise: »Aber wäre das nicht wie Trockenschwimmen?«

In Anas Schattengesicht blitzt ein Lächeln. Sie gleitet an seine Seite, nimmt seine Hand und schiebt sie in ihren Schritt. »Junge, fühlt sich das etwa an wie die Sahara?«

Gegen seinen Willen muss er lachen, und sie küsst ihn, bis ihm die Luft wegbleibt. Einmal noch, denkt er, ein Mal, und diesmal mache ich es gut.

Er gibt sich Mühe, lässt ihr Zeit. Er beobachtet sie. Und nicht der Akt selbst, sondern die Lust, die sie dabei empfindet, verschafft ihm seine eigene. Es ist, als würde er sich als Voyeur selbst zusehen. Als sie gekommen ist, klopft er sich eine Zigarette aus dem Päckchen, lässt Kringel ins Halbdunkel aufsteigen und sieht ihnen nach, bis sie sich aufgelöst haben. Ist das jetzt die Kapitulation? Es fühlt sich so an. Er liegt im Bett einer Frau, für die er maximal etwas wie Freundschaft empfindet. Die, die er liebt, ist in weiteste Ferne gerückt. Wie sollte er ihr das alles jemals erklären können? Außerdem hat sie längst einen anderen. Er will nicht mehr kämpfen, nicht gegen den immer höher werdenden Berg aus Missverständnissen, der ihn von Nike trennt, nicht gegen Bosheit und Neid der Kollegen, nicht für seinen Verbleib in dieser Stadt, in der er niemanden wirklich kennt. Er wird nach Wittenberge zurückgehen. Es gibt jetzt nichts mehr, was ihn hier noch hält. Aber seinen letzten Fall wird er abschließen. Das ist er sich schuldig.

Er sieht auf seine Uhr und fährt hoch. Fünf vor neun. In fünf Minuten hat er eine Verabredung mit der Russin im Café Reimann. Ana ist eingeschlafen, leise steigt er in seine Trainingshose und zieht die Tür hinter sich zu. Aber bis er in der Umkleide des Boxclubs in seinen Anzug gefahren ist, eine Droschke herbeigewunken hat und etwas streng riechend im Reimann angelangt ist, ist es 20 vor zehn. Er irrt durch einen Haufen vergnügungswilliger Ladenmädchen auf dem Parkett, steckt seine Nase in die Nischen, fragt an der Garderobe und beim Oberkellner, ob es eine Nachricht für ihn gibt. Bedauerndes Kopfschütteln. Polina ist nicht da, ist vielleicht nie da gewesen. Langsam geht er zum Tresen, ergattert einen Hocker und bestellt sich ein Bier. Er muss nachdenken.

Polina

»Er ist nicht gekommen.« Sie öffnet das Fenster, entlässt die fäulnisgeschwängerte Luft in den Abend und hockt sich aufs Fensterbrett.

»Das ist nicht schlimm, meine Taube. Du brauchst ihn nicht. Er ist nur eine Rückversicherung. Was ist mit dem anderen, dem Letzten?«

»Beim Doktor. Der lässt ihn erst mal schlafen. Ich brauche etwas Zeit.«

»Du bist gut, Polja. Ich bin stolz auf dich. Meine Meisterschülerin. Sie werden dich mit Orden behängen und dir die Wohnung am Liteiny-Prospekt ganz für dich allein geben.«

Mit geschlossenen Augen lauscht sie seiner Stimme. Aus ihrem Gedächtnis ersteht er wieder auf, der ganze große, schöne Mann, der sie als junge Studentin mit Haut und Haar und Seele in seinen Bann zog. Ihre Verehrung war grenzenlos, weit wie der blassgraue Himmel über Leningrad, das damals noch Petrograd hieß. Der Mann an ihrer Seite war wichtig, Geheimnisträger, betraut mit besonderen Aufgaben von höchster Wichtigkeit für das Land. Auf ihm lag ein Glanz. Und auch ihr Leben, das bislang in einer Reihe von Hunderttausenden anderer kleiner, bedeutungsloser Leben gestanden hatte, bekam etwas ab von seinem Leuchten.

Sie muss lachen: »Erinnerst du dich an die Kommunalka? Sogar die Osokina hat ihr Schandmaul gehalten, wenn wir ihr im Flur begegnet sind.«

Ein Lächeln färbt seine Stimme: »Du musst Verständnis haben, Täubchen. Es war auch für sie nicht leicht.«

Im Frühling 1919 brachte er sie in den Liteiny-Prospekt, eine der prachtvollsten Straßen Petrograds, schloss die Paradetür eines Hauses auf, führte sie durch ein pompöses Treppenhaus in eine Zwölfzimmerwohnung und flüsterte, dass er hier mit ihr wohnen werde. Es war keine Wohnung, es war ein Palast. Schimmerndes Parkett auf allen Böden, Holztäfelungen, Wandfresken, Flügeltüren, eine Küche, groß wie ein Ballsaal.

Bis dahin hatte sie nicht einmal geahnt, dass so etwas überhaupt existierte. Sogar die Besitzerin all dieser Pracht, Anna Gräfin Osokina, war mit ihren verzogenen Bälgern noch immer da. Der Graf war gefallen, die Wohnung enteignet worden. Sie musste sich mit ihren Kindern auf ein Zimmer beschränken, und selbst das wurde ihr nur gestattet, weil sie den neuen Bewohnern Klavierstunden auf ihrem Flügel anbot.

Zunächst wohnte Polina mit ihm in zwei Zimmern. Sie hatten sich für den Salon und den kleinen Salon entschieden. Aber wöchentlich kamen weitere Familien. Bauern-Arbeiter aus dem Umland, die zuvor in Erdhütten gehaust hatten, ein Professor von der Universität, Fabrikarbeiter aus den Wellblechhütten der Peripherie, ein Arzt, allesamt mit Familie, und zum Schluss zwei alleinstehende Lehrerinnen, die sich das Kämmerchen neben der Küche teilten. Sie zog mit ihm in den kleinen Salon, der große wurde mit einer Bretterwand behelfsmäßig geteilt wie jedes andere größere Zimmer auch. 60 Menschen lebten am Ende des Frühjahrs in der Wohnung, die vorher keine zehn beherbergt hatte. Sie kannten sich nicht. An den Wänden des Flurs stapelten sich Koffer und Kisten, die in den engen Zimmern keinen Platz mehr fanden, bis unter die Decke. Ein ebenfalls dort abgestelltes Paar Ski führte zu wochenlangem Streit.

In der großen Küche standen drei Herde, jede Partei hatte ein Tischchen mit ihrem Geschirr und zum Arbeiten. Sicherheitshalber bewahrte man die Lebensmittel im Zimmer auf. Vor dem Bad wartete morgens eine Schlange.

Wildfremde waren plötzlich Teil ihres Lebens. Sie hörte sie streiten, singen, saufen und bei der Liebe seufzen. An der Lautstärke der Fürze erkannte sie, wer gerade die Toilette blockierte. Aber wenn sie selbst die Küche betrat, verstummten die Gespräche. Sie hatten Angst vor ihm, das war offensichtlich, und das verschaffte auch ihr Platz. Man ließ sie in Ruhe.

Er ging nach Polen. Sie litt und lief Stunden wie betäubt durch den Herbstregen. Der Winter kam, und er musste nach Kiew. Dann ein Frühling, den sie allein verbrachte, ein einsamer Sommer. Im folgenden Herbst schickten sie ihn in nach Charkow. Er schrieb, dass er krank sei, dass es dauern werde. Eine Lungenentzündung wahrscheinlich. Sie vermutete Schlimmeres, und die Angst holte sie nachts aus dem Schlaf. Er war jetzt in Simferopol auf der Krim. Aber sie ließen ihn nicht dort, sondern beorderten ihn zurück nach Charkow. Er brach zusammen, kam nach Nowotscherkassk ins Hospital, das bald darauf evakuiert werden musste. Als er im nächsten Sommer schließlich zu ihr zurückkehrte, brachte er ein rotes Mal über der Lippe mit, das größer wurde, und einen abgrundtiefen Hass. Er ließ sich einen Schnurrbart wachsen. Im Schlaf rang er nach Luft. Etwas war mit seiner Nase. Sie war nur froh, ihn wiederzuhaben und übersah es geflissentlich. Irgendwann würde es verschwinden.

Sie hatten Zeit.

Die Bewohner der Kommunalka aber drückten sich an die Wand, wenn er vorbeiging. Sie schrieben Beschwerden an die Miliz und die Schiedskommission. Es sei gefährlich mit diesem Kranken unter einem Dach. Man ließ ihn zu einem Gespräch abholen. Er kam zurück, sein Gesicht war verschlossen. »Wir müssen Koffer packen, meine Taube. Wir gehen nach Berlin.« Sie freute sich. Nach den täglichen Improvisationen, die die Kommunalka ihren Bewohnern abverlangte, nach diesem ins Unendliche gestreckten Provisorium, erschien ihr die Berliner Hinterhauswohnung in der Nachrodstraße wie ein Paradies.

Unterleutner

Unterleutner stiert in sein Glas, das er vor dem *Magendoktor* aufs Trottoir gestellt hat. Sie hocken auf den Griffen einer hölzernen Schubkarre, darauf unter einer Decke der kantige Umriss von Höckelmanns Kommode. Er redet leise, ist aber so wütend, dass jedes geflüsterte Wort einen feinen Speichelregen freisetzt: »Du bist ein Schwachkopf, Bader. Wieso ist dir nicht aufgefallen, dass die Baustelle strengstens bewacht ist?«

»Na weil ick immer einfach rin bin. Schönen Tach auch, Mahlzeit, Feierabend. Allet keen Problem.« Bader ist zerknirscht.

»Und du hast dir gedacht, wir schieben da nachts einfach mit der Kommode auf der Karre an den Wachen vorbei auf die Baustelle? Mit der Kommode samt Inhalt? Guten Abend, lieber Wachmann, mein Freund Bader arbeitet hier und braucht zum Arbeiten dringend 'ne Kommode, wo er seine Höschen reinlegen kann.«

Bader wischt sich über die eingespeichelte Wange. »Ick wees, wo ick ihn am besten einmauer, oben, am neuen Bahnsteig nämlich. Wie er da hinkommt, darüber hab ich nicht nachjedacht, nicht so richtig jedenfalls. Die Kommode war ja 'ne famose Sache gewesen. Bis jetzt is ja allet jeloofen wie am Schnürchen.«

Unterleutner schüttelt über das Ausmaß seiner Naivität fassungslos den Kopf. Plötzlich hält er inne und wittert. »Er fängt an zu stinken.«

Bader schaut erschrocken: »Hastes ooch jerochen? Ick dachte, ick hätt es mir nur einjebildet.«

»Keine Einbildung. Er müffelt. Das geht in der Hitze ruckzuck. Er muss weg, schleunigst.«

»Wir kippen ihn in den Kanal, fertig aus.«

»Und wenn er wieder hochkommt? Was wird dann, du Spatzenhirn? Auf gar keinen Fall darf er gefunden werden. Sonst haben wir die Nazis am Arsch, die ihre Kohle und die Knarren wiederhaben wollen. Sie glauben, Höckelmann ist mit der Sore weg und hat sie abgezogen. Und so soll es bitte schön auch bleiben. Der Bahnhof ist 'ne gute Idee. Nach wie vor. Da arbeiten Hunderte von Männern. Selbst wenn er da irgendwann mal doch gefunden wird, kann keiner mehr sagen, wie er da hingekommen ist. Aber wie kriegen wir ihn auf den Bahnsteig?« Unterleutner zündet sich eine neue Zigarette an. »Wie kommen Mörtel, Sand und Steine auf die Baustelle, normalerweise?«

Bader legt die Stirn in Querfalten. »Allet über die Spree. Entweder vom Nordhafen oder flussabwärts von Süden. Gloobe ick.«

»Aber auf jeden Fall übers Wasser?«
»Denke schon.«
Unterleutner stöhnt. »Also muss er auf 'nen Kahn. Wir müssen zum Nordhafen.« Er stellt sich in die Tür. Mit einer Geste zum Wirt lässt er anschreiben. »Und er muss raus aus der Kommode. Er muss in einen Sack.«
Bader schaudert. »Und wenn er wieder so steif ist?«
Unterleutner erinnert sich ungern. Als sie den toten Höckelmann gefunden haben, war er steif wie ein Brett. Auch ohne Stuhl blieben seine Beine starr auf 90 Grad gewinkelt. Ein seltsamer Anblick. Aber sie hatten Glück. Als sie die Kommodenschubladen auseinandergebaut und nur die Blenden von innen angeschraubt hatten, war er wieder weich wie Butter. Sie stopften den Leichnam in den Korpus der Kommode und schraubten die Bodenplatte zurück an ihren Platz.

Jetzt rattern die Holzreifen ihrer Schubkarre über das Kopfsteinpflaster. Es ist dunkel, aber die Straßen sind auch stiller geworden. Ihre Karre und die eigenen Schritte hallen zwischen den hohen Hauswänden. Sie gehen schweigend.

»Unterleutner, so spät noch bei der Arbeit?« Aus einem Hauseingang ist ein Mann in einem für die Gegend ungewohnten Staubmantel getreten. »Brauchste 'ne Uhr? Oder 'nen Ring für die Liebste?« Er öffnet sein Revers und zieht aus der Innentasche an ihren Ketten eine klimpernde Traube Taschenuhren hervor.

Unterleutner schüttelt den Kopf. »Nee, lass stecken.«

»Wat haste denn da?« Der Mann lüpft einen Zipfel der Decke und späht darunter.

Bader macht sich bereit, aber Unterleutner winkt unauffällig ab.

»'n oller Schrank«, der Mann klingt enttäuscht, »watt willste denn damit?«

»Das geht dich 'n feuchten Kehricht an. Griffel weg. Wir müssen weiter.« Unterleutner stopft die Decke wieder unter der Kommode fest. Bader hebt die Karre an.

»Is ja jut, is ja jut. Ick bleib bei meinen Uhren. Die sind beweglicher.« Der Mann lacht. »Und stinken tun se ooch nich.«

Scheißschieber, denkt Unterleutner.

Auf der Müllerstraße ist noch immer Verkehr. Sie müssen ein paar Droschken durchlassen, einen Autobus Richtung Friedrichstraße, von dessen oberem Stockwerk ihnen die amüsierwilligen Fahrgäste gut gelaunt zuwinken. Unterleutner starrt finster zurück. Als sich endlich eine Lücke auftut, betritt er die Fahrbahn. Er hört, wie Bader hinter ihm die Karre entschlossen den hohen Bordstein hinabwuchtet. Mit hüpfender Ladung taucht sie neben ihm auf, schießt vorbei und in hohem Tempo auf den gegenüberliegenden Bordstein zu. Bader will es also mit Schwung versuchen. Der verdammte Trottel, denkt Unterleutner.

Aber da wemmst schon die Karre gegen den Bordstein. Holz kracht. Etwas splittert. Die Kommode segelt aufs Pflaster und überschlägt sich. Das Rad der Karre kollert in die Mitte der Fahrbahn, kreiselt und bleibt liegen. Ein schwarzer Horch kommt gerade noch zum Stehen. Hinter dem Lenkrad ist der Fahrer aufgestanden. »Was wird denn das, wenn's fertig ist?«

Bader ist erstarrt. Unterleutner zischt: »Los, anfassen!«
Sie heben die Kommode in ihrer Decke von der Straße.
Eine Seite ist locker. Das kann er fühlen und ein Stück
Höckelmann auch. Dann holen sie die Karre.

»Das ham die Herren noch vergessen«, kommt es schneidend von hinten. Ein Schupo hat das Rad in der Hand.
»Isses nich 'n bisken spät für 'n Umzug?«

Ruhig bleiben, sagt sich Unterleutner, und zum Schupo gewandt: »Mein Schwager zieht weg von Berlin. Von dem is der Schrank, und wir arbeiten lange Schicht. Wir können nur abends.«

»Und wie soll's jetzt weitergehn?«, will der Schupo wissen.

»Wir tragen. Is nich ja mehr weit.«

Der Schupo wedelt mit dem Rad: »Und die Karre?«

»Holn wir dann ab. Viertelstunde, und wir sind wieder da.«

Unterleutner nimmt zwei lange Tragegurte aus der Karre, fädelt sie so unter die Kommode, dass ihre lose Seitenwand angedrückt wird, legt sie sich über die Schultern und steht langsam auf. Höckelmann war auch zu Lebzeiten nicht mager, und die Kommode ist massiv. Beim Aufstehen kommt es ihm vor, als würde er die Last nicht hochheben, sondern würde stattdessen von ihr in die Erde gedrückt. Seine Rückenwirbel knirschen. Der Schupo schaut interessiert. Aber Unterleutner schafft es in den Stand. Langsam setzt er sich in Bewegung.

»Fass mit an. Greif hinten unter«, zischt er mit zusammengebissenen Zähnen Bader an. Der löst sich endlich aus seiner Erstarrung, und es wird etwas leichter. Zwischen vereinzelten Passanten folgen sie im Gleichschritt der Müllerstraße stadteinwärts.

»Dat Schwein wiegt bestimmt zwee Zentner«, ächzt Bader. »Es zieht mir die Arme lang.«

Unterleutner überlegt: »Würd mich mal interessieren, ob 'ne Leiche weniger wiegt als ein Lebendiger. Ob das, was er nicht mehr ist, dann irgendwie fehlt.«

»Wo soll's denn hin sein?«, keucht Bader »Versickert? Aufgelöst in Luft? Nee, der Fettsack wiegt jenauso viel wie vorher. Vielleicht sind noch 'n paar Maden dazugekommen.«

Schweigend gehen sie weiter. Sie queren die Sellerstraße und biegen nach rechts. Unterleutner läuft der Schweiß in die Augen, aber er hat die Hände nicht frei. »Scheiße, ich kann nichts mehr sehen. Mach mir mal die Augen trocken.«

Bader hantiert mit einem Taschentuch. Unterleutner trägt jetzt allein und atmet flach vor Anstrengung.

Bader druckst: »Ob er uns zukiekt, wie wir ihn hier schleppen?«

»Von wo soll er uns denn sehn? Vom Himmel hoch? Die miese Ratte sieht uns, wenn überhaupt, von unten. Aber der sieht gar nichts mehr. Hab ihm die Augen zugemacht. Fertig, Schicht im Schacht. Pack wieder an!«

Der kleine Bader hebt von hinten, und es geht weiter. Sie laufen am Gelände der Gasanstalt vorbei. »Aber komisch isses schon, er kommt nach Hause, bisken schicker, kriegt eins übern Kopf, wird anjebunden und is 'n Tag spä-

ter tot. Damit hat er nicht gerechnet gehabt. Und dann is was? Schwarz? Engel? Oder irgendwann der Jüngste Tag?« Grusel schüttelt ihn. »Da kriegste keen Been mehr an die Erde, wenn alle uff eenmal wieder auferstehn. Stell dir das Jedrängel vor.«
Unterleutner überlegt: »Ich schätze, es ist endlich still. Und dunkel. Mehr nicht. Nichts mehr. Einfach nichts.«
»Aber wie solln dette aussehn?«
»Nichts sieht wie nichts aus. Ohne Aussehen, nur nichts.«
»Also ick wees nich.«
»Ich auch nich. Und die, die's wissen, sagen nichts. Aber wir sind gleich da.«

Anton

Gedämpfte Stimmen, leises Drehen von Metall in Holz, trockenes Klacken von Holz auf Holz, Gemurmel, scharfes Reißen von Stoff. Iwan muss zurück und irgendetwas muss passiert sein. Irgendwer ist da und spricht, Menschen, und er ist nicht mehr allein. Fast hätte er gelächelt. In seinen Augen haben sich Krusten gebildet und die Wimpern verklebt. Er kriegt sie nicht mehr auf. Geschlossen wie die Augen eines lebenden Toten, hat er gedacht, und die Angst, die er in den letzten Tagen schon hatte, ist größer geworden und hat ihn ganz gefressen. Da war nichts anderes mehr außer Angst. Aber er hat sich getäuscht, Iwan ist zurück und noch jemand, mindestens zwei müssen es sein.

Er seufzt hinter seinem Knebel. Alles wird sich schließlich aufklären, wenn er nur lang genug durchhält. Angst und Panik haben ihn erschöpft, als wäre er stundenlang gerannt. Jetzt entspannt sich sein Körper und sein Hirn dämmert weg.

Nur ein paar Minuten nickt er ein, dann wecken ihn die Stimmen wieder. »Der Kaventsmann ist zu fett. Ich krieg den Sack nicht zu.« »Wir nehmen zwei und stecken sie ineinander.« »Bind ihn zusammen.« »Meine Rede. Jeht doch.« »Hauptsache, der Sack ist zu.«

Sie sprechen deutsch, nicht russisch. Das ist ihm vorher gar nicht aufgefallen. Und die Stimmen sind auch nicht bei ihm im Schuppen, sondern davor, irgendwo draußen auf der anderen Seite der Bretterwand. Sie wissen gar nicht, dass er hier ist. Nur zufällig hat es sie hierher verschlagen. Zum ersten Mal seit Tagen hört er draußen Menschen. Er muss sich bemerkbar machen. Vergeblich versucht er seinen Knebel auszuspucken. Er röhrt in den dreckigen Stoff, brummt, schreit. Viel kommt nicht dabei heraus, das merkt er selber. Seine Füße schaben über den Boden, stampfen und treten. Auch das ist nicht laut. Eine Fußspitze hat etwas gestreift. Er erinnert sich an ein paar Rohre, die in einer Ecke stehen müssten, weit weg, aber er versucht, näher an sie heranzurobben. Seine zusammengebundenen Hände halten ihn am Balken fest. Die Oberarme reißen an den Schultergelenken. Er streckt das Bein in die Richtung, in der er die Rohre vermutet. Gerade hat er doch etwas gespürt. Wo war das? Den heißen Schmerz in den Schultern ignorierend, streckt er sich, so weit er nur kann, und schließlich stößt sein Fuß gegen etwas. Es ist eins der Rohre. Es schwankt und fällt und scheppert gegen die anderen, es reißt sie mit. Schmirgelnd und kratzend rollen sie über den Dreck.

Draußen wird es still. Dann Flüstern: »Was war das denn?« »Scheiße, da is wer.« »Weg hier. Los. Nimm die Beine. Schnell.«

Hinkende Schritte entfernen sich. Nur das Wehr rauscht. Sie sind weg. Anton zittert. Er schluchzt und heult und muss aufpassen, dass er durch die Nase noch genug Luft kriegt. Der Grind auf seinen Augen wird weich. Er kann sie jetzt öffnen. Aber es hilft ihm nicht. Er sieht schwarz.

7
Freitag

Bader

Gleich ist es zehn. Unterleutner müsste längst da sein. Bader schwitzt. Ständig schaut er sich zu den ratternden Seilzügen um, mit denen Sand, Zement und Steine von den Spreeanlegern hoch auf den neuen Bahnsteig gehoben werden. Nichts läuft an diesem Morgen wie geplant. Er hat versucht, Zeit zu schinden, seine Arbeit zu verzögern. Es war zwecklos.

Eigentlich hatte er schon verloren, als er heute Morgen auf der Baustelle das fertige Wärterhaus gesehen hat. Das ist ein großes, aber nicht sein einziges Problem.

Dem Polier ist aufgefallen, dass er nicht wie sonst unbeirrbar Lage auf Lage mauert, sondern neben sich steht und nichts auf die Reihe bringt. »Bis um zehne biste durch damit.« Auf der Stirn des Poliers steht eine senkrechte Falte. »Was ist denn bloß los, Bader? Wenn de schlafen willst, geh ab nach Hause. Draußen stehn genug, die arbeiten wollen. Letzter Aufruf. Ich seh die Kelle in Betrieb, oder du fliegst.« Alle fünf Minuten patrouilliert er an ihm vorbei.

Bader hat sich verschätzt. Sie arbeiten in drei Schichten auf der Baustelle des Bahnhofs Stadtbahn an der Friedrichstraße. Außerdem hat er einen Tag freigemacht. Er ist davon ausgegangen, dass er weitermauert, wo er aufgehört hat. Aber wo vorgestern noch ein Fundament war, steht heute schon das ganze Wärterhaus. Und darin sollte Höckelmann in einem Stützpfeiler verschwinden. Hat er sich gedacht. Aber die Pfeiler sind fertig, die Chance ist vertan, und der Polier hat ihn auf dem Kieker. Sein Kopf schwirrt.

Zehn Uhr, Pause, und kein Unterleutner. Bader sieht, wie der Polier langsam zur Treppe geht. Da rattern die Glieder der Eisenkette über den Seilzug am Ende des Bahnsteigs. Langsam steigt das grinsende Gesicht Unterleutners über der Kante auf. Er raucht und hält sich lässig mit der anderen Hand an den Seilen fest, die seine Plattform mit der Kette verbinden. Neben ihm erscheint eine Karre, hoch beladen mit Zementsäcken, daneben Kies, Wassereimer und Mauersteine.

Bader rennt fast ans Bahnsteigende. »Wo biste denn abjeblieben? Ick warte schon 'ne halbe Ewichkeit. Der Polier hat mir beinahe jefeuert, wejen Langsamkeit.«

Unterleutner ist noch immer guter Dinge: »Der Kerl, der ursprünglich den Kahn beladen sollte, wollte partout nicht einsehn, dass daraus heute nichts wird. Ich musste es ihm erst erklären.« Kurz hebt er die aufgeschürften Knöchel seiner Rechten. Dann schiebt er die Karre von der schwankenden Plattform auf den Bahnsteig.

Bader lässt sich von seinem Optimismus nicht anstecken. »Das Häuschen ist längst fertig. Die Pfeiler sind oben. Ich weiß nicht mehr, wohin mit ihm.« Panisch sieht er sich um. »Wat soll ick machen? Sag du.«

Da erklingt von hinten die schneidende Stimme des Poliers: »Der Transport von Personen auf den Materialplattformen ist strengstens und bei Strafe untersagt.« Er ist noch mal zurückgekommen. Breitbeinig hat er sich vor ihnen aufgebaut. »Mach bloß, dass du wegkommst.« Abwartend mustert der Polier Unterleutner von oben bis unten.

Der lässt es nicht drauf ankommen. »War nie da gewesen«, sagt er und schlendert zur Treppe.

Der Baustellenleiter folgt ihm, nicht ohne Bader einen letzten grimmigen Blick zuzuwerfen. Zwei Minuten wartet Bader und hofft, dass der Freund zurückkommt, aber dann fängt er an.

Als der Polier nach der Pause den nächsten Inspektionsgang macht, steht am Bahnsteigende parallel zu den Schienen eine gemauerte Bank in großzügigen Abmessungen. Mit einer gewissen Eleganz setzt sie einen Schlusspunkt ans Ende des Perrons. Lang gestreckt wie das Gleis selbst, nimmt die Bank seine scheinbare Bewegung auf und verlangsamt sie. Der Blick findet Ruhe.

Bader ist durchgeschwitzt, setzt sich und demonstriert, was er meint: »Hier können die vareisenden Damen im Sommer in der Sonne sitzen, wenn se warten.« Er drückt den Rücken durch, schlägt die Beine übereinander und knickt geziert eine Hand ab. »Und hier ...«, er zeigt auf das offene Ende an einer Seite der Bank, »kommt im Winter Streusand rein. Damit se nich aufm Eis ausrutschen.«

Der Polier sieht ihn an, als hätte er sich verhört. Lange durchdenkt er die Angelegenheit. »Ist vielleicht gar nicht verkehrt. Kann man eventuell gebrauchen.« Er zwirbelt seinen Schnurrbart. »Bader, du bist mir 'ne Marke.« Immer noch ungläubig schüttelt er den Kopf. »Ich dachte, ich kenne meine Pappenheimer. Und du, Bader, bist noch nie die hellste Kerze im Leuchter gewesen. Aber vielleicht hab ich mich geirrt.« Er wird wieder lauter: »Und jetzt ab ans Wärterhaus. Die letzte Lage sitzt immer noch nicht drauf.«

Fred

»'nen Aal. Ick brauch 'nen Aal«, sagt Fred.
»Und ick brauch 'n Bitteschön«, sagt der Fischhändler in der Schönwalder Markthalle.
Fred sieht ihn verständnislos an. »Ick dachte, Sie wolln Geld.«
»Geld brauch ick ooch«, lacht der Fischhändler und greift sich einen der blau glänzenden Fische, der ihm über die rauen Holzbretter seines Standes glitscht. Flusskrebse hat er auch, türkise Maränen und olivfarbene Schleien mit staunend aufgerissenen Mündern. Ihr Schleim soll Fieber und Gelbsucht kurieren. Behauptet er zumindest. »Heute Morgen frisch aus der Reuse jeholt.« Er legt den Aal über eine Schale der Balkenwaage. Zwei Kilogewichte stehen auf der anderen. Er schiebt ein paar kleinere Gewichte zum Justieren nach. »Is 'n fetter Bursche. Mit drei Mark biste dabei.«
Fred klaubt die Münzen aus seiner Hosentasche.
Der Händler dreht ihn in Zeitungsbögen ein. »Halt 'n jut fest. Sonst schwimmt er dir weg.«
Er reicht ihn Fred, der macht, dass er wegkommt aus dem beißenden Gestank, der über den Fischständen hängt. Draußen schnüffelt er an seinem Hemd und schüttelt sich.

Freitag ist nicht sein Lieblingstag. Auf geradem Weg läuft er nach Hause, den Aal an steifen Armen weit von sich gestreckt.

In der Küche wickelt er ihn aus und stutzt. Vor ihm liegen auf den verschleimten Zeitungsbögen wieder die Gesichter der Toten, über die die Polizei gern Genaueres wüsste. Es wurmt ihn, dass er sich nicht erinnern kann. Den kenn ick. Ick weiß nur nich woher. Darüber windet sich der Aal. Er bäumt sich auf, und seine feinen Längsflossen schlängeln, als schwämme er noch immer durch den Rhin. »Der lebt ja noch!«

»Der is scheen«, sagt die Mutter nach einem prüfenden Blick in die klaren, feuchten Augen des Aals. »Dat sind nur die Nerven, die zucken.« Sie schiebt einen Haken durch seinen Kiefer und hängt ihn auf die Stange, an der auch Suppenkelle, Schneebesen und Schaumlöffel baumeln. Unterhalb des Kopfes schneidet sie einen Ring und zieht die silberblaue Haut nach unten ab. Wieder liegt er auf der Zeitung. Ein Hackmesser saust hinab und teilt den rosaweißen Schlangenleib in sechs Teile. In einer gusseisernen Pfanne auf dem Herd brutzelt Fett. Als sie die ersten Stücke hineingibt, beginnen sie zu tanzen. Sie winden und krümmen sich, beben, zucken und biegen sich an den Enden aufwärts. Fasziniert bleibt Fred davor stehen. Sanft schiebt ihn die Mutter zur Seite und legt einen Deckel auf das Gewühl. »Sonst springt er uns noch aus der Pfanne.«

Wider Erwarten schmeckt ihm zu Mittag der Aal. Im Wettstreit mit den Geschwistern schlingt und stopft er, bis ihm die pralle, harte Kugel seines Bauches fast den Hosenbund sprengt. Er stöhnt: »Ick muss mir bewejen«, und ist schon draußen, bevor ihn die Mutter zum Abwasch verdonnern kann.

Mit der Clique streunt er am Nordkanal entlang. Sie werfen Steine und versuchen die Zillen zu treffen, die flachen Kähne der Apfelbauern aus Werder, und biegen sich vor Lachen über die entfernten Flüche der ohnmächtigen Schiffer.

Irgendwann wird auch das langweilig. Auf der Kieler Brücke klettern sie über das genietete Stahlgeländer und lassen sich nach vorn über das dunkle Gewoge des Kanals hängen. Immer neue Kähne schieben sich langsam durch ihren erhabenen Blick. Ein leichter Wind streichelt sie da oben, unten droht die Tiefe.

Fred starrt wie hypnotisiert hinab. Er wartet lange, sein Hemd flattert, und schließlich lässt er los. Waagerecht fällt er einen endlosen Moment durch die laue Luft dem Wasser entgegen. Er sieht noch die Gasanstalt und vor ihr den Schuppen und endlich fällt ihm ein, wo er den Toten gesehen hat. Genau da, vor dem Schuppen, hat er gestanden, eine Zigarette geraucht und zu ihm herübergesehen.

Aber das Wasser ist nah jetzt. Schnell reißt er die Arme über den gesenkten Kopf und taucht senkrecht ein. Pfeilschnell schießt er durch das trübe Wasser wie ein Kormoran auf der Jagd, gleitet beinahe ungebremst bis zum Grund, und da ist Schotter. Kaum spürt er den Schmerz, als er mit dem Kopf aufprallt, so schnell wird es schwarz vor seinen Augen.

Spiro

Die allgemeine Lagebesprechung in der Früh hat er gelangweilt über sich ergehen lassen. Was interessiert's ihn noch? Er ist ja sowieso bald weg. Schwenkow hat ihn stirnrunzelnd gemustert, hat gemotzt, dass nichts vorangeht, keine Spur nach all den Tagen, nur Stochern im Trüben. Wo sein Instinkt geblieben sei. Spiro hat gelacht wie über einen gelungenen Witz. Und Schwenkow hat ihn erbost zusammen mit Bohlke in den Wedding geschickt, auf die Straße, Fotos zeigen, rumfragen, eine Arbeit, die ein Kommissaranwärter im ersten Monat erledigen kann. Und überhaupt hat er das gestern schon in Charlottenburg gemacht. Aber zwei Zeugen haben sich gestern Abend gemeldet: Sie hätten die Männer im Wedding gesehen, eventuell, vielleicht. Von den Russen kam nichts. Bis jetzt.

Spiro schlendert über den Flur und beschließt, den Wedding erst mal hintanzustellen und stattdessen bei seinem ursprünglichen Plan zu bleiben. Er will mehr über die russischen Immigranten erfahren, mehr über diese Teestube, den Wirt und seine Gäste, und er weiß auch schon, wer ihm diese Informationen geben soll: die junge Russin, Polina, Bludaus Schwarm. Aber er will den zwielichtigen Kollegen auch nicht verärgern. Ginge es nach Bludau, wäre der Raum um Polina herum vermintes Gelände. Spiro beschließt, mit offenen Karten zu spielen. Auch Bludau ist schließlich Polizist. Nötigenfalls wird er ihn sogar um Erlaubnis bitten.

Er geht also runter zur Sitte, fragt, wann Bludau wohl

auftauchen wird und staunt, als er hört, dass der Kollege mit einem geplatzten Magengeschwür seit Tagen schwerstkrank zu Hause liege. Zum zweiten Mal an diesem Morgen muss er lachen. Bludau hat also ein russische Freundin und ein Potemkin'sches Geschwür. Oder ist es umgekehrt? Ein russisches Geschwür und eine Potemkin'sche Freundin? Er denkt an ihr Lächeln, an den zierlichen, aber entschlossenen Fuß auf seinem Zettel und beschließt, es drauf ankommen zu lassen. Sie arbeitet an der Russischen Schule in der Nachodstraße, das weiß er, und dorthin will er jetzt.

Aber im Treppenhaus wartet Bohlke auf ihn: »Was war denn das jetzt? Sitzt er auf den Ohren? Was will er denn bei der Sitte? Wedding ist die Parole.« Bohlke schwenkt die Fotos. »Wenn unser aller Chef so klingt wie gerade eben, ist Schluss mit lustig. Da machste besser, was er will. Abmarsch.«

Morgenthal

»Bitte, ich benötige Ihre ...« Seine Zugehfrau, eine pommersche Matrone, fast so breit wie lang, wartet geduldig. Er sucht nach dem Wort, verirrt sich im Schneegestöber durcheinandertaumelnder Begriffe. Ungeduldig schlägt er mit der flachen Hand auf die Tischplatte. Was wollte er sagen? Er muss aufräumen, Ordnung schaffen in seinem Kopf. »Ihr Putzen, ich brauche es nicht mehr.« Sie erschrickt. Schnell berichtigt er: »Heute nicht. Gehen Sie bitte, aber kommen Sie ...« Wieder fehlt ihm das Wort.

Er ringt nach Luft, sie hilft: »Morgen. Soll ich morgen wiederkommen?«

Er nickt und flüstert: »Ja, kommen Sie wieder. Lassen Sie mich jetzt allein.«

Sie bindet ihre Schürze ab und schlingt sich in ihr Schultertuch, fast streift es ihn, und er zuckt zurück. Mit schnellen, geschickten Bewegungen richtet sie ihr Haar und zieht die Tür hinter sich zu. Steif lehnt er sich von innen dagegen. Im Treppenhaus werden ihre schweren Schritte leiser.

Seit ein paar Tagen fehlen ihm einfache Begriffe. Worte, die er sein Leben lang benutzt hat, sind ausradiert. Er will etwas sagen, aber seine Sätze versanden. Unsicherheit, mühsam unterdrückte Panik beherrscht ihn. Gleichzeitig versucht er mit wissenschaftlicher Korrektheit das Ausmaß der Katastrophe zu sondieren. Vor dem Rasierspiegel denkt er seine Tätigkeit in Sätzen. »Ich nehme den Pinsel, tunke ihn in ..., schäume mein ... Die Klinge ist scharf. Ich schabe ...« So viel fehlt, und es ging so rasch. Zwei Tage hat er an dieser neuen Entwicklung seiner Krankheit gewürgt, hat sie analysiert, ihre Auswirkungen und den wahrscheinlichen Verlauf überdacht, dann hat er einen Entschluss gefasst.

Die Türklingel gellt in die Stille der großen Wohnung. Ist es schon so spät? Er ist noch nicht fertig. Die Zeit, er hat sie aus den Augen verloren. Es klingelt wieder. »Geduld«, krächzt er. Jede Bewegung ist schwer, die Knochen, die Gelenke. Dann ist er an der Tür.

In ihren Augen grünes Erschrecken: »Professor Morgenthal, ist Ihnen nicht gut?«

Ärgerlich schüttelt er den Kopf: »Kommen Sie, Fräulein Fromm. Ich will Ihnen ...« Mühsam hinkt er den Flur entlang.

»Möchten Sie sich lieber ausruhen? Ich kann morgen wiederkommen.«

Er winkt ab. »Die Prüfung ... Die Prüfung ist ... jetzt.« Im Studierzimmer liegen Bücher verstreut zwischen Heften voller krakeliger Notizen, gebrauchte Objektträger mit bräunlichen Blutstropfen liegen ungeordnet links und rechts neben dem Mikroskop. Er wischt sie mit dem Ärmel zur Seite, um Platz zu schaffen.

Hinter sich hört er ihre Stimme, hell, alarmiert: »Professor, ich hole einen Arzt.«

Ärgerlich herrscht er sie an: »Setzen Sie sich.« Er zeigt auf den Platz vor dem Mikroskop, dann sieht er sich suchend um. »Objektträger, wir brauchen ...«

Sie nickt, findet die Schachtel und nestelt zwei der zarten Glasstreifen heraus.

»Hierher.« Während sie gesucht hat, hat er sich in die Kuppe des Mittelfingers gestochen. Er quetscht einen zähen, dunklen Blutstropfen auf den Objektträger. »Fließfähigkeit, schlecht.« Er lächelt und reicht ihn ihr.

Irritiert schiebt sie ihn unter das Mikroskop. Ihr Kopf senkt sich über das Okular. Sie wechselt das Objektiv, geht näher heran, fokussiert, kneift die Augen zusammen. Ungläubig verschiebt sie den Träger, fokussiert neu, schüttelt fassungslos den Kopf. Schließlich sieht sie ihn an. Alle Farbe ist aus ihrem Gesicht gewichen. »Treponema pallidum. Professor Morgenthal, Ihr Blut ist voller Spirochäten. Sie sind Syphilitiker.« Leise dann: »Aber das wissen Sie ja schon.«

Er nickt. »Sie ist da«, er zeigt auf seinen Kopf, »die Krankheit ist im Gehirn angekommen. Die Wörter, sie sind einfach weg. Viele. Seit ein paar Tagen.«

»Das ist charakteristisch für das dritte Stadium, das Endstadium«, sagt sie und scheint ihren eigenen Worten nicht zu trauen. Dann wird ihre Stimme sachlicher: »Seit wann sind Sie infiziert? Das müssen Jahre sein. Zehn, 15?«

Er dreht sich weg von ihr, schiebt den Vorhang zur Seite, stützt sich mit beiden Händen auf dem Fensterbrett ab, um die schmerzenden Knochen zu entlasten. Er blickt auf die wogenden Baumwipfel, die sich zu einem grünen Meer zusammenschließen. »Ich war nur vier Monate lang krank. Lymphdrüsen ..., groß, dick«, er sucht nach dem richtigen Wort, »geschwollen. Sie waren geschwollen. Auf der Haut gab es Knötchen. Kupferfarben. Dann ... wieder weg. Von Lues ... keine Spur, als wäre sie nie da gewesen.«

Nike schaut ihn entgeistert an. »Aber Sie wussten, dass dieser Eindruck täuscht. Das lernt jeder Student in den ersten Semestern. Im zweiten Stadium kann es zu einer Latenzphase kommen, als würde sich die Krankheit verstecken, ausruhen, Kräfte sammeln. Sie wiegt die Kranken in Sicherheit, um dann erneut zurückzukommen. Sie haben sich nicht behandeln lassen. Warum?«

Er schweigt lange. Das fragt sie jetzt so leicht. Als hätte er ein Gesetz übertreten, ein ungeschriebenes Gesetz. Ein Mediziner, der eine Behandlung ablehnt. Er erinnert sich mühsam. All das liegt so weit zurück. »Es war mir ... unangenehm, peinlich. Ich wollte ... keine Blöße ... Ich hatte damals beachtlichen Erfolg. Als Wissenschaftler ... Wäre das bekannt geworden ... Skandal, bloß keinen Skandal. Und die Frau ja auch.«

Nikes Stimme ist schneidend: »Ihre Frau? Sie haben sie ebenfalls infiziert?«

Er beachtet sie nicht. Er ist ganz woanders. Seine stille, kleine Frau mit ihren dunklen Augen. Diese Augen vergisst er nicht. Immer ruhten sie auf ihm. Vertrauensvoll blickte sie auf zu dem großen Wissenschaftler, ihrem Ehemann. Mit ihm an ihrer Seite brauche sie keinen Arzt, hat er sie beruhigt. Lange hat sie im Fieber gelegen. Ihre Haut bedeckte sich mit Flecken und Ekzemen, aus denen Papeln wuchsen. Noch immer folgten ihm die Augen, bis er registrierte, dass sich die Pupillen langsam entrundeten und zu schwarzen, wolkigen Gebilden zerflossen. Sie war noch nicht alt. Nacheinander entzündeten sich sämtliche Organe. Sie starb schnell.

»Sie haben Ihre Frau infiziert? Und sie genauso wenig wie sich selbst behandeln lassen?«

Sie lässt ihn einfach nicht in Ruhe. Ihr schönes Gesicht ist ganz verzerrt. Ist das Abscheu? Sie versteht nicht. Er muss es ihr erklären: »Ja, ich habe ihr die ... die Krankheit ... die Lues weitergereicht wie einen Staffelstab. Aber sie ... wusste nicht ... hat es nie ... erfahren, was sie hatte. Gut, das war ... gut, für sie.«

Das ist eine Lüge. Sie konnte schon nicht mehr aufstehen, Demenzphasen, überraschend unterbrochen von fiebriger Nervosität. »Ich werde nicht mehr gesund, nicht wahr?«, hat sie ihn gefragt, während die Pupillen wie schwarze Schleierwolken in ihren Augen lagen. »Aber nein, Liebste. Du musst nur Geduld haben.« »Wenn du es so willst«, hat sie geantwortet. Ein bitterer Zug lag um ihren Mund. Danach sprach sie nicht mehr, bis es vorbei war. Es waren ihre letzten Worte. »Wenn du es so willst.«

Von weit her giftet sie ihn an: »Wenn Sie Bescheid wussten und die Behandlung auch Ihrer Frau aus Scham und Eitelkeit verhindert haben, dann sind Sie schuld an ihrem Tod, dann sind Sie ihr Mörder. Ich sollte zur Polizei gehen.«

Er schüttelt den Kopf: »Was reden Sie da? Sie ... sind ... hysterisch ... Nike, so kenne ich Sie ... nicht.« Seine feierliche Aufregung weicht. Er hat sie auserkoren, weil er an ihre intellektuellen Fähigkeiten glaubte. Ihr wollte er sein Geheimnis offenbaren. Aber er hat sich getäuscht. Sie ist eine dumme Gans, wie die anderen auch. Sie verdirbt alles durch ihre kleinlichen Moralvorstellungen. Er hat auf ein dramatisches Finale gehofft, insgeheim vielleicht sogar Tränen erwartet, vergossen für den großen Wissenschaftler, der das eigene Leben auf dem Altar seiner Reputation opfert. Man hätte seine Forschung angezweifelt, wenn seine Syphilis bekannt geworden wäre. Das durfte nicht passieren. Ihr Vorwurf ist lächerlich, geradezu absurd. Sie kapiert es einfach nicht. Ihr Horizont erweist sich letztendlich doch als beschränkt. Schade.

Er setzt nochmals an: »Sie war ... meine ... Frau. Was wäre sie ... was wäre sie denn ohne mich gewesen? Nichts. Ein Leben ohne ...«, lange muss er suchen, »... Sinn ... ohne Nutzen. Ohne mich hätte es für sie keinen Grund mehr gegeben ... zu existieren ... Es war besser so ... wie es gekommen ist.«

Nike steht auf und blickt ihn an wie ein Ungeheuer. »Ich sage nicht Auf Wiedersehn. Ich hoffe, ein solches bleibt mir erspart. Adieu, Professor.«

Erbittert stampfende Schritte auf dem knarzenden Parkett, überraschend bei einer so zierlichen Person. Die Tür schlägt, und es wird still. Er humpelt mühsam nach vorn und legt die Kette vor. Er will allein sein. Er ist müde.

Spiro

»Machen die noch was anderes hier außer Kinder?« Bohlke grimmt und schwitzt. Sein Sommerjackett zieren unter den Achseln zwei große feuchte Flecken. Auch zwischen den Schulterblättern suppt es dunkel seinen Rücken hinab. Eine unbarmherzige Mittagssonne brennt auf sie herunter. Spiro spürt, wie ihm der Schweiß unter dem Hut auf die Stirn und in den Nacken rinnt.

Auf dem dreieckigen Weddingplatz umschleicht sie ein Pulk von Kindern in allen Größen und Haarfarben zwischen zwei und zwölf. Von Minute zu Minute werden es mehr. Die Kinder kichern und krakeelen: »Polente is da. Kriminale.« Jede Regung der beiden wird kommentiert: »Sie suchen wen und finden nix.« Keiner der vorbeieilenden Erwachsenen fühlt sich genötigt einzuschreiten. Ganz im Gegenteil. Sie scheinen die Dreistigkeit der Kinder insgeheim oder auch ganz offenkundig gutzuheißen.

Die uniformierten Schupos, die auf den Straßen Streife gehen, leben in Kasernen. Sie sind nicht Teil der Bevölkerung und werden von dieser auch nicht als solcher gesehen. Sie kommen von außen, sind Büttel einer Obrigkeit, von der sich die Bewohner des Weddings sowieso nicht vertreten fühlen. Die Tatsache, dass die Schutzpolizei auch zur brutalen Zerschlagung von Aufmärschen, Streiks und Demonstrationen eingesetzt wird, bestätigt diesen Eindruck. Der Wedding steht sämtlichen Polizeiorganen skeptisch gegenüber, auch der Kriminalpolizei. Spiro weiß das, aber er kann es auch nicht ändern. Er sieht die geschorenen Kugelköpfe der Jungen, die zerfransten Zöpfe der Mädchen, ihre bloßen, schmutzigen Füße, die Löcher in den verblichenen Stoffen, die Flicken auf Ellenbogen und Knien. Kaum ein Kleidungsstück passt. Alles ist zu groß oder zu klein. Erst wenn es gar nicht mehr geht, wird nach unten weitergereicht an die jüngeren Geschwister.

Was wird aus ihnen?, fragt er sich. Keiner da, um sie zu behüten, also hüten sie sich selbst, oder auch nicht. An einem Stand kauft er ein Pfund Bonbons in buntem Stanniol. Der kakofonische Chor der hellen Stimmen um sie herum schwillt an. Bohlke hebt eine drohende Hand. Spiro räuspert sich nur. Langsam wird es stiller. 20 erwartungsvolle Augenpaare sehen ihn an.

»Wir suchen diese Männer.« Er zeigt ihnen die Fotos. »Habt ihr sie gesehen?«

Sie schütteln die Köpfe und schieben schmollend die Unterlippen vor. »Wat ist mit den Klümpchen? Kriegt die nur, wer se jesehn hat?«, will ein magerer Junge wissen. Sein großer Kopf wackelt auf einem langen, dünnen Hals. Gesicht und Schultern sind mit Sommersprossen gesprenkelt.

Spiro lacht: »Nee, jeder kriegt eins. Aber ordentlich und der Reihe nach. Und dann lasst ihr uns in Ruhe weiterfragen.«

Bohlke schaltet sich ein: »Und wenn nicht, setzt es was. Von mir kriegt ihr keine Belohnung. Höchstens 'n Satz warmer Ohren.«

Rempelnd und schubsend stellen sie sich hintereinander auf, treten aber schließlich brav, einer nach dem anderen, vor und holen sich ihr Bonbon. Als die Reihe fast durch ist, steht vor Spiro ein wild schielender Junge von vielleicht zehn: »Na, kennse mich noch, Herr Kommissar?« Ein Auge ruht auf ihm, das andere ist woanders. Sein hühnerbrüstiger Freund ist auch da und das Zopfmädchen mit dem kleinen Bruder. Erwartungsvoll streckt ihm der Kleine die Hand entgegen, kein Bonbon, sondern einen hochoffiziellen Händedruck will er haben.

Spiro schüttelt die kleine Hand. Sie klebt. »Wie geht's Fred?«, fragt er dann.

»Er hat uns erkannt«, freut sich der Kleine.

Das Mädchen sagt: »Fred liegt schon wieder. Grad is er raus aus der *Charité*, da hüpft er von ner Brücke. Er hat 'n Loch im Kopp.«

»Ist es schlimm?«, will Spiro wissen.

Sie nicken bedrückt. »Und vorher hat er jesaacht, dass er einen von denen kennt.« Erna weist auf die Fotos. »Er wusste aber nich mehr woher. Hat ihn richtichjehend gewurmt. Vielleicht gibt's 'ne Belohnung, hat er jesacht.«

»Und wo ist Fred jetzt?«

»Na im Bette natürlich.« Ein empörter Blick trifft ihn. »Wo soll er sonst sein? Mit nem Loch im Kopp, so groß wie n Markstück. Ohnmächtig war er jewesen. Wir sind jetaucht und ham ihn rausjezogen.«

»Ist er jetzt wieder im Krankenhaus?«

»Nee, der is zu Hause. Der Doktor war da.«

Spiro wechselt einen Blick mit Bohlke. Der nickt. »Könnt ihr uns hinbringen? Vielleicht können wir ihm helfen, sich zu erinnern.«

»Is nich weit. Kunkelstraße 7. Foljen Se mir unauffällich.«

Die Clique quiekt und kichert, aber sie bringen sie hin. Der Hof stinkt. Eine räudige Katze würgt an einem aufgeblähten Hühnermagen. Sie lassen die Kinder im Parterre zurück und steigen die Treppe des Seitenflügels hoch.

Weiter oben geht eine Tür, und eilige, schwere Schritte poltern ihnen entgegen. Der Mann ist dunkel und kräftig. Die Ärmel seines hellen Hemdes sind bis über die Ellenbogen aufgerollt. Die offen stehenden Knöpfe entblößen eine breite Brust. Die Muskelstränge des Nackens schließen in einem auffälligen Dreieck zum Hals auf. Mit beeindruckendem Bizeps trägt er einen Zinkeimer voll Asche. Spiro erkennt ihn sofort. Auch der Mann bleibt bei seinem Anblick abrupt stehen.

»Sieh an«, sagt Spiro erfreut. »Da ist ja unser eiliger Gast aus der russischen Teestube. Ich glaube, wir sollten uns unterhalten.«

Die Augen des Mannes irren die Treppen hoch und hi-

nab. »Ich hab Ihnen nichts zu sagen.« Seine Stimme ist leise. »Meine Kinder sind oben allein. Ich muss wieder hoch.«
»Dann kommen wir mit«, beschließt Spiro.
Widerwillig stellt der Mann seinen Eimer auf dem Absatz ab und geht langsam vor ihnen die Stufen hoch. Die kleine Wohnung, die er aufschließt, riecht sauber. Die Wände sind geweißt. Daran hängen gedrechselte Borde, an den Fenstern Gardinen und geblümte Vorhänge. Zwei Mädchen in hellen Kleidern drücken sich eingeschüchtert an die Wand des Flurs. Die Fremden in ihren Anzügen machen ihnen Angst.
Der Mann öffnet das Küchenfenster und ruft in den Hof: »Hertha, kannst du noch mal kurz auf die Kleinen?«
Unten erscheint eine Frau in Kittelschürze und winkt lächelnd nach oben. »Schick se mir runter.« Die Mädchen huschen aus der Tür.
Ohne eine Aufforderung abzuwarten, setzt sich Spiro auf einen der lackierten Küchenstühle. Bohlke stellt sich in die Tür. Irgendwo hinten in Spiros Kopf singt ein Glöckchen. So ein Glück. Er kann es kaum fassen. »Als wir uns das letzte Mal in der Teestube in der Bayreuther Straße gesehen haben, hatten Sie es ziemlich eilig, da wegzukommen.«
Die Antwort kommt fast automatisch. »Meine Frau hat mit dem Essen gewartet.«
»Sie haben Ihre Tasche vergessen.«
Der Mann schweigt.
»Sie sind weggelaufen. Warum?«
Wieder Schweigen.
»Wo ist Ihre Frau?«

Etwas regt sich in dem verschlossenen Gesicht. »Meine Frau hat damit nichts zu tun.«

Die Frau ist wichtig, denkt Spiro. »Womit hat Ihre Frau nichts zu tun?«

»Mit der Teestube, mit den Russen.«

»Warum darf Ihre Frau nicht wissen, dass Sie zum Teetrinken nach Wilmersdorf fahren?«

Der Mann windet sich. »Es ist nicht gut für sie«, murmelt er schließlich.

»Warum ist es nicht gut für Ihre Frau zu wissen, dass Sie sich in Wilmersdorf mit Russen treffen?«

»Sie drehn mir das Wort im Mund rum. Ich sage gar nichts mehr. Es geht Sie nichts an. Ich kann hingehen, wo ich will.«

Spiros Stimme ist schneidend. »Wir haben zwei tote Russen. Sie laufen weg, als ich ihre Fotos auf den Tresen lege. Sie vergessen in der Eile sogar Ihre Tasche. Ihre Frau weiß nicht, was Sie da treiben. Entweder Sie werden etwas gesprächiger, oder Sie kommen mit in die Burg.«

Der Mann wird unter seiner Bräune weiß. Er überlegt, dann murmelt er: »Ich war wegen unserem Sohn da. Er hatte dahin Kontakte. Ich wollte wissen, was das für Leute sind.«

»Was für Kontakte?«

»Er hat ihnen Essen gebracht.«

»Den Russen?«

Der Mann nickt.

»Warum bringt Ihr Sohn Essen zu den Russen, und warum weiß Ihre Frau nichts davon?«

»Ich denke, er bringt ihnen Essen, weil sie selber keins haben. Das nennt man Hunger. Haben Sie vielleicht schon mal was von gehört. Kommt bei unsereins öfter vor.«

Spiro schluckt den unterschwelligen Vorwurf. »Warum darf Ihre Frau nichts davon wissen?«

Wieder lässt er sich Zeit mit seiner Antwort. »Sie will immer allen helfen. Manchmal bleibt zu wenig übrig für uns selber.«

»Handelt es sich bei den Toten um die Kontakte Ihres Sohnes?«

»Nein.« Die Antwort ist zu kurz und kommt zu schnell.

»Und Ihr Sohn, wo ist der?«

»Der ist weg.«

Spiro und Bohlke sehen sich verblüfft an. »Soll heißen was?«, fragt Bohlke.

»Er ist verschwunden. Seit Samstag. Wir wissen nicht, wo er steckt.«

Kurz krampft sich Spiros Magen zusammen. »Anton Kraftschick, ist das Ihr Sohn?«

Jetzt ist der Mann überrascht: »Woher wissen Sie …?«

»Es gibt eine Vermisstenanzeige. Wir sind die Polizei. Wer sind Sie?«

Der Mann ist verdattert: »Kraftschick, Herrmann Kraftschick. Aber alle sagen nur Kraftschick.«

»Ihr Sohn verschwindet, und nur kurze Zeit später werden zwei tote Russen aufgefunden, mit denen er aller Wahrscheinlichkeit nach in Kontakt stand. Herrmann Kraftschick, ich muss Sie bitten, uns aufs Revier zu begleiten.«

Endlich ein Anhaltspunkt, für den Fall und für seine

verletzten Gefühle. Erst bandelt der Sohn mit Nike an, alles selbstredend im Dienst der Arbeiterwohlfahrt, und dann sind Vater oder Sohn oder beide auch noch irgendwie in diese Mordsache verwickelt. Nur zu gern würde er zumindest den Sohn für Jahre hinter Gittern verschwinden lassen. Er muss sich ein zufriedenes Grinsen verkneifen. Bohlke hat den Handfessler schon draußen. Kraftschick blickt verzweifelt um sich.

»Wann kommt Ihre Frau zurück?«, will Spiro wissen.

»Sie muss jeden Moment hier sein.« Ihr Verdächtiger begräbt das Gesicht in den Händen. Seine Handteller sind groß wie Untertassen, die Finger breit gearbeitet, in den Runzeln Schwärze. Dann steht er auf, ruhig und gefasst. Schweigend steigen sie hinab.

Auf der gegenüberliegenden Seite der Kunkelstraße bleibt eine hochgewachsene Frau bei ihrem Anblick wie angewurzelt stehen. Hellblaue Augen in einem abgekämpften Gesicht. Kraftschicks Hand ist an Bohlkes gefesselt. Sie sieht es und schwankt. An ihrer Seite ein hagerer, vierschrötiger Kerl, der sofort den Blick abwendet und leise und dringlich auf sie einredet.

»Er hat nichts gemacht.« Ihre Stimme ist laut. Der Vierschrötige hat sie am Arm. Sie schüttelt den Kopf, will zu ihnen stürzen, wird aber festgehalten. Sie will etwas sagen, aber der Vierschrötige legt ihr eine grobe Hand auf den Mund, zieht sie an sich, schiebt sie die Straße hinab, fast muss er sie tragen. Sie schlägt mit kraftloser Hand auf ihn ein und lässt es schließlich geschehen.

»Ihre Frau?«, fragt Spiro. Kraftschick senkt den Kopf.

Polina

Sein Atem geht röchelnd. Die Fenster stehen weit offen. Manchmal fährt ein Lüftchen über sein Lager und trägt den Geruch seines verfaulenden Gesichts davon. Die toten Augen blicken unverwandt zur Decke.

»Iss, mein Liebling.« Mit einem Löffel voll Suppe stupst sie gegen seine Lippen.

»Lass mich.« Er dreht den Kopf weg.

»Aber wir sind fast am Ziel«, flüstert sie. »Du darfst jetzt nicht aufgeben. Sei ein Mann. Sei mein Mann.«

»Täubchen, es geht zu Ende. Machen wir uns nichts vor. Gib mir einen ganz kleinen Schluck Wodka. Und dann lass mich schlafen. Lass mich von unserem Land träumen und von dir.«

Sie gießt Wodka auf einen Teelöffel und träufelt ihn in seinen Mund.

»Ah, das tut gut. Der Geschmack unseres Vaterlandes. Selbst Lenin hat es nicht geschafft, das russische Volk aus der Umklammerung des Wodkas zu befreien. Er hat sich bemüht. Schon im November hat er die Vorräte in den Kellern des Winterpalais vernichten lassen. Sie haben mit Maschinengewehren auf die Weinfässer geschossen und den Wodka gesprengt.« Er lacht rasselnd auf. »Es hat nichts genützt. Sie fanden andere Keller, wo sie den Wodka aus Eimern in sich hineinkippten. Gib mir noch einen Schluck.«

Sie schaut abschätzig hinaus in den tiefblauen Himmel, dann sagt sie weich: »In Leningrad sind die Nächte jetzt weiß. Es ist die schönste Zeit des Jahres. Die Stadt ist mir egal, aber die Wälder ... Erinnerst du dich, wie wir nächtelang in den Wäldern waren, in unseren schönen lichten Wäldern? Die weichen, federnden Böden bedeckt mit silbernen Flechten. Die weißen Stämme der Birken. Das Licht kam von überall her. Am Himmel stand keine Sonne, wir warfen keinen Schatten, und doch gab es dieses Licht, in dem alles irreal wurde wie im Traum.«

Er lächelt. »Ich erinnere mich an dich. Deine Haut war heller als die Flechten. Es war, als würde dein Körper von innen heraus leuchten. Ich habe nie etwas Schöneres gesehen.«

Sie streichelt seine Hand. »Bald fahren wir zurück. Ich bin krank vor Heimweh. Mein ganzer Körper schmerzt, wenn ich an zu Hause denke. Es hieß, es wären nur ein paar Wochen. Jetzt sind wir drei Jahre hier.«

Seine Stimme ist bitter: »Wir können nicht zurück. Du kannst zurück. Aber ich nicht. Sie wollen mich nicht mehr. Sie haben mich vergessen.«

»Das haben sie nicht. Ich spreche von dir, und sie erkundigen sich nach deinem Befinden. Aber ich habe ihnen nicht immer die Wahrheit gesagt. Das haben wir so besprochen.«

»Noch einen Schluck.« Seine Hand winkt müde. »Nein, ich mach mir nichts mehr vor. Ich werde hierbleiben. Nimm meine Asche mit und verstreu sie im Wald. Sie ist auch weiß. Sie wird nicht weiter auffallen.«

»Du redest Unsinn.«

»Ich liebe dich.«

»Ich weiß«, sagt sie.

»Hast du noch ein letztes Schlückchen für mich?« Er atmet mühsam. »Weißt du, mir ist etwas wieder eingefallen, wovon ich dir erzählen wollte. Damals, im Oktober 1917, als wir das freieste Land der Welt waren, als in jeder Straßenbahn und auf jedem Postamt diskutiert wurde. Wir kamen kaum zum Schlafen, ständig gab es Konferenzen, Komiteesitzungen, Kongresse. Viele begannen erst um Mitternacht und dauerten bis zum Morgengrauen. Wir Bolschewiki tagten im Theatersaal des Smolny.« Er winkt, und sie beträufelt wieder seine Lippen. »Sie waren von überall her gekommen. Hunderte, Tausende Männer in Pelzen und Militärmänteln, mit speckigen Haaren und wuchernden Bärten. Sie schliefen auf den Fluren, belegten die Fensterbretter, bald war alles mit Zigarettenstummeln und Brotresten übersät. Zwischen den erhabenen Säulen der Säle lagen sie in ihrem Dreck.« Er lacht. »Seit Wochen hatte sich keiner mehr gewaschen. Alle rauchten. Man konnte die Luft kaum atmen. Die Revolution hat schon von Anfang an gestunken. Ich hatte es nur vergessen.«

Spiro

»Na wer sagt's denn? Endlich tut sich was.« Schwenkow war hochzufrieden, als sie mit Kraftschick aus dem Wedding zurückkehrten. Spiros Zufriedenheit hat sich unterdessen verflüchtigt. Seit zwei Stunden verhört er ihn zusammen mit Bohlke. Aber Kraftschick schweigt. Er schweigt auf Spiros bohrende Fragen, auf Bohlkes gebrüllte Drohungen.

Sie malen ihm eine Zukunft im Zuchthaus an die Wand, 15 Jahre mindestens, Zwangsarbeit. Wenn er rauskommt, ist er ein alter Mann, den die Frau nicht mehr erkennt und die Kinder erst recht nicht. Sie hat ja schon Ersatz für ihn gefunden. Das hat er selbst gesehen. Aber es nützt alles nichts. Kraftschick hält den Mund und studiert die Flecken auf der Wand. Spiro ist wütend. Es ist was mit dem Sohn, überlegt er. Vielleicht deckt der Alte den Sohn. Und das ist der, der mit Nike ... Er denkt besser nicht in diese Richtung weiter. Steckt sie etwa mit in dieser Geschichte? Aber warum hat sie Anton dann als vermisst gemeldet? Sie ist deswegen extra zu ihm gekommen, das ergibt keinen Sinn. Nein, Nike weiß nichts, da ist er sich sicher. Wenn Anton Kraftschick untergetaucht ist, nachdem er die Russen ermordet hat, wäre es besser gewesen, wenn niemand nach ihm sucht. Aber warum hat er sie ermordet? Was ist sein Motiv? Ein Streit? Dafür sind die Morde zu exakt geplant. Die Russen sind nicht im Affekt umgebracht worden, jemand hat sie ausgeschaltet. Überlegt und kalt. Es passt alles nicht zusammen.

»Ich brauche eine Pause.« Er schiebt den Stuhl zurück und verlässt den Verhörraum, Bohlke bleibt drinnen. Spiro läuft den Gang auf und ab. Die Bewegung tut ihm gut. Schließlich bleibt er stehen, lehnt sich gegen die Wand und raucht. Worüber hat Nike gesprochen? Da war noch etwas. Er erinnert sich. Der Sohn war bei den Anarchisten, und das passt dem Vater nicht. Der Sohn ist jetzt verschollen. Hat der Vater etwa den eigenen Jungen ...? Gibt es einen dritten Mord, von dem sie nur noch nicht wissen?

Er geht zurück. Ruhig schließt er die Tür hinter sich und sagt eine ganze Weile lang nichts. Kraftschicks Kinn liegt auf seiner Brust. Wirres Haar hängt ihm in Strähnen ins Gesicht. Spiro lässt die Stille anschwellen, dann sagt er leise: »Kraftschick, wir wissen, dass Ihr Sohn der anarchistischen Bewegung beigetreten ist.« Von dem Mann kommt keine Reaktion. Also macht er weiter: »Der Sohn eines überzeugten SPD-Genossen bei den Bombenlegern. Mit Sicherheit gab es darüber Streit. Sind Sie der Grund für Antons Verschwinden? Was haben Sie mit Ihrem Jungen gemacht?«

Bohlke zieht zischend Luft durch seine Zähne. Und zum ersten Mal seit Spiro zurück ist, hebt auch Kraftschick den Kopf. Spiro ist entsetzt. Das linke Jochbein des Mannes ist aufgeplatzt, es blutet.

In Kraftschicks Augen steht Wut. »Sind Sie jetzt völlig meschugge? Das könnse mir nicht auch noch anhängen.«

Spiro stöhnt. Ein Blick zu Bohlke. Der pult unter seinen Fingernägeln. »Wir sehen uns vor der Tür.« Bohlke nickt. Auf dem Gang stehen sie wie Kampfhähne voreinander.

Bohlke druckst: »Wenn der nicht mit der Sprache rausrückt, der Arsch.«

»Dann lassen wir ihn schmoren, bis er redet. Wir schlagen ihm nicht das Gesicht ein. Wir sind die Polizei. Der sagt jetzt gar nichts mehr. So eine Scheiße, Bohlke.«

»Der hätte sowieso nichts gesagt, wie die letzten Stunden auch.«

»Er kommt zum Sanitäter und dann in den Arrest. Darum kümmern Sie sich.« Es steht ihm nicht zu, dem äl-

teren Kollegen Befehle zu erteilen, aber Bohlke nickt zerknirscht. »Ich fahre noch mal in den Wedding und befrage die Frau. Irgendwas muss sie ja mitbekommen haben.«
Eine halbe Stunde später steigt er wieder die ausgetretenen Holzstufen zu Kraftschicks Wohnung hoch. Vor seiner Tür bleibt er lauschend stehen. Alles ist still, kein Kindergeschrei, kein Töpfeklappern. Er klopft. Es kommt keine Antwort. Wo ist die Frau? Wo sind die Kinder? Da fällt ihm ein, weswegen er überhaupt und zuallererst in die Kunkelstraße 7 gekommen ist. Er wollte dem Unglücksraben Fred einen Besuch abstatten. Vielleicht ist Kraftschicks Frau zurück, wenn er damit durch ist.

Aber wo wohnt Fred? Er klopft an der Tür gegenüber. »Die Blage wohnt eins drüber. Aber der is erst mal stillgelegt«, lässt ihn eine verhärmte Alte wissen. Also aufwärts.

»Polizei? Hat er was anjestellt?« Freds Mutter ist blass.

Hinter ihr schwankt in der Küchentür sein Vater. »Ick zieh ihm den Hosenboden stramm.« Seine Stimme klingt schwammig.

Spiro beeilt sich: »Er hat nichts angestellt. Er ist ein wichtiger Zeuge.«

Das Gesicht der Mutter ist skeptisch. »Aber der sacht nix. Gehirnerschütterung und 'n Loch im Kopp. Sie ham ihn ausm Nordkanal jezojen.« Sie winkt ihn trotzdem herein.

In der Küche haben sich Freds Geschwister vor dem unsteten Taumeln des Vaters in eine Ecke verzogen. Sie grüßen scheu. Ein Mädchen versucht einen Knicks. Spiro zwinkert ihr zu, und sie schenkt ihm ein dunkelrotes Lachen, dem die Vorderzähne ausgefallen sind. Ein Zimmer weiter liegt im großen Elternbett ein schmaler Fred. Ein weißer Verband wie ein Turban über dem blassen Dreieck seines Gesichts. Seine Augen sind geschlossen. Spiro zählt noch zwei weitere Betten. Die müssen also für fünf Kinder reichen.

»Der Doktor sacht, er muss schlafen und dass es besser ist, wenn er nicht mehr die Treppen runterrumpelt zum Krankenhaus. Das wär sogar jefährlich. Er soll nur liegen. Dat Loch wächst zu, irjendwann. Ob er 'n Schaden im Oberstübchen hat, weeß man erst, wenn er wieder janz bei sich is.«

Das Zimmer ist stickig. Ein säuerlicher Geruch ist auch da. Spiro öffnet ein Fenster und setzt sich zu Fred aufs Bett. Abendluft strömt herein. Irgendwer im Hof macht Bratkartoffeln. Laut und vernehmlich meldet sich sein Magen. Er ist den ganzen Tag nicht zum Essen gekommen.

Freds Augenlider flattern. »Kohldampf, wa?« Die Stimme des Jungen ist fast nicht zu hören. »Das ist aber nett, dass se mir besuchen kommen.«

Spiro grinst. »Du machst Sachen …«

»War nich so jeplant.« Fred stöhnt und schluckt.

Seine Mutter schiebt eine flache Schüssel neben das Kissen, dreht seinen Kopf zur Seite, und er kotzt einen Schwall gelblichen Schleims hinein. »Is nur noch Galle. Das geht schon den janzen Tach so. Gleich schläfta wieda.«

Fred ist schwer angeschlagen, das ist offensichtlich. Er sollte ihn besser in Ruhe lassen. Zur Mutter gewandt sagt Spiro: »Ich komme morgen wieder. Vielleicht geht's ihm dann schon etwas besser.«

Behutsam erhebt er sich vom Bett. Er will dem Kopf des Jungen keine weitere Erschütterung zumuten. Als er schon fast an der Tür ist, regt sich Fred erneut. »Nich jehn.« Zögernd dreht Spiro sich um. Fred winkt ihn mit einer schlaffen Hand heran. Mit drei Schritten ist er wieder bei ihm und beugt sich nah zu ihm hinunter. Der Atem des Jungen riecht nach Erbrochenem. Sein Gesicht zuckt. Er strengt sich an. »Ick habe ihn jesehn. Den Toten.« Er braucht ein paar Atemzüge. »Am Schuppen bei der Gasanstalt. Jibtet 'ne Belohnung?«

»Ich guck mal, was sich machen lässt. Danke, Fred. Das ist ein wichtiger Hinweis.«

Fred bleibt stumm. Vielleicht schläft er bereits wieder.

Im Flur holt Spiro seine Börse heraus und drückt der überraschten Mutter ein Fünf-Mark-Stück in die Hand. »Kochen Sie ihm Hühnersuppe. Er hat's verdient.«

Schnell lässt sie das Geld in einer Schürzentasche verschwinden. Mit einem Kopfnicken in Richtung ihres Mannes, der den roten, unrasierten Schädel und eine Schnapsfahne um die Ecke schiebt, legt sie einen Finger an die Lippen. Spiro nickt und verabschiedet sich schnell.

Bei Kraftschicks einen Stock tiefer ist noch immer alles still. Er geht in den Hof und klopft an der Parterrewohnung, in der Kraftschicks Kinder verschwunden sind. In einem kleinen Fenster zum Hof brennt Licht, das in einem gelben Streifen unter den Vorhängen hindurchscheint.

»Ja?« Die Frau mustert ihn langsam von oben bis unten. Sie hat die Schürze noch immer nicht abgelegt.

»Ich suche Helene Kraftschick.«

»Und wer sucht sie?«

»Ariel Spiro, Kriminalpolizei.« Er zeigt ihr seinen Dienstausweis und sieht, wie sich ihr Gesicht verschließt.

»Ick wees nich, wo Helene ist. Den Kraftschick ham se ja selber mitjenommen. Fragen se den.«

»Sind die Kinder noch bei Ihnen?«

Sie schüttelt den Kopf, aber da sind sie schon links und rechts von ihr aufgetaucht und klammern sich mit neugierigen Augen an ihre Schürze. Sie blickt zu Boden.

»Helene Kraftschick ist also nicht in der Zwischenzeit zurückgekommen?«

Dafür kassiert er einen Vorwurf. »Was globen Sie denn, wat se macht? Daumen drehn? Die muss sich jetzt kümmern. Keen Mann, keen Jeld. Der Sohn ist wech. Die Frau tut mir leid.«

»Sie soll sich bitte schnellstens bei der Kripo am Alex melden. Ich muss dringend mit ihr sprechen. Vielleicht kann sie ihren Mann entlasten.«

Ihre Stimme ist bitter. »Wovon denn? Was soll er denn jemacht haben?«

»Das darf ich Ihnen nicht sagen.«

»Sie ham den Falschen, das lassen se sich jesacht sein. Der Kraftschick, det isn Joldstück. So wat müssen se mit der Lupe suchen.«

Spiro bedankt sich und geht. In der Kunkelstraße ist Ruhe eingekehrt. Das Tempo hat sich verlangsamt. Nur noch vereinzelt schlendern Passanten am Ufer der Panke entlang, als wäre es ein munteres Bächlein im Gebirge. Sie haben sich daran gewöhnt, während Spiro noch am Kloakengeruch würgt. Den nächsten Entgegenkommenden fragt er nach der Gasanstalt. »Immer dem Fluss nach, dann sind se da.« Der Pankeduft bleibt ihm also noch eine Weile erhalten. An der Pforte der Gasanstalt hebt ein missmutiger Pförtner ächzend zwei Zentner von den Kissen, die seinen Stuhl polstern: »Schuppen haben wir hier ungefähr hundert. Aber da versteckt sich keiner. Das wird regelmäßig kontrolliert.«

Spiro überlegt. Es war ein langer Tag, sein Magen ist leer, und das Training hat er zum zweiten Mal verpasst. Kupka wird sauer sein und Sebes ohne Partner. Er sieht den Dicken abschätzend an: »Geben Sie mir einfach eine Taschenlampe.«

»Da könnte ja jeder kommen und hier einfach reinlatschen. Hier wird gearbeitet, drei Schichten ...«

Spiro unterbricht den Sermon: »... oder Sie kommen mit.«

Der Dicke verschwindet in der Pförtnerloge und ist überraschend schnell mit einer Taschenlampe zurück: »Die Schuppen sind zu, abgeschlossen. Wie es sich gehört. Die Schlüssel hat der Schichtleiter des jeweiligen Bereichs. Viel Vergnügen.«

Das Gelände der Gasanstalt ist groß. Spiro schätzt, dass drei Wohnblocks samt Höfen in ihm Platz finden würden. Die Gasanstalt setzt sich aus einer Vielzahl äußerst unterschiedlicher Bauwerke zusammen: lange, flache Ziegelbauten mit spitzen Dächern, hohe Verwaltungsgebäude, tatsächlich etliche Schuppen und Unterstände. Dazwischen gestreut ragen eckige Schornsteine in den Abendhimmel wie vereinzelt erhaltene Säulen längst untergegangener Tempel. Er läuft unschlüssig die Hauptallee des weitläufigen Geländes hinunter. Seine Suche ist aussichtslos. Würde er von Schwenkow die Verstärkung erhalten, die es braucht, um hier jemanden zu finden? Nur auf die Aussage eines Jungen hin, der mit angeschlagenem Kopf nicht wirklich ansprechbar im Bett liegt? Er schätzt, dass seine Chancen für eine groß angelegte Suchaktion ungefähr bei null liegen dürften.

Was erhofft er sich überhaupt davon? Er geht zurück, Richtung Pforte. Welchen Schuppen kann Fred gemeint haben? Er muss ihn von außen gesehen haben. Mit der Clique war er zuletzt am Nordkanal. Er dreht wieder um. Ein Teil der Panke fließt durch das Gelände, und er folgt ihrem Lauf nach Südwesten. Links von ihm erhebt sich ein riesiger gelber Ziegelbau. Überall brennen Gaslaternen. Er steckt die Taschenlampe ein. Wo der Bau zu seiner Linken endet, perforiert ein Zaun den Blick auf den Hafen. Er hört die Panke über ein Wehr rauschen. Hier endet die Gasanstalt und abrupt auch ihr Licht. Er geht bis zum Zaun und krallt die Hände hinein. Vor ihm liegt der Nordhafen mit seiner beeindruckenden Phalanx der Flussschiffe, die, auf dem dunklen Wasser schaukelnd, auf Be- oder Entladung warten. Er kommt von der Elbe, seine Familie besitzt Schiffe, aber so viele wie hier hat er noch nie nebeneinander gesehen. An manchen Kais liegen sie in Zweierreihen hintereinander.

Als er sich umdreht, um zurückzugehen, sieht er an der Rückseite des gelben Gebäudes gleich neben dem Wehr einen dunklen Umriss. Das ist kein Schuppen, eher ein Verschlag. Vorsichtig nähert er sich und tastet nach der Taschenlampe. Das Wehr ist laut, aus den Hallen, die er hinter sich gelassen hat, rumpelt und zischt es. Vorsichtig zieht er an der Tür. Sie ist offen, sie hat überhaupt kein Schloss, und er muss grinsen.

Drinnen Schwärze und ein strenger Geruch von Urin und Exkrementen. Er schaltet die Taschenlampe an. Direkt hinter der Tür versperrt ein hoher, rostiger Kasten den Blick. An ihm vorbei gleitet der Lichtkegel über einen Lumpenhaufen, daneben liegen Rohre. Ein inoffizieller Abort, denkt er. Für die, denen der Weg zum richtigen zu weit ist. Er schaltet die Lampe aus, da schabt etwas schwer über den Boden.

»Hallo, ist da wer?« Er schaltet die Lampe wieder an und geht vorsichtig um den Kasten herum. Das Dach des Schuppens wird in der Mitte von einem Holzpfahl gestützt. An seinem Fuß ist ein geknebelter Mann nach vorn zwischen seine Beine gesunken, soweit es die hinter dem Pfahl zusammengebundenen Arme zulassen. Er sitzt in einer stinkenden Lache. Haare und Kleider starren vor Dreck. Er erinnert Spiro mehr an ein Tier, das unter entsetzlichen Bedingungen gehalten wurde, als an einen Menschen.

Er geht vorsichtig näher. Der Mann dreht den Kopf. Seine Augen sind verklebt, die Haut schuppig. Er macht ein Geräusch, einen Laut, den Spiro nicht deuten kann. Schnell kniet er sich hin und löst die Handfesseln. Die Hände des Mannes sind dunkelblau und geschwollen, als hätte man sie aufgeblasen. Allein ihr Anblick ist schwer zu ertragen. Vorsichtig fingert er den Knebel zwischen den gerissenen Lippen hervor.

Der Mann fällt zur Seite und stöhnt: »Wasser. Bitte.«

»Ich hole Hilfe. Ich bin sofort zurück.«

Nike

Sie schenkt dem eleganten Vestibül des *Adlon* kaum einen Blick. Unbeachtet schwingen die Decken in kühner Wölbung über Freitreppen, weisen elegant getäfelte Korridore den Weg zum Café, zur Bar, zum Ballsaal und zum Tanztee im Wintergarten, aus dem sich hin und wieder ein Violinlauf in die blattgoldfunkelnde Lobby verirrt, um in ihren üppigen Perserteppichen zu versickern. Auf Absätzen, bezogen mit der feinporigen Haut eines goldenen Kalbs, klackert sie vorbei am preußischblauen Liftboy, der vorausschauend die Zähne zum Willkommen bleckt, vorbei an Palmen, die in tropischer Üppigkeit den an die Decke gemalten Göttinnen entgegenwachsen, vorbei an den furchteinflößend glatten Marmorstufen der Haupttreppe, auf deren tiefrotem Läufer eine Kommerzienratsgattin den großen Auftritt probt. So perfekt imitiert das feine Parkett die dritte Dimension seiner Kassetten, dass schon manch angeheiterter Gast darüber gestolpert ist. Aber auch davon lässt sich Nike nicht irritieren, sondern rauscht darüber hinweg ins vornehme Restaurant am Goethegarten.

Erst im Glanz seines üppigen Lüsters bleibt sie stehen und mustert die Herr- und Damenschaften an den wenigen Tischen, die sich unter langen Dammastdecken mit hölzernen Löwentatzen an den Boden krallen. Um ihren Körper schwingt ein plissierter Hauch aus Goldlamé. Vorn und auch hinten tief ausgeschnitten, wird er nur von der schwindelerregenden Zartheit zweier schmaler Träger daran gehindert, an Nike hinab langsam zu Boden zu schweben. Eine greise Fürstin lässt seufzend ihr Lorgnon auf den Dammast sinken. Ein Fabrikant nimmt schnell einen größeren Schluck Weißwein, bevor der Blick seiner Gattin ihn exekutiert. Zwei Reichstagsabgeordnete der Zentrumspartei widmen sich nach einer Schrecksekunde schweigend ihrem Sauerbraten, während feine Schweißperlen auf ihren Stirnen wachsen.

An einem Fenstertisch erhebt sich Ambros und winkt. Erleichtert entzieht Nike sich der allgemeinen Aufmerksamkeit, umarmt und küsst ihn auf beide Wangen. »Meine allerbesten Wünsche zum Wiegenfest. Du bist und bleibst mein Lieblingsbruder.« Sie küsst auch ihre Mutter, die in schwerer grauer Seide an seiner Seite sitzt. Auf der anderen hat sich ein feingliedriger junger Mann in einem erlesenen mitternachtsblauen Abendanzug erhoben. Er beugt sich über ihre Hand. »Endlich habe ich die Ehre, Ambros' Schwester persönlich kennenzulernen. Antoine Rochechouard«, säuselt er mit schwerem französischem Akzent.

Ambros stellt seinen Begleiter vor: »Antoine lebt in Paris. Aber weil sich die schöne Stadt an der Seine im Sommer regelmäßig entvölkert und er die Sonne in den Seebädern gar nicht gut verträgt, lässt er sich von mir in die Schwärze der Berliner Nacht entführen. Eigentlich heißt er Alexandre Fernand Antoine Marie de La Rochechouard, Comte, Baron oder so was. Ganz alter Adel jedenfalls. Ist das nicht aufregend?«

Die blassen Wangen des jungen Mannes nehmen einen Hauch Farbe an: »Es ist lediglich sehr, sehr umständlich. Vergessen Sie das alles bitte und nennen Sie mich Antoine.«

»Ist mir een Vergnüjen«, berlinert Nike zurück, grinst und setzt sich.

Antoine lächelt das irritierte Lächeln desjenigen, der kein Wort verstanden hat: »Sie tragen ein sehr elegantes Kleid. Die Damen in Paris würden Sie beneiden.«

»Müssen sie nicht. Genau da, in Paris, wurde es erschaffen. Dann hat man es hierher verschleppt.«

Ihre Mutter hebt alarmiert die Augenbrauen. Nikes Schuldbewusstsein ist nur mit der Lupe zu finden: »Ich habe es gerettet. Und ja, ich musste Opfer dafür bringen. Meinen Anteil an der Reparation haben sie jedenfalls.«

»Es ist jedes Opfer wert.« Ambros küsst ihr über den Tisch hinweg die Hand.

»Bei Herzschmerz ist ein neues Kleid oft die beste Medizin. Man überlagert einfach den *chagrin d'amour* mit dem Amputationsschmerz, den man seiner Barschaft zufügt.«

Ihre Mutter streicht ihr besänftigt über den Arm: »Was ist los, mein Kleines? Willst du es uns erzählen?«

Statt zu antworten, lotst Nike einen der befrackten Ober an ihren Tisch. »Was haltet ihr davon, wenn wir zu deinem Geburtstag und Antoine zu Ehren ein Fläschchen Schaumwein aus seiner Heimat ordern?«

»Sehr viel, und wenn Sie erlauben, darf ich auswählen«, springt ihr Antoine erfreut bei.

»Mit dem größten Vergnügen unterwerfen wir uns deiner sozusagen eingefleischten Expertise.« Ambros lächelt leicht entrückt, während Antoine den Sommelier in eine immer angeregter verlaufende Diskussion verstrickt.

Krug, Bollinger, Gosset, Roederer, Pol Roger, Taittinger, Ruinart – klangvoll wirbeln Jahrgänge und Namen großer Champagnerhäuser umeinander. Schließlich erhebt sich Antoine und verbeugt sich vor Charlotte und Nike: »Obwohl ich mich beinah als einen Krugisten bezeichnen würde, möchte ich zunächst einen sprudelnden, frischen Bollinger empfehlen. Doch jetzt verlasse ich Sie für einen kurzen Moment. Man hat mir angeboten, die Keller zu besichtigen, *un honneur pour moi*. Das kann man nicht abschlagen. Darf ich Sie bitten, mir ein Dutzend huîtres zu bestellen? Ich steige derweil hinab ins Paradies der Weine und werde ganz sicher mit einer besonderen Flasche zurückkehren. Es ist nämlich nicht so, dass alle Paradiese oben schweben. Ganz im Gegenteil. Ich möchte fast sagen, die interessantesten liegen weitaus tiefer.« Nach einer weiteren Verbeugung folgt er dem Sommelier mit der Miene eines Kindes vor der weihnachtlichen Bescherung.

Nike wendet sich zu ihrem Bruder: »Was ist mit dem blonden Fallschirmjäger passiert?«

»Abgeschossen, würde ich sagen.« Ambros wirft einen zärtlichen Blick auf den jungen Franzosen und imitiert seinen Akzent: »Isch bin übärgelaufen.«

Sie muss lachen. »Meinen Segen habt ihr.«

»Und wie ist der Stand der Ermittlungen im Fall des hübschen Kriminalkommissars?«

Mit einem Schlag vergeht Nike das Lachen. »Der Fall ist abgeschlossen. Er hat sich anderweitig vergeben.«

Mit professioneller Vergnügtheit stellt ein schwarz befrackter Kellner einen eisgefüllten, auf Hochglanz polierten Silberkühler auf ihren Tisch, entnimmt ihm mit verheißungsvoller Miene eine schwere dunkelgrüne Flasche und entkorkt sie. Routiniert füllt er ihre Gläser und säuselt: »Es ist dem *Adlon* eine Freude, Ihren Festtag mit diesem wunderbaren Jahrgang zu krönen. Eine ausgezeichnete Wahl.«

Die drei schweigen. Als ihn Ambros mit einer knappen Handbewegung auffordert, den Tisch zu verlassen, wendet sich der Kellner ein wenig düpiert ab.

Nike stürzt ihr Glas hinunter, ohne auf die anderen zu warten. Dann bricht es aus ihr heraus: »Er hat eine andere. Er ist jetzt mit Ana.«

»Mit Ana, der Zeichnerin?« Ihre Mutter schüttelt ungläubig den Kopf. Aber bevor sie weiterreden kann, wird aus der klirrend klimpernden, von leiser Konversation unterlegten Geräuschkulisse das ahnungsvolle Raunen eines Publikums, das den Moment begleitet, in dem sich die Säge in die Kiste mit der Jungfrau gräbt.

Nike sieht sich um. Eine schlanke Frau im Pelz hat, eskortiert von zwei ephebischen Jünglingen, das Restaurant betreten. Ihr Haar ist zu einem feuerroten Pagenkopf geschnitten. Ihr heller Teint jedoch tendiert ins Grünliche. Mit der grausamen Gleichgültigkeit einer altägyptischen

Sphinx überfliegen ihre von schwarzen Balken umrandeten Augen die Szenerie.

»Die Berber, sieh einer an.« Ambros lächelt süffisant. »Bei ihrem Koks- und Morphiumkonsum wundert es mich allerdings, dass sie überhaupt noch steht.«

Die skandalumwitterte Tänzerin lässt sich zwischen ihren Begleitern an einem Tisch in der Mitte des Restaurants nieder. Langsam, als wäre sie unendlich schwer, hebt sie ihre kleine weiße Hand mit den blutroten Nägeln, löst das oberste Häkchen ihres Pelzes und lässt ihn langsam über ihre Schultern gleiten. Darunter trägt sie nichts. Lediglich eine Perlenkette schimmert zwischen ihren noch immer schönen Brüsten.

»Irre ich mich, mein Lieber, oder ist die Dame nackt?«, fragt die greise Fürstin ein paar Tische weiter ihren Begleiter und mustert prüfend ihr Lorgnon.

»Sie irren sich nicht«, erklärt er trocken und wendet sich wieder seiner Pastete zu.

Ambros schüttelt den Kopf: »Hat sie es einfach nicht mehr geschafft, sich etwas anzuziehen, oder braucht sie dringend ein paar Schlagzeilen? Was meint ihr?«

Nike ist es gleich, ob der Saal nackt tafelt oder im Eskimopelz. Der Anblick von Anas Arm, vertraut unter Ariels geschoben, und der Abdruck ihres Lippenstifts auf seiner Wange haben sie schlagartig in einen Kokon aus Erschrecken, Traurigkeit und Phlegma gesponnen. Weder Ambros' Bemerkungen noch die liebevolle Zuneigung ihrer Mutter erreichen sie wirklich. Es ist, als wäre die Welt mitsamt ihrer Farben, Düfte und Geräusche auf Abstand zu ihr gegangen. Selbst die Erinnerung an Morgenthals verstörendes Bekenntnis heute Mittag entfernt sich von ihr mit dem eiligen Schritt des Vergessens.

Dem *Maître d'hôtel* jedoch ist die korrekte Bekleidung seiner Gäste weniger gleichgültig. Mit einer eigentümlichen Mischung aus Verständnis und Strenge legt der Oberkellner der entblößten Anita Berber ihren Pelz wieder um die Schultern und geleitet sie hinaus. Die Epheben folgen. Ihnen entgegen steuert der Sommelier mit besorgtem Blick ihren Tisch an. Angekommen, räuspert er sich: »Der Comte Rochechouard, ist er in der Zwischenzeit zu Ihnen zurückgekehrt?«

Ambros schaut indigniert auf den leeren Platz an seiner Seite: »Ich weiß nicht, wie es Ihnen geht, ich zumindest sehe ihn nicht.«

Dem Sommelier entfährt ein sehr leises Stöhnen: »Wir haben ihn verloren.«

Leise entgegnet Ambros: »Dann sollten Sie ihn wiederfinden. Wir beginnen bereits ihn zu vermissen.«

Die Backenzähne des Sommeliers mahlen: »Da unten sind über eine Million Flaschen. Unser Weinkeller ist groß wie eine Stadt. Ich werde so etwas wie einen Suchtrupp zusammenstellen lassen.« Er segelt davon.

Am Tisch herrscht fassungslose Stille. Ambros winkt einem Kellner, um ihnen nachschenken zu lassen. »Auf dass die Verlorenen zu uns zurückfinden.«

Nike trinkt ihren Champagner, als wäre er Wasser. In einem Zug leert sie ihr Glas und schüttelt dann den Kopf: »Das ist ein ziemlich eigenartiger Geburtstag, findet ihr nicht? Alles und alle gehen verloren …« Aber bevor sie weiterreden kann, ist ihr Kellner erneut zu ihnen getreten: »Fräulein Fromm? Sie werden am Telefon verlangt.«

Mit dem Gefühl, sich endgültig ins Unwirkliche zu verabschieden, folgt sie ihm. In der holzgetäfelten Telefonkabine riecht es nach Rauch. Im Hörer die Stimme ihres Dienstmädchens: »Entschuldijense die Störung, aber die Kriminalpolizei hat anjerufen. Es jibt wat Wichtijet. Er is im Präsidium und da zu erreichen, der junge Kommissar.« Sie diktiert eine Nummer.

Nike wartet einen Moment, bis sie begreift, dass sich ihr Herzklopfen nicht beruhigen wird. Dann lässt sie sich durchstellen.

»Spiro.« Seine Stimme. Amtlich, kühl und reserviert.

»Ariel. Nike hier.«

Sie hört ihn atmen. Dann sagt er leise: »Ich habe ihn gefunden, deinen …« Er kommt nicht weiter.

»Anton?«, fragt sie. »Du hast Anton gefunden?« In ihrem Kopf wirbeln die Bilder beider Männer in einem champagnertrunkenen Chaos umeinander. Sie sollte etwas sagen und kann es nicht. Was auch? Schweigen breitet sich aus, hin und wieder unterbrochen von leisem Knistern in der Leitung.

Als er endlich etwas sagt, ist Spiros Stimme wieder sachlich: »Anton Kraftschick, ja. Er wurde in einem Schuppen im Wedding gefangen gehalten. Er liegt in der *Charité*. Sein Zustand ist schlecht. Es ist nicht klar, ob er es schafft. Ich dachte, du solltest das wissen.« Nike sucht Halt an der Kabinenwand. Ihre Knie geben nach. Sie lässt den Hörer sinken. »Nike? Ist alles in Ordnung? ... Nike?« Blechern kommt seine Stimme aus dem Lautsprecher.

»Danke«, flüstert sie schließlich, »danke, Ariel«, und hängt ein.

Das ist ein verfluchter Albtraum, denkt sie, wankt zurück an ihren Tisch und angelt nach ihrer Handtasche.

»Ich muss in die *Charité*«, sagt sie nur, dreht sich um und verlässt das *Adlon*.

Spiro

Drei Zigaretten hat er gebraucht, bis er wieder klar im Kopf geworden ist. Sie wird jetzt zu ihm fahren, auf direktem Weg, und sich an sein Bett setzen, ihm die aufgerissenen Lippen betupfen, seinen verklebten Kopf tätscheln, und wenn Anton Kraftschick nicht gänzlich verblödet ist, wird er schnellstmöglich wieder gesund, denkt er, und es tut weh. Einen winzigen Augenblick lang hat er bei der Gasanstalt überlegt, ob er nicht einfach die Schuppentür wieder schließen und ruhig nach Hause gehen sollte. Dann ist er losgerannt, so schnell er konnte, und das war gut so. Alles andere hätte er sich niemals verziehen.

Er tippt seinen knappen Bericht zu Ende und zieht die Bögen von der sirrenden Walze der Schreibmaschine.

»Er kämpft«, hat der Arzt gesagt, »und dabei braucht er jede nur mögliche Unterstützung.«

Spiro hat genickt, ist wieder in die Kunkelstraße, wo Helene Kraftschick, woher auch immer, schließlich wieder aufgetaucht ist. Diese blondgraue Frau mit den verschlossenen hellen Augen, die auffällig steif die Nachricht vom Wiederauffinden ihres Sohnes entgegengenommen hat. Keine Tränen, kein Dank, nur ein Nicken. »Wo ist er jetzt?«, hat sie leise und heiser gefragt. Mehr nicht. Spiro hat sie ans Krankenbett ihres Sohnes gebracht. Sie hat sich zu ihm gesetzt, seine Wange gestreichelt, dann hat Spiro gesehen, dass ihre Schultern zu zucken begannen. Leise hat er die Tür geschlossen und ist ins Präsidium gefahren.

Er lässt sich den Vater wieder ins Verhörzimmer bringen. Kraftschick, der große Schweiger. Vielleicht fällt ihm ja jetzt etwas ein.

Kraftschicks Gesicht ist müde. Tief graben sich die Falten in seine Haut. Er wirkt älter als am Nachmittag. Auf seinem Jochbein klebt ein sauberes Pflaster. Bohlke hat also Wort gehalten und hoffentlich von Schwenkow einen ordentlichen Rüffel kassiert. Spiro klopft eine Zigarette aus seinem Päckchen und bietet sie Kraftschick an. Der schüttelt abweisend den Kopf. Sie schweigen, Spiro raucht. Dann sagt er leise: »Es gibt gute Neuigkeiten, Kraftschick. Ich habe Ihren Sohn gefunden.«

Im Gesicht des Mannes geht die Sonne auf. Der hat ihn nicht angebunden, denkt Spiro, der nicht.

»Wo ist er? Was ist mit ihm? Wo hat er denn gesteckt die ganzen Tage?«

»Er war in einem Schuppen auf dem Gelände der Gasanstalt. Sagt Ihnen das etwas?«

Kraftschick sieht ihn verständnislos an. »Was hat er da in drei Teufels Namen verloren gehabt?«

»Das würden wir auch gern wissen. Aber er kann es uns nicht sagen.«

Kraftschick wird blass: »Ist er etwa …?« Er wagt nicht, den Satz zu beenden, und sein Entsetzen ist so groß, dass Spiro sich beeilt zu antworten.

»Nein, er lebt. Aber es geht ihm nicht gut. Er ist nicht bei Bewusstsein. Man hat ihn gefesselt und geknebelt. Die Hände waren abgeschnürt. Vielleicht zu lange. Und die Nieren spielen nicht mehr richtig mit. Ein paar Tage lang kein Wasser. Er kämpft. Seine Mutter ist bei ihm.«

Kraftschick vergräbt stöhnend den Kopf in den großen Händen. Schwer liegen seine angewinkelten Arme auf dem Tisch. »Wie geht es ihr?«, fragt er schließlich.

»Sie ist sehr gefasst, auffallend gefasst und abweisend wie eine Brandmauer.«

»Helene ist eine starke Frau«, sagt Kraftschick. »Aber das alles ist vielleicht mehr, als sie verkraften kann. Die Kleinen sind ja auch noch da. Ich muss zu ihnen. Sie müssen mich rauslassen.«

Spiro schüttelt den Kopf. »Nicht bevor Sie mir erzählt haben, was Sie wissen. Sie sind noch immer unser Hauptverdächtiger. Haben Sie das vergessen?

»Das ist Blödsinn. Ich kenne die ja nicht mal.«

»Wen kennen Sie nicht?«

»Die, die ich umgebracht haben soll.«

»Aber gesehen haben Sie die Toten?«

In Kraftschicks Gesicht arbeitet es. »Nicht als Tote. Aber als sie noch lebendig waren.«

»Wo? Wann? Mit wem?« Spiro trommelt mit den Fingern ein ungeduldiges Stakkato auf die Tischplatte. Aber Kraftschick schweigt wieder. »Dem Zustand Ihres Sohnes nach war er seit Samstag im Schuppen angebunden, dem Tag, an dem er verschwunden ist. Mit ziemlich großer Wahrscheinlichkeit ist er nicht ihr Mörder. Sie müssen ihn nicht decken. Erzählen Sie mir einfach, was Sie wissen.«

Kraftschick sieht ihn zweifelnd an: »Was ist mit seinen Händen? Wird er ein Krüppel sein, wenn er es schafft?«

»Aufgestautes Gewebswasser. Blau und geschwollen. Sieht nicht gut aus.«

Kraftschick ringt mit sich. Dann sieht er Spiro an. Er hat sich entschlossen zu sprechen. »Es ist ein paar Wochen her, da hat mir ein Genosse gesteckt, dass Anton bei *Paul Laser* in Kreuzberg verkehrt.« In Spiros fragendes Gesicht grummelt er: »Eine Kneipe. Im Hinterzimmer gibt es jeden Montag Vorträge. Meistens Anarchistisches. Sie sammeln, um ihre Gefangenen aus den Lagern zu holen oder sie da drinnen zu unterstützen. Trotzki hat ordentlich aufgeräumt mit der anarchistischen Bewegung. Wer konnte, ist geflohen, wer nicht, ist tot oder im Lager.« Er schüttelt den Kopf. »Damit haben wir alle nicht gerechnet. Er behandelt sie, als wären sie Faschisten, dabei sind sie Waffenbrüder der Roten Armee gewesen.«

Spiro will nicht schon wieder im Strudel des russischen Bürgerkriegs verschwinden und fragt dazwischen: »Und was hat Anton in *Lasers* Hinterzimmer gemacht?«

»Er hat es sich angehört, hat Fragen gestellt, gespendet. Es scheint ihm gefallen zu haben bei denen. Ein Freund hat es mir erzählt. Ich konnte ja nicht rein. Er hätte mich gesehen. Erst als er nicht mehr nach Hause kam, bin ich selber hin.«

»Woher kannte Anton die Toten? Aus dieser Kneipe in Kreuzberg?«

»Wie er sie kennengelernt hat, weiß ich nicht. Aber ich habe sie zusammen gesehen. Vor vielleicht einem Monat ist er in den Westen gefahren, zum Wittenbergplatz. Ich hab ihn durch Zufall gesehen, als ich früher von der Arbeit nach Hause kam, weil ein Teil nicht geliefert wurde. Da stand er plötzlich auf dem U-Bahnhof, aber in der falschen Richtung. Ich hab mich gewundert und bin ihm hinterher, bis er in dieser Teestube verschwunden ist. Wollte wissen, was er da treibt im Westen.«

»Und warum haben Sie ihn nicht einfach gefragt? Warum haben Sie Ihrem Sohn hinterherspioniert?«

Kraftschick stöhnt. »Hätte ich es nur gemacht, ihn einfach gefragt. Aber er war nicht mehr wiederzuerkennen in letzter Zeit, wie ein anderer Mensch. Wir haben ihn kaum noch zu Hause gesehen. Nichts ging ihm schnell genug. Bei den Genossen war er aufbrausend. Zu Hause noch viel mehr. Ständig Widerworte. Als wollte er weg von uns, weg von allem. Ich wollte ihn nicht aushorchen oder zur Rede stellen, wollte nur sehen, dass er keinen Mist macht. Abends war er mit diesem Mädchen unterwegs. Auch so eine Geschichte.«

Spiros räuspert sich: »Was ist das für ein Mädchen?«

»Eine aus gehobenen Verhältnissen. Ärztin oder so was. Sie scheint gut zu sein. Hat einige schwere Fälle wieder ordentlich zusammengeflickt und ist dabei verdammt hübsch. 'ne richtige Augenweide. Kann's Anton nicht verdenken, aber für Klarheit im Kopf hat das bei ihm auch nicht gerade gesorgt.«

»Wissen Sie, wie sie heißt?«

»Nein, aber ich weiß, wo sie wohnt. Magdeburger Platz. Aber sie weiß auch nicht, wo er ist. Sie hat ihn auf einer Versammlung bei Laser gesucht.«

Spiro atmet erleichtert aus. Nike gehört also nicht zum Kreis der Verdächtigen, aber als Zeugin wird er sie bestimmt verhören müssen. Ein Gedanke, den er sofort wieder verdrängt. »Also zurück zur Teestube. Sie sind Ihrem Sohn gefolgt und haben ihn beobachtet. Was haben Sie gesehen?«

»Er hat hinten an einem Tisch gesessen und geredet. Lange, dann ist er mit zwei Männern rausgekommen und in den Wedding gefahren. Sie waren auf der Hut, haben sich öfters umgesehen. Ich habe deshalb großen Abstand gehalten und einen anderen Waggon genommen. Aber sie sind nicht am Stettiner Bahnhof ausgestiegen, unserer Haltestelle. Vielleicht vorher, vielleicht weitergefahren. Ich weiß es nicht. Was ich weiß: Die beiden Männer, die mit Anton aus der Teestube gekommen sind, das sind Ihre Toten.«

Spiros Puls wird schneller. Also doch diese Teestube. Ich hab es fast gerochen, denkt er. Hier laufen die Fäden zusammen, die wenigen zumindest, die wir haben. Er muss dahin zurück. Und er muss Bludaus Freundin überreden, ihm zu helfen. Sie verkehrt da, sie kennt sich aus, ihr wird man vertrauen. Seine Gedanken kehren zurück zu dem

Mann am Tisch: »Warum sind Sie auch nach Antons Verschwinden weiterhin da hingegangen?«

Kraftschick sieht ihn an wie einen Geisteskranken: »Ich habe natürlich gehofft, dass er da auftaucht. Seit er weg ist, hab ich fast jeden Tag vorbeigeschaut und gehofft, dass er kommt. Ich habe vorher nie Tee getrunken, höchstens Hagebutte. Aber mit viel Zucker geht's. Mittlerweile schmeckt er mir sogar. Als ich die Fotos in der Zeitung gesehen habe, hatte ich Angst, dass der Junge was damit zu tun hat. Sie waren Anarchisten, so viel habe ich gehört. Der Wirt hat es mir erzählt. Das ist es, was geredet worden ist, nachdem die Leute wussten, dass sie tot sind, ermordet. Sie waren anscheinend illegal hier, ohne Nansen-Pass, ohne überhaupt irgendwelche Papiere. Staatenlose. Sie wurden gesucht von der Tscheka, dem Geheimdienst der Bolschewisten, und in eine Kontrolle der Preußischen Polizei hätten sie auch nicht kommen wollen. Das ist alles, was ich weiß. Und jetzt will ich zu meinem Sohn.«

Spiro steht auf: »Ich muss das mit meinem Vorgesetzten besprechen. Und ein Protokoll Ihrer Aussage muss geschrieben werden. Vorher ist an eine Entlassung nicht zu denken.«

Kraftschick stöhnt.

Schwenkow auch. Er hat dem überraschten Spiro einen Platz auf dem grünen Samtsofa zugewiesen. Von dort beobachtet er, wie sein Vorgesetzter die beachtliche Leibesfülle hinter dem Schreibtisch auf- und im nächstgelegenen Sessel wieder untergehen lässt. Er fragt sich, ob Schwenkow ahnt, dass er nach diesem Fall sein Entlassungsgesuch einreichen wird, dass er fertig ist mit ihm, der Stadt und den Kollegen.

Durch den dicken blauen Rauch seiner Zigarre grimmen ihn die Schweinsäuglein an. »Ich dachte, wir hätten ihn. Auch wenn mir nie ganz eingeleuchtet hat, warum ein Genosse aus dem Wedding zwei Russen um die Ecke bringen sollte. Aber das hätte er uns in den nächsten Tagen vielleicht verraten. Wenn ich Sie richtig verstehe, wollen Sie ihn laufen lassen?«

Spiro nickt. »Er hat eine Frau, zwei kleine Kinder und einen Sohn, der in der *Charité* mit dem Tod ringt. Der läuft uns nicht weg.« Er hält einen Moment inne, dann fügt er hinzu: »Außerdem passt die Giftmischerei nicht zu ihm. Auch nicht zu seinem Sohn.«

»Was ist mit der Frau?«

Spiro überlegt: »Die ist auf jeden Fall ein harter Brocken. Sagt nichts und lässt sich auch nichts anmerken. Ist ziemlich viel unterwegs für eine Mutter von zwei Kindern. Wir sollten mit ihr sprechen. Aber noch sitzt sie bei ihrem Sohn.«

Schwenkow nickt. »Soll se. Ich hoffe für uns alle, dass der junge Kraftschick durchkommt und etwas Klarheit in die Angelegenheit bringen kann. Sobald der Vater draußen ist, holen Sie die Frau her. Sie hat uns Max Roth auf den Hals geschickt, ausgerechnet den.« Spiro zieht fragend die Brauen hoch. »Den wolln se nich von hinten sehen. Anwalt der Armen und Entrechteten, sofern sie seine sozialistische Gesinnung teilen. Er dreht Ihnen das Wort im Mund herum und in null Komma nichts haben Sie ein schlechtes Gewissen, dass Sie es gewagt haben, einen Dieb einzubuchten. Habe ihm gesagt, dass der Kraftschick so gut wie draußen ist, da ist er wieder abgezogen. Er kriegt das Protokoll.«

Spiro nickt. Das muss er veranlassen und darf es nicht vergessen. Dann fällt ihm ein: »Ich fände es gut, wenn sich Herr und Frau Kraftschick nicht absprechen könnten. Ist es möglich, einen Kollegen ins Krankenhaus zu schicken, der sie sofort herbringt, wenn ihr Mann abschwirrt?«

Schwenkow kratzt sich an der Nase. »Das soll Bohlke machen. Guter Vorschlag. Fräulein Gehrke?«

Das Schreibmaschinengeklapper im Vorzimmer verstummt, und das Mausgesicht der Sekretärin erscheint im Türrahmen. Schwenkow bittet sie, Bohlke in die *Charité* zu schicken, dann wendet er sich wieder Spiro zu.

»Also, was haben wir? Wenn Kraftschick die Wahrheit sagt und die Gerüchte stimmen, sind die beiden offiziell gar nicht vorhanden. Zwei namen- und staatenlose Anarchisten. Haben die hier was ausgeheckt? Ein Attentat? Wer weiß, wovon der Mörder sie abgehalten hat. Der Fall sollte an die Politische Polizei gehen.«

»Ich finde, dafür ist es noch zu früh.« Spiro hat sich vorgebeugt. Das musste ja so kommen, und es passt ihm nicht. »Wir sollten auf jeden Fall die Befragung von Helene Kraftschick abwarten. Und ob uns der Sohn was erzählen kann.« Von der Teestube sagt er nichts. Das würde die Politischen noch eher auf den Plan rufen.

Schwenkow blickt ihn zweifelnd an, pafft ein paar Rauchgebirge in die dicke Luft und meint schließlich: »Wir warten bis morgen Nachmittag, länger nicht.« Er klappt seine Taschenuhr auf. »Zehn Uhr. Höchste Zeit, nach Hause zu kommen. Schluss für heute.«

Helene

Er atmet leise und unregelmäßig, als wäre jedes Luftholen eine Anstrengung, für die er zunächst Kraft sammeln muss. Ihr schöner, starker Sohn. Sie erkennt ihn kaum wieder. Deutlich zeichnet sich sein Schädel unter der Haut ab. Sein ausgemergelter Körper liegt so reglos da, als wäre das hier schon sein Totenbett. Sie sitzt in der gelben Insel aus Licht, die eine kleine Lampe in die Dunkelheit brennt, und lauscht. Wie lang sie schon hier sitzt, könnte sie nicht sagen. Auch wo sie sitzt, hat sie vergessen. Sie hat sich gefragt, ob das jetzt der Moment wäre zu beten. Sie hat es versucht. Vater unser im Himmel, weiter ist sie nicht gekommen. Nein, das ist nichts, nicht für sie jedenfalls. Sie glaubt an keinen Schöpfer, der ihre Geschicke lenkt. Wenn es ihn gäbe, säße er da oben und wäre blind, sonst dürfte er all das Elend unten auf Erden nicht zulassen.

Aber es gibt etwas, das sie beunruhigt. Ein Gedanke ist in ihrem Kopf entstanden wie ein Geschwür. Er geht nicht mehr und treibt sie um. Es gibt keinen Gott, der darauf achtet, dass vorm Essen die Hände zum Gebet gefaltet werden und alle immer nur die Wahrheit sprechen. Aber wie ist das mit den ganz schweren Angelegenheiten, denen, die Leben und Tod betreffen? Gibt es für diese Fälle, wenn auch keinen Gott, so doch etwas wie eine übergeordnete Gerechtigkeit, der sich niemand entziehen kann, egal ob gläubig oder nicht? Und sorgt diese Gerechtigkeit dafür, dass derjenige, der ein Leben nimmt, auch eins abgeben muss?

Seitdem sie einmal so weit gedacht hat, ist die Angst in sie gekrochen. Ist Anton der Preis, den sie dafür zahlen muss, was sie mit Höckelmann gemacht hat? Das Leben ihres Sohnes für das des fetten Nazis? Sind alle Leben letztendlich gleich viel wert? Arme und Reiche, Schlaue und Dummköpfe, Hilfsbereite und Schnorrer? Werfen sie alle dasselbe in die Waagschale?

Sie denkt an Höckelmann, seinen entsetzten Blick, als sie ihm das Kissen aufs Gesicht legte. Es ist zwecklos, ihn um Verzeihung zu bitten. Nicht Höckelmann. Der hat noch nie etwas verziehen. Sie blickt auf ihren Jungen und denkt, dass Anton ein sehr hoher Preis wäre. Würde sie selbst sterben, wäre das nur gerecht, aber Anton? Nein. Diesen Preis wird sie nicht zahlen. Sie wird ihn behalten. Anton wird irgendwann die Augen aufschlagen, ein paar Tage später wird er aufstehen und noch später wieder in ihrer Küche sitzen und sich rund und gesund füttern lassen. So wird es sein und nicht anders. Sie wird hier sitzen und ihn dem Tod aus den Armen ziehen.

Ihr Kopf schmerzt, ihre Augen brennen, sie ist unendlich müde und gleichzeitig hellwach. Sie darf jetzt nicht ausruhen, muss sich anstrengen, muss bei ihm sein, sonst wird er ihr genommen. Sie streichelt seine Wange und lässt aus einem Schwamm Wassertropfen in seinen Mund gleiten.

Die nächtliche Stille des Krankenhauses wird von Schritten gestört. Eilig klackern sie über die Steinböden, werden lauter und kommen vor ihrer Tür zum Halt. Leises Klopfen, dann steht sie im Raum. Große Güte, ein Rauschgoldengel, denkt Helene. Aber einer, der schwankt. In einem leichenblassen Gesicht fragen zwei aufgerissene Augen. Die Lippen sind weiß: »Wie geht es ihm?«

Erst jetzt erkennt sie die junge Ärztin, die sich schon am Dienstag nach Anton erkundigt hat. Wie hieß sie noch gleich? Nike. Sein Mädchen. Sie mustert das Kleid, den glänzenden Stoff, der fast so viel offenlegt, wie er verhüllt, die Schühchen aus goldenem Kalb, und sie riecht den Wein in ihrem Atem. Sie sieht die ganze feine, aufgetakelte Nike in schimmernder, zartester Rüstung schwanken.

»Was wolln Sie denn hier?« Helene bremst mit ihrer Stimme ihren Weg zum Krankenbett.

Sie antwortet nicht, sondern fragt stattdessen flüsternd: »Was haben die Ärzte gesagt?«

»Dass er Ruhe braucht, absolute Ruhe«, lügt Helene. Sie soll mitsamt ihrer Schnapsfahne und dem Rauschgoldkleid verschwinden. So besucht man doch keinen Kranken. Sie steht auf und winkt Nike ungeduldig zur Tür. Aber die gehorcht ihr nicht, sondern geht weiter mit sorgengerunzelter Stirn an sein Bett. Sie tastet nach seinem Puls und streichelt seine schrecklich geschwollenen Hände, und während sie da greift und zählt und lauscht, hält Anton plötzlich den Atem an, hört einfach auf und will nicht mehr. Seine Züge entspannen sich, nichts hebt und senkt mehr seine Brust. Helene erstarrt. Das kann, das darf doch nicht sein. Als hätten die wenigen Schritte weg von seinem Bett gereicht, um ihn aus der schützenden Umklammerung ihres zähen Willens zu befreien, und sofort wirft er sich dem Tod in die Arme. Das ist ganz allein die Schuld dieser Schickse. Sie hat mich von ihm weggelockt, und ich habe ihn verloren.

Nike erstarrt nicht, sondern rafft das Rauschgold, setzt sich rittlings auf ihn, presst seinen Brustkorb bis die Rippen knacken, legt ihre Lippen auf seine aufgesprungenen Krusten und atmet in ihn hinein, drückt, massiert, befiehlt seinem müden Herzen weiterzumachen, und langsam fügt er sich und kommt zurück.

Helene soll einen Arzt holen, aber sie kann sich noch immer nicht rühren. Schrecken, Erleichterung und Zorn ringen in ihr miteinander. Kämpfe, die sie ganz beanspruchen und keine Störung zulassen. Da läuft Nike selbst auf klackernden Schühchen weg, nur kurz, kehrt zurück und schiebt die lange Nadel einer Spritze in seine Vene, drückt sacht ihren Inhalt hinein, und auf seinen Wangen erscheint so etwas wie Farbe.

In der Tür steht plötzlich ein Arzt, der sich den Schlaf aus den Augen wischt. »Na, das wär ja um ein Haar schiefgegangen«, gähnt er. »Da kann er von Glück sagen, dass eine angehende Kollegin dabei war und nicht die Nerven verloren hat. Chapeau.« Er horcht ihn ab, fühlt wieder den Puls, zählt, murmelt, dann tritt er zurück. »Er scheint wieder auf dem Posten zu sein. Ich werde in einer Stunde nach ihm sehen. Bleiben Sie?«

Nike nickt, er auch. Dann ist er wieder draußen. Kein Wort zu Helene, als wäre sie gar nicht da. In ihr steigt eine

Wut auf. Sie hat sie weggelockt von ihm, und um ein Haar wäre er gestorben. Das wird kein zweites Mal passieren.

»Danke«, sagt Helene, »aber Sie müssen jetzt gehen.«

Nikes Kopf fliegt herum. »Was wollen Sie denn von mir? Seien Sie froh, dass ich rechtzeitig zur Stelle war.« Sie ist empört.

Helene spricht leise, aber bestimmt: »Wichtiger ist, was Sie eigentlich von ihm wollen, von meinem Sohn, Anton Kraftschick, Maschinenbauer bei Kotsch. Ist Ihnen langweilig geworden, da, wo Sie herkommen?« Ihre Blicke verhaken sich ineinander. Schließlich senkt Nike den Kopf. Helene bohrt weiter: »Wolln Sie ihn etwa heiraten, ihm um fünf die Thermoskanne voll machen und Stullen einpacken in Pergamentpapier? Ihm nach der Arbeit Kartoffeln mit Stippe auf den Tisch stellen, und sonntags dann zu uns zum Streuselkuchen? Nein, das wolln Sie nicht, mein Fräulein. Und selbst wenn Sie wollten, könnten Sie es nicht. Und weil das so ist, scheren Sie sich jetzt weg. Gehen Sie ins Kino, wenn Sie mal was andres sehen wolln. Lassen Sie uns zufrieden, wir haben nichts zu verschenken.«

Sie hat ins Schwarze getroffen, das kann sie sehen. Aber die Schickse gibt noch nicht auf. »Ich werde hierbleiben, bis der Arzt wiederkommt. Ich habe es zugesagt. Alles andere könnte ich nicht verantworten. Und was ich mit Anton mache und er mit mir, das geht Sie nichts an.« Sie holt sich einen Stuhl und setzt sich an die andere Seite des Bettes.

Es wird eine lange, schweigsame Stunde. Keine der beiden spricht ein weiteres Wort. Helenes Gedanken kehren dahin zurück, wo sie vorher kreisten, um Schuld, Sühne, Gerechtigkeit. Und da gibt es noch etwas, was ihr überraschend Sorgen macht: das Geld, Höckelmanns Geld. 2600 Reichsmark, ein Vermögen, das jetzt unter schmutzigen Laken am Boden ihres Wäschekorbs liegt. Ein schlechtes Versteck. Sie muss ein besseres finden, bis sie es los ist. Nie hätte sie gedacht, dass sie ein Haufen Geld derart unglücklich machen würde. Sie wird es weggeben. In kleinen Portionen, die niemanden in Versuchung führen. Arbeiterwohlfahrt, Rote Hilfe, Internationale Arbeiterhilfe, Bund der Opfer des Krieges und der Arbeit, Bund erblindeter Krieger. Ihre Liste wird lang und länger. Sie selbst wird keinen Pfennig davon nehmen, auch wenn sie es mehr als gut gebrauchen könnte. Das schwört sie und hofft, dass ihr Schwur irgendwo Gehör findet.

Vor der Tür wird gemurmelt, und sie schreckt auf. Als es klopft, ist es der Arzt, der Anton erneut untersucht und zufrieden scheint. Nike steht auf, die ist ja auch noch da. Fast hätte sie das vergessen. Aber statt zur Tür geht sie noch näher an ihren Sohn heran. In ihrem Rauschgold beugt sie sich über ihn und klebt ihm einen Kuss auf die Wange. Dann geht sie wortlos, ohne Helene noch einmal anzusehen. Das ist ihr nur recht. Mit leiser werdendem Klackern verschwinden ihre Schritte. Helene sitzt im gelben Licht der Lampe und legt ihrem Sohn eine Hand auf den Arm. Bald ist das hier vorbei, und sie sind wieder zu Hause.

8
Samstag

Bludau

Der Spiegel im Waschraum des *Romanischen Cafés* ist unten rechts gesprungen. Strahlenförmig ziehen sich Risse durch seine matte Oberfläche, die mit neuen Seifenspritzern und altem Rost gesprenkelt ist wie die Haut greiser Hände. Zwischen Bludaus Augen verläuft ein fast senkrechter Riss, der sich über der Nase zum äußersten Mundwinkel herumwirft und ihn abschneidet, bevor er endgültig sein Spiegelbild verlässt. Darin sieht er rote Adern durchs Weiß seiner Augäpfel mäandern. Die Iris leuchtet umso blauer. Die Tränensäcke allerdings sind von braunem Violett. Bartstoppeln sind in der Nacht auf seinen Wangen gesprossen, das schüttere Haar steht wirr, das Smokinghemd offen. Er wirft sich kaltes Wasser ins Gesicht und richtet, was zu richten ist. Dann lächelt er sich aufmunternd zu und schlendert zurück zu den Schwimmern, den solventen Stammgästen, zu denen er sich heute gesellt und die das berühmte Café, wie die Nichtschwimmer auch, in der zugigen Schmucklosigkeit einer Bahnhofshalle sitzen lässt.

Mit einer verärgerten Handbewegung wedelt er den Zeitungskellner Richard weg von seinem Tisch. Dann lässt er ein wachsweiches Ei aus dem bauchigen Glas in seinen Mund gleiten. »Noch 'n Kaffee«, röhrt er den schüchternen Servierer an.

Was ist mit ihm passiert? Er ist sich selbst nicht sicher. Seine Hände zittern leicht, als er sich aus einem Glasröhrchen eine weitere Portion Kokain auf den Handrücken klopft. Schnell zieht er sie in die Nase und wirft den Kopf in den Nacken.

»Guten Morgen, meine Schöne«, begrüßt er wenig später euphorisch die Lasker-Schüler, die sich in grün glänzender Pluderhose und kurzem Samtwams an ihm vorbeidrückt.

»Haben die Untiere heute Ausgang?«, fragt sie Richard, der hinter seinem beeindruckenden Konvolut internationaler Presse nur kurz die Brauen lüftet.

Bludau lacht wieder. Ihm ist leicht zumute, leicht und frei, wie sich eine Seeschwalbe fühlen mag, die fliegt und fliegt, ohne müde zu werden, bevor sie sich im kristallinen antarktischen Weiß endlich niederlässt.

Nach dem Debakel, denn das ist das Wort, das er insgeheim dafür gewählt hat, nach dem Debakel mit Polina also hat er sich in einen tiefen Schlaf geflüchtet, aus dem er in der Abenddämmerung deprimiert und mit einem sauren Geschmack im Mund aufgewacht ist. Sein erster Gedanke? Noch immer sie. Sein erster Blick allerdings fiel auf den Gummibaum, das Wahrzeichen seines Versagens. Schnell hat er gemacht, dass er rauskam und ist seitdem nicht zurückgekehrt. Er wollte vergessen, aber es ist ihm nicht gelungen. Zwei Nächte und einen Tag lang ist er schon unterwegs. Gingen in einem Lokal die Lichter an, ist er mit dem Tross der Amüsierwilligen weitergezogen, wobei das Niveau der Etablissements langsam, aber stetig sank, je näher der Morgen heranrückte. War diese Durststrecke zwischen sechs und neun aber erst mal überwunden, bot das Tagesgeschäft wieder den gewohnten Komfort. Kein Kellner zuckt auch nur mit der Wimper, ordert ein Gast bereits zum Frühstück Molle oder Cognäckchen. Die Reichshauptstadt ist tolerant und so einiges gewohnt.

Nach einem deprimiert in der langen Reihe der Ku'damm-Cafés vertrödelten Tag zog es ihn nach Einbruch der Dunkelheit ursprünglich in die *Kokotte*. Rechtzeitig ist ihm aber eingefallen, dass dort auch der Kollege Spiro verkehrt, und er ist umgeschwenkt auf ein Viertel Mosel und einen strammen Max in Schwannekes Weinstuben. Auch da treffen sich die von ihm verehrten Künstler und Literaten. Ein junger Autor in Lederjacke wurde an seinem Tisch platziert. In eine Aura aus Schweigsamkeit und Arroganz gehüllt, verdarb er Bludau mit seiner Zigarre den Appetit. Es war ihm egal, so wie der freundliche Gruß des Wirts und der gute Platz, den man ihm so früh am Abend noch zu geben bereit war. Ohne sie war auch das Schwanneke nur ein weiterer wüstenhaft öder Ort, den er bald verließ.

In der *Jockey Bar* traf er dann den schönen Erich, der ihm ein Röhrchen Koks überließ, und von da an änderten sich die Dinge. Er machte mit Sekt weiter, einer Flasche, zu der er Mieze Baruch und ihre Freundin Irma einlud. Sie bedankten sich mit weißzahnigem Lächeln und Schmiegsamkeit.

Mehr Koks, mehr Sekt in der *Casanova Bar*, an seiner Seite eine überschlanke Schönheit mit Stirnband und dem klingenden Namen Penelope. Er ließ sie dort, denn es zog ihn zum einfachen, wahren und echten Leben, das er in

Alt-Berlin in der *Neuen Feengrotte* zu finden glaubte und danach in die Wirtschaft zum 42ten Brummer.

Im Morgengrauen kreuzten sich seine schwankenden Wege mit denen des ebenfalls schlingernden Mattenwebers Franz Biegeleisen. Eine allerletzte Molle und dann noch eine spülten den Unterschied zwischen Lumpenproletarier und Staatsdiener hinweg. Am Spreeufer sitzend, schüttete Bludau endlich sein randvolles Herz aus. Der Mattenweber sah ihn an, dann spuckte er einen Schleimbatzen in den Fluss. »Die Russenfut soll sich nich so anstelln. Die Schickse kann froh sein, wenn du se überhaupt ankiekst«, lautete seine abschließende Analyse.

Und so ermutigt und bestärkt, beschließt Bludau nach seinem Frühstück im *Romanischen*, gekrönt von einem Schlückchen Wodka, sein Schicksal noch einmal zu drehen. Jetzt wird sich alles richten. Sie liebt ihn doch, das weiß er, und wird ihm eine zweite Chance geben. Sie sind füreinander bestimmt, er und diese schöne, mysteriöse Frau aus dem Osten.

Fast gerannt ist er in die Nachodstraße. Ab dem ersten Stock kann er es wieder riechen. Tote Ratte oder Ähnliches. Dass das keiner mal wegräumt. Er poltert die restlichen Stufen hinauf. Er klopft. Vorsichtig zunächst, dann immer lauter. Gegenüber öffnet sich eine Tür. Er brüllt: »Sofort aufmachen, Polizei«, und die Tür schließt sich wieder. In der Wohnung bleibt es still.

Tränen schießen in seine Augen, in seinem Kopf rote Wut. Sie muss doch da sein, es ist ja erst neun und die Schule geschlossen. Da war er schon, aber alles verwaist, niemand zu sehen. Was ist da hinter der Tür? Warum durfte er nie mit hinein? Immer hat sie ihn abgewimmelt, ist seinen Fragen ausgewichen, hat ihn hingehalten, vertröstet. Jetzt ist die Stunde der Wahrheit, denkt er. Ich will, ich muss, und es gibt kein Halten. Er wummert gegen die Nachbartür, hält dem ungläubig dreinblickenden Mann im Türrahmen schwankend seinen Dienstausweis unter die Nase und fordert Hammer und Meißel. Der überlegt und murmelt schließlich: »Jut, wenn da mal einer nach dem Rechten sieht. Kein Name da, nix. Die Frau ist ja ganz passabel, sagt aber kein Wort, und der Gestank ...« Der Mann schüttelt den Kopf und händigt Bludau das Werkzeug aus. Der setzt an. Es braucht nicht viel. Mit dem ersten Schlag ist der Schlosskasten verbogen, er drückt die Falle zurück, und die Tür ist auf.

Ein Zimmer, Küche im Halbdunkel, die Vorhänge sperren den Tag aus. Der Geruch steht in der Wohnung, so massiv, dass man ihn schneiden könnte. Bludau hält den Atem an, tastet sich durch die Küche zum Fenster und öffnet es weit. Unter dem Fenster blüht Schimmel auf rohem Putz. Zwei altersschwache Stühle an einem winzigen Holztisch. Darauf ein Kerzenstummel, eine Untertasse mit Papirossystummeln. Ein Knust Brot auf einem Brett. Eine halbe Zwiebel, Quarkbrocken auf Zeitungspapier. Ein hohes Glas mit eingewecktem Kraut. Eine leere Wodkaflasche. Der Herd ist kalt.

Bludau ist betroffen. Sie ist arm, das hat er gewusst. Aber so arm? Sie hat sich geschämt. Deswegen hat sie ihn nie hereingebeten. Er überlegt, ob er die Wohnung verlassen und ihr Geheimnis wahren soll. Aber er ist schon zu weit gegangen. Jetzt will er alles wissen.

Die Tür zur Stube ist geschlossen. Vorsichtig drückt er die Klinke herunter, schiebt sie auf und prallt zurück. Der Gestank ist noch deutlicher als im Rest der Wohnung. Er hält sich die Nase zu und reißt mit der anderen Hand die Fenster auf. Dann dreht er sich langsam, Unheil ahnend um. In der Mitte der Längswand steht ein hohes Doppelbett im grünen Halbdunkel. Abgesehen von einem Nachttisch ist es das einzige Möbel. Darin eine Gestalt, ein Mann. Dürre Arme auf einem grauen Leintuch. Wo sie das schmutzige Nachthemd nicht mehr bedeckt, sieht Bludau Löcher im Fleisch, groß wie Fünf-Mark-Stücke, manche offen schwärend. Die schmalen Hände mit den langen Fingern übersät mit dunkelroten, kreisrunden Flecken, die sich in die Haut fressen. Bludau wagt nicht zu atmen. Er ist zu entsetzt von dem, was er sieht, und hat zusätzlich unmäßige Angst, sich anzustecken. Da, wo ein Gesicht sein sollte, ist ein schartiger, verkrusteter Narbenteppich. Von der Oberlippe zieht sich ein glänzendes Geschwür bis dahin, wo einmal eine Nase gewesen ist. Die Knochen und Knorpel sind zerfressen, durch ein Loch zieht leise rasselnd Atem aus und ein. Aus der grindigen Haut des Schädels wachsen einzelne schwarze Haarbüschel. Die Augen stehen offen.

Bludau ist übel. Seine Beine drohen ihm den Dienst zu versagen. Da zerreißt ein blecherner Husten die Stille. Der Brustkorb des Mannes bebt. »*Dobry den, chui s gory.*« Seine Stimme ist tief. Wieder bebt der Brustkorb. Es dauert einen Moment, bis Bludau begreift, dass es dieses Mal ein Lachen ist. Die russischen Brocken müssen ein anzüglicher Witz gewesen sein. Er weicht zurück, ohne die Gestalt im Bett aus den Augen zu lassen. Erst an der Tür dreht er sich um und schwankt hinaus.

Spiro

»Nebenan, sie wohnt gleich nebenan. Aber sie ist weg. Die ganze Schule ist im Grunewald beim Turm von Kaiser Wilhelm. Ein Ausflug.«

Spiro ist schon unterwegs, bevor der alte Pförtner, den er aus seinem Kabuff geklopft hat, seinen Satz zu Ende bringen kann. Einen Tag hat ihm Schwenkow gegeben. Anton Kraftschick ist noch immer nicht bei sich. Seine Mutter weiß von gar nichts. Zwei Beamte hat es gebraucht, um sie vom Bett des Sohnes wegzubewegen. Und die schöne Russin, auf deren Hilfe er gehofft hat, streift jetzt auch noch durch den Grunewald. Er muss es also auf eigene Faust versuchen. Aber weil er schon mal da ist, beschließt er, Polina eine Nachricht zu hinterlassen und sie zu bitten, sich dringend im Präsidium zu melden.

Der Etagenplan scheint außer Betrieb. Nur wenige vergilbte Namenskärtchen klemmen in dem eisernen Rahmen. Ihrer ist nicht dabei. In einer der großen Vorderhauswohnungen wird sie nicht leben, also geht er durch den Hof ins Hinterhaus. Auf der Treppe riecht es nach Fäulnis. Er schluckt. Von oben poltern unsichere Schritte die Treppe herunter. Er steigt ihnen entgegen. Sekunden später steht er vor Bludau, der ihn aus roten Augen anstiert, ungläubig wie er selbst. Offensichtlich war er die Nacht über unterwegs. Das hat ihm gerade noch gefehlt.

Aber bevor er etwas sagen kann, röhrt sein Kollege unter Absetzen einer deutlichen Alkoholfahne: »Spiro, das ist mal eine Überraschung. Was wollen Sie denn hier? Das Fräulein Polina ist nicht da. Das ist auch für mich eine Enttäuschung. Sie hat uns wohl beide versetzt, die schöne Dame aus dem Osten. Aber ich war zuerst da. Das haben Sie vielleicht vergessen.« Er bricht ab, fährt sich durchs wirre Haar. »Ja, die wunderbare Polina. Sie verdreht uns die Köpfe, und dann verschwindet sie einfach.«

Irrt sich Spiro, oder hat sich Bludau jetzt vor ihm in ganzer Breite aufgebaut wie der Einlasser eines Nachtclubs? Er versperrt ihm tatsächlich den Weg. Spiro versucht sich zu erklären: »Falls es Sie beruhigt, ich habe an Fräulein Polina lediglich ein berufsbedingtes Interesse. Ich möchte sie bitten, mir mehr über diese Teestube und ihre Gäste zu erzählen. Die beiden Toten scheinen dort ebenfalls verkehrt zu haben.«

Bludau hat Mühe, ihn zu fokussieren. »Der Vogel ist ausgeflogen. Haben Sie nicht gehört? Abmarsch.« Eine Hand am Geländer, die andere an der Wand, drängt er Spiro rückwärts die Treppe hinunter. »Hände weg von Polina. Sind Sie schwer von Kapee? Oder haben Sie etwa die Sache mit Ihrem Dienstausweis schon wieder vergessen, den ich Ihnen zurückgefischt habe? Soll ich das Schwenkow unter die Nase reiben?«

Spiro hebt abwehrend die Hände, dreht sich um und geht mit raschen Schritten die Treppe hinunter und über den Hof. Auf der Straße läuft er nach links, weg von der Schule. Immer wieder sieht er sich um, bis auch Bludau schließlich aus der Tür auf die Straße wankt. Hoffentlich geht der geradewegs ins Bett, denkt er. Bludaus Auftritt bereitet ihm Kopfzerbrechen. Was, wenn er ihr in seinem Rausch etwas angetan hat? Soll er es noch mal in der Wohnung versuchen oder lieber gleich in die Teestube zum Wittenbergplatz gehen?

Nachdenklich läuft er einmal um den Block. Als er wieder vor ihrem Haus ankommt, ist von Bludau nichts mehr zu sehen. Also geht er zögernd wieder über den Hof. Die Wohnungstür im zweiten Stock steht offen. Das Holz über dem Schlosskasten hat frische Kerben. Sollte er recht gehabt haben, und Bludau ist durchgedreht? Vorsichtig geht er hinein und inspiziert zunächst die Küche. Ganz schön trist, denkt er, und verdammt arm ist sie auch. Zahlen sie ihr an der russischen Schule kein Gehalt? Polinas Zuhause hat er sich anders vorgestellt. Die Fenster sind weit geöffnet, aber der Fäulnisgeruch scheint trotzdem stärker zu werden. Liegt seine Ursache etwa hier, in ihrer Wohnung? Er hört ein Geräusch, das er nicht einordnen kann, und fährt zusammen. Bis jetzt hat er geglaubt allein zu sein. In der Kammer erkennt er im schwachen Dämmerlicht, das durch geschlossene Vorhänge fällt, ein Lager und tritt Böses ahnend heran. Es ist noch schlimmer, als er befürchtet hat. Weitaus schlimmer. Wieder hört er das Geräusch, das ihn aufschrecken ließ. Der Atem des Kranken rasselt durch das dunkelrote Loch, das statt einer Nase in seinem Gesicht klafft. Schockiert weicht er einen Schritt zurück. Ist das die Pest, Syphilis, die Pocken oder Blattern? Eine Seuche, eine Plage, das Gottesgericht für einen, der seinen Schöpfer ordentlich in Rage gebracht hat? Unwillkürlich bemüht er in Gedanken das Alte Testament, um das, was er hier vorfindet, irgendwie fassen zu können.

Blödsinn, ruft er sich zur Ordnung. Der Mann ist krank. Punkt. »Ich muss mich für mein Eindringen in Ihre Wohnung entschuldigen. Ich bin Ariel Spiro, Kriminalpolizei. Jemand hat die Tür aufgebrochen ...« Er setzt neu an. »Verstehen Sie mich überhaupt? Können Sie mich hören?« Keine Reaktion.

Er legt sich ein Taschentuch vor Mund und Nase und zieht die oberste Lade des Nachttischs auf. Dumpf kollert eine Waffe gegen das Holz. Interessiert erkennt er eine Mauser C96, die erste selbstladende Waffe mit großer Verbreitung. Aber diese hier scheint etwas Besonderes zu sein. Auf ihrem Schaft sieht er eine silberne Tafel mit eingravierten kyrillischen Buchstaben. Auch eine Art Ehrennadel ist darauf montiert. Hinter einem roten Stern lugen Hammer, Pflug und Fackel hervor. Auf dem Stern kreuzen sich Hammer und Sichel. Das Ganze wird gerahmt von goldenen Ähren, über denen eine rote Fahne weht. Alles da, was der Revolutionär braucht, denkt er. Aber die Waffe hat ihm auch nichts genützt. Gegen den Feind dieses Mannes sind Kugeln machtlos.

Neben der Mauser liegt ein Reisepass der Russischen Sozialistischen Föderativen Sowjetrepublik. Ausgestellt am

25. Mai 1922 in Petrograd und seit zwei Jahren abgelaufen. Das Foto zeigt einen auffallend schönen Mann mit vollem schwarzem Haar, das sich jeder Disziplin zu widersetzen scheint. Dunkle Augen, ein dichter Schnurrbart, stolze Kopfhaltung. Sein Blick ist selbstbewusst, ein Mann mit einer Aufgabe, einer, der etwas zu sagen hat. Er trägt eine schlichte Jacke mit aufgesetzten Taschen, die Spiro entfernt an einen Kittel erinnert. Keine Goldknöpfe, keine Schulterstücke, trotzdem ist er sich sicher, dass es sich um eine Uniform handelt.

Verstört wandern seine Blicke zwischen der Fotografie und dem Kranken hin und her. Kopfform, Ohren, Brauen stimmen überein. Schließlich ist er überzeugt, dass es sich um ein und denselben Menschen handelt, auch wenn die Entstellungen nicht viel von ihm übrig gelassen haben. Felix Aichenwald, liest er. Felix, der Glückliche. Nie hat ein Name weniger gepasst.

»Herr Aichenwald?«

Der Kranke reagiert nicht.

»Herr Aichenwald, ich werde einen Krankenwagen rufen und Sie in die *Charité* bringen lassen. Gibt es jemanden, dem wir Bescheid geben sollen? Wissen Sie, wo ich Fräulein Polina finde?«

Er bekommt keine Antwort. Der Kranke hat seine Augen geschlossen.

Spiro sieht sich nochmals um. Das Zimmer kommt ohne jeglichen Zierrat aus, keine Vase, kein Bild, kein Teppich. Von den Wänden blättern Reste alter Farbe, dazwischen roher Putz. Eine Stola an einem Nagel, auf einem Schemel ein ordentlich gefalteter Stapel Leibwäsche, die Wäsche einer Frau. Sonst sieht er nichts, was auf Polinas Anwesenheit hindeuten würde.

Lebt sie hier? Er kann es sich nicht vorstellen. Bludau muss sich irren. Diese Räume sind nicht verwohnt, sind nicht langsam von ehemaliger Gemütlichkeit zu Schmutz und Verspeckung abgesunken. Es ist, als wäre diese Wohnung zu keiner Zeit ein Zuhause gewesen. Sie wirkt wie ein Durchgangslager, das seinen Bewohnern lediglich ein paar Tage Obdach bieten sollte, aus denen dann Wochen, Monate und Jahre geworden sind. Das könnte erklären, warum nie auch nur der leiseste Versuch unternommen wurde, sich in ihr einzurichten.

Er nimmt den Pass, zieht die Tür heran und geht langsam die Treppen hinunter. Im Hof saugt er frische Luft in seine Lungen. Er ist benommen. Viele Kriegsveteranen auf den Straßen Berlins tragen fürchterliche Narben, aber die Verheerungen in diesem Gesicht sind beispiellos.

An der Kaiserallee findet er ein Café mit Telefon. Er ruft Bohlke an. Er soll kommen und eine Ambulanz mitbringen. »Aber kein Wort zu Schwenkow. Die Sache stinkt. Und zwar in jeglicher Hinsicht. Machen Sie sich auf was gefasst. Gegen den Mann in der Wohnung ist Ihr Gesicht eine Glockenblumenwiese im Frühling.«

»Nu abba ma halblang. Ich muss doch sehr bitten. Und wieso soll unser aller Häuptling nichts davon wissen?«

»Weil er den Fall sonst sofort an die Politischen übergibt, und denen trau ich nicht. Zu viele Morde und zu keinem ein Täter. Ist doch seltsam, oder?«

Bohlke räuspert sich. »Aber am Ende müssen Sie damit doch zu Schwenkow.«

»Aber dann weiß ich vielleicht mehr. Noch habe ich gar nichts. Nur das Gefühl, dass etwas mit diesem Mann, dieser Wohnung und vielleicht auch Bludaus Lehrerin nicht ganz koscher ist.«

»Koscher? Lassen se endlich den Juden zu Hause, Spiro. Sie sind keiner.«

»Aber man wird sich doch mal ein Wort ausleihen dürfen. Zumal wenn es so hervorragend passt. Ich fahre jedenfalls jetzt zu den Russen in ihre Botschaft Unter den Linden. Mal schauen, was sie zu Felix Aichenwald zu sagen haben. Kann ich auf Sie zählen? Kommen Sie in die Nachodstraße?«

»Muss ick ja wohl.«

Spiro biegt in die Rankestraße ein. Am Auguste-Viktoria-Platz warten Motordroschken in einer langen Reihe. Aus dem Wagen an erster Position steigt schimpfend ein Fahrgast und nimmt den dahinter: »Der hat's wohl nicht nötig zu fahren, der Armleuchter.«

Spiro grinst und wirft sich auf die frei gewordene Rückbank: »Professor Liborski, guten Tag. Sind Sie schon weiter mit der ...«, er überlegt einen Moment, »... mit der Mächtigkeit des Kontinuums?«

Der Fahrer dreht sich überrascht um. Das Gestrüpp seines Barts ist weitergewuchert. Aber hinter der Drahtgestellbrille leuchten die Augen des Mathematikers Anatol Liborski erfreut auf. »Der Kommissar vom Alexanderplatz. Heute ganz woanders unterwegs.« Bereitwillig schiebt er seine Berechnungen zusammen: »Das Kontinuum kann warten, macht ihm nichts aus. Wohin soll's denn gehen, Herr Kommissar?«

»Zu Ihrer Botschaft, Unter den Linden 7, bitte.«

»Nicht meine Botschaft. Ich werde in dieser Stadt leider nirgends mehr vertreten. Aber ich bringe Sie hin.«

Er fährt los. In Spiros Kopf ein wildes Durcheinander von Spekulationen und Fragen. Alle ohne Antwort. Die Ergebnisse seiner bisherigen Ermittlungen sind wie lose Fäden, die er nicht zusammenbringt. Einer Eingebung folgend, fragt er: »Kennen Sie einen Orden mit rotem Stern und Hammer und Sichel und Pflug und Schwert und roter Fahne oben drüber?«

Liborski nickt: »Das ist nicht schwer. Es gibt nur den einen. Die Bolschewiki mögen keine Orden. Aber einen haben sie doch. Den Rotbannerorden. Davon gibt es nicht viele.«

»Jemand muss also Herausragendes geleistet haben, um ihn zu bekommen?«

»Wie man's nimmt. Jedenfalls in Lenins Augen oder denen der Partei.«

»Und wenn er auf einer Mauser montiert ist?«

»Die Ehrenwaffe. Dann haben Sie es höchstwahrscheinlich mit einem Revolutionshelden zu tun.«

»Und wenn er eine Art Kittel trägt? Sehr schlicht, dunkel, ohne Abzeichen und Schulterstücke, der trotzdem wie eine Uniform aussieht?«

Liborski lässt sich Zeit mit seiner Antwort. Dann sagt er leise: »Die Burschen kenne ich. Die haben mich abgeholt. Das ist die Tscheka, Kommission zur Bekämpfung der Konterrevolution. Politische Polizei.«

»Ist das sicher?«

»So sicher wie die Kreuzung paralleler Geraden im Unendlichen.« Spiro ist elektrisiert. Ein Angehöriger der berüchtigten Geheimpolizei Lenins in Berlin. Zwei tote russische Anarchisten, ein halbtoter Deutscher, der gefangen gehalten wurde. Aber der Mann aus der Nachodstraße kann es nicht gewesen sein. Nichts passt zusammen, aber in seinen Fingerspitzen knistern die Nervenenden, sein Kopf wird kühl und klar, eine Rechenmaschine, die alles, was er weiß, sortiert in wichtig und unwichtig, in Spur, Umweg und Sackgasse.

Sie sind da. Er zahlt und bittet Liborski, auf ihn zu warten. Der hat bereits seine Papiere hervorgeholt und nickt zerstreut. An der Pforte der Botschaft erinnert Spiro vieles an seine Begegnung mit der strickenden Matrone im Vorraum der Zeitung *Rut*, nur dass hier alle Uniformen tragen.

»Kommen Sie morgen wieder. Schreiben Sie zunächst ein Gesuch. Ohne Anmeldung nicht möglich ...«

Er schwenkt seinen Ausweis und pocht darauf, dass ein dringender Fall vorliegt.

»Leider ...«

»Es geht um einen Helden der Sowjetunion.«

»Warten Sie!«

Eine Viertelstunde später führt ihn ein junger Rotarmist im Stechschritt über die hallenden Korridore des ehemaligen Palais der Salonniere Dorothea Herzogin von Kurland, das jetzt der Union der Sowjetrepubliken als diplomatische Vertretung dient. In einem schlichten Büro empfängt ihn ein bebrillter junger Mann mit gelblichem Teint und müden Augen. »Guten Tag, Kriminalkommissar Spiro. Nehmen Sie doch Platz. Einen Tee?«

Spiro nickt.

»Zucker?«

»Nein, danke.«

Er stellt den Tee vor Spiro ab und begibt sich langsam, als würde es ihm große Anstrengung bereiten, auf die andere Seite des einfachen Schreibtisches. »Ich bin Maxim Schowalow, Sekretär unseres Botschafters Krestinski.« Er sinkt in seinen Sessel und macht eine Pause. Langsam hebt er die schweren Lider und lässt einen teilnahmslosen Blick über Spiro gleiten. »Ich habe gerade mit Oberkommissar Schwenkow telefoniert. Offensichtlich ist er nicht über Ihr Auskunftsersuchen informiert.«

Spiro verbrennt sich am heißen Tee die Lippe. Das ging aber verdammt schnell, denkt er. Und dass das gar nicht gut ist, denkt er auch. »Es war mir leider noch nicht möglich, mit dem Präsidium Rücksprache zu halten. Der lebensbedrohliche Zustand des Mannes, den ich soeben gefunden habe, gebot die schnellstmögliche Überführung in ein Krankenhaus.«

»Und wen haben Sie überführt, Kommissar Spiro?«

Ihm bleibt nichts anderes übrig, als die Wahrheit zu sagen: »Es handelt sich um Felix Aichenwald. Sein Zustand ist ernst. Er ist entsetzlich entstellt.«

Vielleicht ist da für einen sehr kurzen Moment ein Flackern in Schowalows Augen, aber er kann sich auch getäuscht haben. »Haben Sie mit ihm gesprochen?«

»Das konnte ich leider nicht. Er schien mich nicht zu hören.«

Schowalow stöhnt leise: »Sie haben also einen Mann gefunden, von dem Sie glauben, dass er Felix Aichenwald heißt? Einen schwer Kranken?«

Spiro nickt. »Hier ist sein Pass.« Er holt das Dokument aus seiner Tasche, legt es, als Schowalow keine Anstalten macht, danach zu greifen, auf den Tisch und schlägt es auf. »Ausgestellt in Petrograd im Mai 1922, aber ein Jahr später schon nicht mehr gültig. Eine kurze Zeitspanne.«

Schowalow beginnt mit trägen Bewegungen seine Brillengläser zu putzen. Dann stochert er mit einem Brieföffner in den Seiten des Passes. »Wahrscheinlich nur eine kurzzeitige Reisegenehmigung. Das war noch während des Bürgerkriegs. Eine unübersichtliche Zeit.«

Spiro beschließt ihn frontal anzugehen: »Was hat Aichenwald hier gewollt? Warum hat man ihn geschickt?«

Unter den schweren Lidern Schowalows glimmt ein Fünkchen auf, mühsam wie ein feuchter Kienspan. »Kommissar Spiro, wie viele Russen sind zurzeit in Berlin? 150 000? 250 000? 300 000? Das wissen Sie nicht, und, das mag Sie überraschen, ich weiß es auch nicht. Aber keinen davon haben wir geschickt. Sie sind von ganz allein gekommen. Wir sind auch nicht darüber informiert, was sie alle hier treiben und warum sie sich nicht am Aufbau des Sozialismus in der Heimat beteiligen. Sie werden ihre Gründe haben. Und die hatte wahrscheinlich auch Ihr

Herr ...«, er blättert mit dem Brieföffner die erste Seite auf, »... Ihr Herr Aichenwald. Mehr kann ich Ihnen dazu leider nicht sagen. Haben Sie einen guten Tag, Kommissar Spiro.«

Schowalow erhebt sich. Aber Spiro bleibt sitzen und wartet, bis er die Aufmerksamkeit seines Gegenübers wiedererlangt: »Er hat eine Ehrenwaffe mit Rotbannerorden, die höchste Auszeichnung Ihres Landes. Erzählen Sie mir nicht, dass Sie ihn nicht kennen.«

Schowalow seufzt, lässt sich zurück in den Sessel sinken und sieht lange auf ein Leninbildnis mit schwarzem Trauerflor, den einzigen Wandschmuck seines Büros. Dann senkt er den Kopf und beginnt sich die Schläfen zu massieren. Das Brillengestell tanzt vor seinen schläfrigen Augen auf und nieder. Schließlich entgegnet er leise: »Auch Helden sind nicht davor gefeit, vom rechten Weg abzukommen. Eine bedauerliche Tatsache.«

»Er hat sich also abgesetzt?«

Spiro ist verunsichert. Soll das die schnöde Wahrheit sein? Keine Verbindung zu den Toten, und zum Teetrinken war Felix Aichenwald sicher schon lange nicht mehr aus dem Haus. Ist er lediglich ein Überläufer, den ein altes Leiden in der neuen Heimat eingeholt hat? Das ist alles, mehr nicht? Aber warum nimmt Schowalow den Pass nicht in die Hand? Was soll das alberne Gestochere mit dem Brieföffner? Eine Marotte, oder weiß er von der Krankheit Aichenwalds und will sich auf gar keinen Fall infizieren? Und womit überhaupt? Welches Leiden macht aus einem Körper so ein Schlachtfeld? Sollte ich selbst besser dringend zum Arzt? Fragen zischen durch seinen Kopf. Er ist abgelenkt.

Ein Hauch Zufriedenheit stiehlt sich in Schowalows Züge. »Ob er sich mittlerweile im Exil befindet, müssen Sie ihn selbst fragen. Er hat zumindest seinen Pass nicht verlängert. Oder sehen Sie das anders?«

Das Gespräch ist zu Ende. Spiro steht auf: »Nein, Sie haben recht. Vielen Dank für Ihre Zeit.«

Er will nach dem Pass greifen, aber Schowalow bohrt die Spitze des Brieföffners hinein, als wollte er ihn aufspießen. Bedauernd runzelt er die Stirn. »Dieser Pass ist Eigentum der Sowjetunion. Vielen Dank, dass Sie ihn uns zurückgebracht haben. Und richten Sie Oberkommissar Schwenkow meinen herzlichen Gruß aus.«

Polina

Das Holzboot schwankt in der flachen Dünung, die aus dem Kielwasser eines Dampfers über die Havel treibt. Sie lässt die Ruder los, sieht sich um und beugt sich hinab in den Rumpf. Unter den drahtigen, wuchernden Barthaaren tastet sie nach seinem Puls. Sie ist zufrieden. Nur hin und wieder noch kann sie ein leises Pochen in der Ader seines Halses ausmachen, ein unregelmäßiges, schwaches Aufbäumen gegen das, was unweigerlich kommt. Seine Augen folgen ihr nicht mehr. Sein sedierter Körper sowieso nicht. Iwan Alexejewitsch Barjatinski, anarchistischer Kämpfer für eine freie Ukraine, Vertrauter und Weggefährte Nestor Machnos, ist dabei, sich endgültig zu verabschieden, ist fast schon fort. Bei ihm hat es länger gedauert als bei den anderen, obwohl sie die Konzentration des Gifts deutlich erhöht hat. Aber Iwan ist ein Tier. Als er spürte, was mit ihm los war, hat er ihre Arme umklammert. Noch immer spürt sie den Abdruck seiner wütenden Hände in ihren Muskeln. Einen Moment lang hatte sie Angst. Aber der verging. Sie hat sein Gesicht in ihre Hände genommen. Aus seinem filzigen Haar, aus seinem Bart ist ein ranziger Geruch gestiegen, und doch hat sie ihn geküsst, bis seine Hände lahm wurden und von ihr abfielen. Er konnte nichts dagegen tun. Sie weiß, wie ihre Drogen wirken. Das jenseitige Lächeln erschien auf seinem Gesicht, das Zeichen. Er war bereit. Auch die anderen beiden haben so gelächelt, als sie sie verließ.

Einen Moment lang steht sie unschlüssig mit der Thermoskanne in der Hand auf dem schwankenden Boot. Das Lächeln der Todgeweihten ist vielversprechend. Da, wo sie hingehen, scheint es besser zu sein. Aber noch kann sie ihnen nicht folgen, Felix muss erfahren, dass sie es geschafft hat. Sie sind tot, alle. So wie er es ihr aufgetragen hat. Die gefährlichsten Mitglieder der ukrainischen Anarchisten, die Vertrauten Nestor Machnos. Er selbst, ihr Anführer, ist ihnen entkommen, aber er wird davon hören, und es wird ihn zerreißen.

Das Ufer ist nah. Sie lässt sich über den Rand des Ruderboots hinabgleiten. Ihre Füße ertasten im flachen, warmen Wasser den sandigen Grund. Sie dreht das Boot, legt die Ruder neben den reglosen Körper in den Rumpf und gibt ihm einen kräftigen Stoß. Lautlos gleitet es durch den Dunst, nimmt zunächst eine pfeilgerade Bahn hinaus aufs Wasser und dreht sich dann langsam in die Strömung. An dieser Stelle ist die Havel noch immer weit wie ein See. Vor ihr wächst der rote Backsteinturm ins zarte Blau eines aufklarenden Morgenhimmels, das Denkmal, das die Deutschen ihrem alten Kaiser zu Ehren in den hellen Sand gesetzt haben. Der nasse Saum des Kleids schlägt schwer gegen ihre Beine, als sie die Anhöhe zum Turm hinaufsteigt. Sie hat ihren Zeitplan eingehalten. Auf der Havelchaussee röhrt ein Autobus. An der Einbiegung hält er an und entlässt die aufgedrehte Meute ihrer Schüler, gefolgt von Lehrerinnen, mit Körben bepackt, wie Bäuerinnen auf dem Weg zum Markt, von Lehrern, die in dunklen Anzügen mit ihren Gehstöcken wedeln. Sie winkt zurück. Mädchen in gerüschten Schürzen, Jungen im strahlenden Weiß ihrer Matrosenhemden wieseln ihr zwischen Blaubeerbüschen und rostfarbigen Kiefernwurzeln entgegen. Sie lächelt.

Kurz darauf stehen sie andächtig auf den schwarz-weiß-roten Sternen des Bodenmosaiks der Gedenkhalle. Auf seinem hohen Sockel sieht das Standbild Wilhelms I., König der Preußen und Kaiser des Deutschen Reiches über sie hinweg. »Keine 40 Jahr' tot«, erklärt sie ihnen »Aber schon heute ist sein Reich untergegangen. Preußen hat keinen König mehr und das Deutsche Reich keinen Kaiser. Die Geschichte hat sie weggespült wie Regen den Staub. Das Volk wählt jetzt selbst, von wem es regiert werden will.«

Entsetzt hat ihre Kollegin, die ehrenwerte Elzbetha Bobrowa, den letzten Sätzen zugehört. Sie reißt sie am Arm zur Tür. Sich umwendend ruft sie den Schülern zu: »Es geht ihr nicht gut. Sie muss Fieber haben. Bald schon wird die Republik zusammenbrechen und auch in Deutschland der König wieder seinen angestammten Platz einnehmen. Kein Volk kann sich selbst regieren. Wie sollte das gehen?«

Polina zischt sie zu: »Was ist in dich gefahren? Bist du von allen guten Geistern verlassen? Wenn sie das zu Hause erzählen, wirft man dich raus. Und dann?«

Polina zuckt die Achseln: »Dann ist Schluss mit den Lügen. Wie lange wollt ihr sie noch aufrecht erhalten?«

Die Bobrowa flüstert: »Sei endlich still und komm zur Vernunft.«

Polina spuckt ihre Verachtung aus: »Unsere zarentreue russische Exilgemeinschaft. Die hat es nur so lange gegeben, wie die zusammengerafften Valuta ihnen ein sorgenfreies Leben beschert haben. Nur so lange, wie ein günstiger Wechselkurs wenige harte Rubel in viele weiche Reichsmark verwandelt hat.«

»Wir warten, bis die Herrschaft der Bolschewiki endlich zusammenbricht. Unsere Offiziere stehen bereit«, beharrt die Bobrowa.

Polina schüttelt den Kopf: »Von wegen bereit. Seit der Währungsreform wandern sie ab und zerstreuen sich über den Erdball. Jeden Monat fehlen Kinder in den Klassen und kommen nicht zurück. Bald stehst du allein an der Tafel. Wach auf. Ihr werdet nie nach Hause zurückkommen. Was soll aus dir werden? Für die Deutschen können wir nicht als Lehrerinnen arbeiten. Unsere Zeugnisse, unsere

Abschlüsse an der Universität sind hier wertlos. Wir können uns mit ein paar Veilchensträußen an die Straßenecke stellen.«

Die Bobrowa weicht vor ihr zurück.

Ich könnte Bludau heiraten, denkt Polina. Der würde mich nehmen. Und sich nach ein paar Wochen zum Tyrannen entwickeln. Er ist ein kleiner Mensch, der sich größer fühlt, wenn er andere noch kleiner gemacht hat und ihnen auf den Kopf spucken kann.

Mit dem sicheren Instinkt für sich anbahnende Skandale sind ihnen die Kinder gefolgt. Die Bobrowa scheucht sie in den Wald: »Hier sind Körbe, geht Pilze sammeln, aber ruft euch beim Namen und verliert euch nicht.«

Sie folgen ihnen hinaus. Polina tritt Staubwolken aus dem Waldboden: »Macht euch nicht die Mühe, meine Kleinen. Es ist zu trocken für Pilze. Es hat seit Wochen nicht geregnet. Die besten Pilze gibt es in Russland. Gerade jetzt schleppen sie dort körbeweise Pfifferlinge, Hallimasche und Täublinge aus den Wäldern und die feinsten Steinpilze noch dazu. Mehr, als man essen kann. Man muss sie in Essig einlegen, mit Piment, Johannisbeer- und Meerrettichblättern. Sie sind köstlich.«

Die Bobrowa geht mit großen Schritten zu den anderen Lehrern, die am Hang Leintücher für ein Picknick ausgelegt haben und den Inhalt ihrer Körbe auspacken. Sie gestikuliert. »Sie ist verrückt geworden«, hört Polina sie sagen »vollkommen verrückt.«

»Kommt, Kinder«, ruft sie »wir steigen auf den Turm.«

Spiro

Schon von Weitem sieht er die weißen Kleider der Kinder zwischen den Stämmen der Kiefern und Eichen aufleuchten. Anatol Liborski stellt den Wagen ab und wendet sich wieder seinen Berechnungen zu. Spiro steigt aus. Das Picknick der russischen Schule. Er ist richtig. Auf dem sanft zur Havel abfallenden Hang zu Füßen des Turms findet er die Gruppe der Lehrer. Aber Polina ist nicht dabei.

»Ich suche eine ihrer Lehrerinnen. Sie unterrichtet Deutsch und Geografie. Ihr Name ist Polina.« Er stellt sich nicht vor.

»Sie wollen zu Apollinaria Zwetkowa. Aber sie unterrichtet hauptsächlich Biologie. Sie ist da oben.« Ein schlaksiger Mann hat ihm geantwortet und auf den Turm gewiesen.

Eine ältliche Frau, aufgedunsen wie Hefeteig, murmelt: »Es geht ihr nicht gut.«

Spiro steigt die Stufen hinauf. Biologie also, die Lehre von der belebten Natur, von Mensch, Tieren und Pflanzen. Warum hat sie ihm das verschwiegen? In seiner Stirn beginnt eine Ader zu pochen. Von Etage zu Etage weitet sich die Landschaft. Kinder kommen ihm entgegen und drücken sich verstohlen an ihm vorbei. Die Aussichtsplattform ist leer. Er läuft auf die andere Seite und findet sie an der Brüstung. Ihr Kleid ist bis zu den Knien nass. Beim Geräusch seiner Schritte dreht sie sich langsam um. Ihr Blick ist abwesend, und sie schwankt. Wollte sie etwa springen? Schnell geht er näher heran.

Mit einem eigenartigen Lächeln, das ihr immer wieder

zu entgleiten scheint, streckt sie die Hand aus. »Kommissar Spiro.«

Er schüttelt sie: »Polina, ist alles in Ordnung? Geht es Ihnen gut?«

»Warum sollte es mir nicht gut gehen?« Sie weist mit einem weiten Armkreis auf die beeindruckende Aussicht auf Himmel, Fluss und Baumwipfel. Auf der Havel tuckern Ausflugsdampfer, flache Zillen, Binnenfischer. Ein Kahn zieht ein Ruderboot an einem Tau hinter sich her durch die Dünung stromabwärts.

»Polina.« Spiro beschließt, direkt zur Sache zu kommen. »Jemand hat Ihre Wohnung in der Nachodstraße aufgebrochen. Wir mussten nachsehen und haben ihn gefunden.«

Sie senkt den Kopf. Mit einem tiefen Atemzug hebt sie ihn wieder. Ihre Mimik ist jetzt geordnet. Das Taumeln verschwunden. Graue Augen mustern ihn aus freundlicher Distanz. »Er ist sehr krank.«

»Das ist mehr als offensichtlich. Er ist jetzt in der *Charité*.«

Unvermittelt dreht sie sich weg. Er wartet geduldig, bis sie sich ihm wieder zuwendet, dann spricht er weiter: »Felix Aichenwald, Träger des Rotbannerordens, Held der Sowjetunion, Kommission zur Bekämpfung von Konterrevolution, Spekulation und Sabotage. Tscheka. Ich war in Ihrer Botschaft.«

»Meine Botschaft? Sind Sie da ganz sicher?«

Er antwortet nicht. Was soll er auch sagen. Er hat lediglich einen Verdacht, über den er noch gar nicht richtig nachgedacht hat, und das scheint sie zumindest zu ahnen.

»Lassen Sie uns ein wenig spazieren gehen«, schlägt sie so ungerührt wie unvermittelt vor, hebt ihre geflochtene Tasche auf und wendet sich zum Abgang.

Die lange, gewundene Treppe hinab schweigen sie. Unten angekommen, nimmt sie einen Sandweg hinein in den Wald, weg vom Wasser. Eichen säumen den Weg, knorrige, gewundene Äste spannen ein Laubdach. Erste gezackte Blätter liegen auf dem Weg. Früh im Jahr. Die Hitze macht auch den Bäumen zu schaffen. Je weiter sie sich vom Wasser entfernen, desto trockener wird die Luft. Der Waldboden, normalerweise fest und kompakt, löst sich in seine Bestandteile auf. Spiro spürt, wie er mit jedem Schritt tief in den Sand sinkt. Mitten im Wald läuft er wie auf einem Strand. »Er ist in einem entsetzlichen Zustand. Was hat er? Welche Krankheit, welche Seuche hat ihm das angetan?«

Sie weicht ihm aus: »In Russland sind die Wälder hell. Wussten Sie das?« Er antwortet nicht. »Kiefern und Birken, Farne und Flechten. Endlose lichte Wälder, die sonnendurchflutet aus hohen Gräsern emporragen. Meine Wälder. Ihre düsteren Eichen- und Buchenhaine machen mich traurig. Kathedralen ohne Licht.« Dann wechselt sie unvermittelt das Thema. »Er hat Syphilis.« Ein bitteres Lachen.

Spiro hakt nach: »Aber er verfault bei lebendigem Leib. Es gibt Möglichkeiten, das zu behandeln.«

»Wir sind Russen, wir laufen nicht immer gleich zum Arzt. Und manches ist einfach Schicksal. Wir sind ein großes Volk. 180 Millionen waren wir. Was ist das Leben eines Einzelnen im Vergleich zu 180 Millionen? Weniger als eine

Ameise in ihrem Staat. Unsere Fähigkeit, Leid zu ertragen, ist groß, bedeutend größer als Ihre.«

Immer noch laufen sie weiter in den Wald hinein. Die Sonne steigt. Es ist heiß, auch im Schatten. Auf Spiros Gesicht, seinen Händen, seinen Lippen ist Staub. Er klebt in seinen Wimpern. »Was wollte Felix Aichenwald in Berlin? Was war seine Aufgabe? Warum hat man ihn geschickt?«

Im Gehen mustert sie ihn aus schmalen grauen Augen. »Das müssen Sie ihn fragen. Ich glaube allerdings nicht, dass er Ihnen antworten wird.«

Eine Mauer aus Schweigen, denkt er. Von der Botschaft über die Nachodstraße bis hierher. Es ist nicht strafbar, einen Kranken in der Wohnung zu pflegen. Selbst wenn dessen Pass abgelaufen ist. Vielleicht hat er sich wirklich abgesetzt, und niemand fühlte sich für die kostspielige Behandlung eines staatenlosen Schwerkranken zuständig. Er hat nichts gegen sie in der Hand, und das wird vielleicht auch immer so bleiben. Aber die Toten waren Anarchisten, und seit er erfahren hat, dass Aichenwald für die Geheimpolizei gearbeitet hat, spukt es durch seinen Kopf, dass ihr Tod nur zu gut dazu passt. Aichenwald kann es nicht gewesen sein. Aber Polina hat die Teestube besucht, wie die Toten auch. Er bleibt stehen und mustert sie. Ist diese intelligente, aparte Frau eine Mörderin? Es fällt ihm noch immer schwer, das zu glauben. Erst nach ein paar Schritten bemerkt sie, dass er ihr nicht mehr folgt.

»Es ist heiß.« Er nimmt ein Taschentuch und fährt über sein Gesicht.

»Möchten Sie einen Schluck Tee? Er wird nur noch lauwarm sein, aber stark und süß.« Sie hat aus ihrer Flechttasche eine Thermoskanne geholt und füllt den Schraubdeckel.

Er nimmt den Becher und stürzt den Inhalt kurz entschlossen in seinen Mund. Vorsichtig lässt er einen winzigen Schluck die Kehle hinabgleiten und spuckt den Rest auf den Waldboden, als sie den Deckel wieder aufschraubt und abgelenkt ist. Der Tee ist tatsächlich stark gezuckert, aber unter der Süße schmeckt er Bitterkeit.

In ihren Augen ein Blick, den er nicht deuten kann, dann dreht sie sich weg. »Wir können auf schmaleren Wegen zurückgehen«, sagt sie plötzlich und biegt auf einen Pfad ab, der sich zwischen Blaubeerbüschen hindurchwindet.

Er schaut sich um. Sie sind allein. Niemand ist ihnen gefolgt, und niemand spaziert in der brütenden Hitze durch den staubigen Wald.

»Erzählen Sie mir von Felix Aichenwald«, fordert er sie auf. »Was ist er für ein Mensch gewesen, bevor ...« Er stockt. »Vor der Krankheit.«

Sie mustert ihn nachdenklich. »Er war schön. Schön wie ein Gemälde. Es hatte fast etwas Unnatürliches. Die Welt um ihn war, wie die Welt nun einmal ist: grau, belanglos, schmutzig. Er war anders, als wäre er von einer Kinoleinwand herabgestiegen. Sie haben das Foto in seinem Ausweis gesehen. Ich habe ihn auf einer Versammlung des Studentenkomitees reden gehört. Er hat uns alle mitgerissen. Wir sind hineingegangen mit unseren banalen Problemen im Kopf, unseren kleinmütigen Zweifeln, unseren hasenherzigen Ängsten. Als er fertig war, hatte er uns all das vergessen lassen. Wir wollten nur noch eines, den Erfolg der Revolution. Er war ein begnadeter Redner, ein Kämpfer, mutig, stark und sehr, sehr intelligent. Er hatte sich mit Haut und Haaren der Revolution verschrieben, und nur in seltenen Momenten bekam er die aus dem Kopf. Dann war er von einer Sanftheit, einer Zärtlichkeit, die mir die Tränen in die Augen trieb. Ich würde mein Leben für seines hergeben.«

»Eine Liebesgeschichte in den Wirren der Revolution. Schade, dass Tolstoi nicht mehr da ist, um sie aufzuschreiben.«

Ihr Blick ist wütend. Er hat sie verletzt. Aber noch immer lässt sie sich nicht aus der Reserve locken. Die Zeit läuft ihm davon, das spürt er deutlich. Er sollte zurückgehen. Etwas passiert mit ihm, und er kann es nicht steuern. Sein Herzschlag ist schneller geworden. Sein Gesicht beginnt zu glühen. Er muss stehen bleiben und die Hände auf den Oberschenkeln abstützen. Er keucht. Auf dem Waldboden folgen große schwarze Ameisen ihrer Straße ins Unterholz. Sie transportieren einen Schmetterling, winzige Kiesel oder gar nichts. Er kann nicht anders. Fasziniert lässt er sich auf die Knie fallen und betrachtet sie. Ein winziger Kosmos tut sich zu seinen Füßen auf, und er staunt wie ein Kind.

Polina Stimme klingt zufrieden: »Ihr Deutschen könnt mit Größe nicht umgehen. Sie macht euch Angst. Ihr müsst alles zerreden, bis es so klein ist wie ihr selbst. Nicht mal eure Revolution habt ihr zu Ende gebracht. Derselbe alte Landadel befehligt euer Militär, nur die Bonzen der Großindustrie freuen sich, dass ihnen Könige, Grafen und Fürsten nicht mehr mit ihren Spinnereien im Weg stehen.«

Mühsam reißt er sich von den Ameisen los. Sie ereifert sich, denkt er, das ist gut. Aber dieses Gift, es ist vielleicht stärker, als ich gedacht habe. Ich muss mich konzentrieren. Er richtet sich wieder auf, läuft ein paar taumelnde Schritte, stolpert und kann sich gerade noch auffangen. Dann überfällt es ihn. Als er den Kopf hebt, sind die dunkelgrünen Wipfel der Kiefern von leuchtend roten Bändern nachgezeichnet. Staunend weist er hinauf: »Da, das ist schön.« Sie lächelt ein weißes Lächeln, das auch dann noch bleibt, als sie sich längst wieder umgedreht hat. Er schüttelt ungläubig den Kopf. In ihren Rücken fragt er: »Warum wird Felix Aichenwald, dieser mitreißende Revolutionär, nicht im besten Hospital des Landes behandelt?« Seine Zunge gehorcht ihm nicht mehr. Er hört, dass er lallt.

Sie bleibt ein paar Schritte entfernt von ihm stehen und prüft seinen Zustand. Der ist schlecht. Er kann sich kaum noch bewegen, sein Herz rast. Ihre Stimme ist leise und hat trotzdem ein Echo, als würde sie von einer entfernten Bergwand zurückgeworfen: »Als er krank wurde, war er für die Tscheka in der Ukraine. Vorher haben ihn alle gewollt. Dzierżyński hat ihn sich schließlich in die Tscheka geholt. Es war Bürgerkrieg, Fronten überall, Wrangels Truppen und immer wieder Nestor Machno, dieser verdammte Bauer mit seiner Lumpenarmee. Kaum hatte man irgendwo seine Behandlung begonnen, musste die Stadt evakuiert werden. Sie tippten wegen der befallenen Nase auf offene Tuberkulose und lagen falsch. Schlechte Ernährung, ständige Transporte, wechselnde Ärzte. Er war so geschwächt, dass sein Körper der Krankheit nichts entgegenzusetzen hatte. Als sie ihn schließlich zu mir zurückschickten, hatte sie ein Loch vom Gaumen zur Nase gefressen. Es war nichts mehr zu machen.«

So war das also. Jetzt weiß er es, aber es nützt ihm nichts mehr. Jede noch so kleine Bewegung seines Kopfes vervielfacht den Wald, spaltet ihn in phosphoreszierende Farben, grüngelbe Stämme, orangerote und violette überlagern sich. Er schließt die Augen und flüstert: »Und deshalb mussten die Anarchisten sterben? Weil die Tscheka es nicht geschafft hat, ihn rechtzeitig in ein vernünftiges Hospital zu bringen?«

Ihre Stimme hallt: »Sie sind Feinde der Revolution. Kommunismus ist Sowjetmacht plus Elektrifizierung des ganzen Landes. Ginge es nach Machno, würde Russland abends noch immer um selbstverwaltete Kartoffelfeuer hocken. Der Weg unseres Landes in die Industrialisierung braucht Planung, braucht Organisation. Etwas, das Machno bekämpft. Er ist nicht besser als ein Weißgardist. Er ist ein Feind. Einer von vielen. Kein Land unterstützt uns. Rings um unsere Grenzen lauert ein Heer von Exilanten auf Schwachstellen, in die sie ihre Geierschnäbel hacken können. Im Land selbst arbeiten Spitzel und Saboteure an unserem Scheitern. Wir sind auf uns selbst gestellt und müssen uns verteidigen. Machno ist ein gefährlicher Mann, und er wollte nach Berlin. Das wusste Dzierżyński. Er selbst hat Felix den Befehl gegeben, sich um ihn zu kümmern. Aber sie wollten Felix auch aus der Stadt haben.

Er sah nicht mehr gut aus. Ein hochrangiger Kommissar der Tscheka mit Syphilis. Er war ihnen peinlich. So etwas durfte es nicht geben. Also musste er verschwinden. Zum Abschied drückten sie mir ein paar Tuben *Salvarsan* für mich selbst in die Hand. Ich hatte Glück. Die Behandlung kam gerade noch rechtzeitig.« Verbitterung hat sich in ihre letzten Sätze geschlichen. »In Berlin haben wir Machno verpasst. Aber seine Männer haben wir erwischt.«

Spiro ist auf dem Boden zusammengesunken. Seine Brust ist eng, er dreht sich auf den Rücken und sieht die Baumwipfel in grünen Schleiern über den Himmel schmieren: »Sie haben ... für die Tscheka ... weiter.«

Sie schüttelt lächelnd den Kopf: »Sie sind ein echter Preuße, Spiro, Disziplin bis zum Schluss. Ich werde Sie erlösen. Sie sollen nicht mit einer Frage auf den Lippen sterben. Ihr Tod war nicht eingeplant, das müssen Sie mir glauben.«

Ihr Gesicht wird hell und heller, ein weißes Strahlen ohne Augen, ohne Mund, wie die konturlosen Gestalten, die manche von Anas Zeichnungen bevölkern. Spiro lacht hysterisch.

Sie spricht weiter: »Ich habe Felix Aichenwald von der Bildfläche verschwinden lassen, und ich habe über seinen Zustand gelogen. Es war besser, dass ihn niemand mehr gesehen hat. Meine Informationen über die Exilgemeinde waren brauchbar. Sie sind zufrieden mit mir.« Sie streicht mit einer Hand aus Nebel durch sein Haar. »Es wird jetzt nicht mehr lange dauern, Spiro. Denken Sie an etwas Schönes. Ich lasse Sie nun allein.«

Er lächelt. Nicken kann er nicht mehr.

Polina

»Du musst weg aus der Stadt. Ein preußischer Polizist. Was hast du dir dabei gedacht?« Die gelbliche Müdigkeit des Botschaftssekretärs Maxim Schowalow ist einem aufgebrachten Rosa gewichen. Unter Lenins kämpferischem Blick tigert er durch sein Büro. »Es wird Ermittlungen geben. Fragen. Aufregung. Das ist das Letzte, was wir im Moment gebrauchen können. Baranows Unterschrift auf dem Vertrag über die geheime Fliegerschule in Lipezk ist gerade mal trocken. Wir brauchen die Technik der Deutschen, ihre Ingenieurskunst. Und da kommst du und bringst einen ihrer Polizisten um. Das schafft Vertrauen.« Er knallt ein Eisenbahnbillett auf den Schreibtisch.

Sie hat mit seinen Vorwürfen gerechnet: »Soll ich mich stellen? Ihnen ein Eifersuchtsdrama liefern? Irgendetwas Privates?«

Schowalow schüttelt den Kopf: »Das wird nicht nötig sein. Die Wohnung ist leer. Aichenwald ist tot. Er hat den Transport nicht überlebt.«

»Er ist tot?« Es trifft sie wie ein Schock. Ihr Unterkiefer beginnt zu zittern. Sie kann es nicht kontrollieren.

Schowalow sieht sie irritiert an: »Du weißt besser als wir, wie schlecht sein Zustand war. Er soll grauenhaft ausgesehen haben, hat man mir gesagt.« Er schweigt einen Moment lang, dann fährt er fort: »In einer Stunde geht dein Zug nach Riga. Da steigst du um. Du hast Glück. Ab Riga fährst du in einem Salonwagen, der früher den Franzosen gehört hat. Mahagoni, Messing, weiche Polster. Du wirst reisen wie eine Fürstin. Bist du sicher, dass dir niemand gefolgt ist?«

Sie nickt und tastet mechanisch nach dem Billett. Felix ist tot. Sie steht langsam auf und geht wie auf Watte zur Tür. Die Klinke in der Hand, dreht sie sich noch einmal um: »Sein Leichnam, seine Asche? Was wird damit?«

Schowalow blickt sie stirnrunzelnd an: »Ich werde sehen, was ich tun kann.« Er hat schon nach dem Telefon gegriffen. Mit einem heiseren »Freundschaft« verabschiedet sie sich von ihm. Er zuckt nur kurz mit der geballten rechten Faust.

Auf der Prachtstraße des alten Berlin, Unter den Linden, thront zwischen den Palais der Adeligen, der Oper und dem Zeughaus das Standbild des Alten Fritz auf seinem Leibreitpferd Condé, unter dessen Hinterteil sich die Aufklärer Kant und Lessing unterhalten. Felix hat sie darauf aufmerksam gemacht, dass ihnen die Pferdeäpfel auf den Kopf fallen würden, sollte Condé jemals seinen Schweif heben. Aber das war eine andere Zeit, in der sie noch lachend durch die Straßen liefen, ein anderes Leben. Sie biegt nach links in die Friedrichstraße. Aus der Hitze des Mittags ist drückende Schwüle geworden. Die Holzräder der Kutschen rattern übers Pflaster. Die ermatteten Pferde tragen Scheuklappen, die sie jedoch nicht vor den schwarzen Rußwolken der Busse schützen. Ein offenes Automobil hupt, ein Pferd steigt, und der Kutscher des Gespanns muss alle Kräfte aufbieten, um seine Gäule im Zaum zu halten. Auch die Pferde werden verschwinden, denkt sie. Sie sind zu langsam.

Bei einem wartenden Fuhrwerk bleibt sie stehen und spürt den warmen Atem des Pferdes aus weichen Nüstern in ihre Hand blasen. Felix ist tot. Sie hat sich nicht von ihm verabschiedet, ihm nicht mehr berichtet, dass sie auch den letzten von Machnos Anarchisten erwischt hat. »Das ist gut, meine Taube«, hätte er gesagt, und er hätte gelächelt.

Betäubt geht sie geradewegs durch das Gedränge, nimmt die Treppen hinauf zur S-Bahn. Sie rempelt gegen die Schulter eines Arbeiters in rußigen Kleidern, der schon den Mund aufmacht für einen Fluch und ihn dann wieder schließt. Ihre rechte Seite ist mit Kohlenstaub gepudert. Sie klopft sie nicht ab. Es sind nur wenige Stationen bis zum Schlesischen Bahnhof. Von hier fahren die Züge nach Osten. Sie findet ihr Gleis überfüllt mit Menschen, Koffern, Säcken, großen Taschen und Körben. Inmitten ihrer beweglichen Habe hocken die Reisenden wie Glucken auf dem Nest und wissen nicht, ob sie sich fürchten oder freuen sollen. Schräges Nachmittagslicht modelliert sie zu Statuen des Getriebenseins, zu Standbildern der Unbehausten. Schwüle Hitze steht über dem Bahnhof und lässt alles in Duldsamkeit erstarren.

Sie geben endlich auf, denkt sie. Sie fahren zurück. Sie wollen nach Hause, wissen aber nicht, was sie dort erwartet. Eine neue Zeit. Sie werden sich wundern. Russland hat sich verändert. Wir sollten nachsichtig mit ihnen sein. Wir können jedes Paar Hände gebrauchen. Auch die Zögerlichen werden irgendwann mit anfassen.

Im Abteil sitzt ihr am Fenster eine alte Frau gegenüber. Sie trägt ein Kopftuch. Ihr Gesicht ist gebräunt und voller

Runzeln wie eine gedörrte Frucht. Vor 50 Jahren hätte sie dasselbe Kopftuch getragen, dieselben weiten Röcke, hätte ganz genauso ausgesehen. Auf dem Boden vor ihr steht ein Korb mit Lebensmitteln, der ein ganzes Abteil für eine Woche verköstigen könnte. »Man kann nie wissen. Besser man hat vorgesorgt«, murmelt sie, als sie Polina mit einem beinahe zahnlosen Lächeln eine Gurke entgegenstreckt. Sie nimmt auch ein Tuch und zerreibt den Kohlenstaub auf Polinas Kleid zu schwarzen Flecken.

Polina beißt in die Gurke, schlürft ihren Saft, und zum ersten Mal steigt eine wilde Freude in ihr auf. Übermorgen werde ich in Leningrad sein. So bald, so schnell. Ihr Herz klopft.

Vier Männer drängen vom überfüllten Gang in ihr Abteil, nickend grüßend, verstauen ihre Koffer und setzen sich. Einer von ihnen bleibt vor ihr stehen. »Brauchen Sie vielleicht Hilfe bei Ihrem Gepäck? Soll ich es für Sie hereinholen?«

Polina schüttelt den Kopf: »Ich habe kein Gepäck. Vielen Dank.«

»Darf ich mich vorstellen, Karl Lüders, SPD-Genosse. Wir«, er weist auf die Männer, die die restlichen Plätze des Abteils belegen, »folgen einer Einladung der Kommunistischen Partei Russlands. Wir wollen uns selbst ein Bild vom gesellschaftlichen Fortschritt in der Sowjetunion machen. Man hört ja so einiges. Gutes und weniger Gutes.«

Zweifel steht deutlich in seinem Gesicht. Nervös ist er auch, denkt sie. Wahrscheinlich ist das seine erste Reise. »Es wird Ihnen bei uns gefallen. In der Sowjetunion ersteht eine neue, eine gerechtere Welt. Aber es ist noch ein langer Weg bis dorthin. Manchmal ist er steinig, manchmal sogar mit Blut getränkt. Leider. Aber unsere Fortschritte, die Sie schon jetzt überall sehen können, werden Sie begeistern.«

Die Männer schweigen. Ihre wenigen Sätze haben sie offensichtlich beeindruckt. Aber ganz überzeugt scheinen sie noch nicht.

Ruckelnd setzt sich der voll beladene Zug in Bewegung. Fahrtwind streicht durch das heruntergeschobene Fenster über ihr Gesicht. Endlich. Im Gang wird es lauter. Jemand flucht. Abteiltüren gehen auf und werden wieder zugeschlagen. Polina sieht die Stadt vorbeigleiten. Kurz denkt sie an den Abend im Restaurant des *Eden Hotels*. Die leisen, kultivierten Stimmen, die kühle Meeresfrische der Austern, der Kellner, der ihr so vornehm erschien wie ein Graf. Irgendwann wird sie das vergessen haben, und bis dahin wird sie niemandem davon erzählen.

»Apollinaria Zwetkowa?« Sie blickt irritiert auf. In der Tür steht ein Schaffner. »Bitte folgen Sie mir.«

Zögernd steht sie auf und folgt dem Mann durch die zugestellten Gänge, drängt sich an rauchenden Männern an den offenen Fenstern vorbei bis zu einem für das Bahnpersonal reservierten Abteil. Der Schaffner hält ihr die Tür auf. Widerwillig geht sie hinein und erstarrt. Sie hat das Gefühl, zu fallen, tief zu fallen, tief wie vom Turm, auf dessen Plattform sie heute Morgen kurz daran gedacht hat.

Auf dem Platz am Fenster sitzt Ariel Spiro, der sich jetzt langsam erhebt und auf sie zukommt. Das kann nicht wahr sein, denkt sie und flüstert: »Wie kommen Sie hierher?«

Spiro lächelt: »Ihr Landsmann, der große Mathematiker Anatol Liborski, momentan allerdings nur als Droschkenfahrer tätig, hat zwei und zwei zusammengezählt, als sie mit mir in den Wald gingen und ohne mich zurückkamen. Er mich gesucht und schließlich auch gefunden. Er hat ein paar Wurstbrote bei mir gut.«

»Aber ...«, sie bricht verstört ab.

Er beantwortet die Frage, die sie nicht gestellt hat: »Ich habe nur einen kleinen Schluck von Ihrem Sud getrunken. Und selbst der hat mir schon ziemlich zu schaffen gemacht. Der echte Tee Ihrer Lehrerkolleginnen hat mich dann wieder auf die Beine gebracht. Apollinaria Zwetkowa, ich verhafte Sie wegen des dringenden Verdachts, drei Morde begangen zu haben.«

Gedämpft hört sie die Stimme des Schaffners von draußen: »Sehr verehrte Fahrgäste, unser Zug wird in Neuenhagen einen kurzen außerfahrplanmäßigen Halt einlegen. Es besteht kein Grund zur Beunruhigung. Bitte bleiben Sie auf Ihren Plätzen.«

Spiro

Er läuft, rennt beinahe, durch schwarze Straßen, deren Geräusche von der drückenden Schwüle der Nacht erstickt werden. Er ist wütend und weiß nicht, wohin mit dieser Wut. Also läuft er und hofft, dass er irgendwann müde wird, schläft und vergisst.

Nur vereinzelt trifft er auf andere Fußgänger, die nach

einem kurzen Blick in sein Gesicht einen Bogen um ihn machen. Schweiß läuft ihm den Nacken hinunter und klebt ihm das Hemd an den Rücken. Aber er verlangsamt seine Schritte nicht.

Die Nacht hat keinerlei Abkühlung gebracht. Dunst hat sich am Himmel zusammengezogen und verdichtet. Graues Blei, unter dem die Hitze wie unter einer Glocke steht. Kein Windhauch lässt sich durch weit geöffnete Fenster in die aufgeheizten Räume locken. Die Stadt liegt auf der Chaiselongue und ringt mit ihrem absackenden Kreislauf. Hauswände und Mauern strahlen die gespeicherte Hitze des Tages ab. Weit entfernt von der hechelnden Stadt rollt Donner und schickt sein kaum wahrnehmbares Grollen.

Als alles vorbei war, hat Bludau angerufen. Flüche und Drohungen mit überschnappender Stimme. Zwei Minuten hat er ihm gegeben, dann hat er aufgelegt. Er hat sich wieder an seinen Schreibtisch im nächtlich stillen Präsidium gesetzt und in einem langen Brief an den Polizeipräsidenten Bludaus Verfehlungen von der unrechtmäßigen Krankschreibung über die Behinderung seiner Ermittlungen bis zur aufgebrochenen Wohnungstür aufgelistet.

Er hat auch die Sache mit seinem Ausweis gebeichtet. Als er fertig war, hat er das Schreiben zusammengeknüllt und weggeworfen. Er hat sich einen Feind geschaffen, was soll's.

Dann ist er in die *Charité* gefahren. Die Schwester hat ihm einen Blick auf den schlafenden Anton gestattet. Sein Zustand hat sich stabilisiert. Bald wird er mit ihm sprechen können. Die massige Gestalt seines schlafenden Vaters ist vom Stuhl auf das Fußende des Bettes gesunken. Das Dreieck seines starken Nackens in weichem Bogen entspannt, die muskelbewehrten Arme dunkel und schwer gegen das Weiß des Lakens. Eine breite Hand fürsorglich auf dem Bein des Sohnes, achtsam, selbst im Schlaf, dass er ihm nicht wieder abhandenkommt.

»Der is schon seit heut Morgen hier«, hat die Schwester geflüstert. »Als er gekommen ist, hat er geheult wie ein Mädchen.«

Es hat ihm einen Stich versetzt. Manche Menschen ziehen Liebe und Zuneigung wie durch einen geheimen Magnetismus auf sich. Anton Kraftschick ist wohl einer von ihnen. Angesichts der Vertrautheit der beiden hat sich Spiro einsam gefühlt. Einsam und wütend.

Draußen, zurück in der Nacht, hat er begriffen, dass er etwas loswerden muss. Jake ist ihm eingefallen. Der ist nahe daran, ihm so etwas wie ein Freund zu werden, und er hat beschlossen, ihn hinter seinem Tresen zu besuchen. Vielleicht hat er Zeit für eine Zigarette vor der Tür.

Es ist kurz nach Mitternacht, der Höhepunkt des Wochenendes, als er in der *Kokotte* ankommt. Aber zu seiner Freude und gegen jegliche Erwartung ist das Lokal nur spärlich besucht.

Jake poliert gelangweilt Gläser, als er ihn bemerkt. Sein Grinsen geht von einem Ohr bis zum anderen: »Grüß dich. Hastes ja wieder zu nem Extrablatt gebracht. Schockierende Entwicklung nach Verhaftung. Bin schon im Bilde.«

Spiro winkt ab und sieht sich um: »Wo sind denn alle hin?«

Jake zuckt nur die Achseln. »Hocken irgendwo draußen oder beim Sechstagerennen. Heute ist der erste Tag. Bei der Schwüle werden die Radler umfallen wie die Fliegen. Im *Nelson* und im Theater am Nollendorfplatz sind Premieren. Außerdem ist es zu heiß zum Tanzen. Mir soll's recht sein.« Er stellt zwei frisch gezapfte Biere auf den Tresen, bindet die Schürze ab und kommt herum, auf den Hocker neben Spiro. »Die andere Seite. Auch nicht schlecht. Und jetzt erzähl!«

Spiro streicht mit den Händen das feuchte Haar zurück. »Sie wird nach Russland überstellt. Sofort. Mein Chef war alles andere als glücklich, als ich ihm die Dreifachmörderin aufs Präsidium brachte. Er war in Rage, um genau zu sein.«

Jake nickt: »Ich hab's gelesen. Ist schon kurios. Da bringt eine mir nichts, dir nichts drei arme Schweine um die Ecke, beinahe auch noch meinen Lieblingsmitbewohner, und wird dafür mit Polizeieskorte zur Grenze kutschiert. Sachen gibt's, die glaubt man gar nicht. Allerdings sehr fotogen, die Dame. Sollte ich mal umgebracht werden müssen, dann bitte auch von einer in ihrer Preisklasse. Ich bitte allerdings um ein etwas aktuelleres Kleid.«

Spiro lächelt. »Der Abtransport ist nicht ganz so geheim verlaufen, wie man ihn geplant hatte. Irgendwie hat die Presse Wind davon bekommen und war gleich mit Fotografen an allen Ausgängen der Burg vertreten. Dass es so viele Fotos von ihr gibt, könnte ihr zukünftiges Betätigungsfeld als Spionin oder bei der Geheimpolizei erheblich einschränken.«

Jakes Augen weiten sich, dann grinst auch er und hebt

sein Glas. Sie stoßen an. Zwei Hocker weiter fächelt sich ein beleibter Herr mit einem Programmheft Luft zu. Sein Mund steht offen. Er erinnert Spiro an einen Karpfen auf dem Trockenen. Seine Begleiterin kratzt abwesend mit langem, rot lackiertem Nagel an einer schorfigen Papel in ihrem Mundwinkel, die Puder und Lippenstift nur mangelhaft bedecken. Eine Gänsehaut läuft Spiro den Rücken hinab. Schaudernd dreht er sich weg.

»Übermorgen ist sie in Leningrad und kriegt wahrscheinlich einen Orden für ihre Morde, statt 15 oder 20 Jahre ins Zuchthaus zu wandern. Schwenkow wollte sie nicht haben, nicht befragen, nicht verhören. Das muss man sich mal vorstellen.«

Jake bedenkt Spiro mit einem mitfühlenden Blick. »Es gibt Tage, da fragt man sich, ob man den richtigen Beruf gewählt hat. Kenn ich.« Resigniert wandern seine Augen über das spärlich gefüllte Lokal. »Wie war's denn? Stechapfel, Tollkirsche, Bilsenkraut, das klingt eher nach einer Hexenflugsalbe als nach einem Gift. Hat ihr moribunder Zaubertrank wenigstens was gekonnt?«

Spiro verdreht die Augen: »Eigenartige Farben an Stellen, wo sie nicht hingehören. Große Faszination für kleine Tiere. Mit der Ameise bin ich seitdem auf Du und Du. Verwirrend. Aber am Ende wird die Luft knapp, und es ist gar nicht mehr lustig.«

Jake ist enttäuscht. »Warum hast du das Zeug überhaupt getrunken?«

»Ich wollte ein Geständnis. Ich wusste, sie war's, aber ich hätte es nie beweisen können. Ihre Botschaft wusste angeblich von nichts. Der Kranke ist gestorben, und sie selber hätte sich natürlich auch nicht verraten. Es sei denn, sie könnte vor einem Todgeweihten die Beichte ablegen, der ihr Geheimnis mit ins Grab nimmt. Mörder machen so was, egal ob katholisch oder nicht. Und um ein Haar wäre es ja auch tatsächlich vorbei gewesen mit mir. Ich habe nur einen winzigen Schluck genommen, um ein paar vernünftige Symptome vorweisen zu können. Der hat schon gereicht. Aber es war alles umsonst.« Er überlegt einen Moment, dann spricht er weiter: »Ich habe Schwenkow gesagt, dass ich den Dienst quittiere, dass ich zurückgehe.«

Draußen ist der Donner plötzlich nah. »Du willst was?« Jake ist entsetzt. »Was wird aus mir? Was aus Gretchen, von Erbse ganz zu schweigen? Wen soll Sebes abends hauen? Und wer soll deinen zusammengeflickten Kollegen mit dem Hang zum Handausrutschen an die Kandare nehmen? Das ist doch nicht dein Ernst. Du kannst doch nicht einfach alles hinschmeißen, nur weil dein Jagdtrieb mal der Weltpolitik quergekommen ist. Die deutsch-sowjetischen Beziehungen haben gewackelt, wenn ich die Zeitung richtig verstanden habe.«

Spiro nimmt einen Schluck Bier. Es schmeckt ihm nicht. »Schwenkow meint, ich soll drüber schlafen. Aber mein Entschluss stand schon vor der Russensache fest. Ich habe hier nichts mehr verloren und zu gewinnen auch nichts.«

Draußen kracht ohrenbetäubender Donner, gleichzeitig zackt ein Blitz in der wie paralysiert daliegenden Straße und lässt den Rahmen der offenen Tür grellweiß aufleuchten. Plötzliche Windböen treiben mannshohe Staubwolken auf, reißen Blätter aus den Kronen der Kastanien, wirbeln zerknitterte Billetts und eine flatternde Zeitungsseite in wildem Tanz vom Trottoir. Wieder donnert es. Alle fahren zusammen. Spiro greift nach seinem Glas. Auf Jakes gebanntem Gesicht sieht er den Widerschein weiterer Blitze zucken. Niemand spricht. Die Musiker haben aufgehört zu spielen. Der Donner hat sie ohnehin übertönt. Endlich klatschen erste fette Tropfen auf den Asphalt, Vorboten einer Regenwand, die sich schließlich wie ein Vorhang auf das Schauspiel senkt.

Jake erwacht aus seiner Erstarrung und geht kopfschüttelnd hinter die Bar. Kurz verschwindet er hinter dem Tresen und taucht mit Verschwörermiene wieder auf, in seiner Hand eine Flasche ohne Etikett.

»Grüne Fee?«, fragen tonlos seine Lippen.

Schaudernd verneint Spiro. Jake zuckt die Achseln, stellt die Flasche zurück in ihr Versteck und gießt entschlossen und ohne weitere Nachfrage Cognac in zwei bauchige Schwenker. Auf dem Weg zurück zu Spiro löst er mit einem gekonnten Tritt den Keil, der die Tür offen gehalten hat.

»Regen bringt Segen, sag ich mal als alter Landmann.« Sie stoßen an und trinken. »Aber dein Chef hat ausnahmsweise mal recht. Schlaf drüber.«

Der Donner kracht inzwischen über dem Nollendorfplatz und zieht weiter nach Osten. Der Pianist legt einen Slowfox über das gleichmäßige Rauschen vor der Tür. In einer Nische halten sich zwei bei der Hand und fallen sich gegenseitig in die Augen. Auf der Tanzfläche dreht sich eine dünne Frau in einem dünnen Kleid um das Sektglas in ihrer Hand. Ein langer, hagerer Mensch schiebt seine dralle Freundin in exakten Bahnen hin und her wie ein Schwimmer im Becken. Sie reicht ihm gerade bis zur Brust, aber vorwärts wie rückwärts vertraut sie ihm blind.

Spiro zündet sich noch eine Zigarette an. Die Tür geht auf, und ein nasses Rudel drängt herein. Er sieht nicht hin. Er bleibt bei dem ungleichen Paar. Die beiden gefallen ihm.

»Ariel?«

Überrascht dreht er sich um.

Ihr Haar klebt in Strähnen am Kopf, Wimperntusche läuft in schwarzen Bahnen ihre Wangen hinab. Sie erinnert ihn an ein Zebra, ein außergewöhnlich hübsches Zebra. Große Augen fragen grün. Zart legt sie ihm eine Hand auf den verschwitzten Arm. Eine behutsame Hand, die ganz einfach, schnell und leicht die Entfernung zwischen ihnen auszulöschen scheint. Sie ist nass bis auf die Knochen, ihr Kleid klebt am Körper. Es sieht aus, als hätte sie sich in einen nassen Lappen gewickelt.

Er steht auf und legt ihr sein Jackett um die Schultern. Er denkt nicht darüber nach. Er tut es einfach und sagt lächelnd: »Als wir uns das letzte Mal getroffen haben, hast du besser ausgesehen.«

Ein weißes Zebragrinsen zwischen schwarzen Streifen.

»Der Glanz ist noch da. Er ist bloß innen. Ich wollte heute mal nicht ganz so dick auftragen.«

Pendragon Verlag
gegründet 1981
www.pendragon.de

2. Auflage

Originalausgabe
Veröffentlicht im Pendragon Verlag
Günther Butkus, Bielefeld 2019
© by Pendragon Verlag Bielefeld 2019
Alle Rechte vorbehalten
Lektorat: Claudia Jürgens, Berlin
Umschlag und Herstellung: Uta Zeißler, Bielefeld
Umschlagfoto: dpa Picture / akg-images
Satz: Pendragon Verlag auf Macintosh
Gesetzt aus der Adobe Garamond
ISBN 978-3-86532-656-0
Gedruckt in Polen

Rasant und bildgewaltig zeigt sich »**Der weiße Affe**«, der erste Kriminalroman der Berliner Autorin Kerstin Ehmer. Kommissar Spiro soll den Tod eines jüdischen Bankiers aufklären. Doch getrieben vom schnellen Rhythmus der Stadt, muss er aufpassen, dass ihm der Fall nicht entgleitet.

Berlin in den Goldenen Zwanzigern

978-3-86532-584-6 | 280 Seiten | Klappenbroschur | Euro 17,00

Nach und nach fallen die Masken und nicht jeder ist das, was er vorgibt zu sein.

Pendragon Verlag, Bielefeld | **www.pendragon.de**